王昕朋小说精选集

王震题

王昕朋 著

北京上午
九点钟

作家出版社

图书在版编目（CIP）数据

王昕朋小说精选集 / 王昕朋著 . –– 北京：作家出版社，2022.3

ISBN 978-7-5212-1522-9

Ⅰ.①王…Ⅱ.①王…Ⅲ.①小说集 – 中国 – 当代Ⅳ.① I247

中国版本图书馆 CIP 数据核字 (2021) 第 185010 号

王昕朋小说精选集·北京上午九点钟

作　　者：王昕朋

书名题字：王　蒙

责任编辑：赵　莹

装帧设计：鸿儒文轩

出版发行：作家出版社有限公司

社　　址：北京农展馆南里 10 号　　邮　　编：100125

电话传真：86 – 10 – 65067186（发行中心及邮购部）
　　　　　 86 – 10 – 65004079（总编室）

E – mail: zuojia@zuojia. net. cn

http: // www. zuojiachubanshe. com

印　　刷：唐山嘉德印刷有限公司

成品尺寸：170 × 240

字　　数：305 千字

印　　张：21.25

版　　次：2022 年 3 月第 1 版

印　　次：2022 年 3 月第 1 次印刷

ISBN 978–7–5212–1522–9

总 定 价：968 元（全十一册）

目　录

北京户口

北京"成长杯"中学生外语大赛颁奖会在一阵欢快的音乐声中闭幕。一等奖获得者刘京生还没离开座位，就被几个记者围住了。好在她这几年多次在市、区一些比赛中获奖，也多次遇到过这样的场面，虽然不能像一些明星大腕在记者面前那样从容自若，应对如流，但也不慌张。一位和她比较熟悉的记者说她不仅知识水平提高了，就连应变能力也增强了。

刘京生的妈妈大胖手捧鲜花，早已等候在门口。刘京生一出门，她就兴高采烈地迎上前，搂着女儿亲了一口。与大胖同来的还有刘京生熟悉的孙姨、陈开阳大姐、她的好朋友陈北阳。陈北阳也扑上来拥抱她，祝贺她。

刘京生的爸爸刘文革的面包车已停在台阶下边，紧挨着还有一辆挂军牌的奥迪车。刘京生上车后才发现，孙姨和陈开阳、陈北阳都上了那辆奥迪车。原来，那辆奥迪车也是来接她的。刘文革不太善言谈，从看见女儿从会场出来那刻起，只是不住地笑。媳妇骂他是猪，猪也会哼哧几声，你连猪也不如！他还是笑，实在按捺不住心中的喜悦，就拍拍女儿的头，摸摸女儿的脸。刘京生丝毫不怪爸爸。相反，她觉得爸爸无言的爱，比妈妈的喋喋不休更深重。

你这是第三个市级大奖啦，可以推优了！刘京生的妈妈从小叫大胖，现在还叫大胖，不过多了些叫她胖姐、胖姨的。大胖手里拿着女儿的获奖证书，反过来看正过来看，真正叫爱不释手。

她说，女儿读高中可以进个好学校了，四中、八中、实验中学，哪个不得抢我闺女。我闺女还得好好挑一挑呢！

刘京生说，妈你不懂别装懂。那几所学校都在西城，我们家住的是海淀。大胖说，海淀也有名校，人大附中、北大附中、清华附中……咱不着急，和你爸慢慢商量报哪个。说完，又得意地笑了。

妈，孙姨和陈姐、北阳都去咱家呀，刘京生问。

大胖说，傻闺女，咱去酒店！你孙姨的老公，还有一大帮子朋友在等着给你祝贺呢。刘京生说，我累，想睡觉。大胖批评女儿不懂人情世故。人家为你摆酒席祝贺，你要是不去像话吗？刘京生说，我又没让他们摆酒席，是他们自己想摆的。要不，你们去吃，我和北阳去吃麦当劳。大胖说，人家还不都是为你高兴？母女俩你一言我一语顶了起来。刘文革还是笑。家常便饭，习惯了。

酒店的包间里，摆着大大小小十几瓶鲜花和花篮，仿佛一片花的海洋。每只花瓶和花篮上边系着红色飘带，写的全是祝贺刘京生、恭喜刘京生之类的词句。屋子里等候的人们见刘京生进来，一起鼓掌围上前。这些人有她熟悉的，也有她未曾谋过面的，但表情都像经过排练一样，热烈的笑容，热烈的掌声，热烈的祝贺……让她感兴趣的是陈开阳身边那个开奥迪车来的男人。那个男人是个秃顶，秃顶上边几道皱褶像用利刀刻上去的，看上去比陈开阳要大十几岁。他是陈开阳的男朋友？陈开阳怎么交了这么个男朋友，有意思。她想。

酒宴开始，大家一致让刘文革讲几句主持词。你女儿获了大奖，你不讲谁讲？刘文革推辞不过，端起酒杯，磨蹭了一会儿才说了一句，高兴，干了！说完，仰起脖子一饮而尽。于是，大家纷纷过来和刘京生碰杯，祝贺她获奖，"女状元""小明星"之类的赞美之词不绝于耳。陈开阳拉着那个开奥迪车的男人一起走到刘京生身边。她给刘京生介绍说，这是你本家，也姓刘，刘处长，你管他叫刘哥就成。

刘京生叫了一声刘哥，心想，处长是个多大的官啊？她不时看一眼那个刘处长。刘处长很能喝，而且很豪爽，不论和谁碰杯都是一饮而尽。他喝酒与别人不一样。大多数人喝酒是端起酒杯把酒送进嘴里，然后咽下去，喉结处会动一下。他则是仰起脖子，张开大嘴，端起杯子往嘴里一倒，酒就全进去了，好像没长喉结。严格地说，他不是喝酒是吞酒。刘京生每看他喝一杯酒，就忍不住偷乐。这丫是在表演！他说话的气派更大，一张口必先提首长。首长说了，首长讲了，首长喜欢，首长喝酒……首长是你们河南老乡，口音跟你们差不多。首长给我说过，小刘你个小子别不把老子放眼里。你的事你亲戚的事你朋友的事，大事小事恁恁事，老子都给你包了！

啥叫"恁恁"？孙姨是地道的北京人，和大胖一起在官园批发市场做服装生意，两人处得像亲姐妹。她说刘处长这是哪儿的土话，不南不北不东不西的，是人话吗？

大胖赶忙扯了一下孙姨的衣角，低声说你弄啥呢？人家可是处长。孙姨大大咧咧，你们外地人怕官，我不怕。我就问问他丫那句话是什么意思。

大胖一时也找不到"恁恁"两个字的准确解释。刘京生经常听爸爸妈妈说老家话，就对孙姨说，孙姨，我给你当翻译吧。"恁恁"用数学解释就是最小最小。孙姨听完，对刘处长说，再说土话，罚酒！

大伙在一阵欢笑声中又举起了杯。

中国人设宴喜欢找个名堂。但是，上了酒桌，几杯酒过后，那个名堂或者说主题很快就会被冲淡，代之以天南海北，古今中外，官场民间，新闻旧事……一开始，刘京生是酒桌上的主客，谈得最多的是关于她获奖和中考的主题。孙姨夸完刘京生又夸大胖培养了个好女儿，说大胖做生意和照顾家庭两不误。接着，有人拿大胖逗乐，问她这么辛苦怎么不见身子变瘦，老刘哥每天都保证你的营养充足吧？一阵哄堂大笑之后，话题就顺其自然地转到男人女人之间的事情上，官园批发市场哪个男的和哪个女的好上了，哪个省的高官因情人的事败露落马了。刘京生不习惯这样的场面，就给陈北阳使了个眼色，以上卫生间为借口走了出去。两个人到了大堂，找了张沙发坐下，说起悄悄话。

陈北阳和刘京生是同年生人。她们出生时，两家还都住在北五环与北六环之间城乡接合部、一个外来人口聚集的村子里。陈北阳的父亲和刘京生的父亲同在一个建筑队里，老家在河南淮阳，两人是同一个村，到了北京又住在同一个村。两家的来往比较多，孩子之间的交往也就多一些。不过，刘京生刚到上学的年龄时，刘文革已自己单独干了，带着家也搬离了那个村子。所以，刘京生和陈北阳上学不是在一个学校。每年过节老乡聚会，或者逢上哪个老乡家婚丧嫁娶办事时，两人才能见上一面，平常就是在网上聊聊天。

那家伙是开阳姐的男朋友呀？刘京生问。陈开阳出生时，她父亲在开封打工，就给她起了个开阳的名字。中间一个开字代表出生地开封，后边一个阳字代表籍贯是淮阳。后来，陈北阳在北京出生，她爸给她起的名叫陈北阳。陈北阳当然明白刘京生说的是刘处长。她看着刘京生满眼的困惑，先是点点头，很快又摇摇头说，说不清。反正爸妈不管我更不管，他爱是老公是朋友。接着，话题一转，问刘京生有没有交男朋友？你人长得漂亮，学习成绩又好，是学校里的校花，我不信没男孩子追你。

刘京生问你是想听真话还是假话？

陈北阳说真话假话骗不了我。我是火眼金睛，能从你的眼神看出真假。她说着，伸出右手食指，在刘京生鼻尖上轻轻点了点，目光却从刘京生的衣领直往下边和里边溜。她想摸刘京生的胸时，刘京生跳起来躲开了。你干吗？要流氓？

陈北阳追上去抱着她，狂笑着说，我这是刚学到的检验方法。你的鼻子如果不坚挺，就说明和男孩子做爱了。刘京生摸了摸自己的鼻尖，你骗人！她趴在陈北阳身上闻了闻，你用香水了？陈北阳一撇嘴，咦……这有啥，你没用香水，可是你妈。不过你妈用的牌子和陈开阳的不一样，陈开阳用的是纯正法国货，你妈用的是国产货。

刘京生想说什么，张张嘴，又把话咽了回去。

两人言归正传，说起了中考。陈北阳说话无遮无挡，脱口而出，你连续拿了三个第一，肯定能推优。我没法子跟你比。刘京生问她测验的分数，她说就我那破学校，老师走马灯一样地换，水平又都不咋样，学生能好哪里？刘京生不知怎么安慰她，假装低头看茶几上的时尚杂志。一阵唏嘘声引得她四下张望，看见大堂的屏风后边，一对男女正拥抱在一起接吻。她一眼就认出女的是陈开阳，男的是那个刘处长。她用胳膊肘儿碰了碰陈北阳。陈北阳说我早看见了，这有啥大惊小怪的，不抱不亲才不正常呢！

刘京生说真稀奇了，你姐不是和肖祥哥好几年了吗？陈开阳不屑一顾地说，肖祥大学毕业有什么了不起？他没考上公务员，又没有关系进不了大企业，在一家小公司打工，连北京户口也没弄到。刘京生说不对吧，大学毕业还弄不到北京户口？陈北阳说大学毕业现在还算高学历？你没听人说在北京大街上随便丢块砖就会砸着一个博士硕士。肖祥在小公司一个月收入两千多一点，至今还住在老出租屋里。我妈没意见，我爸不同意。肖祥那点工资，在北京十年二十年也买不起房。我姐跟着他喝西北风？

陈北阳说着说着，打开了随身带着的小包，拿出小镜子和口红。她先是要帮刘京生抹口红，刘京生拒绝了。刘京生说我没用过那玩意儿，也不想用。陈北阳一边抹口红，照镜子，一边又问刘京生谈没谈男朋友。刘京生说你又来了是不？真话告诉你，我没闲心搭理那些男孩子。你是不是谈男朋友了，要不怎么对这种事上心？

陈北阳点点头，谈着玩呗！刘京生轻轻给了她一捶，这还能玩？陈北阳脸上浮现一层愁云。她说我烦。一个字烦，两个字太烦，三个字特别烦，四个字……刘京生说得了得了，什么事让你这么烦？陈北阳唉声叹气，你住在城里边又上好学校，当然不知道我的处境。学习根本就学不进去。刘京生心想，陈北阳变了，一说学习就满面愁容，一提男女之间的事就兴致勃勃，你谈恋爱再有能耐，中考时也不能加分。

这时，陈开阳看见了刘京生和陈北阳，大声冲她们嚷嚷，京生你怎么躲这儿来了，大伙还得给你敬酒呢，快回房间去！

这顿饭从十一点半一直吃到两点半，花了整整三个小时。刘京生不知是劳累还是心烦，上了车就闭上眼睛睡了。

再过两个月就是你十六岁生日，到时你也中考结束了。爸爸妈妈给你办个像样的宴会。大胖说。

二

刘京生一连几天都很累。班里为她开庆祝会，学校里为她开表彰会。她白天上课，下课还要参加补习班，回到家匆匆忙忙喝口水就伏案做作业，几乎没有空闲。大胖比她还忙，今天这个在北京打工的老乡上门祝贺，要摆酒招待；明天那个刘文革生意场上的朋友摆酒庆贺，不能推辞。忙点累点，她倒没有怨言，相反还觉得其乐无穷。在她认识和交往的河南老乡中，自己的闺女最有出息，当母亲的怎不发自内心地自豪？让她头痛和心烦的是女儿不听话。她拉着女儿赴宴，女儿不仅不高兴，还一堆牢骚和埋怨，勉强到了酒场上，不是旁若无人地抱着书看，就是一言不发低着头吃菜。她想给女儿买几身新衣服，一来作为对女儿的奖赏，二来把女儿打扮得更漂亮点，女儿死活不愿意跟她去逛商场。她急了，说女儿几句，女儿马上反驳，说她想累死她。每到这时，刘文革就会站在女儿的立场上，批评她"强加于人"。

花开总有花落时。这种日子很快就过去了。两周后，刘文革接到女儿班主任的电话，让他和妻子到学校去一趟，谈谈他女儿中考的问题。一路上，他在反复想这个电话会给他带来好消息还是坏消息。大胖骂他是猪脑子。这不明摆着，咱家闺女有今天的好成绩，还不是马老师教得好。她看咱当家长的没点表示，不高兴了呗！

刘文革说你扯淡，人家马老师就不是你想象中的那种人。

大胖又说那肯定是找咱商量咱家闺女上哪个学校的事。我告诉你刘文革，咱家闺女要去就去最好的学校。大不了咱再掏个三万五万"择校费"。

一上车，大胖就拿出化妆盒。她先是给头发上喷了点发胶，然后又要抹口红。她的化妆盒里光口红就有四五支。她问刘文革抹什么样的口红？刘文革两眼盯着前方，连看也没看她一眼，顺口说了"随便"两个字，让她心里很不高兴。她说我不是让你看看我抹哪样的口红好看，我是让你参考一下给咱闺女的马老师送哪种口红。刘文革说人家马老师就不用口红。大胖火了。你怎么知道马老师不用口红，你和她亲过嘴了不是？没见过你这样的熊人，一说花钱就心疼。这可是给你女儿花钱。你爱花不花。大胖了解刘文革，只要说给女儿花钱，他就是钻窟窿打洞去借也不含糊。果然，刘文革二话没说，拉着大胖去了趟商场，买好了东西才又去学校。

马老师和刘文革夫妻已经很熟悉，见了面相当亲热。她看了大胖送给她的化妆品，莞尔一笑，大胖你这是羞我呢！我都快退休的老太太了，还能用这些东西？

大胖说大姐您当老师时为人师表，不用高级化妆品，等退休了得好好打扮打扮，把损失补回来。说完，她意识到"损失"两个字用得不恰当，朝马老师做了个鬼脸。

马老师就在这种亲热、友好的气氛中切入谈话的正题。你们两口子不能光忙着做生意，该是考虑京生上高中的事情的时候了。她再有两个月初中就毕业了，时间很快。

笑容可掬的大胖见刘文革只顾点头，一句话不说，有点儿急了。她说，马老师马大姐呀，我们家闺女是您带的学生，跟您亲闺女一样。咱家闺女经常在我和刘文革面前夸您，说您不像老师像妈妈。我和刘文革都商量过了，咱家闺女上哪个学校，都听您的。您说了算！她话没说完，就看见马老师皱眉头，心想，让我说准了吧，老师就是想着法儿让家长掏腰包。不然，无亲无故她凭什么帮你家孩子？现在这世道，当官的办事收红包，医生做手术收红包，不给老师送红包你就想让孩子上好学校？门儿也没有。想着，她白了刘文革一眼。

我当不了这个家啊！马老师叹息地说。她的话让大胖和刘文革听了感觉很别扭。大胖刚要接话，刘文革给了她一个眼神，示意她不要打断马老师的话。马老师好像也没打算隐瞒，直言不讳地告诉大胖和刘文革，按照北京现行的学籍管理规定，外来人口的子女在北京借读，只能到九年义务教育阶段，也就是说，他们的女儿刘京生不能留在北京继续读高中。

　　大胖没听完就拍了桌子。这是哪个不通人性的人定的政策？再说，我们家闺女怎么就叫外来人口？我们家闺女是北京生北京长的，从上幼儿园到现在一直都在北京读书，是北京人。怎么到了高中就不能继续读书了？

　　马老师说京生虽然在北京生北京长，可是她没有北京户口。没有北京户口还算是外来人口。

　　大胖还是没听明白马老师的话，又恳切地说，马老师，不，马大姐，您要是有什么要求我们家长做的事尽管说，不管是给学校的公家拿赞助，还是给校长老师个人拿红包，咱都好商量。

　　马老师听了有点不高兴，白了她一眼，嘲讽地说，你以为你家大业大啊？就是你掏一千万两千万，也不能改变了政策。她见大胖气得脸都发青了，接着缓和了口气。说心里话，我们当老师的对这样的政策也不理解。报纸上电视里天天讲要社会公平，孩子们在教育面前都不能享受公平，在他们的心灵里会留下什么样的阴影？我每年都要送走几个这样的孩子，每次都难过得流泪……说着，她心情沉重地低下了头，眼圈也红了。可是，这种事情也不是一朝一夕能够改变的，更不是我这个当老师的能改变的。

　　大胖看了刘文革一眼，吓得她差点儿喊出声。刘文革好像刚从桑拿房出来，又仿佛喝醉了酒，眼睛红了，脸也红了，一直到脖子根都是红的，额头上的几根青筋不停地跳着，几乎要挣断了。这几年，她还是第一次看见他这副怒容，心里不免有些紧张。她赶忙把马老师的话头接过来，恳求马老师指条道。

　　马老师说原来打算再过些日子告诉他们夫妇。说实话，我也在帮着京生想出路。这样的好孩子，我当然想帮她，再说我还是她老师。让她继续借读三年高中，做一些努力不是不可能。可是，她高考还必须回原籍。北京的教材和你们老家的教材不一样，教学方式不一样，在北京的优秀学生回地方参加高考，不一定就考得好。我过去带过这样的学生。有的读完高中才回去参加高考，结果落榜了。所以说，我心里也发怵，才找你们夫妻俩来商量……

　　我们找校长说说行不行？大胖听明白了，症结不在马老师这里。她说校长得能当这个家吧？我们家闺女上初中三年交了五万的赞助费。再说，我们家闺女给咱这学校争过荣誉。

马老师摇摇头。校长也不管户籍，解决不了这个事。这些年，每年都会遇到外来人口学籍的事，今年也不是京生一个人。全区全北京就更多，怎么也有十几万。

大胖说还是见见校长吧，听听校长怎么说。她急得眼泪已经在眼眶里滚了几滚。马老师想了想，拨了个内线电话。放下电话后，她对大胖说，校长去区里开会了，教导主任在，答应见你们。不过，你们见了教导主任千万不要吵。再说了，你和学校领导吵塌了天也解决不了问题。

去教导主任办公室，要经过一条长长的走廊。走廊的墙壁上有一排橱窗，里边张贴着学校的公告，还有各种各样获奖的学生的照片及事迹介绍。大胖一眼就看见了女儿刘京生手捧鲜花和奖杯的照片。这张照片是颁奖大会上一个记者拍的。大胖洗了四张放大的，一张给了学校，一张挂在家中的客厅里，刘文革的办公室和她在官园批发市场的档口也分别挂了一张。刘京生的照片下边，还有几行介绍她如何如何刻苦学习的文字。大胖过去看了这张照片就忍不住笑，现在看了却一阵心酸，眼泪流了出来。女儿在取得这些成绩的背后，付出了多少艰辛，她这个做妈的最清楚。马老师看见了她的表情变化，难过地转过头。

教导主任是个中年女人，长得很耐看。她一见大胖就热情地握住她的手。早就听马老师介绍过你们夫妻俩精心培育女儿的事，敬佩敬佩！我们校长说过，在当前这样一个社会转型时期，每一个优秀中学生的背后肯定有一个了不起的家长！你女儿连续三届获得外语比赛第一，为学校争了光，为你们家庭争了光，也算是对你们的回报啊。

大胖听教导主任一说，心里又有了点希望。她将了将头发，抻了抻衣襟，让自己显得精神一点。主任，我们孩子有今天，那都是你们学校领导和老师培养教育得好。早就有朋友给我和我老公说，让京生读高中时再选个好点的学校。我和我老公都不同意。孩子是你们学校培养出来的，就在你们学校读高中，别的学校倒贴钱咱也不去。

教导主任已经在电话中听马老师简单说了情况，现在听大胖一说，一时沉默了。不过，她脸上依然带着亲切的笑容，说话依然十分平静。大姐呀，我们何尝不想让刘京生这样优秀的学生在校继续读书呢，可是，这是个牵涉到政策的大问题，的的确确不是学校能当家的。北京市的外来人口已经达到五百多万，占全市常住人口比例接近百分之三十，像京生这种情况的孩子很多。这样说吧，北京市也当不了这个家。希望你们能理解。

大胖又像在寒冬腊月里被一盆冷水当头而浇，从头凉到了脚后跟。她问，就是说市长也解决不了啦？我们家闺女只有回老家一条路可走呀？大胖说着说着眼泪就落了下来。

这十几万个孩子就被一纸户口赶出北京，公平何在啊？刘文革终于开口说话了。他的声音很高很响，是吼出来的。

教导主任和马老师相互看了一眼，都低下头沉默不语。

从教导主任办公室出来，大胖忍不住，扑在刘文革怀里哭出了声。刘文革连拖带拉，好不容易把她拉到了车前，她突然跪在送他们的马老师面前，两手撑在地上，咚咚，给马老师磕了两个响头。马老师，我和京生的爸爸求求您，您就看在我们家孩子没给您丢过脸的分上，帮着我们家孩子再给校长求求情。

马老师弯腰扶起她，也抹着眼泪，只是直到大胖上了车，也没再说一句话。

你是个死人啊，一句话不说，一个屁不放？车一出校门，大胖就冲刘文革身上打了几拳。刘文革说你说了那么多有用吗？学校不当家。大胖说学校不当家谁当家，你能找国务院总理吗？接下来，她就开了骂，骂制定学籍政策的人不讲理，欺负外来人；骂户籍政策不公平，误人子弟……骂了一遍，最后归结到一句话，咱家京生怎么办？咱家京生怎么办？

车到自家楼下，她对刘文革说，你回家吧。我不敢回家见闺女，实话实说我做不到，说假话骗她我也做不到。

那，那也不能永远不见她！刘文革生气地说，她问你去哪儿了，我怎么回答？大胖说你爱怎么回答怎么回答。你就说她娘没本事，没脸见她，死了！说完，她下车扬长而去。

刘文革下了车，围着车转了几圈，突然像个疯子一样，对着车轮胎踢了几脚，然后一屁股坐在地上……

三

刘文革决定暂时不把真相告诉女儿。他十分坚定地相信，女儿接受不了这样的现实。

其实，他自己首先不能接受这样的现实。

刘文革初中毕业不久跟着做木工的父亲来到北京。一踏上北京的土地，就发生了一件让他很不愉快的事。那天，他和父亲以及十几个从河南老家来北京打工的老乡坐了一夜长途汽车，大清早到了位于西三环外的长途客运站。工地上接他们的人还没到，他们有的坐在自己的行李上，有的习惯地脱了鞋子垫在屁股底下席地而坐，有的靠在路边的树上、客运站周边的铁栅栏上，疲惫不堪地打起了盹。一会儿，他被一阵刺耳的汽车喇叭声吵醒。睁眼一看，一辆黑色小轿车的轮胎几乎压着他的脚。他吓得一个骨碌翻身爬起来，揉着疲倦的眼睛，呆若木鸡地站着。黑色轿车上下来一男一女两个中年人，男的二话不说，指着他张口就骂，找死也不选个地方，轧死你谁给收尸？！他父亲冲他后脑勺拍了一巴掌，又对那对男女赔着笑脸，说了几句道歉的话。那个女人临上车还丢下一句难听话，这些外地人就是没教养，污染咱北京的环境！

这件事像一片阴云，在他心中留下了永远抹不掉的阴影。

工地上的活既繁重又紧张，几乎没有多少空闲。做木工活的人手少，每天从天刚蒙蒙亮就要起来干活，晚上到十点多钟才能休息，有时忙起来是通宵达旦。吃饭的时候，上百人围着几盆菜，你争我抢，狼吞虎咽，锅碗瓢盆叮当叮当，就像打仗一样。他们住的是大工棚，一排二十多张铁板床，被窝一个挨着一个，冬天挤在一起还觉不着什么，到了夏天彻夜难熬。很多人睡觉喜欢光着身子，工棚里的汗味、脚气味加上长时间不洗、挂在铁丝上或堆放在床头、床下的衣服散发出的霉气味浑然一体，熏得人睁不开眼睛，甚至感到窒息。工作的劳累，生活的艰苦，对于他们这些在农村长大的孩子来说还能吃得住装得下，让他们难以忍受的是常常感到做人的权利和尊严的丢失。工地的监理，也就是业主代表从来不拿正眼看他们，稍微发现他们中的一个人工作上有点失误，张口就骂，连带着把整个工地的人，甚至全北京的外来人都骂了。那个时候，他们这些被称为农民工的人还有一个绰号，叫作"盲流"。每逢到了重大节日或者国家要举办庆典活动前夕，全市都要进行一次大排查，"盲流"们是排查的重点对象。有的被从租住的地下室里驱逐出去，有的小门面被勒令临时关张……他们集中聚住在工地的人不用背着铺盖四处迁徙，但是也被集中管理，没有一点自由，除了干活、吃饭、睡觉，出工地的大门都要请假。他记不起有一次搞什么重大活动，还集中把他们送回了老家，直到活动结束才回来。

他第一次请假离开工地，是和几个伙伴去看天安门。天安门在他们心中太神圣了。他们步行了四五里路才到公交车站。车上的人本来就很多，候车的人也很多，好在他们五个人年轻力壮，分成两拨从前后门挤上了车。一上车，他就看见一个年轻的女人斜着眼看他，拿着手绢在鼻子前来回地扇着，好像他是一个患了传染病的病人。他心里又恼火又悲愤，恨不得跳下车远远地逃离。不一会儿，车上就有人开始议论。有的说咱北京外地人越来越多，像一锅大杂烩，就连公交车上的气味都变酸了。有的说犯罪率为什么比过去高了，就是外地人多了。一个妇女说，我们村住的外地人，男孩子没事做，终日东蹓西窜，得手就偷就捞。我早上挂在院子晾晒的我儿子的衣服，到吃中午饭时就不见了。第二天我看见一个外地男孩子身上穿的就是那件！我想说，我老公让我忍。我老公说你惹了他们，小心他们一把火把咱家点了，你找人都找不到！有的说外地人不讲文明，随地吐痰随处倒垃圾还有的随处小便，好像下边的家伙没有开关……车上一阵哄堂大笑。笑声刚落，响起一个清脆利落的声音。咦……北京人真他娘小母牛来月经——血牛。我昨天碰见一个北京老头带了个女孩，开始还以为是他闺女，后来见他两人亲嘴，那女孩叫老头老公，我脸上都替她发臊。说这话的女孩就是后来成了刘文革媳妇的大胖。

那天，大胖说完这话后，车上的北京人和外地人分成两派吵了起来，还差点儿动了手。

在天安门前的遭遇，又让刘文革和他的伙伴们很受伤。一进广场，他们的眼睛就不够用了，一会儿指指那边，一会儿指指这边，不一会儿就有一个便衣警察模样的人跟上了他们，要检查他们的身份证。他们五个人中有两个还没办身份证，有一个的身份证丢失，没时间回老家补办，两个有身份证的，警察看了又要暂住证。他们的工地在城北，工地上对暂住证的要求不严，再说还得花钱，都没有办。警察不干了，把他们带到派出所，直到他父亲从工地拿着证明过来，才放他们离开。当天晚上，他就向父亲提出了回老家的要求。父亲听了，沉默了一会儿，告诉他说他妈让人带信来了，家中的三间房子被大雨淋塌了一间，只有一间能住人，急等着用钱修。他明白父亲话中的意思，没再坚持。一年后，他又一次提出回老家，父亲又告诉他说，他弟弟等着钱交学费。于是，他又放弃了。

再后来，他断绝了回老家的念头，因为他认识了大胖。大胖对他说过打死也不回老家的狠话。大胖绰号"大炮"，是个敢作敢为的女中豪杰，刘文革自从和她谈恋爱起，就对她言听计从。有老乡说他婚后连脾气性格都变软了。

他到北京参加建设的第一个项目就是一所投资规模很大的学校，校园里不仅有绿茵茵的草坪、壮观的体育馆，还有山（假山）有水，环境优美。学校建好后，他们的队伍又在学校附近建楼。大楼建到十层的时候，大胖有一次来看他，两人就在十层的一个房间里铺着工服发生了第一次性关系。大胖下身出的血把他的工服染红了一片，像是在工服上缀了一朵鲜艳夺目的花。完事后，大胖指着楼下学校里欢蹦乱跳的孩子说，等咱俩有了孩子，就送他进这学校！就是在北京吃糠咽菜，我也不把孩子送乡下读书。咱要下一代成为真正的北京人。

刘文革和大胖婚后第三年生下刘京生。他住的那个北五环外的村子只有一所幼儿园，而且只招收有户籍人口的孩子。刘文革的父亲因为他母亲常年生病，无力操劳庄稼地，要回老家。刘文革和大胖商量让父亲把刘京生带回去。大胖起初不同意，哭也哭了，闹也闹了，最后还是点了头。她和刘文革两人要忙着挣钱，无法照顾孩子，也只能让孩子委曲求全。可是刘京生不知是水土不服，还是生活不习惯，先是拉了两个月的肚子，接着身上又生疮。大胖急了，回老家把女儿接了回来。她说咱孩子生在北京，就是北京命。她自己带了两年孩子又受不了。她说我一个初中没毕业的人，怎么教孩子知识。那时，刘文革的弟弟和大胖的弟弟也来了北京，他们又招了几个老乡，离开工地单干了。干了一年，大胖就提出搬家，到城里租房子。她说咱在这儿生活七八年，是苦没吃够还是罪没受够啊？别再让穷气沾孩子身上了。于是，他们就在女儿上幼儿园的地儿就近租了间地下室住下了。为了改变生活环境，他和大胖用尽了浑身的力气。他最多时一年接了二十个家庭装修。再后来，他注册了公司，忙是忙了，但他对北京的印象开始改变，觉得北京真正是全国人民的首都，敞开胸怀接纳来自天南海北像他这样的农民。你可以注册公司，你可以承接工程，只要你有真本事就有挣钱的机会。有时在外和老乡或者客户聚会，听到有人说北京的坏话，他就和人家急，惹得人家骂他，你以为当了小老板就成地地道道的北京人了。对不起哥们儿，你身份还是个农民工。

刘京生从上幼儿园起，就要交"借读费"。这种费用也是中国教育的一大特色，据说外国是绝对没有的。尽管大胖骂骂咧咧，不过刘文革还是认这壶酒钱。后来，北京的政策又放开了一步，外地人可以在北京购房，还有的传说购房可以带户口。刘文革手里已经赚了几十万，打算回老家盖座小楼。大胖说你还惦记着回老家住呀？要回你自己回，我和京生就是流浪街头也不回去。他咬咬牙，狠狠心，拿出一多半存款付了一个六十多平方米两居室房子的首付，剩下的在官园批发市场租了个档口让大胖经营。搬进新家那天，全家人高兴得抱在一起哭了一场。毕竟他们在北京有了家。

往后还房贷的这些年里，他和大胖都很吃苦。大胖和有的老乡私下劝过他，你给私人家庭搞装潢装修，大多数人家又不要发票，不要发票你就不要报税，这可是一大笔收入。他不同意。他说做人得老实、诚实，国家对咱这么好，北京对咱也不薄，咱们不能昧良心。首都建设需要钱，国家建设需要钱，钱从哪里来，税收是一大块。如果人人都想着法儿偷税漏税，那首都还建设不，国家还发展不？再说，偷税漏税是犯法的事，犯法的事咱不能做。所以，他的公司连续多年都是纳税先进单位。大胖有时生气骂他，你算过吗，你这些年交的税钱早就够还房贷了！赖昌星家业那么大还想着法子偷税漏税。他就笑笑回答，那姓赖的不出了事逃到国外去了吗？你让我也背井离乡啊？

诚信的确给刘文革带来了回报，前年区政协换届时，他当上了区政协委员。让他最为遗憾的是，爸爸妈妈二位老人没能享受他带来的幸福，先后于两年前去世了。他爸爸去世前，在县医院住了两个月，他因为参加奥运场馆的工程建设，没能回去看爸爸一眼。老乡里有人背地里骂他只顾赚钱，连亲老子也不要了。

他做梦也想不到，女儿竟然会被一纸户口挡住了继续在北京求学的路。大胖下车后，他也没有回家，直接去区政协找一位他熟悉的领导。那位领导听了他的讲述，面露难色，直截了当地告诉他，政策的确是这样规定的，不是针对他一家一户。你要是不想耽误你女儿的学业，我看还是回原籍读高中，如果到了高二高三再回去，说不定真像你女儿老师说的影响高考。

我爸爸妈妈都去世了，家中的几间房子也转让给了邻居，孩子一个人回去住哪儿，又怎么吃饭？有了病有了灾的谁来帮忙……刘文革一连串说出了几个问号。他说政策也是能变的，你不合理的政策怎么就得让人接受呢？

那位领导认识刘文革也有几年了，从来没见过刘文革这么激动，说这么多话。他劝刘文革不要着急，我帮你找有关部门说说看。但是，我不能给你任何承诺，你还得做两手准备。

从那位领导的办公室出来，刘文革十分茫然。他买了一盒烟，坐在车上一连抽了三支，头都大了也想不出个办法。因为女儿说今天到校外一个地方报名，说好了接她，他看看时间到了，只好硬着头皮去了。半路上，他给大胖打了个电话，劝她不要着急，再想想办法。当然，他的根本出发点是让大胖回家。他晚上还要陪客户吃饭。

刘京生一开车门，人还没上车又退了回去，不悦地说车上怎么那么大的烟味？爸您不是戒烟戒了十几年了吗，又涛声依旧了？刘文革赶忙把四扇车门全都打开，然后拿了盒牛奶给女儿，让她等烟味淡了一点再上车。

刘京生上车后，搂着爸爸亲了一口。爸，马老师今天找我谈话了。刘文革一惊，心想，这个马老师怎么不守信用，不是说好了在决定没下之前先不告诉京生吗？很快，他又从女儿欣喜的神情看出，她说的和那事没关系。果然，刘京生喝完了牛奶，才告诉他说，马老师动员我报名参加全市青少年动漫比赛。马老师说我做的动漫有创意。我准备拉上陈北阳一块儿报名。她的动漫做得也不错。她看出了刘文革情绪不安，又问，爸，你干吗那么紧张？刘文革松了一口气，解释说是怕她太累。刘京生说不对，我还没说出来什么事，您怎么知道我会累？您一定有事瞒着我。刘文革心里赞叹女儿精明，嘴上却嗔怪她太累。大人做大人的事，大人的事有时喜有时烦，你连大人的事都考虑能不累呀？

刘京生挤巴挤巴眼皮，做了个鬼脸，就知道您得看妈妈的态度，不如不给您说，我回家问我妈。她一进门喊了几遍妈，没有听到回声。过去，听到外边的防盗门开锁的声音，妈就会跑过来开门迎接她。她推开厨房的门，妈不在；又推开卧室的门，还不见妈的影子。她又回过头看门后墙上的衣帽钩上，没有妈妈每天带着的白色小坤包。她有点失望，问，爸，我妈哪儿去了？

刘文革说你妈今晚去机场送个老乡，要晚回来一会儿。

那我晚上怎么吃饭，您得陪我。刘京生撒起娇来，拉着刘文革的胳膊不松手。刘文革痛快地答应了。他给公司的副总经理打了个电话，让副总经理陪客户吃饭，吃完饭再带客户去歌厅唱歌。安排好工作，他才想起自己打从和大胖结婚后就没进过厨房，油盐酱醋放在哪儿都不知道。虽然大胖在他面前总是指手画脚，家务却从来不让他插手，这也是他很感谢大胖的一条理由。无奈，他只好开车拉着女儿去了饭店。

吃饭的时候，刘京生喋喋不休地给爸爸讲她的动漫创意。刘文革表面在听，心里却想着女儿的学籍，不时愁眉不展。他的情绪感染了刘京生，她说着说着就没了兴趣，回家的路上，也变得快快不乐。刘文革几次逗她，她只是笑笑。回到家，她见妈妈还没回来，心里更是不悦，对刘文革说了句晚安，就把自己关进卧室里。刘文革以为女儿像平常一样去做作业了，加上自己心情不好，少气无力地躺在大厅的沙发上，长长地叹了口气。他没有想到，敏感的女儿又悄悄从卧室出来，看见他睡在沙发上，拿了条毛巾被给他盖在身上。爸，你要是困了就上床睡吧。我现在抱不动您，等再过几年，我力气大了，就能把您抱上床。

刘文革心里一阵温暖。女儿从小就很懂事，最让他满意和感动的是女儿对父母的理解、体谅。他忙着做活，经常很晚才回家。他和大胖的知识又有限，在女儿的学习上帮不上忙。女儿全自觉自愿。她放学回到家就打开书包做作业，自己从来不开电视机，不玩游戏机。大胖有时到外地进货，就给女儿留几罐八宝粥或者几盒方便面……假如这次不能把女儿留在北京读高中，他心里会愧疚一辈子。这个时候，他非常非常想和女儿说说话，又怕一不留心说漏了，让毫无准备的女儿无法承受。他连眼也没敢睁，对女儿说了句谢谢，翻个身假装睡了。

过了一会儿，卫生间里响起淋浴的声音，女儿洗澡了；淋浴声停后，女儿卧室的门响了一下，女儿进卧室里了。他拿起手机，打开通讯录文件夹，自上向下地翻看着，想从中找到能帮助他的人。就在这时，手机响了，是大胖打来的。大胖问他女儿晚饭怎么吃的，问他有没有告诉女儿马老师找他们的事情。然后让他到官园附近的一家酒店去，说她在那儿等他。

刘文革临出门时，敲了敲女儿卧室的门，京京，你在家做作业吧，我去接你妈了。

刘京生在屋里应了一声。刘文革出门后，她赶忙走到阳台上往下看。城市规划赶不上经济发展速度，是很多城市的通病。北京很多20世纪八九十年代建的小区没建地下停车位，而这几年私家车发展速度惊人，只好停在马路两边，把街道都挤瘦了。她看见爸爸边打电话边上了车，心里直犯嘀咕，爸爸今天怎么怪怪的？妈妈过去偶尔有一次不回家吃饭，会给她打电话唠叨半天，今天也有点儿不正常。她猜测爸爸妈妈一定有事瞒着她。

四

大胖与刘文革分手后，先是没有目标地在大街上转悠了一会儿。她心里不好受，脑子里也一片混乱，想骂人，想发疯，想撒泼，大街上来来往往的人，没有一个让她看着顺眼的。走到一家食品店前，她进去买了两瓶冰镇可乐。这几年，她的身子不住地发胖，一直不敢再喝甜味的饮料。今天，她像找到了报复对象，一口气喝下两瓶。

孙姐来了电话，大胖你去学校怎么用了那么长时间？你还回不回来，等着你摸几圈呢！批发市场一般到了下午客人就少了些，孙姐就拉着她和几个不错的一块打麻将。一方面可以调剂一下情绪，一方面可以增加彼此感情。以往，她都是积极响应和热情参与者。不过，今天她没了情绪。她说我心里不好受。孙姐说我听出来了，有什么事能让你不好受？你心里不好受姐心里就犯堵，过来给姐说说，姐帮你出出主意。

她一见孙姐，话还没说出口，泪水就掉了下来。孙姐喜欢喝普洱茶，而且泡得很浓，像酱油汤。她从大杯子里倒出一小杯让大胖喝了。别老是哭，有话就给姐说吧，是不是刘文革背着你做了坏事？她见大胖摇头，急了，你是家中被盗了还是在街上被人抢了？我看不像。

大胖把她和刘文革在学校遇到的事情给孙姐说了一遍。孙姐听后瞪大了眼睛，北京还有这政策？我怎么没听说过。你们家京生不是在北京生，在北京过的吗，怎么会到现在没有北京户口？她说着，一连打了几个电话，问办户口的事，问学籍管理的事。打完电话，她无可奈何地对大胖说，还真有这样的政策。又问，大胖你和刘文革打算怎么办？

大胖说了不能让女儿回老家读高中的几点理由，最后痛哭流涕地表示，绝不让女儿回老家。孙姐想了一会儿说，那就只有一条路，想法子把京生的北京户口办了。说完又批评大胖，我说你和刘文革两口子对孩子也不负责，你生她养她快十六年了，怎么就不想法子把她的户口给解决了？大胖说我们两口子哪懂这些政策。我们在北京买了房，有了固定的职业和收入，就觉得生活稳稳当当了。再说，又不是过去发粮票布票什么都要票，北京人和外地人有什么区别。再说了，北京户口也不是好办的。

孙姐说你说的也在理，我听人家说当官从外地进京，老婆孩子的户口才能跟着进来。当官的和老百姓的待遇什么时候都不能一样。大胖说孙姐你是老北京，熟人多，关系广，你得帮我闺女想想法子。

孙姐说我这不正想着吗，刚才打电话你也听见了，我那些熟人朋友里没有能办这事的。她一拍脑壳，对了，陈开阳不是认识刘处长吗，刘处长说不定能帮上忙。

大胖听了摇头，那个人不像有能耐的人。

孙姐说你不能主观武断地看人。你看刘处长的车号，甲字开头，那是领导的车牌号。这样吧，我给开阳打电话，让她把刘处长找来说说这事，我请客。京生是你闺女也是我闺女。

大胖想孙姐说得也在理。她多次和刘文革在车上看见挂甲字开头的车，有的时候街上清道，是给那种牌号的车让路；路上拥挤的时候，那种牌号的车大胆地走逆行道，甚至目中无人地闯红灯，警察睁一只眼闭一只眼。刘处长能开这种牌号的车，说明他不是一般人物。

孙姐给陈开阳打通了电话。陈开阳一听孙姐说请她和刘处长吃饭，很爽快地答应了。过了几分钟，她又给孙姐打过电话来，说刘处长陪领导活动，要到七点钟才能过来。孙姐看了看手机上显示的时间离七点还有一个多小时，就招呼大胖和几个人打牌。

大胖的心思在女儿的学籍上，精力不集中，一连几次出错牌，惹得孙姐有点不高兴。大胖你就别想了，你想破了脑袋也办不了。姐今晚就把话给开阳挑明，她必须办，不然我从此不再认她这个干闺女。

孙姐和陈开阳的关系，大胖还是了解的。陈开阳上初三那年期末，因为和爸爸妈妈闹意见，偷偷吃了十几片安眠药，送到医院抢救时，医院要先付费，她爸爸妈妈身上没带钱，正愁肠寸断时，恰巧孙姐当时也到医院看病，二话没说帮着这个素昧平生的女孩子垫付了医疗费，陈开阳得以从死亡线上被救了回来。她从此就认了孙姐做干妈，三天两头跑来看孙姐，遇上孙姐忙时还帮孙姐打理。对于她为什么要自杀，当时的说法是因为她失恋了。几年过去了，一直是这个说法。陈开阳和刘文革是一个村的老乡，大胖和孙姐又在同一个市场里上班，所以，陈开阳自然和大胖也打得火热。不过，大胖表面上对陈开阳热情，心里却有些看不起她。她初中毕业后跟着孙姐干了几个月，说是找到了一家酒店的迎宾工作，就不再来孙姐那儿上班了。再来时，她的发型变时髦了，穿戴变时尚了，就连说话的口气也变得娇滴滴了。有人背着孙姐告诉大胖，陈开阳是在一家夜总会里当坐台小姐，官园批发市场里做生意的男人陪客人去夜总会唱歌见过她。大胖最看不上她的是她的感情不专一。她喜欢的是比她大两岁的肖祥。肖祥也是河南商丘的老乡，还是一个村的，跟着姑姑在北京生活，他人长得帅气，学习也很用功，考上了北京的一所大学。她为了追肖祥，和另外喜欢肖祥的女孩闹得不可开交，甚至威胁要毁了人家的容。肖祥大学毕业没考上公务员，进了一家公司，她就和肖祥分了手。大胖不满意陈开阳，但是又不好张口告诉孙姐。眼下实在是想不出好法子，找不到好门路，她也只能先听孙姐的安排。

　　陈开阳是坐着刘处长那辆甲字开头的奥迪车来的。她见饭店的迎宾小姐、服务员眼睛盯着车牌看，不禁神气活现地挺了挺胸。过去，她跟孙姐和大胖上饭店时，都是笑容可掬地搀着孙姐，这回却是毫不遮掩地挽着刘处长的胳膊。进了包间，也挨着刘处长坐在了一起。孙姐问刘处长开车能不能喝酒。刘处长说喝，无酒不成席。孙姐说我是怕你酒后开车警察查了麻烦。刘处长说，丫警察看见我的车号也不敢拦我的车。他还让服务员上两包软中华，饭店上烟加收服务费，一包一百块。他让和饭菜一起结。孙姐心里不高兴，脸上还赔着笑。孙姐性格直率，几杯酒过后，就开门见山地把给刘京生办北京户口的事说了。陈开阳听了，愣了一下，欲言又止。刘处长正在夹菜，把筷子一放，点了一支烟，没有说话，只看着陈开阳，好像在等陈开阳表态。

　　大胖心里一下子没底了，笑容瞬间逝去。我说这个刘处长不太靠谱吧，孙姐还不信？孙姐从大胖的表情变化看出了她的心思，眼睛盯着陈开阳，话却是说给刘处长听的。这是关系京生那闺女一辈子的大事，小刘你无论如何都得当成头等大事，开阳是我闺女，京生也是我闺女，手心手背都一样。

陈开阳没有说话。她知道办北京户口是件不容易的事。当初她初中毕业时，也因没有北京户口，被爸爸妈妈赶着回老家去读高中。肖祥，还有很多很多像她一样没有北京户口的孩子，无一不遇到过同样的经历。她当时是抱定了宁愿在北京做鬼也不回乡下的念头，一气之下服了安眠药。不了解真相的人以为她是因为失恋。她妹妹陈北阳和刘京生一样今年初中毕业，也面临这个问题。她之所以没当着刘处长的面说出来，是她没有告诉过刘处长自己的老家在农村，自己是个在北京务工的农民工的后代，她不愿把自己同弱势群体这个词联系在一起。

刘处长听孙姐说完，轻轻笑了。孙姨，说句吹牛皮的话，你还真烧对了香拜对了佛，不就是办北京户口吗？来，喝个酒我告诉你怎么办。

孙姐兴奋地和刘处长连干了两杯酒。大胖从来不喝酒，有时实在推辞不下才喝杯红酒。孙姐让她敬刘处长酒，她没有犹豫，痛快地陪刘处长喝了杯白酒。刘处长脸色变红了，说话的声音也提高了。孙姨，我每年都要帮人家办户口，多的时候一年办了三十多个，有朝阳区的、海淀区的、东城西城的，也有郊区的。你想给孩子办在哪个区？大胖刚说出海淀区，他一拍桌子，不就办一个海淀区的户口吗？这事交给我没问题。

宽敞的包间里突然寂静了，只有空调运行的微弱声音。四个人的表情各不相同，大胖有些疑问，孙姐有些激动，陈开阳有些惊喜，刘处长则有些得意。还是孙姐先开了口，刘处长你真办成了这件事，我让大胖两口子好好感谢你。说着，她走过去给刘处长倒了杯酒，又冲大胖招招手，大胖，还不赶快过来给刘处长敬酒。

刘处长喝得大概有点过了，也许装醉，端着酒杯摇摇晃晃走到陈开阳面前，阳阳，咱俩喝个交杯酒吧，我今天当着干妈的面，正式向你求婚。陈开阳既不惊不喜，也不慌不乱，从容地和刘处长勾肩搭背喝了一杯酒，又在刘处长腮上亲了一下。刘处长高兴得哈哈大笑，他说现在就给公安局户籍处长打电话。接通后，他用手示意陈开阳她们不要讲话。喂，处长老弟，听出我是谁了吗？对，对，我是你刘哥刘处长。有个事哥得找你帮忙。什么？不客气。我当然不跟你客气。这么着，我一个亲侄女在北京十几年了，想把户口从老家迁来。对,农村的孩子……

大胖现在相信刘处长了。踏破铁鞋无觅处,得来全不费功夫。没想到在她和刘文革看来比登天还难的事,刘处长一个电话就解决了。今晚回家不怕看女儿的眼睛了。她抑制不住内心的激动,紧紧抓着孙姐的手。

突然,刘处长的脸上起了愠色,说话的口气也变了,兄弟,我知道办这事得花钱,去年不是办一个户口二十万吗,今年怎么又要三十万了?这还得排队排到明年下半年……

大胖听到这里,像触电一样猛地站了起来,把椅子也带倒了。天哪,三十万,这对于她的家庭来说尽管不至于倾家荡产,也得挤干油水。她家里的财权在她手里攥着,她清楚自己的家底,充其量也就十来万存款,还得每月还房贷,一下子到哪儿拿出三十万来?她拉起孙姐走到门外,姐,这也太贵了吧?我,我们家拿不起啊。孙姐想了想,大胖,按说一个户口本本三十万是贵了些。如果我的户口本本能转给京生,我一分钱不要就转给她,可是那不符合政策。现在,你把刘文革叫来,让他也听听,你们回去好商量。我再给刘处长说说,看能不能少点。

这样,大胖才给刘文革打了电话。挂上电话,她没回包间,一个人呆呆地坐在大堂里。刘文革到后,她先把情况给刘文革说了。刘文革听后,一屁股坐在沙发上,点燃了一支烟,沉默不语。大胖急了,踢了他一脚,都到什么时候了,你还不急不躁。人家说这还得排队排到明年。

到明年不就都给耽误了!刘文革说,把我的车卖了。反正砸锅卖铁也得办这事。

孙姐大概等得不耐烦了,到大堂来找大胖,看见刘文革也到了,就对他俩说了她又与刘处长商量的结果。刘处长说了,他可以找户籍处长把别人今年的指标挤下来给京生,但是,钱一分不能减,这是公安局要的迁入费,看在我和开阳的面上,处长局长的人情费不用你们家出,他来还。

刘文革和大胖面面相觑。孙姐急了,刘文革你在这事上要像个爷们,该当家时就当家,不要难为大胖。你要是还有更铁的关系,不用花钱或者说花钱少,那你就进去给人家刘处长说一声,敬个酒了事。

大胖说他哪来这样的关系，姐你还不知道他的为人，树叶掉头上都怕砸个洞。这事就定了，我们这两天就准备钱。

从酒店回家的路上，刘文革默不作声地开着车，大胖也呆若木鸡地坐在一旁。直到停好车，刘文革才对大胖说不要把情绪带给女儿，咱悄悄地把这事办了。大胖说没有不透风的墙，早晚她也会知道。刘文革说晚知道一天就少难受一天。再说，户口办好了，她也不用回老家了。

走到电梯门前，大胖拉了刘文革一把，你说那个刘处长可信吗？刘文革说死马当成活马医，没办法。大胖说那咱们先别把钱给完，给他一半，等拿到户口本再给另一半。刘文革点点头。

五

第二天是礼拜六，刘京生上午没有课，就多睡了一会儿。她起床后发现，家中的气氛与以往有了变化。妈妈是个性格外向的人，过去总是一边做饭一边哼着20世纪的流行歌曲，爸爸则在客厅里看早新闻。今天，厨房里传出的是妈妈不时的叹息声，爸爸也没看早新闻，而是站在阳台上抽烟。她敏感地意识到爸爸妈妈有事瞒着她，于是走到阳台上，夺下刘文革手中的烟。爸，您又抽烟，不怕我和妈妈抗议？

刘文革冲女儿笑笑，轻轻拍了下她的脸颊。上午没课，怎么不多睡一会儿？刘京生说我得准备动漫大赛报名的事，哪敢睡懒觉啊！刘文革发现女儿明显瘦了，心里一阵隐痛。他又要掏烟，被刘京生拦住了。刘京生拉着他的手，把他拉到沙发上，然后打开了电视机。爸，您看新闻，我给您泡茶。不一会儿，她就把一杯热茶送到刘文革的手上。刘文革有早上喝茶的习惯。他的观点是，早上喝一杯热茶，可以冲洗一下头一天吃的油水，清理清理肠胃。过去，大胖每天早上都要为他泡好一杯热茶，今天不知是忘了，还是在为女儿学籍的事担忧，没有给他泡茶。他也好像忘记了。看来还是女儿心细。他想，为了女儿的前程，无论付出多大代价也得把她的户口迁到北京来。

大胖看女儿第一眼时的目光就有些慌张，然后主动避开了女儿的眼睛。可是，当她的目光看到墙上女儿手捧奖杯和鲜花的照片时，马老师和教导主任的话不由自主地在她耳边响起，她的眼睛湿润了。为了不让女儿看出她的心情，她借口再炒一个青菜又进了厨房。没想到，刘京生也紧跟进来了。妈，您昨晚回来怎么没叫我？

大胖说昨晚喝了几杯酒，头有点疼，又怕让你看见妈失态，才没叫你。说着，她把女儿推进卫生间，让她漱洗准备吃饭。回到餐桌前，她埋怨刘文革，看你那样子，生怕咱闺女不知你心里有事。刘文革没好气地哼哧一声，你也不比我好到哪里去！

也许刘京生看出了爸爸妈妈情绪上的变化，吃饭的时候，她故意说了几段笑话，想让家中的气氛欢愉起来。但是，她发现爸爸妈妈虽然也笑，但笑得很勉强。爸爸妈妈对视的时候，目光中透出沮丧和无奈。她饭没吃完就急了。你们有什么事能不能痛快地告诉我？我已经不是小孩子了，还看不出你们的变化？你们越是让我胡乱猜，就越多让我费脑子费神。你们要是心疼我，就别这样！说完，她赌气地把碗筷朝一边一推。

刘文革和大胖都愣了，一时不知所措。女儿长这么大，他们家庭的早餐桌上第一次失去了欢乐，出现了尴尬。大胖示意刘文革说话，刘文革却离开餐桌，走到阳台上抽烟去了。大胖无奈，只好给女儿编了个谎。她说工商局在官园批发市场检查假冒名牌服装，把她一个姐妹放在她那儿的一包假名牌服装查了出来，工商局对她做出了停业和罚款的决定。她说，我和你爸怕你知道了心里着急，影响你中考，所以没给你说。

刘京生相信了大胖的话，脸上换上了笑容。刘文革和大胖也如释重负。

此后一连几天里，刘文革和大胖在女儿面前说话都小心翼翼，生怕让女儿看出破绽。但是，环境并不是人为营造出来的，尤其是小家庭的环境与每个家庭成员的心情、工作、学习，以及言语、表情十分密切，一句话、一个眼神都会让这个环境瞬间发生截然不同的变化。这天晚上，大胖到女儿卧室送牛奶时，看见女儿在设计动漫，有点生气，说你中考不一定能被推优，还参加这些没用的竞赛。刘京生火了，我怎么就不能被推优？她说着就起身去找刘文革，在客厅和卧室都没看到刘文革，又从阳台上看刘文革的车位，见车也不在，就给刘文革打了个电话。她说我妈变了，看我不顺眼……说着说着竟然哭了。

刘文革那天刚刚接了一家装潢装修的活，和几个同事在公司加班搞设计。接到女儿的电话，他不知妻子和女儿之间到底发生了什么事，安慰了女儿一会儿。女儿挂断电话后，他又拨通了大胖的电话，刚说了一句你注意一点，大胖就冲他吼起来，刘文革你是不是想把我逼疯？告诉你，我的忍耐也是有限度的。不等刘文革往下说，大胖就把电话挂断了。

刘京生在卧室里听见了妈妈对爸爸的吼声，吓得身子颤抖了一下。在她印象中，爸爸妈妈是一对恩爱夫妻。他们之间出现意见分歧时，都是平心静气地说理，有时也有争吵，很快就会雨过天晴。爸爸妈妈对她更是视若掌上明珠，百般呵护，千般关爱。有一年冬季的一天，她和陈北阳等几个同乡小伙伴聚会时吃了不干净的羊肉串，到了夜间突然发烧。妈妈把她从家中背到几里外的公路边去打出租车。在路边等了一会儿不见车来，妈妈又毫不迟疑地背着她往附近的医院走。听见她喊肚子疼，妈妈撒腿跑起来。跑了一段路，才遇上出租车。妈妈上了车就瘫软地躺下了。爸爸那几天在距离北京一百多里之外的一个工地搞装修，接到妈妈的电话后，他借了一辆自行车，用了两个小时赶到了医院。第二天她出院后，妈妈找到陈北阳家，把陈北阳的妈妈数落了一通。爸爸妈妈也就在那天决定了要离开那个外地人聚集的村庄。这些年，爸爸妈妈拼命地赚钱，家庭收入逐渐提高，爸爸妈妈不舍得吃不舍得穿，把钱用在改变家庭生活质量和她的培养教育上。她姥姥去世那年，她已经读初中一年级。姥姥临终前拉着她的手，告诉她，京京啊，你爸爸妈妈不让我告诉你，可姥姥要走了，想来想去还是想告诉你，你爸爸妈妈收入的一半都用在了你身上。你可千万给你爸你妈争气！刘京生也决心报答爸妈，学习上很刻苦，成绩一直在年级里保持领先。她没想到临近中考，家庭却发生了不愉快，自己第一次对妈妈发火，妈妈又第一次冲爸爸吼叫。她心里难过了一阵子，悄悄走出卧室，看见妈妈正坐在沙发上抹眼泪，一下子扑到妈妈的怀里，妈，我错了。

　　大胖也意识到了自己刚才的话伤了女儿的自尊心。她的本意是想告诉女儿，你拿过几次市里区里的各类比赛第一，那些花花绿绿的奖状，只是给学校甚至区里增了光，而你自己到头来没有北京户口那张纸，照样在北京上不了学。当然，这些话不能给女儿挑明了。挑明了，就是给女儿背上思想压力、精神负担。她抚摸着女儿蓬乱的头发，感慨地说，你是爸爸妈妈的好闺女，爸爸妈妈就是再苦再难，也得让你留在北京读书。

　　过去，刘文革一进门就喊女儿的名字，女儿答应着迎上前，亲热拥抱一下他，然后接过他手中的包或者别的东西，一直把他送到沙发上坐下，和他聊上一会儿再回屋做作业。自从马老师和教导主任跟他和大胖谈话后，他进家都是悄无声息，好像自己做了见不得人的事，生怕女儿看穿。大胖说，看看咱这家变成什么样子了，用不了一个月我就会发疯！刘文革问她刘处长办户口的事谈得如何？她说刘处长倒是挺上心，就是公安局的那个什么什么处长不同意先付一半的钱。处长说这又不是在你官园批发市场买衣服能砍价，要不是看刘处长的面子，你再加二十万也不会轮到你，有人拿着一百万排队等着呢！就这一周内，给钱就给你办，不给钱就给别人办。

　　刘文革听着这话不对劲，堂堂市局的一个处长怎么会说出连一个生意人都不能说出口的话？他从来和客户谈价钱时，都是好言好语地商量。他问大胖见没见到那个处长。大胖点点头，那个处长倒是开着警车来的，人没下车，就在车上跟我说几句话。很横，像个公安！

　　刘文革说真公安才不横呢，我又不是没打过交道。北京的公安特文明特讲理。大胖一听，急了，我说什么你都不相信是吧？这事你办吧，我还不管了呢！刘文革一听她的嗓门又放开了，赶忙向隔壁的卧室努了努嘴，示意她声音小一点，别让女儿听见。人到气急无奈时，性情就像火山即将喷发前的岩浆运动，强性堵塞往往会促使提前喷发。刘文革了解妻子的脾气，所以每到这个时候就会主动缴械认输。他走到阳台上点了一支烟，望着灰蒙蒙的天空暗自叹息，从 20 世纪 80 年代就来北京，二十多年过去了，从一个青春少年变成了渐露白发的中年，到最后这里还不是自己的归宿，就连下一代也跟着遭罪。看来，必须下决心给女儿改户口，不然女儿这一辈子都要受户口的连累。

他回到屋里，先是给大胖认了个错，然后斩钉截铁地说，这三十万咱掏！

第二天上午，刘文革就把车开到了二手车市场。二手车市场的马路边上，有一些专业从事二手车买卖的。他们的眼光很贼，从一搭话到看成色，马上就明白卖车人的心态，哪个人是有了钱想换新车，哪个人是因为等着用钱……然后对症下药。刘文革的那辆车刚刚买了两年，经纪人张口就砍下两万。刘文革想去窗口办理，那几个人站在车前不让路。他说你们再拦，我就打110报警。有一个人把脚朝他的车轮下一伸，张开手向他要钱，报警可以，你撞伤了我，得先送我去医院，不然老子把你这车砸了当废铁卖！

好汉不吃眼前亏，刘文革只好把车卖给了他们，后来向朋友打听行情，少卖了两千元。这两千元够他家还两个月的房贷。卖车款加上他向弟弟借的两万和家中的存款，才二十万出头，大数还差十万。大胖让刘文革从公司再拿十万，刘文革说公司账上只有两千多元。他开的是家小公司，干的是小打小闹的家庭装潢装修，利润不高，收入不多，去了各种成本，每年也就二三十万的纯收入。公司的钱都拿去进货，垫在材料上了。大胖不信，你公司开了十几年，钱都扔哪儿去了？刘文革说公司的账不都让你看过？咱这房子是个大头，女儿年年交借读费、赞助费和学杂费，这十几年平均下来哪年不万儿八千？前些年我爸我妈你爸还活着，每年也得花个万儿八千，又是十几万，你弟弟结婚盖房子加上送彩礼买家具花了七八万……他的话还没说完，大胖就火了，你怎么没算我给你当保姆的费用？告诉你刘文革，过去我从来没问你公司的事，今天不能不问了。你心里有鬼。

刘文革见大胖又上劲了，不想和她纠缠，拿上包就向外走。大胖一把扯下他的包，接着又抓住他的衣襟，他一用力，把大胖推倒在地上，自己衬衫上边的两只扣子也挣脱下来。大胖像杀猪一般号叫着，你刘文革没心没肺是个小人，我跟你吃了那么多年苦，你在外边还找小女人！她骂着，又扑上来，在他脸上狠狠地挠了一把。他觉得脸上像被火钳烙了一下。皮肉之苦他尚能忍受，最不能忍受的是大胖的羞辱。他一怒之下，朝大胖脸上狠狠地打了一巴掌。他和大胖结婚十八年了，从来没动过大胖一手指头。大胖先是震惊，接着一屁股坐在地上放声大哭，我的爹来我的娘来，这日子不过了……她身子不住地前仰后合，高举的两手也随着身体的节奏挥动。

刘京生就是这个时候回的家。她推开门，一下子目瞪口呆。这种场面，她只是在一些反映农村生活的电视剧里看到过，做梦也想不到自己这个温馨祥和的家中也会上演。爸，你们这是怎么啦？她看着爸爸脸上几道新鲜的血迹，泪水唰地流了下来。接着她又去拉坐在地上的妈妈。妈您别这样，邻居都在听呢。大胖说就让别人听，让别人看笑话，反正这个家也没法子过了。刘京生说您不怕丢人我还怕现眼呢，妈您给我个面子，我给您磕头了！说完，她双膝一弯，跪在大胖面前，果然磕了三个头，头撞在地板上的咚咚声仿佛也带着怨言，让大胖心像刀扎一样疼痛。她知道不能再哭下去，那样会逼得女儿不知做出什么可怕的事，再说，风雨过后，女儿可能会打破砂锅问到底，她也不知如何回答。想到这里，她一个骨碌爬起来，脸也没洗，拍拍屁股出了门。刘京生想去拦她，被刘文革拉住了。

刘京生哭着说，爸你打我妈了？你为什么打我妈？你是北京人，又不是农村人，就是现代文明的农村男人也不会打老婆。

刘文革听女儿说他是北京人，心里既好气又好笑，鼻子也一阵发酸，怕女儿看见，转身抹了把眼泪。

刘京生在沙发上哭了一会儿，又跑进卧室哭去了。刘文革面对这突如其来的家庭变局，心里乱成一团。

刘京生在卧室里哭了一会儿，心里放不下妈妈，又到客厅找刘文革，爸，你为什么不去找妈妈？你不去我去。她一边说一边换衣服。我妈要是出了事，我也不活了，你一个人过吧。

刘文革既怕妻子出事也怕女儿出事，赶忙跟上女儿。在电梯间，刘京生扭过头，看也不看他一眼，让他心里惶恐不安。刘文革要带她去吃饭，她说我见不到我妈决不会吃饭，哪怕饿死。

让刘文革和女儿没想到的是，刚出小区的门就找到了大胖。其实大胖并没有走远。她到了小区的门前就停下了。女儿的晚饭怎么吃？女儿哭坏了身子怎么办？女儿的情绪受影响进而影响了学习又怎么办？一连串的问题都与女儿有关。女儿的事是大事，这是她从女儿出生以后一直坚定不移的信念。她又不想马上回去，她要给刘文革一个教训。刘文革你不来求我，我不会回去。她在小区门口徘徊了一会儿，又想起女儿办户口的钱还没凑够，经过考虑，她给陈开阳打了个电话。

开阳，我是你大胖姨。吃饭了吗？大胖开场说了几句客套话。陈开阳好像很忙，马上打断了她，是大胖姨，我听出来了。你是想说京生户口的事吧？我老公不是都说清了吗，他是助人为乐，白帮忙。人家公安局那边说一分钱也不能少。你和我刘叔赶快点吧，再拖下去，我老公说话都不好使了。

陈开阳没等大胖再说下去就挂断了电话。大胖心里一百个不高兴，咦……还称起老公来啦，这哪儿搁哪儿呀！比你爹小不了几岁，看你领家里怎么叫。看来想让少点钱是不可能了。还有十万向谁借呢？把自己在官园批发市场里的档口转让出去吧！她想，眼下，官园批发市场里像她租的档口，转让费私下里炒到了十几万。转念又一想，档口转让出去了，自己干啥去？就自己这点初中文化，经过多少年都就着馒头吃到肚子里大半，到哪儿找工作？没了工作，仅靠刘文革一个人的收入能养家糊口，可日子会紧巴巴。对了，给孙姐打工。想到这里，她又给孙姐打电话，说了自己的想法。孙姐一口就答应了，大胖你这法子行，等你以后有了钱再租一个档口呗。大胖听孙姐答应了，心里高兴，怒气瞬间烟消云散。她转身要往家里走，看见刘文革和女儿过来了，赶忙又转身蹲在地上，两手遮着脸，假装在抹眼泪。

刘京生首先看见了大胖，扑上前就去拥抱她，由于用力过猛，母女俩抱成一团倒在地上。大胖慌忙拉起女儿，宝贝，摔着了吗？让妈看看哪儿疼。刘京生帮妈妈拍打着身上的土，大声喊道，妈，对不起，把您身子摔坏了。大胖上下打量了一下自己，没有啊，哪儿坏了？刘文革也紧张地上前看了看大胖。刘京生笑了，妈，把您的屁股摔成两半了！说完，撒腿就跑。大胖一边追一边笑着骂她学坏了。刘文革也笑了。

一场家庭危机就这样过去了。吃晚饭时，一家人又欢欢喜喜，好像什么事情也没发生。大胖总结说，这说明咱家没有矛盾的基础。不过，上床以后大胖又骂刘文革外边有野女人。刘文革说我向毛主席保证，我没有。大胖一把抓住他下身的家伙，你多少天没用了，怎么解释？刘文革说不是因为闺女的事心烦吗？你不是也没让我用？说着翻身骑到大胖身上……

三天后，大胖把三十万元现金送到了刘处长手上。陈开阳当时也在场，她对大胖说，大胖姨，不瞒你说，我老公这回真给我干妈和你面子。我妹妹北阳想办北京户口，一分钱也不少给，我老公都给回绝了。北阳这几天都恨我……

<h1 style="text-align:center">六</h1>

其实，陈开阳只说了一半真话，就是她妹妹陈北阳听说姐姐的男朋友能办北京户口，吵着先给她办。可是，陈开阳一说出三十万的数字，陈北阳就不吱声了。

陈北阳没有像刘京生那样读过幼儿园，小学到初中也一直没离开过北五环外的那个村子。她的爸爸妈妈比刘文革还早两年到北京。她爸爸一直跟着当年的乡建筑队做泥瓦工，后来乡建筑队改制成了公司，被乡长的弟弟"买断"，她爸爸虽然被留下，一年辛辛苦苦做下来，也就收入个万儿八千。她爸爸妈妈第一胎生了陈开阳，是女孩；第二胎又生了她，还是女孩；所以又生了第三胎，是个男孩才停下来。她妈妈带着三个孩子已经忙得不亦乐乎，哪有工夫上班？一直到她上了四年级，她弟弟上了学，家庭入不敷出，她妈妈才开始找工作，但是都不稳定，今天在务工子弟学校当清洁工，明天又到洗衣厂做洗衣工，最近又通过社区的家政公司找了个钟点工的工作，每月收入不到一千元。

直到她五岁那年，一家五口仍住在一间屋里挤在一张大床上，中间用块布隔了个帘子。还是女人敏感，她妈妈给她爸爸多次说过，两个女孩一天天大了，懂事了，你又一天不能闲着，让孩子看多了听多了不好。她爸爸求房东求了半年，房东才点头让她爸爸自己动手在房子的门前搭了个简易的小房子，不过，房租是按一间房的价格收。她和姐姐才从此有了属于女孩子的空间。

陈开阳初中毕业后就辍学了。一方面是她不愿意回老家读高中，一方面是她爸爸妈妈也不愿意再供她读书。这样陈开阳就到官园批发市场给干妈打工去了。一开始，每天早晨五点起床去挤公交车，晚上十点才能回到家，天天叫苦喊累，上了床左一个翻身右一个翻身，折腾得陈北阳也睡不好觉。陈开阳也应聘过其他工作，一是文化水平，二是北京户口，这两个硬杠子挡着，总找不到满意的事干。半年后，陈开阳变了。一开始是不回家来住，说是干妈怕影响生意，给她在官园附近租了房子。再回家来时，穿的用的都很时尚，还给了她爸爸妈妈一千元钱补贴家用。她妈妈追着问她钱从哪里来的，她说是干妈给加了工资。陈北阳记得最清楚的是，姐姐身上的香水味未曾闻过。

后来，有人说陈开阳在一家夜总会坐台。她妈妈开始不信，哭闹着让她爸爸把她找回家来问问。陈开阳拖了一个月没回家，她妈妈哭了一个月，埋怨了一个月。正逢上她妈妈生病住院，她爸爸愁着交不起一万元钱的押金，陈开阳带着钱去了，把她妈妈顺利送上了手术台。她妈妈住了半个月的医院，医药费用不说，就连平时吃的喝的也不比别的室友差。她妈妈出院后，再也没提过陈开阳坐台的事。

陈北阳从小学到初一，学习成绩在她所在的打工子弟学校也是比较好的。家里没有放桌子做作业的地方，她就趴在床上，用切菜板当课桌。陈开阳刚出去做事那一段时间，回家就上床睡觉，姐妹俩常常为此争吵，还动过手。有一回，她妈妈骂陈开阳，让陈开阳为她让地方。陈开阳急了，学，学，学有个屁用？上完初中你还得滚蛋回老家。她第一次知道北京还有关于外来务工人员子女学籍管理的政策。进入初二，打工子弟学校的老师班上讲、会上说，动员学生做好心理准备。为此，她痛苦，她不平，曾经写过一篇博客，用的题目是《我想死》。

　　今天，老师给我和十几个像我一样的农民工子女开会。他神情凝重地告诉我们，因为我们的户口不在北京，按照政策规定要回原籍读高中，然后在原籍参加高考。听了老师的话，同学们都火冒三丈，有几个火气大的男生还掀了桌子，摔了凳子。我们几乎异口同声地喊出"打死也不回老家"的口号。

我们这些"90后"的孩子，大多数是在北京出生北京长大的。我的同学中无论问到谁，他都会说他老家是什么什么地方，心里早已承认自己是北京人。虽然我们曾在过春节时跟随父母，挤在人山人海的火车上回老家过年，但我们也只认那块土地上的家是爷爷奶奶爸爸妈妈居住过的"老家"，而北京的家才是我们的家。我们对那个"老家"很陌生，对北京这个"家"更亲近，更亲密。突然要把我们从"家"中赶出去，我们当然不能答应。

我们和老师论理，后来又找校长。校长说我和你们老师到现在也还是外来务工的，哪有权力答应你们的要求，更不用说改变你们的命运了。我们才知道，生活了十几年的北京并没有承认我们是她的子女。同学们都哭了，哭得很伤心。

我现在很害怕。家中只有年迈的爷爷奶奶，他们的生活需要照顾，我回去就必须承担起一个保姆的责任，买米买菜做饭洗衣服……我最害怕的是跟不上班。我的一个同学小学毕业就回了老家，她告诉我老家的教材和北京的不一样，老师的教学方法也和北京的老师不一样，她到现在刚刚适应。她说她后悔当初回去读初中。我如果回去了，考不上高中，或者几年后考不上大学，难道就得在老家种地了吗？

北京，你为什么对我们如此无情？

她之所以没和刘京生说起过，是以为刘京生早搬到城里住了，又是在城里的学校上的初中，不会遇到和她同样的问题。直到陈开阳那天回家，在家中接大胖电话时说了刘处长在为刘京生办北京户口，她才明白刘京生的爸爸妈妈为了让刘京生留在北京读高中和高考，托关系办北京户口。她生气地问陈开阳，姐，你怎么胳膊肘儿朝外拐，帮别人办北京户口不帮自己妹妹办？

陈开阳说，你以为办北京户口那么容易呀？人家是花钱买的。陈北阳问要花多少钱，你先帮我垫上，就算我借你的，等我参加工作挣了钱还你！

陈开阳说你做梦吧你！办一个北京户口对外要五十万，有关系也得三十万。我到哪儿去拿这三十万？再说你初中毕业上高中，高中毕业上大学，这又是六年，谁给你出钱？指望咱爸咱妈，咦……门儿也没有！

陈北阳一下子愣住了。她就是做一千次关于北京户口的梦，也绝对想不到办一个户口需要如此大的代价。

但是，陈北阳和许多像她一样在北京出生，在北京长大的外地孩子一样，对个人的归宿与爸爸妈妈那一代截然不同。他们的爸爸妈妈在城里打工挣了点钱，先是回家盖房子，即使老婆孩子跟着进城的也是如此，因为他们最终还是要回老家度过晚年，死后和祖辈埋在一起。陈北阳这一代人是抱着彻底融入城市的念头，打死也不愿回老家。不同的归宿点，就是不同的追求，当然生活态度也就不同。陈北阳从那一刻起就下定了决心，无论如何也得想法子办一个北京户口，成为真真正正的北京人。

她曾想"逼"陈开阳。不管怎么说你是我姐，再难你也得帮我。这天下午放学后，她没有回家，径直去了陈开阳在西四环租住的公寓。她去过陈开阳那个公寓，一梯两户，房子装修得也很豪华，家用电器应有尽有，每月房租就要四千多。陈开阳对她说，一个女孩子尤其是像我这样出众的女孩子，住在保安措施不严密的普通社区里不安全。

从北五环她所在的地方到西四环需要换乘四次公交车，正是上下班和放学的高峰，车上十分拥挤，车上的空调也不发挥作用，到了第三次换乘的车上，她上身的衬衫就湿透了。一个高高胖胖的中年男人站在她旁边，不时用眼睛的余光看着她高高耸起的胸部。不知她妈妈怎么生的，她的胸比姐姐陈开阳大，而且比陈开阳的好看，尤其是两个乳头红红的，晶莹剔透，像熟透了的樱桃。陈开阳嫉妒得要命。她故意挺了挺胸，朝那个中年男人笑了笑。那个中年男人眼睛都直了，口水差点儿流下来。他看她背着沉重的书包，低声说，小姑娘，你很早熟。她没生气，也没表现出高兴，直到下车时才对那个中年男人说了一句，去死吧！不过，公交车上的这一个细节，让她认识到了自己的魅力，心里充满了骄傲。每一个漂亮的女孩都喜欢男人夸奖自己，注意自己。

陈开阳磨蹭了好大一会儿才给陈北阳开门。她说你咋这个时候跑来了，不知道人家晚场上班，还没睡醒？

陈北阳一进门就敏锐地意识到陈开阳的房间里有男人。鞋架上男人的皮鞋，衣架上散发着汗气的男人的衬衣，茶几上烟灰缸里的烟头……她说，姐，你这是金屋藏，藏，藏……她斟酌了一会儿，也没找到恰如其分的最后一个字。金屋藏娇是说男人藏女人，说陈开阳金屋藏奸吧，毕竟是自己亲姐姐，太不好听。陈开阳早不耐烦了，藏，藏你个头！看你一身臭汗，还不去冲个澡。

陈北阳一边冲澡一边想，莫非陈开阳想利用我冲澡的机会，把藏在屋里的男人放走？她随便冲洗了一下就出来了。果然，门口站着一个男人。那个男人好像急着要走，陈开阳不知因为什么事和他争执，两人撕撕扯扯黏在一起。听见卫生间的门响，那个男人拉开门匆忙走了。陈开阳回过头来，连看也没看她一眼，抹着眼泪进了卧室。她的心灵受到了强烈震撼。原来，陈开阳时尚的穿戴打扮、进口的法国香水和装腔作势的一举一动背后，隐藏着的是常人难以想象的苦难和委屈。她突然改变了主意，不能再给姐姐加重负担。她悄悄地离开了陈开阳租住的地方。

回到家里，她给刘京生打了个电话。她张口就说，京生，我想死。刘京生说你吓我啊？陈北阳说骗你是孙子。我觉得走投无路了。刘京生这才觉出陈北阳的情绪不对，问她发生了什么事。陈北阳说三言两语说不清，你上网看看我前几天的博客就明白了。

刘京生是上初一那年开始上网的。不过，她是个自制力很强的孩子，放学回到家，饭后先做作业，晚上九点到十点之间上网一个小时，和网友聊聊天。此刻还不到上网的时间，但是陈北阳说了，又拿电话等着，她只好破例打开电脑，按照陈北阳的提示，打开了她的那篇《我想死》的博客。读完，她的心紧张得咚咚直跳。她对陈北阳说可能是你们老师搞错了，我没听说有这种政策。陈北阳说是你爸你妈没给你说实话，他们知道这个政策。你爸爸妈妈有钱，正在找人给你买北京户口。你有了北京户口就不用回老家了。刘京生不信。陈北阳说不信你可以问你爸你妈。

刘京生挂上电话，直接去敲爸爸妈妈卧室的门。大胖已经睡了，披着衣服下床开了门，见刘京生一脸困惑，有些吃惊，闺女，你怎么了？

刘京生问您和爸爸是不是有事瞒着我？

大胖说没有，我们能有什么事需要瞒着你？刘文革也到了客厅，大胖指着他，又说，你要是不信，问问你爸爸。

刘京生不想再和爸爸妈妈绕弯子，就把陈北阳的话给爸爸妈妈说了一遍。大胖和刘文革听着，脸色都变了。她见不能再瞒女儿，就点点头承认了事实。她说，既然政策规定要花钱办，我和你爸再难也得给你办，不会让你回老家。

刘京生双手捂着脸哭了，泪水顺着指缝向外流。她现在才明白前些日子爸爸妈妈为什么不开心，才知道爸爸妈妈是为了她发生矛盾。更让她难以接受的是，自己突然间不是北京孩子，还是外来务工人员的后代，就是报纸电视上常说的那个她不愿听，也从来没有和自己身份联系在一起的"农民工二代"。

大胖和刘文革面对因心灵受伤而失控的女儿一筹莫展。他们找不到有力的理由安慰女儿，找不到合适的词劝导女儿。大胖也跟着女儿哭了。

过了一会儿，刘京生渐渐平静下来。她对大胖和刘文革说了一句，我今天终于明白了，只有爹娘真正关心儿女，世上只有爹亲娘亲。爸妈，我不会让你们的血汗钱白花。说完，她头也不回地进了卧室。

大胖泪如雨下，一头扑在刘文革怀里。

七

眼看刘京生的生日到了。大胖想给女儿一个惊喜，在女儿生日的头一天的一大早就给陈开阳打电话，托陈开阳找刘处长问一问，京生北京户口的事办得怎样了。陈开阳中午时去了官园批发市场。不过，刘处长没有和她同行。她说我老公陪首长出差了，还得一个礼拜才能回来。别看他是个当官的，一点也不自由，还不如咱老百姓想去哪儿去哪儿。

　　孙姐说官差官差，当官的就是当差的。你等着吧，结了婚让你守空房的时候不会少。

　　大胖听着孙姐和陈开阳对话，心里却犯起了嘀咕，前几天问户口的事，说是公安局办户口的处长出差了，要一个礼拜回来。这回又是刘处长出差了，咋就那么巧呢？不过，嘀咕归嘀咕，她不敢问，怕陈开阳不高兴。陈开阳不高兴，刘处长就会不高兴，那样，时间拖得可能会更长，事情办得可能会更不顺利。她歉意地笑了笑，说，那就再等等吧。学校那边老是问闺女有啥打算，在哪儿中考，闺女急，当爸当妈的能不急吗？嘿嘿……

　　陈开阳给了大胖一个轻蔑的眼神。胖姨，你该不会怀疑我老公是个骗子吧？大胖忙说不是不是，怎么会呢！

　　孙姐也跟着说，你大胖姨就没长孬心。

　　陈开阳把手机拿给大胖看了一眼，看见没？我老公新给我买的手机，镶钻石的，一万多。他说过两天给我换车。孙姐赶忙劝她说，不要让他给你换车，让他给你买房子。趁现在房价不高，赶紧买。北京的房子保准升值。再说，你不能一辈子租房子住。没房子叫啥北京人。

　　大胖心想，俺几年前就买了房子，不还没成北京人吗？

　　第二天给女儿过生日，大胖原来想在饭店订一桌饭，叫上孙姐等几个朋友、老乡一起热闹热闹。刘京生很懂事，她说爸爸妈妈为了给我办户口，欠了一大笔账，就别铺张浪费了。妈您就在家给我下碗面条吧，方便面也行。一席话说得大胖又掉了泪。这年刘京生的生日是十几年来最冷淡最节俭的一次。

　　晚饭后，刘京生要做作业，大胖拉上刘文革，说是到楼下遛弯儿，其实是想和他说说女儿户口进展的事。她说这都一个多月过去了，怎么没点儿动静？刘文革听了没回答。不过，大胖看得出他在思考。她说这个陈开阳最近花钱很凶，一万多的手机，两万多的手表，还戴上了钻戒、金耳环，我琢磨不出她哪来的钱！就说她坐台吧，也挣不了那么多。孙姐给我说过，陈开阳那场子一晚上台费三百元，还得给妈咪提成六十，再去了打车费四五十，剩下二百元。她住的是公寓，听说一个月房租好几千。吃饭怎么着也得七八百。她那样的女孩，化妆品、衣服开支是大头，一个月也得几百几千。

刘文革本来想说还有的小姐挣"出台费"，话到嘴边又咽了回去。他只是听人说过，从他嘴里说出来就会引起大胖怀疑：你小子是不是找过出台小姐？何必让祸从口出呢？他问大胖是不是怀疑陈开阳和刘处长勾结骗财？没等大胖回答又严肃地说，开阳那孩子在夜总会上班是不好，可她不是那种会骗人的孩子，本色还不坏！大胖白了他一眼，咦……在那种场子上班的能不学坏？刘文革没接话。

两人在楼下转悠了一会儿，回家的路上，大胖突然想起了什么，对刘文革说，我听人家说陈开阳的妹妹北阳也是今年初中毕业，好像也找刘处长帮忙办户口。你说要是只有一个指标，刘处长会给咱闺女办吗？刘文革是第一次听到这个消息，马上警觉起来，说那就说不准了。这要看刘处长是爱财还是爱色。大胖说反正他刘处长接了咱的钱，就得给咱办。他不办就让他退钱。

刘文革一下子站住了，严厉地说，咱的目的是给闺女办北京户口，让闺女成为地地道道的北京人，不是为了让他办不成退咱钱。你千万得盯紧了。

大胖说你不是准备接分局新会议中心的装潢装修吗？到时认识了分局的人，打听打听。

刘文革说八字还没一撇呢，那个工程要招标。

又过了一个礼拜，大胖想着刘处长出差应该回来了，就让孙姐再给陈开阳打个电话。她不好意思再催，怕陈开阳误会。孙姐拨通了陈开阳的手机，接电话的却是陈开阳的妹妹陈北阳。她说我姐刚和姓刘的去超市了，手机忘了带，孙姨有什么事告诉我，她回来了我让她给你回电话。孙姨说也没什么大事急事，就是想问问刘处长出差回来没有。你这样说，我就知道刘处长回来了。陈北阳在电话那边嚷嚷，姓刘的没离开过北京，他上哪儿出差了？放他的屁！

陈北阳的声音很高，大胖在一旁听得一清二楚。她急了，夺过孙姐的手机，问陈北阳说的是不是实话。陈北阳说胖姨我骗你有啥好处？见大胖不回答，她又说，你是不是问京生办户口的事？我昨天还听我姐问过姓刘的，他说公安局的处长出国学习去了，要过一个月才能回来……

大胖一阵惶恐不安，一片阴云掠过她的心头。刘处长今天一个借口，明天另一个托词，到底哪句话是真哪句话是假？万一，万一……她不敢想下去，又不好意思对孙姐说，神情恍惚，不住地走神，给顾客拿了衣服，忘了收钱。顾客说，这位大姐，你这服装免费试穿啊？她这才收了钱。她的神情变化，没逃过孙姐的眼睛。其实，孙姐放下电话心里也犯嘀咕。她对大胖说，这事你先别着急给刘文革说，我下了班去找开阳问个清楚。完事，我给你打电话。

晚上，大胖草草地吃了几口饭，就坐在沙发上等电话。刘文革把电视声音关到静音状态，只看荧屏上的字幕。电视里的手机铃声响了，他和大胖两人都不约而同地看手机，然后相视无奈地一笑。可能实在受不了紧张气氛，刘文革到阳台上抽了一支烟。到了九点，孙姐还没来电话，大胖有点急了，屁股底下仿佛被针扎着，坐卧不安，一会儿到卫生间洗洗手，一会儿到阳台上站一站。九点半，等待已久的电话终于来了。孙姐告诉大胖，刘处长和开阳都见到了。刘处长他真的刚从江西出差回来，还给我带了盒白茶。开阳说她妹妹听说刘处长能办北京户口，死缠烂磨地吵着要办。现在只拿了一个名额，刘处长说得先给京生办，北阳不高兴，说刘处长坏话。

大胖不想听孙姐绕弯，打断她的话，问京生的户口办没办？孙姐说已经办好了，就这两天给你送过去……大胖如释重负地长长出了口气，孙姐下边的话也不想听了，把手机朝沙发上一扔，抱着刘文革转了几个圈，高声笑着叫着，咱闺女的北京户口办好了，咱闺女是纯北京人了！

刘京生听到妈妈的叫声，从卧室跑出来。大胖又抱起女儿狂吻了一阵，闺女你有北京户口了，纯北京人了。

不知为什么，刘京生高兴不起来。也许是这个北京户口太沉重，也许是来得太迟。

大胖告诉刘京生，陈北阳嫉妒她，想使坏，让她不要和陈北阳再来往。刘京生开始不信，陈北阳毕竟是她相处十几年的姐妹。大胖说你傻呀，一个指标，给了你就没她的份，给了她就没你的份。大胖给女儿讲了一个故事。

过去，有一群知青插队到他们老家，大家都是城里来的，同是天涯沦落人，又都吃住劳动在一起，感情处得像亲兄弟姐妹。后来开始在知青中招工了，但招工名额少，他们就撕破了脸，钩心斗角。有一个女知青，举报同宿舍的另一个女知青偷听敌台广播，结果，同宿舍的那个女知青跳河自杀了……

刘京生回到卧室里，打开电脑上了网，见陈北阳正在网上找她，就给陈北阳发了个短信，我没想到你陈北阳这么恶心，背后捣鬼。陈北阳说我捣鬼也没给你捣鬼，你说这话不怕闪舌头。刘京生说做亏心事的人，肯定先吃大亏……两人唇枪舌剑，你来我往地吵了一阵，但都没提北京户口那个敏感的词句。最后，两人同时表示绝交。

刘京生和陈北阳上个礼拜约好，这个周末一起去看电影。她已经买好了电影票。她每次和陈北阳一起玩，不管是去郊游还是看电影、去网吧、吃饭，都是她买单。她和陈北阳聊天结束后，拿出电影票，三把两下就扯碎了。

到了第三天下午，陈开阳果然去官园批发市场找大胖，把户口本给了她。大胖看着户口本上女儿的名字，高兴地捧着亲了几下。她刚从孙姐那里领到一千元工资，毫不犹豫地抽出五张给了陈开阳。她向孙姐请了个假，兴冲冲地回了家，路上给刘文革打了个电话，让他也早点回家，晚上得给女儿好好庆祝庆祝。这一段时间，都快急疯了。

刘文革放下大胖的电话，安排了一下工作就下了楼。开始，他还想去坐公交车，走着走着，却撒腿狂奔。大街上人来车往，有的司机停下车骂他疯子，有的行人一边躲他一边骂他傻×。他一直跑得大汗淋漓，一直跑得气喘吁吁，一直跑得跑不动了，上电梯时身子左右摇晃站不稳。电梯工惊奇地看着他，还没到饭点，你就喝多了？

这天晚上是刘文革一家三口最得意的一晚，最兴奋的一晚，最激动的一晚。刘文革破例让女儿喝了一杯红酒。大胖更是忘乎所以。她一会儿哭，一会儿笑，好像全天下的好事都让她沾上了。她说，闺女，你明天就把户口本拿学校给老师同学看看，你是北京人，真正的北京人。刘京生不同意。她的同学过去不知道她没有北京户口。她不想让他们知道自己的北京户口是爸爸妈妈花了三十万买的。

上床后，刘文革一改前些日子的性欲寡淡，突然兴致勃发，一晚上和大胖做了三次爱，而且越做越有劲。大胖说你弄死我了。

八

第二天是周末，刘京生打算去找陈北阳好好谈一谈。她对大胖说，这一个指标让我摊上了，陈北阳肯定很痛苦。这个时候，我得去看看她。

大胖开始不同意。刘文革却坚决支持。刘文革说咱孩子长大了，懂事了。她做这样的事咱当大人的得支持。大胖说那个破地方，咱闺女去了我不放心。再说，你也没车送她，来回倒车得倒个七八趟。她提出和刘京生一起去，刘京生噘着嘴说你要去我就不去了。她要打出租车送女儿，刘京生也不愿意。没办法，她只好把女儿送上了公交车，再三叮嘱女儿早点回来。

刘京生十多年没到北五环外那个村子去过了。从高速公路的辅路下了公交车，纵横交错的高架桥，排成一条长龙似的公交车队，这儿一辆那儿一辆乱停乱放的大车、小车、出租车、摩的，以及如潮水般涌进涌出的人流，让她感到眼花缭乱。密密麻麻的高楼，犹如钢筋水泥森林，让空间变得狭窄而拥挤。她四下转了几圈，找不到去那个村子的路。几个出租车司机、摩的司机见她东张西望，纷纷围上前来招呼她上车，还有的直截了当去拉她的手。她像躲瘟病一样，赶忙躲到一家小杂货铺里。杂货铺的老板娘挺热情，一听她提到那个村子，眼里露出惊讶，闺女，你住那地方呀？刘京生摇摇头，回答是看亲戚。老板娘说那地方不通公交车，得走半小时，两边在施工，路上车多，不好走。

刘京生顺着老板娘指的方向，穿过一片楼群，果然是一条狭窄的柏油路，两边正在盖高楼，工地一个挨着一个，路上拉石料、拉水泥、拉钢筋的大车，远道而来的运煤车、运菜车，以及严重超载、人挤人的电动三轮车，争先恐后，互不相让，挤得水泄不通。坑坑洼洼的路面上，这一处积水，那一片汪洋，没走多远，她的鞋子就沾满了泥巴，裙子下边的白袜子也变成了黑袜子。

她心里感叹，如果爸爸妈妈不是十几年前搬到城里，自己都不知道有没有信心在这里生活。这还是首都北京，城乡差别就像小葱拌豆腐——一清（青）二白，老家的情况就不言而喻了，真的要回老家读书，能坚持多久？

村子里的情况更糟，虽然路上铺了水泥，但高高低低、大大小小的胡乱搭建的房子挤占了道路，有的人家还把车停在了路上，使村子变小了。稍宽的一条路上全是摆地摊的，有小百货、杂品、旧书报、DVD，还有卖烧饼鸡蛋、水果西瓜，还有修理自行车、补鞋的，应有尽有，形形色色。操着天南海北口音的叫卖声夹杂着一些人家房子里传出的音乐声，让整个村子显得杂乱无章，一片混沌。刘京生问了十几个人才找到陈北阳家。

陈北阳家还住在刘京生出生时两家一同住过的老院子里，与那时不同的是房东又在院子里盖了几间低矮的小房子，多住进了两家人。一个正在院子里晾衣服的女人听说她找陈北阳，朝一间小房子指了指。刘京生犹豫了一会儿才敲门。

门开了一条缝，扑鼻而来的是一股浓浓的香水味。这种香水味她在陈北阳身上闻到过，因此断定这就是陈北阳的家。果然，随着门慢慢地、不情愿地打开，露出的是陈北阳略带疲惫的脸蛋。陈北阳说你不是和我绝交了吗，来访贫问苦？

刘京生四下看了一眼。这间小屋里放了一张小床和一张小方桌，只剩下勉强能过人的通向里屋的空间。小屋子经过女主人的精心装饰，顶部用一块蓝色的布当作天花板，仿佛一片晴朗的蓝天，四面墙壁上贴的则是从挂历上剪下来的山水、花卉等图案，好像一座小花园，小小的房间显得温馨浪漫。陈北阳刚从床上爬起来，还没来得及收拾。她没有一丝一毫的难为情，理直气壮地说，这就是被那些官员文人称为"农民工二代"的生活，不好意思让你看到了。

刘京生说真的挺好的。北阳，没想到你还很有创意。我在你博客上看过你做的动漫，很好。

陈北阳心情烦闷，思想压力比较重的时候，喜欢去网吧上网，和网友聊到不想用文字表达的话，就用漫画替代。城北有一个交通枢纽设计不太科学，她勾勒出几条乱麻一样的线，线的四周密密麻麻的小点点代表行人，小方块代表来往的车辆，人、车争道的场景惟妙惟肖。刘京生当时看了，就称赞她的设计寓意深刻。刘京生刚才那句话，让陈北阳对她的敌意淡化了一些。陈北阳说你讽刺我？我连电脑也没有，上网都得跑几里路，还设计、创意呢。刘京生说市里在搞青少年动漫比赛，要不，你也报名吧！

陈北阳说我读完今年就没学上了，搞那个玩意儿又不是工作，有啥用？

刘京生一愣，怎么啦，你不参加中考？

陈北阳掀开床头上一只纸箱上铺着的报纸，取出鼓鼓的书包扔在地上，我都懒得看书了。在北京没户口没钱上不了，回老家也回不去，还能怎么样？她说着，眼圈红了。

刘京生本来是想找陈北阳好好谈一谈，毕竟陈北阳把北京户口指标让给了自己，说明她够姐妹。如果陈北阳有困难，她愿意帮助她。到了这时候，她又觉得提户口的事只能让陈北阳更伤心。她从包里掏出一个新U盘，北阳，你在网吧上网，有些资料要下载，这个我没用过，送给你吧！陈北阳接过来，放进书包里。刘京生问她，住这儿的我们老乡里，和你我一样今年初中毕业的有不少人吧？陈北阳想也没想，脱口而出地回答说总共十七个，有九个已经回老家了。他们有的爷爷奶奶健在，有的大爷叔叔或姑舅姨在家，回去有人照顾。刘京生问他们自己愿意回去吗？陈北阳反问一句，换你你愿意吗？不是走投无路谁朝坑里跳？

接着，陈北阳又给刘京生说了留下来、打死也不回老家的八个人的情况。摆在他们面前的路有三条，一条是留在北京上民办高中、职高、技校，一年需要几万元；一条是在北京的中学"借读"，普通中学交几万，重点中学得十几万；一条是出国，外语要过关，花的钱更多。这三条路对住在这个村子的农民工后代来说，没有一条行得通。她说有两个已经不去学校了，说是要个初中毕业证没啥劲。你还记得和肖祥同年的张杰吗？他当年初中也没上完就在社会上混，现在是百万富翁了。咱这儿的男孩都敬佩他不敬佩肖祥，说肖祥白白多在学校囚了几年。

话不能这样说。刘京生说，往后走着看，高学历的总会比低学历、没文化的好找工作。陈北阳连连摇头，不屑一顾地说，找什么样的工作？当公务员又能挣几个屁钱？河南人在这片儿能有出头之日，是张杰打出来的。

这个北五环外的村子，在刘京生出生时已经住了十几个省来的农民工，比七省办事处的北太平庄还多了十个省。争房子（租房）、争铺子（摊位）、争位子（工作）、争票子（收入）、争妻子（青年人恋爱）成了家常便饭，甚至为了抢占公共厕所的茅坑也大打出手。市、区、街道办事处领导多次到这里调研，有关部门也多次整治，好了一段时间，又变坏了。教育是这里的头等问题。近万人拥挤在一个过去只有一千多人的村里，一所小学远远不能满足需求。陈北阳六岁半那年没能入学，七岁半才入了学。刘京生的爸爸妈妈主要是从孩子教育的角度考虑才搬走的。陈北阳的爸爸和刘京生的爸爸那一代，都是在农村长大的，身上还保留着农民质朴的品格，苦也好难也好，打也好闹也好，还能忍耐着往下过。而到了"80 后"一代，观念变了，追求变了，我的利益就是我的利益，你凭什么占我的便宜？张杰就在这种情形下脱颖而出，成了一匹黑马。他带着一帮同是外来人口的小兄弟，逢山开路，遇水架桥，硬是把河南人的威风打了出来。陈北阳对刘京生说，我以后打算跟张杰混了。刘京生问你不怕风险？陈北阳说那你给我指条路！又说，张杰要是没有女朋友，我会嫁给他！

陈北阳取出电热水壶，插上电源烧开水，然后到院子里洗脸刷牙去了。刘京生在床上坐了一会儿，觉得有点热，屋子里没有空调，也没看见电风扇。她从床头的箱子上顺手拿下一本旧杂志，想扇风降温，杂志里掉下一个小塑料包，她捡起一看，吓了一跳，原来是避孕套。这个陈北阳怎么用上这东西了？她赶忙把避孕套放回杂志里，把杂志又放到箱子上。此刻，她一心想赶快逃离这间小屋这个村子。

陈北阳洗漱回来，水已开了，她从里屋拿出一包方便面，正要拆包装，刘京生拦住了她。北阳，我请你吃饭吧。陈北阳也没推辞，和刘京生一起出了门。刘京生说，我听我爸我妈说，这里有个老孙家羊肉烩面是地道咱老家的味儿，还有吗？陈北阳点点头，不如过去了，面少给一半，汤也不是老汤，听说要不是老乡们劝，张杰早把它砸了。

两人在老孙家吃完了饭，陈北阳说送送她。出了村，刘京生一看公路上的泥巴更多，不由皱了皱眉头。陈北阳让她站在干净的地方等一会儿，然后走到一辆黑色桑塔纳车前。刘京生不知她对开车的小伙子说了几句什么，那小伙子笑逐颜开地开了车门让她上了车，然后把车开到刘京生跟前。刘京生上车后，陈北阳对她说，这是咱老乡，开黑车的，义务送咱俩到公交站。刘京生问什么是黑车？陈北阳和开车的小伙子都笑了。

刘京生上了公交车，长长地出了一口气。她心里越发感激爸爸妈妈。

九

明天就要中考报名了，大胖把写着刘京生名字的北京户口本装进了女儿的书包里，再三叮嘱：报了名别忘了把户口本带回来。刘京生有点不耐烦，但没有像过去顶撞妈妈，只是冲妈妈扮了个鬼脸。

正在这时，门铃响了。刘京生叫着爸爸，抢着去开门。然而，出现在她面前的是一男一女两名警察，让她大吃一惊。

小朋友，你叫刘京生吧？女警察亲切地问，拍了拍她的脸蛋，这孩子长得真漂亮！

大胖见是警察，愣了一下。天哪，是不是刘文革在外边闯下了祸？她招呼两个警察在沙发上坐下，又要去泡茶，被女警察拉住了。大姐你别忙了，我们来核实个情况。

什么情况？大胖紧张得两只手不知往哪儿放。她把女儿紧紧地抱在怀里，感觉到女儿的身子也在抖。

女警察拿出一张照片，举到大胖眼前让她看。大姐，这个人你认识吗？大胖一看是刘处长，脱口而出地回答，认识，这不是刘处长吗？

女警察和男警察相视一笑。女警察说他不是什么处长，是个屡次作案的诈骗犯。

大胖听了，像是挨了重重一棒，惨叫一声，身子一歪，瘫坐在地板上。

她已经想到自己被骗了，只是不愿从警察口中听到残酷无情的字眼。刘京生没有妈妈想得那么深，一边去拉妈妈，一边生气地对女警察说，他是骗子你们去抓他呀，别吓唬我妈！

女警察看了刘京生一眼，和男警察低声嘀咕了几句，然后对大胖说，大姐，我们能和你单独谈谈吗？

大胖明白女警察是怕刘京生受刺激，于是点点头同意了。她把刘京生拉到卧室里，对她说，闺女，你老老实实地在屋里待着，妈不叫你不要出来。刘京生不解，为什么呀？大胖说了句听话，然后把门带上了。她回到客厅里，对女警察说，同志你说吧。

女警察举着照片问她，这个人是不是答应给你女儿办北京户口？大胖点了点头。她心想，我们是按你们公安局的规定花钱办的户口，有什么错？他是骗子，我们不是骗子，一分钱没少给。

女警察又问，他要了你们多少钱？大胖觉得自己理直气壮，所以毫不迟疑地回答，他说政策规定要三十万，我们就给了他三十万。我亲手给的。说完，她又反问女警察，这不是你们公安局的规定吗？

女警察一脸无可奈何，男警察却偷偷笑了笑。笑罢，说大姐你怎么也不打听打听，北京什么时候明码标价卖户口了？

咦……大胖尖叫一声，俺光知道干苦力活、凭良心年年在北京交税。说完，又问：那你是不是说我们被骗了？她眼冒金星，急忙到女儿卧室取出户口本递给女警察，你们看看，这上边可是有你们公安局的大印！

女警察接过户口本看了一眼，又交给了男警察。男警察看后，正要往包里装，被大胖一把抢了下来。她说我女儿明天要用户口本，你拿走了她怎么用？女警察指着户口本说，大姐，这户口本是假的。北京市的户口本封面印的是"居民户口簿"，里边的公章是户籍专用章，你仔细看看，这户口簿封面上的字和里边盖的公章是不是和我说的一样。

大胖已经多次翻过那本户口本，里边有几道格子她都知道。她用疑惑的目光又看了一遍，果然如女警察所说，封面上的字和里边的公章与女警察说的不一样。她的手一阵哆嗦，户口本掉在地上，她觉得自己的心也掉了。

　　大姐，这个骗子骗的不是你一家，我们初步掌握他骗了七八家，女警察说。大胖问那个姓刘的在哪里？男警察回答说这种人能上哪儿去？已经刑事拘留了。大胖憋得通红的脸此刻已经变青，很快又变得苍白。她大吼一声，我要撕了他，我要撕了他！跳起来就要向外跑。女警察拉住了她，劝导说，大姐，你先冷静一下，犯罪分子有法律制裁，现在你要积极和我们配合，说清他的犯罪事实。刘京生也上前抱住了大胖，泣不成声地说，妈，你别吓我。

　　刘京生在卧室里坐卧不安，她支着耳朵听着客厅里妈妈和警察的谈话。她的脑袋一下子涨大了，心跳也加快了，双腿一软，身子顺着门板滑溜到地上。听到大胖高喊着要找姓刘的算账，她才冲出来抱住了妈妈。

　　大胖被女警察和女儿拦住后，整个人都像崩溃了。她哭她叫她骂，躺在地上打着滚，跑到阳台上要跳楼，甚至冲进厨房里拿菜刀，凡是一个女人在疯狂时能使出的招儿，毫无保留地都使了出来。女警察和男警察一左一右地护着她，劝她，刘京生抱着她的腿哭。大胖挣扎着，还要向外冲，被从外边进来的刘文革拦住。

　　原来，刘京生心里放不下妈妈，就在卧室里偷偷给刘文革打了个电话。刘文革听说有警察登门，也觉得惊奇。虽说自己参与了分局会议中心装潢装修的招标，一般情况下，业主是要到投标单位考察，不会到家里。他匆忙打了一辆的士往家赶。大胖一见老公回来，扑到他怀里一声号叫，突然昏了过去。

　　刘文革把大胖抱到床上，安顿好以后才回到客厅。那两个警察又把情况向他作了介绍。虽然他很震惊、很愤怒，但是强忍着没有发作。警察让刘文革在笔录上签了字，说还会请他们到队里进一步核实情况，临走时拿走了写着刘京生名字的假户口本。刘文革送警察回来，才突然发现女儿刘京生在卫生间里时间长了。他敲门，没有应声。他叫了几遍女儿的名字，也没有回答。他急了，正要强行开门，门开了，女儿站在了他面前。他仔细看了女儿一眼，尽管女儿神态自若，但他从女儿不敢正视他的目光中，发现了凄婉、忧伤和愁绪。他情不自禁地把女儿紧紧抱在怀中。

　　爸，我去给妈妈说吧，我回老家上高中。刘京生说，我可以住校。看了陈北阳的生活，我想我也能吃苦。刘文革抚摸着女儿的头说，那不行，万一你高考落榜，你妈妈连命都会舍了。爸爸再给你想办法。

两人默默地进了卧室。大胖已经醒来，正坐在床上鼻涕一把泪一把地哭，一边哭一边骂，骂姓刘的骗子，骂陈开阳，连孙姐也捎上了。当然，她没有忘了骂北京的户籍政策、学籍政策。刘文革一张一张地给她递纸巾，让她擦鼻涕擦泪。刘京生懂事地跪在她身后，轻轻地为她捶背。一家三口陷入了极度的悲愤之中……

十

刘文革眼下还有一条路，就是送孩子出国。

刘京生已经不愿再在北京读书了，理由很简单，借读又得花一笔钱，高中毕业还得回老家参加高考，她没有把握考好。刘文革和大胖不敢再为女儿拿主意，更不敢勉强女儿。但是，他们也不敢把女儿送回老家。马老师就给他们指了这条路。

出国上学也需要钱。刘文革和大胖愁肠百结，几近绝望。好在刘文革参与分局会议中心装潢装修工程中了标，工程结束后有了一笔收入，才得以为刘京生办了出国留学的手续。刘京生外语成绩好，只一次考试就通过了，顺利地拿到了国外一所学校的录取通知。可是，她心里不好受，一连哭了几个晚上。她本来想去和陈北阳告别，想想又忍住了。

刘京生出国一个月后，马老师收到了她从异国他乡发来的邮件。她在邮件中说，我怎么也想不明白，外国都对我们这些学子敞开大门欢迎，为什么北京作为我们自己的首都，我们居住了十几年的家，却把我们无情地拒之门外？

马老师觉得眼睛发热，还没来得及取出纸巾，两滴豆粒大的泪珠就落在了电脑键盘上。她擦干了泪水，给刘京生写了回信。她在最后说，孩子，请你相信，这种局面很快就会改变。

　　刘京生收到马老师的邮件，回了一个表情符号。马老师在网上看到过那个符号，是个很复杂的符号，既可以表示疑问，又可以表示惊奇，还可以表示悲愤。她不知刘京生究竟想表达什么样的感情……

　　附：本稿成稿后的 6 月 18 日（离成稿仅 12 天），《北京青年报》报道，朝阳区人民法院以诈骗罪判处秦某有期徒刑 12 年。秦某所犯罪行是以能给外地学生办北京户口，在京参加高考为名，骗取 48 名外地生百余万元……呜呼，又是北京户口！

北京旮旯

新华一社区居委会在街道年终总结大会上受了区领导点名批评，安书记的脸当时像烧红的锅底，连整个会场都觉得发烫！这消息像长了腿跑步进了一社区，不到半天工夫很多居民就知道了。

为啥批评咱一社区？一社区哪项工作落后二社区？传达室的老马愤愤不平，咱的院子比二社区小一半，车辆停得比他们整齐。

得了吧，怎么不说一社区穷人多，买不起车；人家二社区富人多，车多，而且好车多。韩刚不满地说，安书记也算老居委会干部，领导老是大会点名批评他，一点面子也不留，换我早把挑子撂给街道，爱找谁干找谁去！

老马习惯性地用手搓揉着光溜溜的头皮，嘲讽地说，活干得不少，钱挣得不多；力出得不小，功劳却不大。安书记哪天撂挑子，肯定没人愿意接……这时，安书记的前任老孙倒背着手，迈着悠闲的小方步走过来，老马大声招呼道，老孙书记，请教您个问题。

老孙叫孙京生，地地道道的北京人，他自己号称在整个北京西城找不到比他家进北京时间更早的。一社区还是一片低矮破旧的平房时，叫尾巴沟居委会，他就是居委会主任，前几年因年龄大退下来。他个子瘦小，站在老马面前矮了半头，站稳以后又挺了挺腰板，轻轻咳嗽一声，一本正经地问：啥事？

安书记要再把居委会书记让给您，您还愿意干吗？老马调皮地说，两眼却盯着他的脸，观察着他的神情变化。

孙京生嘿嘿一笑，老了，干不动了。他伸出五个手指比画了一下，又说，小安比我小十岁，正年轻力壮。再说，他干得挺好，比我好。怎么啦老马，您今个怎么说这话？

老马、韩刚都没说话。孙京生眯着眼想了想，扭头看了一眼两栋楼之间旮旯处正在低头修鞋的鞋匠张四，摇摇头，叹息一声，小安是个好人。我劝过他好多次，干居委会的只要耳朵灵就行，上边怎么说就怎么干。他指了指旮旯处，像这种事，让区领导撞上了，能不批评他？说完，他又倒背着手，迈着方步一边朝家走一边嘟哝，不听老人言，吃亏在眼前……

噢，原来因为这呀？老马搓揉着头皮，然后把手放在嘴边吹一口风，韩刚朝后退了一步，不满地说，够亮的了，别再搓了，再搓得亮点可以当灯泡了！

老马感叹地说，我去，原来因为这？那老安确实不值！

孙京生没走远，又走回来，指着门外低声说，国庆节期间，区里一位领导带队检查地下室，发现咱一社区地下室有外地来京人员坐月子；元旦期间，这个领导经过一社区，又亲眼看见一社区两栋大楼旮旯处有外地人摆摊修鞋……说完，又转身走了。

老马说，我见张四元旦三天里都出摊了！

刚进院的童子心接上说，这张四也胆大包天！他还放录音喇叭喊着修鞋配钥匙。那喇叭蹦出来的是他老家土话，一听就清楚是个外地人。他老是惹麻烦，还不如让他快点滚蛋！

韩刚瞪着眼严厉地说，你要让他滚蛋，立马就有一大帮人跟你急信不？说不定把你家门给用砖头堵起来。

老马点着头说，我信。你别说，这小子人缘不差。

三个人的目光不约而同地投向那个旮旯处。说旮旯一点也不为过。一社区与二社区的两栋大楼之间有一过道，大约四米宽，因为两栋大楼都是南北向，西面是一条主街道，所以大门都朝东开，车辆和行人要经过这个狭窄的过道。张四挨着一社区那栋楼的西北角，占了大约两平方米的地方摆了个修鞋摊。准确地说还不能叫摊。早上，他骑着自行车过来，车上驮着一只大木箱，打开大木箱，先取出一块不知从哪儿捡来的破旧的毛毯，把修鞋用的工具朝上一摆就开工。晚上走时，把工具往木箱里一装，那一席之地又恢复了原状。白天开工的时候，他还会摆上几把折叠凳子给修鞋的客人坐，韩刚他妈和几个上了年岁的老头老太太没事就在那儿坐着聊天。尤其是到了夏天，大楼的西北角几乎见不到阳光，而过道又如同风箱一样拉风，坐在那里感到凉爽。如果不熟悉，或者说不留意，还以为他们是在那儿乘凉。

此刻，韩刚八十岁高龄的老母亲韩大妈正坐在张四摊前的折叠椅上与张四热火朝天地聊着。韩大妈身板儿硬朗，平时喜欢散步，坚持到超市买菜购物。每次散步或从超市购物回来，都会在张四那儿歇歇脚，喘口气，这已经成了习惯，也成了张四的规矩，有时来了客人，想坐韩大妈常坐的折叠椅，张四看看快到她来歇脚的时间，就会婉转地对客人说，这是我家老太太的备用椅。边说，边抬起屁股抽出自己坐的小板凳，对客人赔着笑脸说，您请坐。他自己蹲着帮客人修鞋。

韩大妈逢人就夸张四是个懂事的孩子。

二

张四是高中毕业后跟着叔叔从大别山老家来的北京。叔叔在一建筑工地当泥瓦工，在包工头面前几次帮他求情，还给包工头送了几包烟，包工头同意他留在工地当小工。那个工地上的老乡多，都是家庭比较贫困、日子过得凑合的，吃的是大锅菜，住的是大窝棚，一分钱恨不得掰成几半花。有一天中午大家围在一起吃饭，端着碗低着头正往嘴里扒饭的张四突然笑着背转过身，周围的人让他这一举动弄得莫名其妙。叔叔侧身看了他一眼，见他又换了一副悲伤的样子，米粒大的眼泪吧嗒吧嗒往碗里滴。事后，叔叔问他是不是病了？他实话实说，叔啊，我看那一圈人的鞋子前边都露出个小脑袋……叔叔的眼圈红了，拍拍他的肩膀，叹息一声，好大会儿才从牙缝里蹦出一个字：穷！

那天晚上，张四把离家时母亲给他带的针线包翻了出来，趁叔叔睡熟之际，偷偷把他的鞋子夹在胳肢窝里，一个人跑到离工地不远的大街边，找了个没人的路灯下，打算把鞋子前边的洞补上。可是，那几根针都是缝补衣服用的，扎不透叔叔鞋子前边的那层胶皮。他三根手指紧紧捏着针头，手指麻了、疼了，勒出了血口子，最后用牙咬着使劲发力，咯嘣一声，针断了，他赶紧把留在嘴里的半截针头吐出来，嗓子还是被扎出了血。他又换了一根针，还是半途而废。他气急败坏地把鞋子朝地上一扔，双手抱着头，失望地一声接一声叹息。那是北京一个秋后的晚上，风很顽皮地绕着他转来转去，想着法儿往他脖子里钻，不一会就感到了寒意。他弯腰捡鞋子时，眼睛突然一亮，仔细一看地上有一根铁钉。他找了块石头，把鞋子放在地上，用铁钉先凿出一个细小的洞，然后再把针插进去。这一招果然管用，没费多大工夫，竟然把鞋子前边的洞给补上了。他情不自禁地跳了起来，一路小跑地回到了工棚。工棚里很简陋，上厕所要到几百米外的公共厕所去。张四的叔叔去厕所时没找到鞋子，提着裤子光着脚丫板一路上骂骂咧咧跑了个来回，发现鞋子像长了腿一样不知从哪儿又跑回来了，还以为自己在梦游。第二天，别人提醒他，你鞋子上有块白油漆。他低头一看，原来露着洞的地方补了块白布。他问张四，张四如实地作了回答。他叔上上下下看了他一眼，哈哈大笑，我的个乖乖，你还会这手艺，啥时学的？张四不好意思地笑了，昨个晚上才学的。

叔叔那双鞋子前边包的是一块月牙形胶皮，张四到处找不到胶皮，就用一块白布硬是"拉郎配"给补上的。强扭的瓜不甜，叔叔才穿两天就破了，而且连拉加扯洞更大了，之前只有大拇脚指头贼头贼脑地露面，这回一下子露出三根脚指头。张四很不好意思地对叔叔说，叔，咱俩的脚一般大，您穿我的鞋子吧！叔叔从包里掏出一把带把儿的锥子、一包大小不同的针，又把他的手拉过来，给他戴上一枚比戒指粗大的圈圈。他赶忙摘下来往叔叔手里塞，叔，这不成，我哪能要您的戒指！叔叔笑了，重新给他戴上，拍拍他的肩膀，这叫"顶针"，专门戴在手指上，顶着针穿洞用的。张四一拍脑壳，噢，想起来了，我奶奶纳鞋底就用这个。叔叔说，四，你喜欢干修鞋？叔叔的话并非难题，但把张四问住了，好大会儿没回答上来。

一个人在人生起步时，不可能按照自己喜欢不喜欢选择干什么、不干什么。张四虽然出生在偏远的乡村，上小学戴着红领巾时写下的"我的理想"与大都市的孩子差异并不大。他记得自己写的是长大想当科学家，同桌女同学崔雯的理想是长大当一名医生……老师在课堂上把大家的"理想"都公开了。张四清楚记得，老师一手举着一个白面馒头，一手举着一个黑窝头，循循善诱，形象生动，同学们，孩子们，学习好了，考上大学，找个好工作……老师咬了一口白馒头，津津有味地咂咂嘴，顿顿吃这个，还有大碗红烧肉。如果学习不好，回家来种地……老师咬了一口黑窝头，一脸痛苦的样子，吃力地咽下去，天天吃这个，就着咸菜和稀粥。你们愿意吃哪个？

张四和同学们一样，都指着那个白馒头。可是，初中毕业那年，张四的父亲得了一场大病，撇下他和两个妹妹离开了人世。第二年，母亲带着最小的妹妹改嫁走了。他的学习成绩一路下降，高考时落了榜。如果不是叔叔动员他跟着来北京打工，他此刻还在撅着屁股面朝黄土背朝天在土里刨食呢。

叔叔见他不说话，拍了拍他的肩膀，好了，你就练习修鞋补鞋吧。咱这工地几百号人，哪个不穿鞋呀？你失不了业！

后来张四才知道，叔叔为了买这些不起眼的工具，几乎跑了半个北京城，最后还是在小摊上买到的。再后来，张四不但会给鞋子补洞，还学会了钉鞋掌、换鞋底。的确像叔叔说的那样，工地上找他修鞋补鞋的人络绎不绝，他床头的筐子里每天都堆得冒尖，工棚里也每天飘荡着熏人的脚臭气。那些在工地上打工的人不到万不得已谁舍得花钱买一双新鞋？鞋子破了，花钱又到哪儿去修补？再说即使找到修鞋补鞋的，补一个洞也得花五毛钱？张四是尽义务，所以他成了工地上最受欢迎的人。会抽烟的工友找他修鞋，成包送烟给他的不多，但你一支我一支地给他，一天就积一大把。

　　张四每天还得上工，只有早上早起一会晚上晚睡一会，挤出时间给大伙修鞋补鞋。没过多久，包工头不干了，找到张四的叔叔，严肃地说，你侄子，就那个张四，干活老是没精打采的。我看，就别让他上工地上班了！叔叔摆着手，头，那咋行？他又不是干修鞋这行的。不上班他哪来钱吃饭？再说，他还有个妹妹在上大学，全靠他供应。包工头嘿嘿一笑，你呀！让我怎么说你？跑半个北京城你都难找到一个修鞋摊修鞋匠，你就让他专职修鞋。谁来修鞋谁付钱。现在是市场经济懂吗？啥叫市场经济，就是干啥都要钱，都讲价！

　　后来，张四就不再干扛沙包、驮水泥袋、和泥、搬砖头那些又累又脏的活了，而是专门在工棚里为大伙修鞋补鞋。当然，他不再是尽义务，象征性地收一点成本费用，有些经济条件不好的工友，付钱他也不收。几个月下来，叔叔跟他一算账，他的实际收入比干小工差得不是一星半点。叔叔皱着眉头，叹息一声，四，这不是办法，你得明码标价了。你妹明年的学费得交，你自己好歹也得攒点钱娶媳妇……

　　怎样标价？叔叔想了好大会儿，一拍大腿，对了，我去年春节回老家前，找了大半天找到一个鞋摊，补了块补丁，要了我两元钱！

　　啊？！张四一脸惊叹，一个补丁两元钱，也太，太坑人了吧？然后头摇得像货郎鼓，叔，咱不能坑人。

　　叔叔说，就两元钱也得能找到地方，也得有人愿意给你补。那这样吧，收一元。

　　张四想不到反驳叔叔的话，只好点了点头。

　　既然明码标价，那就得让人家物有所值。眼看春节快要到了，修鞋补鞋的人多起来。那些年，每逢重要节假日，"盲流"也就是外地来京人员要"清理"出京，工地也要临时停工给外来务工人员放假。街道会组织起一批老头老太太，戴上红袖章，挨家挨户登记、检查、清理。回家过年的务工人员领了工钱，没有多少人给自己买套新衣服新鞋子。张四借了工地上一辆三轮车，撅着屁股吭哧吭哧骑了半天，累得腰酸腿疼，不停地把额头上的汗珠子往地上甩，工地周边的大街小巷跑了个遍，也没能找到卖修鞋工具的。他正失望之时，一位茶叶店的老先生给他指了条路。老先生指着马路对面的胡同说，小伙子，你到胡同里就大声喊高价回收修鞋补鞋的旧工具，说不定有的人家里还真有。张四愁眉苦脸，嘟哝道：我，我没钱，出不了高价……老先生有点不高兴了，咋地，你以为那修鞋的工具多值钱？高价能高到哪儿去？这就一吆喝。

张四硬着头皮拐到胡同里。胡同里的居民好像在忙着过节，不少人家门口堆着纸箱等乱七八糟的东西，几个收破烂的忙着过秤、装车。他犹豫了好大会儿，连嘴巴也没张开。没想到天上掉下个"馅饼"，竟让他给碰上了。一个头发花白的老太太端着个纸箱从一扇红漆大门里出来，兴高采烈地把他拦住了。小伙子收破烂是吧？这箱子东西都给你了，不要钱。老太太说罢转身进了院子。张四随便翻了一下纸箱，"唏"地叫出了声。原来纸箱里有一台修鞋机，还有几把秃了尖的锥子、钉鞋掌用的小铁锤。张四这个高兴劲儿，几乎忘记是在北京大街上，也忘记了折腾半天的劳累，拼命蹬着三轮车往工地上跑。到了工地不远处的一个垃圾桶边上，他想着老太太说的纸箱里装的是垃圾，打算先把有用的东西挑出来，垃圾扔了，省得带到工棚里让大伙儿烦。他双手把纸箱子底朝上抱起来，用劲一提，里边的东西稀里哗啦全都滚落在地上。他蹲在地上，一件一件地仔细分拣。突然，眼前冒出一道金光。他小心地拿起来，对着路灯看了一眼，不像是叔叔说的"顶针"，而是一枚货真价实的金戒指。他一下愣了，垃圾箱里怎么会有这么贵重的东西？一定是老太太眼花没看清丢进去的……他把挑拣过的垃圾和有用的东西分了分类，垃圾扔进垃圾桶里，有用的东西放在车上，接着又骑上三轮车上了路。

张四从到北京，时间和精力都花在了工地上，几乎没有逛过街，对北京城里纵横交错、密如蛛网的道路几乎没有认知，此刻再次上路，已经找不到下午去过的那个胡同。好不容易找到一个胡同钻进去，看上去与傍晚到过的胡同相似，红漆大门就好几扇。他在胡同里转悠了好大会儿，急得额头上直冒汗，也没想到个办法。无奈，只好自己安慰自己：明天白天再来吧！转念一想，自己和叔叔等一群老乡明天一大早的火车就要回老家了。于是，又开始转悠起来，在这家敞开的大门口探头瞅瞅，那家紧闭的大门外站上一会。

他的穿着、举止很快就引起了警觉很高的胡同里市民的注意。两个臂上佩戴着红袖章的老太太走上前，一前一后把他堵住了。

哎，干吗呢？

我，我找人。

找人？找什么人？

一个老，老妈妈。

老妈妈？姓啥？门牌号码多少？

张四压根不懂啥叫门牌号码，一下子张口结舌。

一个胖点的老太太严厉地说：早看你在这儿转悠半天了，听口音你是外地人，老实交代，来这儿干吗？还有没有同伙？

张四这下明白那两个老太太误会他了，于是一五一十地把原委讲了一遍，最后掏出那枚金戒指和自己的身份证。那两个老太太接过去轮流看了一遍，胖点儿的老太太还把他拉到路灯下边，对着身份证看了好大会儿。可能见他老实巴交，手里又有身份证和金戒指才松了口气。胖点儿的老太太说，差点把你送派出所了。另一个老太太说，年轻人，以后记住了，找人得记着胡同名字、门牌号码。就你这样到处乱撞，等于大海捞针，能捞得着吗？

张四回到工棚，一个晚上都惴惴不安。那枚金戒指带回家吧，万一丢了咋办？放在工棚里也不能十拿九稳安全，他想来想去，第二天还是带回了老家。妹妹放假没有回来，让一个同学带信给他说是留校学习。同学的家长则告诉他真相：他妹妹为了减轻他的压力，利用假期在城里一家饭店打工。饭店的地面滑，第一天上班就摔了一跤，打碎了几只盘子，手上也划了条口子。他听了心里很不舒服。张四呀张四，这事要让乡亲们知道了，你当哥的丢不丢人？！这时，他想到了那枚金戒指。反正不是偷来抢来的，再说那位大妈也记不得丢哪儿了，不如卖了换点钱给妹妹……

张四主意拿定，第二天就坐长途汽车到了省城。他过去从电视、小说中了解到，这种物品要到典当行去卖。于是，他下了汽车一路打听，找到了一家典当行。典当行的几个服务员都围过来欣赏那枚金戒指。有的说从质地、做工看有年头了。有的说个头这么大，少说也有个××克，按今天的价格得

××元。张四听着听着，心怦怦地跳，两眼也发直了。

这是你家祖传的吧？典当行女经理目光咄咄逼人地盯着他，问，你出什么价？

张四没吭声。

怎么，你背着家人偷偷拿出来的？女经理的口气中明显带有轻蔑的成分。

张四听到一个"偷"字，马上火了，冲女经理嚷嚷，谁，谁偷了？你诬陷人！说完，他拿起金戒指头也不回地出了典当行。

没想到它这么贵重，又是祖辈传下来的，我不能私吞了。张四边走边想，虽然是捡的，但私下卖了还不和偷一个样？就算卖出去了，要是妹妹知道了钱的来路也会生气，甚至骂哥哥做人不地道……他一回到北京，又去找那个胡同。他终于想起那个胡同马路对面有一家茶叶店。到了胡同口一看愣住了，那胡同正在拆迁。怪不得那天胡同里那么多人，原来是忙着乔迁新居。他看胡同里有人在收拾东西，于是走上前去询问，还没说完对方就不耐烦了。这胡同的人都搬到二环外新建的新华小区了，你要找人到那儿去找吧！

于是，张四费尽周折找到了一社区。他在一社区等了两天，来来往往的老太太一个也不放过，从不同角度、不同侧面偷偷地盯着看。北京人长得各有特点，个性鲜明，他连续等了两天，还是没等到他要找的老太太，反而有不少人用怀疑的目光盯着他打量，让他觉得身上像针扎一样难受。第三天，他用自行车把修鞋的工具驮了过来，干脆在一、二社区两栋大楼的旮旯处摆起了修鞋的摊子。

三

喂，干吗呢？居委会书记孙京生严厉地问低头修鞋的年轻人。孙京生长着一张窄而长的刀把子脸，脸的长度限制了眼睛发展，两只眼好像画了两道线，但这两道线里露出的光像两道闪电，既锋芒毕露又咄咄逼人。

老马坐在马路牙子的一块石头上，边嗑瓜子边看报纸。他跷着二郎腿，跷在上边的那条腿光着脚，修鞋的正在给他补鞋。他瞟了孙京生一眼，怎么着孙书记，我让他帮我修鞋呢。

孙京生知道老马是个不好招惹的难缠头，连看也没看他一眼，继续呵斥修鞋的年轻人。谁允许你在这儿摆摊的？知不知道这是北京啊？北京！

那个修鞋的就是张四。他今天特意戴了一顶烂了半个边的红色安全帽，原来是为了怕人认出自己连续两天来过这里，没想到更格外惹人注意。听了孙京生的问话，他的心立即紧张起来，怎么一坐下就遇到了当官的还是什么书记？心里紧张，手慌张，锥子尖一偏扎到了手指上，桃花一样红的血滴到了老马白色运动鞋上，瞬间就洇成了一片桃花。老马急了，冲孙京生嚷嚷道，你冲人家学雷锋的喊啥？北京怎么了，北京人就得光着脚丫子上街？

张四其实昨天就和老马搭上了。前天晚上，叔叔听他说他追着找那个老太太追到了一社区，又白费一片苦心，劝导他说，这事急不得，急不得，说不定要花一年半载的工夫哩！叔叔从裤袋里掏出烟盒，晃了晃，从里边抽出两支，分别夹在两只耳朵上，然后拍到他手上。见了会吸烟的，给人家敬支烟，就好说话了。记住，不管在北京还是在哪里要讲究礼貌，礼多人不怪！

昨天，张四刚到一社区就碰上坐在路边低头看报的老马。那年北京的春天来得早，刚进入三月就风暖日丽。好像在开什么大会，大街两旁都是戴着红袖章的老头儿和老太太。老马脚上穿着一双已经变了容颜的白色旧运动鞋，左右脚的前边都破了个洞，红色袜子像大拇脚指头上戴着的红帽子探出头。张四忍住笑，抽了一支烟递给老马。老马把烟放在鼻子前嗅了一下，又放在眼前看了看牌子，高兴地说，这烟冲，我就喜欢冲点的。张四赶忙给他点了火。果然像叔叔教他那样，老马对他的态度非常热情，拍了拍旁边的一块石头，坐。

张四坐下后，故意低头看了一眼老马的鞋子，叔，您这鞋得补补了。现在是个洞，过些日子洞越来越大，就不能穿了。再说影响您的形象呀！老马哈哈笑了，我还形象？接着又说，找不到补鞋的，我正打算扔了呢！张四说，别，别，大叔，我会修鞋，我给您补。老马上上下下打量了他一会儿，猛地拍了下他的肩膀，行！

告别时，张四才发现老马瘸着一条腿。

孙京生不知道这个细节。他对张四不依不饶地说，这个地方是排水沟，夏天用来泄洪的，你怎么摆上摊了呢？摆摊属于经营，你有经营许可证吗？

张四还是不说话。

老马霍地站起来，从腰包里掏出身份证，在孙京生的眼前晃了晃。我有北京身份证！人家年轻人就是帮我修修鞋，又不是摆摊，也不收钱，要什么证？然后对张四说，小伙子，你在我的鞋上扎几个洞了，不给我补上不能走！谁要是找你麻烦，我替你顶着。说完点燃一支烟，大模大样地跷起二郎腿，一副老子天不怕地不怕的样子。

老马的嗓门高，声音大，几句话引来了不少人，有在马路上值勤的老头儿老太太，有买菜回来的大爷大妈，还有几个过路的行人。北京人爱打抱不平，也敢说话，你一言我一语，观点不同，看法各异，很快就有几个擦枪走火戗上茬的。有的说人家居委会领导管得也没错，这就不是摆摊的地儿，再说摆摊得到工商税务办登记！有的说这登记那登记，人家外地来的知道门朝哪儿？有的说外地人不光要到工商税务登记，还得有暂住证，一个"盲流"也敢随便让在门口摆摊啊……张四的脸红一阵白一阵，头也不敢抬起来，气也不敢大胆地喘，拿着针的手不停地颤抖。他心里清楚，自己来工地打工前，村里的确开过证明，到北京后没人让他办过什么证，好像听叔叔说过包工头统一办，押在包工头那里了。他现在身上除了自己的身份证，确实没有其他证件。万一……他不敢往下想，只想着赶快把老马的鞋子补好，尽快溜之大吉。这一着急就手忙脚乱，加上技术还不精，功夫还不到位，不是针扎偏了就是线穿错了，那块补丁硬是不听话合不到一起。这一下，旁边围观的人中刚才对他不满的人好像找到了更充足的理由，纷纷训斥他、质疑他，甚至有人骂他是个骗子。张四听到"骗子"两个字，一下子火冒三丈，拿起手里的针就朝自己手上扎，一连扎了四五针，四五个针眼一起朝外冒血。围观的人一片哗然，哗，这小子怎么这个样？想自杀也别死在咱家门口！

老马这回也急了眼，手在半空画了个半圆，指着那几个刚才指责张四的人呵斥道：靠，别欺负人家外地人。你们有几个老祖宗就是北京的？你孙京生不就北京解放你爹进了北京城生下的你？不然你怎么叫京生。

在我家窗户底下吵吵啥？一个头发花白的老太太挤了进来，两手攥住张四血还没干的手，我的个傻孩子来，干吗这样糟蹋自己？！张四觉得这声音有些熟悉，抬头一看，觉得那张脸也似曾见过，小心翼翼地问，大妈，您搬来没多久吧？

老太太一愣，怎么啦，你见过我？

张四又问，您老人家以前是不是住在……他不知道胡同的名字，也不知道门牌号码，所以就用手指了指东边方向。

老太太点点头，上上下下看了他一会，又摇了摇头。孙京生对老太太说，韩阿姨，您看出来了吧，这小子挺有心眼。您对他客气，他故意给您攀亲攀故糊弄您！我说他不是个好东西，老马死活不信还撸胳膊卷袖子要和我干仗！

张四这回没急。他从口袋里掏出一只包得严实的小布袋，轻轻地打开，那只金戒指在阳光映照下金光四射，耀眼夺目。老太太接过看了一眼，"哎呀"一声，把张四紧紧抱在怀里。这是我出嫁时我妈送我的，我还以为丢哪儿再也找不到了。

张四说，是在那天您让我收走的箱子里放着。我，我当天晚上就去找您，一直……他泣不成声，今儿终于等到您老人家了！

老太太身后站着的一位高个子中年妇女怒目圆睁，指着张四呵斥道："胡说八道，它一直戴在我妈的手指上，怎么会掉垃圾箱子里？你老实说是不是……"

老太太瞪了她一眼，别胡说！然后不停地拍着张四的后背，我明白了明白了，你这几个月一直在找我对不对？她仰起脸冲着一楼的窗户喊，韩刚，韩刚，你给我出来，来客人了！张四清楚地看见，老太太已经热泪盈眶。

那个高个子中年妇女哼了一声，转身走了。

围观的人群中发出一片赞叹声。老马得意洋洋地说，看明白了吧，听明白了吧，都喊着学雷锋，这雷锋来到咱身边了吧，你们反把人家当坏人，韩姨您狠狠骂他们！

孙京生赶忙解释，我没说这小伙子是坏人，我只是说他没证不能摆摊，不能占咱这地儿，我也是照章办事。

韩大妈火了，小孙，孙书记，这是我家窗户下边不是？

孙京生点点头。

韩大妈，我家的客人在这儿坐一会儿行不行？

孙京生，坐一会儿当然没问题，不过……

韩大妈，你甭给我打官腔，这不过那不过，我明儿就让我儿子把这围起来，要不过大家都甭想好过！

孙京生又是摇头又是摆手，别，别，您老人家消消气，千万别冲动犯了法！

韩刚这时过来了。他身材高大，体格健壮，一手抓着孙京生的衣领把他拎了起来，怎么说话呢老孙？你跟你妈也这样说话吗？信不信我把你扔天上去掉下来摔你个头破血流？！

孙京生的双脚悬空，蹬巖了几下，却没再敢说半句狠话。张四扑通跪在韩刚面前，叔叔，您放下这位大爷吧！错都是我的错。我求求您了！

韩刚放下孙京生后，张四收拾工具就要走，韩大妈死活不让。小伙子你要真走就是瞧不起大妈。今儿无论如何你得给大妈这个面子，到我家吃顿饭，让大妈好好感谢感谢你！

张四说，大妈，那东西是您老人家的，我只是拿错了，给您又送回来。我可不敢接受您老人家的感谢。

"噼里啪啦"。老马带头鼓起掌，周围掌声一片。

张四最后还是没拧过韩大妈，留在了韩大妈家吃午饭。韩大妈问他来北京几年了，现在还收破烂吗？还问他结婚成家了吗，家里还有什么人？张四突然萌发了一个念头，如果让韩大妈对自己彻底信任，自己十有八九可以在这儿找片一席之地。所以，对韩大妈的问题，他有的回答很痛快，有的想好了才回答，但给韩大妈和韩刚的印象不是他答不上来，编造故事，而是有些腼腆，有些羞涩。后来韩大妈给人说，那姓张的孩子多老实呀，像个没出阁的大姑娘，说话都脸红。

张四那天中午的饭吃得并不痛快。那个高个子中年妇女就是韩大妈的儿媳妇，韩大妈喊她小童。小童长得高高大大，白白胖胖，说话痛痛快快，干脆利落。她从张四进门就没正眼看他。接着把韩刚拉到屋里嘀嘀咕咕好大一会，张四一边陪韩大妈说话，一边侧着耳朵听，只听到一句你妈糊涂你也糊涂啊！他心里咯噔一下，想：人家家里有人不喜欢我！

吃饭的时候，小童对韩大妈有说有笑，一口一个妈叫得热火，偶尔瞟他一眼时，那目光蒙着一层阴霾，透着一股寒气，让他把饭搁在嗓子里七上八下，咽怕噎着，不咽又没法回答韩大妈的话，怕惹老太太不高兴。他后来想想那是他到北京吃过的最难吃的一顿饭，只觉得懊悔：千万别随便进人家的门，端人家的碗，吃人家的饭。尤其是饭后小童一个举动，让他脸上仿佛挨了一记耳光。不知是小童故意让他看见，还是没有留意，他从厨房的门缝看见她把他吃饭用的碗和筷子，用张餐巾纸包着丢进了垃圾桶里。也就在那一刻，张四下定了在这块地方安营扎寨的决心。门缝里看人，把人看扁了！

韩大妈问到张四下一步啥打算时，张四毫不犹豫地回答想找个地方摆个摊修鞋。他的老家口音重，韩大妈没听清楚，愣了下神，生孩儿？你娶媳妇了吗？韩刚说，我妈耳朵有点背，你说话大声点。然后又对韩大妈说，妈，小张想干他的本行，修鞋！韩大妈拉过他的手看了看，心疼地说，孩子，看你这手指是没磨出茧，干这行没几天吧？张四老实地回答，刚学。您老人家那箱子里有修鞋的家伙，是不是……韩大妈点点头，是我老伴活着的时候用的。张四问：老人家也是修鞋的？韩大妈嘴里蹦出两个字"业余"，就没再往下说。后来，张四是从老马嘴里了解到，韩大妈的老伴生前曾当过街道的领导，喜欢给老百姓服务，业余时间经常给胡同里的居民老人修鞋、修自行车、理发、淘下水道……

韩大妈把张四的事交给了韩刚。她对儿子说，小孙要是找麻烦，你就问他怕不怕我天天到他家吃饭去！

韩刚扑哧一声笑喷了，妈，那让小孙当您亲儿子吧！

韩大妈也乐了，摇头摆手说，我有亲儿子。再说，让他当我儿子，还不如让小张当呢！

叭嚓……厨房里响起盘子破碎的声音。张四知道是小童又生气了，吓得扭过头。韩刚朝他眨巴一下眼睛，意思是让他别理会。

四

张四摆摊那地方的确是泄洪用的水沟，平时上边铺着几块石板，真正算起来也就是一平方米多点儿，又处于楼的边角地带，用韩刚的话说那就一牛角尖尖一谷儿。老马说得更恶心，我有时在外喝几盅回来，实在憋不住了就在那儿小解！

就算是谷儿，也不能随便摆摊，更何况张四是个外乡的农民。那时他这样的人在很多大城市被称为"农民工"，难听点叫"盲流"，属于干的活最累挣得钱最少，在大都市地位最低的一类人。好在一社区居民都不是富有之家，百十户人家的社区院子里只有几辆十万元以下的小轿车。居民中修鞋的还真不少，张四刚坐下半天，就收了一大筐鞋子，看了都头痛，埋头就干起来。

韩刚不是按照他妈的交代那样与孙京生交涉的。他带了几包烟到孙京生家去了一趟，磨了半天嘴皮，说了一大堆好话，意思是老太太这么大年龄了，心脏还搭过支架，万一气出病来当儿子的甭说过意不去，连班也别想上了，得在床前伺候。孙京生严肃地说，那总不能同意让一个外地人随便在咱这儿摆摊吧？韩刚忙说不摆摊，哪能让他摆摊。他就放个修鞋的工具，有鞋就修，没鞋修骑上自行车走人。那修鞋的工具您都见过，又不是修汽车用的大家伙。要是街道问起来，就说我家亲戚，帮邻居义务修鞋。孙京生最后终于点了点头，那就让他干几天看看吧。

韩刚点头哈腰往外走，嘴上说着，您早点休息，早点休息！

他帮孙京生把门带上。刚到电梯口，孙家的门又开了，孙京生伸出头朝他摆手。他折回身微笑着问，书记，嘛指示？孙京生朝两边走廊看了一眼，确认没有人走动，才在他耳边低声说，千万别说我同意的，韩刚点头。孙京生又叮嘱一遍，对谁也别说，千千万万！

张四做事小心，就在地上铺了几张旧报纸，不注意的人看不出这是个摊子。孙京生的媳妇也送了两双旧皮鞋过来，往筐里一丢，修鞋的，我下班就来拿！尽管韩刚没给张四说孙京生同意了，但张四心里清楚，没有那个姓孙的点头，他不会坐在这儿。所以，他把给孙京生的媳妇修鞋排在首位。这是两双女士穿的高跟皮鞋，一双黑色的是其中一只掉了跟，一双红色的是两只都要钉鞋掌。他掂在手里左看右看，不知从哪儿下手。他没干过这种活。掉了的鞋跟怎么安上？那高跟就像茶杯一样上粗下细，到最后细得还没有一分钱的硬币大，又怎么钉上掌？他一时愁眉不展。再翻一下筐里，高跟鞋、运动鞋、篮球鞋、布鞋、童鞋、高筒皮靴等应有尽有，五花八门，有的他别说穿过，见都没有见过。他叹了口气，心想这鞋匠真是手艺活，不是人人都能干的。可是既然来了，接了活了，又不能一扔走之。那就先拣会做的、做过的比如补补洞。

张四正低头补鞋，耳边咚的一声响。他抬头一看，赶忙站起身，哎哟是大妈呀！您老人家怎么来这僻静旮旯儿？韩大妈朝自己刚放下的小板凳上一坐，笑呵呵地说，大妈来你儿这串门不欢迎啊？

张四说，百分之百欢迎大妈。早知您要下楼，我就赶过去把您背下来了！

韩大妈咯咯地笑了，到大妈走不动那天，说不定真的让你背呢！

背您，百分之百背您。张四说，我背您爬长城、逛故宫、游颐和园。您说去哪儿我背您去哪儿。

这些地方你去过了？

张四摇摇头，声音一下低沉了，在电视上看过。

韩大妈，等韩刚买了车，我让他拉着你把北京转个够。

韩大妈屋里从窗户传出一声干咳。那是人为的从嗓子里迸出来的，既响亮又沉重，张四清楚是小童向他发出的警示或者警告。他心里非常反感，故意大声说，大妈您真好，比我亲妈还好呢！

正说着，有两个和韩大妈年龄相仿的老太太买菜回来，边和韩大妈打招呼边惊异地看着张四。刘妈问，咋地，修鞋的呀？赵妈说，我家媳妇说楼下门外有个修鞋的，还真有这事。我家媳妇说从咱这条街一直往南走，过了二环桥再往东有个鞋铺，补个补丁要五元钱，脚后跟钉个鞋掌要二十元……刘妈接上说，那是鞋厂老板的卧底，逼着你破个小洞就扔换新的！

　　张四的叔叔夸过他心眼灵活。他四下瞅着想给两个老太太找个坐的地方，旁边只有一块用来挡车进入的大石头。他毫不犹豫地把外套一脱铺在石头上，招呼那两个老太太，二位大妈，坐着说话坐着说话。边说边把她俩手里装菜的塑料提袋接过来，放在铺着报纸的地上。那两个老太太异口同声称赞这年轻人懂事。韩大妈也觉得脸上有光，投给张四一个赞许的目光。张四又抱歉地说，这地方也没法子给三位大妈弄口水喝。您三位要是渴了，我去对面商店买几瓶矿泉水？！说着，拉出要行动的架势。韩大妈一把拉住他，小张，我刚从家喝过水了，她俩也不渴。你就别花钱了。她四下看了一眼，这样吧，我让你韩哥从家窗户扯根电源线出来，再给你配个烧水的电壶，你以后喝水就不用愁了。

　　张四说，谢谢大妈。电水壶那玩意可不是好用的。俺村子里刘寡妇第一次用电壶烧水闹了个可大的笑话。韩大妈和两个老太太一听，来了兴趣，都催着张四讲讲村里发生的故事。张四也没推辞，绘声绘色地讲了起来。

　　俺们那村在山沟沟里，通电的时间比山外晚了好几年。刘寡妇的男人在广东那边打工，春节回来时给家里买了一把用电烧的热水壶……

　　等等小伙子。刘妈打断他的话，你刚才说什么来着，你村的刘寡妇，既然是寡妇，还有男人啊？

　　张四说，刘寡妇的前任男人前些年得了一场大病，走了。村里人从此都叫她刘寡妇。她后来又找了个男人，但村里人叫习惯了，一时改不过口，还叫她刘寡妇。我奶奶嫁给我爷爷时，村里人叫她新媳妇，一直到我奶奶去世，还有人管她叫新媳妇。

　　噢！三个老太太异口同声地感叹。

　　张四接着说，刘寡妇没用过这玩意，问邻居有的说没见过有的说不会用。她男人过了年已经回广东了，她没办法只好自己摆弄。这一摆弄就摆弄出事来了。出了啥事？小张，你快说。韩大妈催他。

张四说，她左看右看，这不就是个尿壶吗？这南方人也太能造，尿壶还要接上电啊？那就接上电试试吧。她插上电源，通了电，然后叫她五岁的儿子对着尿壶撒尿。她儿子尿完，她朝壶里一看，这不还是尿壶吗？过了一会儿，尿壶里的尿煮沸了，一屋子都是骚腥味……

哈哈哈哈……三个老太太都放声大笑。刘大妈边起身边说，小伙子，你那村里新鲜事一定少不了，等我有空了再来听你讲。赵妈乐得嘴还合不拢，点着头说，对，你多讲点我们没听过的故事，听了开心。

韩大妈也要回家了。她把小板凳给张四留下。她说，小张，你蹲一会感觉不到，蹲久了腿就麻了！

张四送走三个老太太，看了一眼筐里的一堆鞋子又皱起眉头。既然接了活儿，那就得给人把活儿做出来，否则就失信，失信的人别想在人家这地方立住脚。可是自己手艺还没学好怎么办？他突然想起赵大妈说的往前走过了二环桥再往东有家修鞋的。不行就先拿几双鞋到那儿，让那里的人给修，自己"偷学"。主意一定，他从筐子里挑出几双鞋，有孙京生媳妇的两双高跟鞋，有韩大妈的一双布鞋和她孙子的一双球鞋，有老马新拿来让修的一双运动鞋，打了个包，朝身上一背，大步流星地朝那个地方奔去。

这一回他没摸错路，很快就找到了那家修鞋铺。一进门他就吃惊地睁大了眼睛。这家鞋铺真够大的，四周墙上摆满了鞋柜，鞋柜上摆放着各种品牌、各种型号、各种颜色的鞋子。一进门是柜台，柜台前站着一个漂亮的姑娘。漂亮姑娘见他进来，瞅了他一眼，严厉地问，你干吗的？

张四说，修鞋！

漂亮姑娘朝柜台前的长凳子伸出手，坐吧。

张四老老实实地坐下了。坐下后眼睛却不老实，四处乱瞅。他看见里边有六七个工人，胸前都挂着白围裙，眼前都有一台修鞋的机器，那些机器是他第一次见。他见一个戴着帽子的中年男人正在给高跟鞋钉掌，马上站起来伸着头看。漂亮姑娘敲了敲柜台，喂，你是修鞋呢还是参观呢？张四说修鞋。漂亮姑娘说修鞋把鞋脱下来，还站着干吗？张四这才把背着的布袋朝柜台上一放，把里边的鞋子一双双取了出来放在柜台上。漂亮姑娘赶忙用手捂住鼻子，瞪了他一眼，这是你要修的鞋吗？张四点点头。漂亮姑娘走到戴帽子的中年男人身边，弯下腰嘀咕了几句。那个中年男人扭头看了张四一眼，放下手中的鞋子，解下胸前的白围裙，一边用它擦着手一边走到柜台前，把张四放在上边的鞋子一只只地摆弄了一下，然后问道：都修？张四说，嗯。都修！那个男人指指墙上的价格表说，都修得一百五十元，你带钱了吗？张四一听差点儿"哇"地叫出声。一百五十元呢！相当于他在建筑工地打工半个月的收入。再说，他口袋里也就十元钱，不知够不够给孙京生媳妇一只高跟鞋钉鞋掌。

修不修？不修赶快拿走。漂亮姑娘口气仍然十分严厉。

张四指着孙京生媳妇的一只高跟鞋，先钉个鞋掌吧。

中年男人乐了，小伙子，这两只鞋，你一只钉了鞋掌，那一只不钉，走起路来人还不跟柳叶被风吹一样摇摇摆摆。

张四说，她就是一只脚高一只脚低。

漂亮姑娘说，啊，瘸子？瘸子还能穿高跟鞋？又对中年男人说，满嘴跑火车！罗师傅别跟他费话。

张四急了，把十元钱朝柜台上一拍，问，修不修吧？

罗师傅和那个漂亮姑娘交换了一下眼神，无奈地摇摇头，拿着一只高跟鞋回到工位上。张四想跟着进去，漂亮姑娘拦住了他。干吗？张四，我得看着那个师傅。我怕他把鞋跟给敲断了！

罗师傅回过头招了招手，小田，让他过来看吧。他等张四到了身边又低声说，这些鞋子没一双是你的。你是帮别人来修鞋的对不？

张四说，嗯。

罗师傅说，你回去再向他们收钱对不？

张四犹豫了一下，摇摇头，很快又嗯了一声。

罗师傅说，看你小子没进过修鞋店。这里的规矩是修好了，取鞋时付钱。还有个规矩是先来后到。按说你得把鞋放这里，过两天再来取。不过……中年男人停顿一下，又说，我先把手里这双鞋子补好了，再修你这双高跟鞋，要钉掌的也给你钉上。你这一堆鞋里也就这两双高跟鞋值点钱值得修。那些鞋吧，花钱修有点可惜。

张四大胆地问了一句，师傅，您这修鞋价咋这么高？

罗师傅抬头瞅了他一眼，手在空中画了圆，看到了吗？老板投资大呀，房租、装修、水电、交税、用工，各项成本加起来都得摊到每一双鞋里，准确说摊到一针一线里……

张四没吭声。他的眼睛一直盯着罗师傅做活儿的手。那双手上下翻舞，左右转动，前后穿梭，飞针走线，灵活而又洒脱。那线落到鞋子上几乎看不出痕迹，补丁也像窗户上贴的窗花，不仅不难看，还添了几分美观。张四想起小时候在老家赶集时，看过那些编竹筐竹篮的手就是这样子，大人说这就是手艺。有了一门手艺，可以吃遍天下。手艺手艺，原来真的是双手创造的艺术。他对罗师傅增加了几分尊敬，同时，记下了罗师傅使用的材料、工具，特别是手法，还记下了他做活时那副神情专注、一丝不苟的样子。

孙京生的媳妇接过那两双高跟鞋，上看看下看看，又穿在脚上走几步试了试，板着的面孔一下子笑容可掬。恰巧孙京生经过，她故意摆了个造型，老孙，看人家这小伙子的手艺多好。这掉了的跟安上去，比原来还结实！

孙京生说，那你就穿着它踢足球去吧！说着，伸手从口袋里掏出黑色人造革的钱包，抽出一张二十元的人民币，朝张四面前的筐里一丢，问张四，钱够吗？

张四点头哈腰，够了够了。突然又想起什么，拿起钱去追孙京生：孙书记您这钱我不能收，不能收！

孙京生板着脸严肃地说，你要不收，我立马让你滚蛋！

张四还想追孙京生，老马伸出那条好腿挡了他一下。等孙京生和他媳妇走远了，嘲讽张四：你小子还拍他马屁呀？没这个必要。他找你修鞋，你收钱天经地义。你真学雷锋呀？

张四嘿嘿笑着把那张二十元的人民币装进口袋里，心中却有点儿隐隐作痛。孙京生媳妇那两双高跟鞋，接后跟收了他二十元，钉鞋掌收了他二十元，里外里他赔进去了二十元哩。

叔叔家里出了点事要回老家，而且决定不再来北京。他约张四在路边的小摊上吃了碗馄饨。叔叔告诉张四，我走了，你又不是工地上的人，头儿说了工棚不能再让你住。你这两天想办法搬走吧。我的那些铺盖用几年了，你不嫌破旧就留着用。

张四一听上了火，叔，包工头也太不仗义了吧，你人还没走茶就凉了。他让我搬，我搬哪儿去？天安门广场成吗？

叔叔说你别急，别急。人家说得也不是没道理，对不对？再说，我走之前还想把工钱结了……叔叔的话已经再明白不过，他不搬走叔叔的工钱结不了。张四低着头想了好大一会儿，哽咽着对叔叔说，叔，我不能难为您。今晚我再睡一夜，明天就永远不再回来。他包工头八抬大轿抬，我也不回来。以为是什么好地方？十几个人挤一间铁皮房子里，屋里那味道比公厕还难闻……

叔叔不高兴了。就是比不上猪窝狗窝，也是咱在北京曾经趴着躺着做梦的地方！

张四不吭声，眼泪在眼眶里转着漩涡。他强忍着没让眼泪掉下来。是啊，叔叔说得非常对，毕竟工棚里可以安身，现在连这安身之地都去不了，他怎么能不犯愁？

第二天，张四依然来到那个岴儿处修鞋。韩大妈等几个老太太依然过来坐半天和他聊天，听他讲村里的传奇故事。老马和韩刚下班经过时依然热情地和他打招呼。孙京生媳妇脚上新钉了鞋掌的高跟鞋在他耳边嗒嗒地走过……

初春的北京，晚饭后凉风习习，空气清爽。居民中不少人保留着老北京人的生活习俗。像老马这个年纪的男人喜欢光着膀子，趿拉着鞋，或在附近的大街边上溜达，或在马路边坐着抽烟聊天，有的还三五成群在路灯下下象棋、打扑克牌；而孙京生媳妇那个年龄的女人则打理得干干净净，穿得整整齐齐，或在附近的店里逛逛挑拣点便宜货，或围在一起张家长李家短地攀比，有的还站在男人们打牌的圈外指指点点……没有人注意到岴儿里席地而卧着一个人。这个人就是张四。

张四离开工棚的确找不到立身之处，万般无奈才在这儿过夜。昨天晚上，他送叔叔上了火车，然后背着行李走了两个多小时才回到这儿。那时已是夜间十二点多，社区的大铁门已经上了锁，整栋大楼只有寥寥几家还亮着灯。他坐了一会儿，断定再没人来往，就把铺盖卷朝地上一铺睡了起来。今天一早，居民们还没起床，他就从迷迷糊糊的状态中醒来，庆幸没有人发现自己在这里过夜。所以，今天晚上他又打算继续在这里过夜。没料到昨夜没睡踏实，白天忙了一天，晚上扒了一碗方便面，没多会儿就犯困了。原想打个盹儿，谁知竟睡着了。

首先发现张四在这个旮旯睡觉的还是居委会书记孙京生。他晚上有个应酬回家晚了，因为多喝了几杯酒，胃里翻江倒海折腾得难受，到社区楼下时忍不住哇哇哇地呕吐起来。从他胃里奔泻而出的酒水和杂物全喷到张四的脸上。张四一下子惊醒了，跳起来就喊：下大雨了！

地上冷不丁冒出一个人，把孙京生吓得酒也醒了。他揉了揉蒙眬的眼睛，歪着头盯着张四看。本来这旮旯处路灯照不到，没想到住在一楼的韩大妈听到外边的喊声开了灯，还打开窗户往外看。这一下孙京生认出了张四，张四也看清了孙京生红得有点发紫的脸。

你？孙京生指了指张四。

您？张四低下头不敢正视孙京生的目光。

谁呀？韩大妈严厉地问，还让不让人睡觉？大半夜在人家窗户底下干吗呢？

问你干吗呢？孙京生脑子清醒了，但身体仍然在摇晃。

张四说，我，我白天收的鞋子太多，一多半没给人家做出来，怕丢在这里被，被小偷给偷跑了。我，我就在这儿看着……他的话没说完，就被孙京生严厉地打断了。我看你，你小子才是个小偷！张四说我不是。孙京生说，你就是。张四的脾气也上来了，理直气壮地说，我是小偷我干吗在这儿守着！你是书记也不能冤枉人！

韩刚这时也穿衣起床走到窗口，向外望了一会儿，在妈的耳边说，是小张。

韩大妈一愣，小张，小张半夜三更这和谁吵吵？

韩刚，是老孙，孙京生。

韩大妈更惊奇了。他们俩怎么会……刚，你快出去看看，别让姓孙的欺负小张。

韩刚的媳妇小童在门口用膀子挡住了他。那个小"盲流"和你无亲无故，你管他呢！再说，人家老孙是居委会书记，看他不顺眼管管他有错吗？让老孙好好治治他，最好把他赶走，省得你妈老是给他送茶送饭，再过些日子把这房子都可能送他！

韩刚犹豫了一下，听到妈咳嗽一声，赔着笑脸对媳妇说，我去看看。我帮孙书记好好治治那小子。

小童说，看不出你妈和那个小"盲流"在演戏？

韩刚有点不高兴了，咱结婚这么多年，你见过我妈演戏？说完，推开小童出了门。

韩刚到眢兒处时，那儿已经有几个人早他一步到了。张四抱着头蹲在地上，孙京生身子一仰一歪，双手一伸一甩，正在讲他如何发现张四，如何训斥张四。还没等韩刚张口，这两天和韩大妈一起与张四聊天听张四讲笑话的刘妈就说上了。孙书记呀，人家这孩子是好心，你是误会人家了。他想偷鞋啊？那大人孩子男人女人的鞋子不一样尺码，再说还都是等着修等着补的，他偷了能穿还能卖钱？他要是打算偷咱小区谁家，还会等到今天？韩刚低头弯腰在筐里拣出一只高跟鞋，在孙京生眼前晃了晃。老孙，这是我今天亲眼看见你媳妇新送来修的高跟鞋，你穿试试。孙京生问，老韩你啥意思？韩刚说没啥意思，就是让你看看小张的脚能穿上吗？

围观的几个人哈哈大笑。孙京生正要发火，韩刚又凑到他耳边低声问，孙书记这又谁请您办事把您灌成这样？

这句话仿佛戳到了孙京生的痛处，他拍了拍韩刚肩膀转身走了。

这几双鞋值得你在这儿守着？韩刚等人都走散后问张四。张四低着头蹲在地上，肩膀一耸一耸地在抽泣。韩刚好像明白了什么，问：是不是没找到住的地方？张四还是没吭声。韩刚说这地方你真不能住。不说把你当"盲流"

抓起来，就是刮风下雨你能受得了？

韩大妈从窗户探出头来看了一眼，小张呢？

韩刚说，妈您放心睡吧。他挺好，我马上回去。

张四抹了把眼泪，冲着窗户嘿嘿一笑说，大妈，谢谢您啦！

第二天，韩刚中午下了班就来找张四。小张，我们单位地下室还有张床位，你搬过去住吧。别人先交房租，押一付三，我说好了，你可以先住，一个月后再交！

张四的眼泪唰地流了下来。如果旁边没人，他会跪下来给韩刚磕三个响头。北京好人真多，咋不让我早点遇见你们呢！

五

眼看着"五一"节就要到了，大街上戴着红袖章的老头儿老太太又多起来。韩大妈也是其中一员，经常和她一起在张四的修鞋摊前聊天的刘妈、赵妈也和她一样加入了社会治安联防的行列。她们在大街上溜达一会儿，就不约而同地到张四的修鞋摊歇脚。张四的修鞋摊多了几只小凳子。这是张四煞费苦心专门为这几位大妈准备的。

小张，我中你的流毒了！刘大妈说。

怎么啦大妈，我连烟也不抽，更别说吸毒。张四一本正经地说。

韩大妈也觉得奇怪，惊诧地看着刘大妈。

刘大妈说，你上次不是给我们讲，你们那里说管就是行，不管就是不行吗？我天天在这儿听你讲管，不管，嘿，不知不觉跟你学会了。今儿我在那边十字路口值勤，过来一个开电动三轮车的外地妇女。她很客气地问我：阿姨，往南边胡同能走吗？我知道那条胡同不能行机动车，就摆摆手说：不管，不管！她听了一头钻进了胡同里。我当时那个气呀，真个是气得头上冒烟。我就追了上去。我说给你说不管，你怎么还往里钻，亏着你遇到我，要是交警逮住你，立马罚你一百元。她不干了，红着脸和我吵吵，阿姨，是您说不管的。您不管咋又来管了？是不是看俺是外地人，想讹俺？给您说吧，要钱没有，要命一条！我这才明白是我自己没给人家说清楚。我赶忙给她赔礼道歉：我说的不管就是不行的意思……小张你说说，我这是不是中你的流毒太深了？

韩大妈几个人哈哈大笑。张四也笑得合不拢嘴，大妈，是我的错，我的错。

几个人正说笑，片警带着两个戴红袖章的老头儿过来了。片警神情严峻，目光如炬，开门见山地问道，你姓张？

张四点点头。

片警问，你没接到居委会通知，要求你五一节前离京吗？

张四的确没接到通知。不过，他不想给孙京生和居委会找麻烦，回答道，通知我了。可是，可是我没买上火车票……

没买上火车票可以买长途汽车票，对不对？片警皱着眉头说，你要实在买不上票也好办，让你们家乡办事处来带你回去。不过那性质可不一样了。

张四吓得六神无主，用求救的目光看了一眼韩大妈。韩大妈一直想说话，没有找到插话的机会，见张四眼里充满了恐惧，额头上紧张地沁出了汗水，忍不住对片警说，我们这些群众还要参加游行，上街游行不能赤着脚丫子吧？他得留这儿给我们修鞋。

片警冲韩大妈笑了笑。大妈，您这是开玩笑吧？您也是老联防了，知道咱联防的规矩，像小张这样在北京的"三无"人员是不能留下过节的。

片警说的"三无"人员就是指张四这样从外地来北京打工，一无户口，二无住房，三无固定职业的人群。当时北京对这样的流动人员管得很严。每到重要节假日前，北京不少到火车站、长途汽车站的大街两边，驮着被子、扛着箱子、提着杂物，穿戴不齐、头发蓬乱、步履蹒跚、目光迷乱的农民工排成长龙，成了一道奇特的风景线。那些年每到此时，火车上、长途汽车上挤得水泄不通。而北京很多出租房则人去楼空。不仅那些外来人对这项政策不满，当地居民也抱怨。韩大妈听了片警的话，撇撇嘴，扔出一串牢骚话。定这政策的人家里肯定有亲戚在铁路公路上班，成千上万的人坐车，多大的一笔收入啊？苦的不光是那些外地人，也苦咱北京老百姓。不信你过几天再来看看，这院子里垃圾就堆成山了！

片警一直微笑着听韩大妈讲完。大妈，您说的是事实，我们也了解。不过这政策一天不改变，咱还得执行对吧？转脸又对张四说，我说那个小张，你抓紧收拾收拾走人吧。这几个大妈那么喜欢你，你也别让她们为难。

张四郑重其事地说，警察同志您放心，我听您的。

片警走后，刘大妈和赵大妈说上街看看一起走了。韩大妈看张四心情沉重，一时找不出安慰他的话，叹息了几声，也晃晃悠悠地回家去了。

当天晚上，张四回到租住的地下室，看见门上贴着一张粉红色纸打印的通知，内容也是要求外来务工人员离京的。同室住的三个人，两个已经离京，还有一个正在热恋中的年轻的大学生明确表示不离京。我女朋友是北京人，我就是北京女婿，半个北京人。我哪儿也不去，就在北京，看他们能绑我走？

张四心想，你是北京女婿，你可以赖着不走，可我呢？

第二天张四再到那个旮旯处时，发现已经用栏杆围了起来。他不敢去动那栏杆，因为上边有警徽标志。他一屁股坐在石头上，心中充满了失望和悲愤。小童刚好经过，用鄙视的目光看了他一眼。她走了几步突然又折回身，笑眯眯地对张四说，张兄弟，你很长时间没回家看父母，正好趁这个机会回去看看两位老人……

张四说，我父母都不在了。

小童"啊"了一声，那你总还有其他亲人吧？我听我妈说你有个妹妹在上大学？

张四说，我妹学习很用功，放假也在学校里学习。

小童犹豫了一下，伴着高跟鞋咚咚咚的声音一扭一扭地走了。

张四这个时候十分渴望韩大妈出现，给他指条路，或者帮他想个办法。等了一会儿，等来的是老马。老马好像看透了他的心思，一上来就对他说，张老弟，韩阿姨，也就是你的韩大妈被派到旁边的社区值勤去了。铁路警察各管一段，这地方她管不了，肯定也帮不上你。

张四说我没想麻烦韩大妈！我知道韩大妈讲规矩，我哪能给她老人家添乱呢？！马叔……老马摆摆手，哎哎，别这样叫，我担不起。你叫韩刚韩哥，叫我叫马叔，等于你把韩刚排成我的晚辈了，韩刚听了也不乐意呀！老马边说边搓着光头，搓完又是手心向上吹了几口。也许是看张四一副可怜的样子让人同情，也许是发泄对驱赶外来人的不满，他开导张四，张老弟，你别犯愁，我觉得这个政策不会长久。很明显摆在那里，与改革开放的政策不符嘛！你说是不是？

张四说，嗯。

老马说，张老弟，说实话我也不支持赶你们回老家。你们对北京贡献老大了！你看这样成不成，我就说你不光会修鞋，还会配钥匙、会开锁、会通下水道、会理发、会……总而言之吧，你是个杂家，物业会的你都会，物业不会的你也会。小区的物业回老家了，社区的百十户居民整个假期的服务就指望你呢！

张四脸都黄了。马叔，不，马哥，您说的这些我不会啊！万一有人找到我，那不就露馅了？

老马搓了搓头皮，嘿嘿一笑，顺手提起小板凳，指着张四说，我真想一板凳砸下去，把你小子砸醒。我刚才说的这些活儿有啥难的？有人找你配钥匙、开锁，你可以找专业配钥匙修锁的干，中间赚个差价。淘下水道我就可以帮你。你到时请我喝二两二锅头就成。至于理发嘛……我现在就上楼取理发的推子剪子，你可以拿我的头做试验。

张四脸又变白了。老马哥那可不行，万万不行，万一……

你不用怕。最多就在我的头上划道口子。老马乐呵呵地说，划八道口子你老马哥也不怪你，更不会让你赔我个脑袋。

赔你个尿壶还差不多！韩刚边走过来边开玩笑地说，你俩的对话我在窗户下听得一清二楚。好你个老马，教唆人家犯错误。

老马说，我这是教他长本事。韩刚坐下后，认真地对张四说，小张，你马哥是我们这个楼脑子最活的。你就听他的，没错。又对老马说，还在这儿坐啥？老马点点头，我上楼，小张你等我一会。韩刚你小子要是走了你就不是爷们!

不一会儿,老马就提着个袋子回来了。他先取出一件白大褂,又拿出理发用的工具,推子、剪子、梳子、剃须刀等一应俱全。这是我平时给儿子推头用的,剃须刀是我自己使的。韩刚,你的头发正好该理了,我就拿你这颗头给小张示范一下!

韩刚二话没说,自己把白大褂套上。

老马说,准备好了?

韩刚说,嗯。动手吧!

张四一看那架势就吓得浑身发抖。韩哥、马哥咱别演习了,我一看这剃头刀心里就发毛,两腿打哆嗦。我不学了,不学了!

老马上前拧着张四的耳朵,害得我上楼下楼跑一圈,你说不学就不学?过来,看着这推子怎么用!

老马摁了一下开关,推子嗞嗞啦啦响起来。他一手摁着韩刚的头,一手把推子放在韩刚头上。随着推子的移动,韩刚的头发一缕缕地掉落下来。张四嘴上说不想学,但看得很用心,几分钟过去,他就有了信心,不由得挺了挺腰板。这玩意儿比在家里耕地容易多了。他想。

老马只给韩刚理了半个头,然后把推子递给张四。小张兄弟,你试试。

张四往后退了一步,手摆得像风吹的荷叶。我不行,我不行,要是真把韩哥的头划了道口子,韩大妈还不骂死我。他说这话的时候,手已经伸了出去,接过了老马的推子。他学着老马的样子,把推子往韩刚头上一放,嗞啦,贴着韩刚的头皮往前走,韩刚的头发不是一缕缕地掉,而是一把把地掉,很快半个头仿佛一马平川,全都光秃秃的。老马拍着巴掌在一旁笑,好,韩刚你小子剃了个阴阳头,一半是半寸头发,一半是一根毛没有的光蛋。韩刚起身朝窗前一站,借着玻璃看到了自己的头,气急败坏地说,老马,你赶快把这一半也给我剃光了,要不然我媳妇看到了,会堵着你家的门骂!

老马说,你这形象是小张帮你设计的,要改变设计也得小张动手。对不起,我还没学会小张这一手。

张四哭也不得笑也不得,站在那儿像个傻子,只会咧着嘴笑。但是那笑并不是发自内心的，所以看上去还不如哭好。

老马趿拉着鞋，哼着"我爷爷小的时候常在这里玩耍，高高的前门仿佛挨着我的家……"溜达到街上去了。韩刚没办法了，求张四说，张老弟，你快给我剃个光头吧！

张四拿着推子的手不住颤抖，这一抖，还真的在韩刚头上划了道口子。他把推子朝地上一扔，双手作揖对韩刚说，韩哥，我不是故意的，不是故意的。韩刚朝头皮上摸了一下，放在眼前看了看，安慰张四说，没事，小口子，肠子不会冒出来。然后又对着窗户玻璃看了看，嘿，这光头也挺好看的。

张四说，哥长得帅，留啥样的发型都好看。

韩刚瞪了他一眼，小子挺会说话，怪不得几个老太太特喜欢你！好了，你理发这门手艺算学会了，以后我理发就找你了。他嘿嘿笑着又说，你不能收我的钱！

张四心里清楚，自己连推子剪子都拿不好，离"手艺"差十万八千里哩。回到住的地方，他对着镜子，拿着推子在自己的头上比画来比画去地模拟练习。渐渐地，他感觉手中的推子越来越听话了，于是一狠心动起真格的。左一道右一道，最后把自己的头发剃光了，像老马、韩刚那样成了光头。毕竟是自己的作品，他望着镜子里的张四，乐得呵呵笑了。

同宿舍的大学生从外边回来，看见他就笑，我说屋里灯光比过去亮了呢，原来添了只大灯泡！又问张四，你到底是做什么的？怎么十八般武艺都会耍？

张四咧着嘴笑，心里感到有点得意。

这时，联防员在外边敲门喊话了，喂，屋里有人吗？

张四和那个大学生都熟悉这个声音，两人对视一眼，都没有回答。

屋里灯亮着呢，刚才看见你进去了呢，别装聋作哑了，快点开门。联防员的态度很强硬。

那个大学生满不在乎地朝床上一躺，捧着一本书假装没听见外边的动静。张四看了他一眼，犹犹豫豫地开了门。联防员这次来了三个，两个老头儿张四见过，一个中年人是第一次见，凭感觉像是个"头儿"。"头儿"一开口就直奔主题，还剩你们俩没走是吧？打算什么时候离京啊？他扭头看了一眼那两个老头儿，这是第几次来催了？一个老头回答，第四次。另一个老头说，三次。"头儿"说不管三次四次，也叫多次了吧？给你们的时间够充足了吧？别的社区外来人员走光了，你们俩赖着不走，是给居委会和街道找麻烦！

那个大学生把手中的书一摔，忽地站了起来，气哼哼地反驳道：怎么说话呢你？什么叫赖着不走？我要复习考硕士，这叫需要你懂吗？

"头儿"愣了一下。也许是他没遇到过这样态度强硬的外来人，一时没想出词来。那个大学生跳下床，甩了一下长长的头发，昂首挺胸，拉出要出门的架势。"头儿"伸手拉了他一把，他推开"头儿"的手，你要对我动手动脚，别怪我告你！"头儿"说你告去吧，爱上哪儿告上哪儿告。两个老头一左一右把他俩拉开。大学生头也不回地扬长而去。"头儿"气急败坏地指着他的背影喊，你有种你有胆，别再回这儿住！他急于找个台阶，转过脸对张四严厉地说，这个人从今天开除室籍了！别想再回这儿住。你呢，你打算啥时走？

张四被刚才发生在眼前的一幕吓得惊呆了，同时也像受到了鼓舞，学着老马平时的样子，搓着光光的头顶，轻轻咳嗽一声，我这个节假日不打算走了！话说出口，他自己也感到惊讶，对联防员还是个"头儿"敢这样理直气壮地说话，他还是第一次。"头儿"也很惊讶，眯着眼盯着他足足有两分钟，一句话没说，胸脯像大海涨潮起伏不定，喘息声也像张四小时候在家烧锅拉风箱，发出的声音又粗又重。有个老头儿拍拍张四的肩膀，和气地问：小伙子，韩刚是你什么人？张四眨巴一下眼皮回答，我姨哥。老头又问表哥是吧？亲的吗？张四点点头，他妈和我妈是一个娘生的。老头把"头儿"和另一个老头儿拉到门外，低声嘀咕了几句。张四的心一下子悬了起来。他知道自己犯了个错。韩刚是这个单位的人，人家单位的人能不知道韩刚的籍贯？坏了，弄不好要把自己带派出所去问询，那就把韩刚也裹进来了。哎，既然不留咱，咱还是走吧！他正胡思乱想，那俩老头儿回到屋里。"头儿"侧身站在门外。刚才问张四话的老头儿温和地说，年轻人，看你态度老实，又是我们单位员工的亲戚，知根知底。这样吧，我们头儿宽宏大量，让你节日先到你姨家住几天，过了节再回来住。

嘣嚓！张四一听声音就知道是"头儿"在用打火机点烟。他一步冲到门外，劈手夺下"头儿"手中的烟扔到地上，用脚狠狠地踩了几下。这地下室不让用明火，你带头违反规定啊？

六

张四心里清楚，就算韩大妈是他亲姨，她家也容不下他。小童每次见他都没给过他好脸色。有一天，小童直截了当地问他，哎姓张的，你老是在我家窗户底下晃来晃去，到底想干啥？张四感到莫名其妙，又感到有点委屈。想想她是韩大妈的儿媳，有着韩大妈和韩刚这层关系，他就装作没听见。没想到小童得寸进尺，回到家后，故意把窗户打开，哗地泼出一盆刷锅水。张四连蹦带跳跑到一边，还是溅了一身。他指着窗户刚要说话，小童给了他一个冷笑，砰地关上了窗户。张四当时难过得流了泪，心想：明明是一家人，怎么差距这么大呢？！再一想，也许小童对我真有误会。她哪里理解，我就是想有个地方落脚，想着凭自己的双手养活自己。

既然答应了租住那个地方的"头儿"，那说话就得算话。人，不管地位高低、职业各异、收入不同，但说话办事都得讲个"信"字。他想来想去，决定离京去妹妹那儿看看她。

临走的前一天，刘大妈带着小孙子来找他理发。刚刚给小家伙理好，赵大妈和一个老太太过来了。赵大妈说，小张，我家孙子明儿从他姥姥家回来，回来我就带他过来理发。另一个老太太跟着说，我孙子的头也该理了，明儿也过来。张四嘴上答应着：哎，哎，中，中！心里却不踏实。这火车票都买好了，明儿可咋办呢？

韩刚下班经过时，张四把这事儿给他说了。韩刚想了想说，这样吧，我有个旧手机搁那儿好长时间不用了，送给你。你用自己的身份证办张卡就可以用。你给你妹打个电话，就说工作忙走不开，过些日子再去看她。

张四问，哥，那话费很贵吧？一个月多少钱？

韩刚说，你用得多钱就多，用得少钱就少。

张四点了点头。

没想到他刚用上手机第二天，小童就发现了。因为韩刚送给他的那个手机有个用尼龙绳编织的外套，是小童亲手编织的。当时，张四把手机放在筐子上边，她一眼就看见了，二话没说上前就拿了过去，咄咄逼人地质问张四，我家的手机怎么会在你手里？

张四如实地回答，韩哥借我用的。小童问，他借你用的？你是他什么人，他凭什么借你这么贵重的东西？说，你是不是去过我家？

张四点点头，去过。大妈叫我帮你们修下水道时进去过。

小童脸色铁青，气哼哼地说，我家下水道不通有物业来修，就你笨手笨脚……哼！

虽然是旮旯处，但过往的人多，不大一会，就围过来一群人。有人在一旁窃窃私语，指责张四偷人家的东西。张四感觉受了奇耻大辱，浑身的热血直往脑门蹿，脸也涨得通红，实在憋不住了，把手中的锥子朝地上一扔，霍地站了起来，指着小童，你、你，你甭想再让我叫你一声嫂子！

小童哈哈大笑，你叫了我多少声嫂子，我可理过你！

围观的人群爆发出一阵嘲讽的笑声。

张四恨不得一头把地撞个窟窿钻下去。

小童又说，你以为北京人那么好哄？打你一过来我就盯着你了。你不是会修锁配钥匙吗？她环顾一下四周，提高了声音，咱要留这样一个会开锁的人，往后还有安全吗？

小童说得对呀！有个老太太附和着说。那个老太太手里拎着垃圾袋，看到门口两个大垃圾桶都冒了尖，正要再朝尖上摞。老马离几步远冲她嚷嚷，我的老婶子，您看那垃圾桶还放得下吗？

老太太噘着嘴，不满地说，那我不能总拎着吧？又说，这垃圾也没人运了，再过一个节还不堆成山，小区还能住人吗？

老马：把外地人赶走了，只能自己干呗！

大伙不约而同地看着张四。张四突然为自己是一个外地人感到骄傲。你们不是牛，看不起外地人吗？看看，眼下想起外地人了吧。我走几天让你们看看想不想我！

当天晚上，张四不辞而别，眼泪汪汪地离开了北京。

可是到了妹妹那里，张四只待了半天就觉得心里堵得慌，整个人都显得无精打采，说话也前言不搭后语。妹妹开玩笑问，哥，谈恋爱了吧？张四答非所问，啊？妹妹又问哥，嫂子长啥样？张四摇头。妹妹指着他的额头说，明白了，哥失恋了！

过了一会，妹妹换了个话题，问，哥，你说你工作忙，可没告诉过我在哪儿上班。张四随口答道，在街道。妹妹瞅了他一会，不解地皱了皱眉头，啥，你在街道工作？张四点点头。妹妹又问，坐办公室？张四又点点头。妹妹想了想，那你把办公室电话给我呗，我想你了就给你打个电话。张四这才发觉自己失态了，对妹妹说了实话。妹妹一边听一边哭，哥呀，你过得那么难。

张四：哥没觉得难。他又给妹妹讲了韩大妈、韩哥、马哥，就是只字不提小童。最后，他一边抹着泪一边对妹妹说，哥这辈子就做手艺活了，没什么大出息。妹你记住，哥说的这些人你都记下来。你以后要是有出息，替哥好好报答他们。

妹妹用力地点了点头。

张四边起身边说，走了，那筐鞋子还放传达室呢，那些孩子还等着我给理发呢，韩大妈她们还等着我讲笑话呢……

张四没想到，来来回回离开才两天的北京城变了个样子。那年北京下了场多年不遇的大暴雨，一连几天几夜没停歇，整个城市经受了一场"大考"，有的低洼处街道被淹，公交车停驶，一社区就是个重灾的地方。他一出火车站，当头挨了一顿风吹雨打，成了落汤鸡。跑到公交站才知道通往一社区方向的公交车停驶。在公交车站棚子底下避雨的时候听人议论，才知道一社区那个地方被水淹了，一楼居民家里进了水，很多居民出不了门，市、区政府和街道正在组织排水。他一听心里像火烧火燎一样拔腿就跑。天上的雨还在下，地上的水积得很深。他左手提着装满特色小吃的白色塑料袋，右肩扛着装着妹妹不用的一床旧被子的纸箱子，在大街上不停地跑，引起过往车上的行人和大街两旁楼上的人们的注目。纸箱、纸箱里的旧被子被雨水浸透后越来越沉重，他索性把箱子扔了。

张四用一个小时的时间跑完了将近十公里的路程。这段路程是在大雨之下，是在他刚下高铁饿着肚子的情况下跑完的，所以后来有记者采访他时，问他当时是怎样想的，他毫不犹豫地回答道，水泥板下有我放的半筐鞋子和平时用的修鞋、理发的工具呢！那是排水道，我怕被大水冲走了！手艺人离不开那些工具。

很多外来务工人员节前回乡，现在还没回来。街道、社区抗洪排涝正急需人手，张四到得很及时。排水道上的水泥板已经被掀开，滞留在大街上的积水正湍急地通过排水道。由于雨还在下，社区院子里的积水下降速度像裹脚的老太太走路一样，沉重而又缓慢。披着雨衣的孙京生看到张四，赶忙高声喊道：小张、张师傅，快来看看，院子里这儿有个下水道口堵了。

这几年院子里逐渐多了一些轿车，几乎把院子堵得水泄不通。那个被堵塞的下水道口就在一辆车子下边，两边又都停着车，周旋余地狭窄，手又够不着，即使手够着了也用不上劲。孙京生和一个居委会工作人员两个人握着铁钩，铁钩绑了根长长的竹竿，弓着腰撅着屁股，像钓鱼一样想把下水道盖钩出来。张四看了觉得好笑，但不敢笑出声。他往地上一趴，积水立刻把他的头和身子淹没了。他憋着气，双手着地，爬到车子底下，摸了几下摸到了下水道盖子上的铁栓。可是用手拉了几下，盖子仿佛被吸住了，纹丝不动。他来不及多想，三下五除二麻利地脱下裤子，把裤子从铁栓中间穿过，又打了个扣。等到他从车底下爬出来，再从水中冒出头，脸已经苍白。他攥着裤子角，又让孙京生和那个居委会工作人员抱着自己的腰，然后指挥着他俩发力：一二三，一二三……扑通一声，孙京生坐在了地上，地上的水好像受了惊吓，蜂拥着往车底下流。盖子被掀开了，下水道通了。那个居委会干部跟孙京生开玩笑：孙书记，你一屁股把地砸了个坑啊！早知道如此，您早点让屁股疼一下，咱也不用费这么大劲了。

张四赶忙把孙京生扶起来。张四故意用脏了的袖口擦了擦孙京生的脸。孙书记，对不起对不起，溅了您一脸。孙京生拍拍他的肩膀，什么话也没说。

张四想把自己的裤子扯出来，一用力，听到嗞啦一声，手里只剩下半条裤腿。他把那半条裤腿朝地上一扔，直奔一楼韩大妈家。韩大妈家的门敞开着，门口垫了几个枕头当作拦水墙，小童正在用洗脸盆朝外舀水。她穿着短背心、短裤衩，弯腰时雪白的乳房暴露出来。看见张四第一眼，她愣了一下，你，你干啥？谁让你进来的？

张四这时已经累得浑身疲软，嗓子嘶哑。他没有向小童解释，直接进了卧室。韩大妈正抱着孙子坐在床上犯愁。张四叫了一声大妈，大妈我来了，有事您就吩咐我！韩大妈喜出望外，紧紧攥着张四的手，我的好孩子，你来得是时候。你哥他偏偏这时候出差了。你快帮你嫂子把屋里的水弄出去。

张四说好嘞，您就放心吧。

小童已经把盆扔在水中，坐在卫生间的马桶上歇着。张四拿起盆，呼哧呼哧地用力朝门外排水……大约一个小时后，屋里的积水排完了，张四却一头倒在门槛上。

张四住院的几天里，韩大妈每天都让小童去医院给他送饭，有鸡汤、排骨汤、大米粥、小米粥，还有小笼包、水饺。小童一见他就笑。张四心想，我这位嫂子笑起来真好看。不过他没说出口。

七

这些年，张四修鞋、修锁、配钥匙、理发、修自行车、三轮车、电动车、通下水道……当年韩刚和老马让他做和教他做的，他全都学会了，而且技术越来越精。他的服务对象范围也扩大了，不光一社区、二社区，周边一些社区、写字楼的人也过来，大多还成了回头客。仅凭一条就可以说明，光四周的小板凳就有七八只，往往坐满了等候的人。唯一没有扩大的，是他干活的地方还是那个角儿。周边不是没理发店，马路对面一排就是三家，但挂的牌子都叫"美发"，有的还加了"美容"二字叫"美容美发"。可是到店里剃个寸头就二十元，张四理发只收五元。老人孩子还是愿意找张四理发。往南走过了二环桥再向左转路边那家修鞋铺依然还在，并且向右转不远还多了一家，但一社区的百姓大多只认张四。

岁月无情，变化比较大的是人。韩大妈的头发全白了，走路不像过去那样顺当了，出门也少了，隔三岔五到张四这儿来坐一会儿。有一回她问张四：小张，你这修鞋、理发收费涨了吗？张四摇摇头，又笑着说，大妈，您查物价呢？韩大妈说，瞧你这孩子，我都给你说几遍了，你怎么就不听呢？我儿媳妇在对面理发店办了优惠卡，理发打完折还七八十，要是店长出面还得加三十呢！张四暗暗吃惊，这也太贵了吧？嘴上却说，人家开店成本高。

韩刚、老马这些人也明显老了。老马已经办了退休手续，社区安排他在传达室值班，时不时到张四的摊前聊一会。韩刚说再过一年就退休了，退休后打算自己开个小饭店。孙京生也于三年前退了休，退休后去了上海女儿家。临走前他提了一箱水果给张四。小张，别记你孙叔的仇。那些年对外来人口管理得严，你孙叔也只是执行上边的指示。我内心是认你们外地人的。就说你吧，给咱这居民带来多少方便，省了多少钱呢！

接替孙京生的居委会书记姓安，是街道从另一个社区派过来的。安书记年轻，又是个女同志，见了人没开口先笑，笑得很亲切，很热情。她和张四聊了一个多钟头，临走对他说，张师傅，咱这片的居民都夸你待人热情，手艺精良。我知道一社区的居民早把你当成一社区的一员了。你就踏实在这儿干吧，有什么困难尽管说！

张四第一次听别人叫他师傅，激动得热泪盈眶。

没几天，安书记带人给张四送来一把巨型伞，形状像一片展开的树叶，颜色也是绿色。张四说，谢谢书记。这角旮旯一年四季见不着太阳，用不着。安书记说，下雨的时候需要吧！老马在一旁调侃说，张师傅，这是安书记给你安的个家，你小子这也看不出来？

张四忙说，谢谢，谢谢！

张四的鬓角也有白发了，因为长期低着头做活导致有点儿驼背。他妹妹几年前大学毕业，在老家的省城一家金融机构工作，结婚生了个女儿。妹妹多次动员他到省城去，说是给他找个每月有固定收入的事做，催着他把个人的婚姻大事解决了。他对妹妹说，我在北京城有这样一席之地，心里很满足。更重要的是我在这儿有那么多不是亲人胜似亲人的好人，离开他们真觉得活不下去。妹妹说有你说得那么严重吗？张四说，妹啊，这是你哥的心里话。

张四说的是心里话。从前些年逢节就把外地人往外赶，到现在外地人可以和北京人一样在各行各业工作，走在大街上也能昂首挺胸、扬眉吐气，他作为见证者、经历者之一，感受最深的是对北京的感情越来越深。有一次，一个偶然路过的外地人找过来让他帮着修鞋，言谈中他几次说到俺北京怎么怎么着，那个外地人盯着他的眼睛看了一会，临走时讥讽地说，兄弟，听你这口音，你老家离北京怎么也有千里之外吧？张四面不改色，理直气壮地说，你说老家干吗？我现在就住在北京！

张四现在一天收入一百多块，好的时候最高一天收入三百多，除了吃喝再交了地下室的房租，每月能节余三千多。妹妹不要他负担了，老家又没其他负担。有个在对面大楼上班的硕士毕业生来修鞋时和他聊天，告诉他说每天都很烦，整天加班加点，一个月到手纯收入就四千多。他觉得和那个硕士比起来，自己的日子这样过得挺好。当然，他常常在夜里烦躁，毕竟三十多岁还未成家，说不焦虑、不急迫那是假话。

关心张四婚姻大事的不光是他妹妹。韩大妈、刘大妈、赵大妈，包括韩刚、小童、老马这些人都记挂着。韩大妈每回过来都叨唠几句，小张，该找个媳妇要个孩子了。过几天再来又说，小张，我看对面理发店那个洗头的小妹长得挺甜净，笑起来脸上还有俩酒窝。你嫂子老是找她洗头，夸她懂事。人是胖了点，可眼下不是时兴减肥吗？减减肥保证是个漂亮的大姑娘。我寻思着让你嫂子给牵个线搭个桥。

张四红着脸，不好意思地说，大妈，我哪配得上人家。再说，她是那家店老板的小姨子，老板娘早给她物色好男人了！

韩大妈说，噢，看着和你挺般配的。原来有主了。有主那就算了。小童对张四的态度转变最大，张四感觉她对自己比过去亲了。一见面也是兄弟长兄弟短地喊着，有时从超市购物回来，还给他放下一根黄瓜或者一个苹果。张四对她却怎么也亲不起来，见了面也只是出于礼貌冲她笑笑，一句嫂子也没叫过。小童也给张四介绍过一个干保洁的姑娘，张四没同意。时间一久，居民们中有人议论，张四这人可能生理上有缺陷，不然介绍那么多女孩他连面也不肯见？

其实，张四心里早已有人。那个女的是他中学时的同学，叫崔雯，长得水灵，人也机灵，他对她一直暗恋，可是一直不敢表白。她高考落榜后跟着姐姐去广东打工，后来嫁给了一个打工的同事，生了一个男孩。孩子两岁时她发现那个男的有外遇，毅然结束了那段婚姻，带着孩子回了老家。她向老师和同学打听过张四。张四的妹妹半年后才把这消息辗转给了张四。张四听了十分激动，专程回了一趟老家。他这时手里已经有了点积蓄，于是买了高铁票，还跑到官园批发市场，花了一百元钱给自己买了套西服。临出门突然脑筋来个急转弯，又回到市场的儿童专柜，花了一百二十元钱买了两套童衣。让他意想不到的是，出了高铁站上了去他老家的公共汽车，坐在自己座位旁边的竟然是来县城购物回去的崔雯。两个久别重逢的老同学在车上就互相作了表白。张四劝她和他一道回北京。她沉思了一会说，我这些年体会最深的是在家千日好，出门时时难。张四说，我在北京开始也有这样的想法，可后来改变了。我觉得吧，无论做啥事，要做就做好。再好的地方，再好的工作，要是做不好，那你就会觉得做啥都难。崔雯笑了，哟，几年不见你成哲学家了？北京还真能培养人！张四嘿嘿一笑，趁机握住了她柔软的手。

那一次，张四在家里住了两天，和她谈到了结婚。她答应嫁给张四，也愿意跟张四到北京，可是又愁孩子上学问题。留在家里跟着姥姥姥爷吧，心疼得放不下；带到北京去吧，又怕没学上。张四说，现在和前些年不一样了，孩子可以在北京的学校借读。我回北京先办这个事，办好了你再带孩子过去。崔雯说，那等孩子大了，该高考了，还不是要回老家来考！张四说，不骗你媳妇，我听说北京实行积分落户政策了……崔雯没等他说完就笑了，那门槛可高了去了！张四双手一摊，咋，我是有手艺的人！

话是说出了口，但回到北京张四又犯了愁，不知该给谁说这件事。一连两天他都没敢给崔雯打电话，怕崔雯问起这事。马路对面就是小学，学校里有几个老师张四认识，这两天他们放学时从张四的摊前经过，还和张四热情地寒暄。张四就是开不了口。韩大妈看出他有心事，问他，他直摇头，乐呵呵地说，大妈，我开心着呢！看见您我更加开心。韩大妈板着面孔说，小张，你和大妈认识也有些年头了吧？大妈给你说，我就没把你当过外人。你有啥事，千万别对大妈掖着藏着。要是大妈知道你有心事不给我说，我，我就给你断水断电。

张四打从用上自动修鞋机，这么多年来每天都是从韩大妈家接根电线，用水也是从韩大妈家通的根水管。他知道韩大妈把他当儿子一样疼着。有一次韩大妈家包饺子，煮熟的第一碗就隔着窗户递给了他。小童不满地对邻居说，儿子孙子还没吃上，就给了个外人。所以，他对韩大妈也像对亲生母亲一样敬重。韩大妈家不管有啥活要干，隔着窗户喊一声，他马上就当仁不让地去干。那场大雨过后，小童对张四的态度变了，整个社区的人对张四更亲了……

那年，区里表彰优秀外来务工人员，已经退休的孙京生找新的居委会安书记力推张四，社区居民也一致推选张四。张四第一次登上场面气派的主席台领奖。给他颁奖的区委书记握着他的手说，谢谢你，谢谢你们为北京建设做出的贡献！

张四在主席台上泣不成声。后来，他戴着大红花的照片放在社区的橱窗里很长时间。

八

韩大妈是在张四回家结婚的第二天晚上离开人世的。

张四和崔雯刚刚举行完结婚仪式入了洞房，手机突然响了。他看是韩刚的电话，赶忙打开接听。崔雯眼看着张四满面笑容瞬间消失了，两行泪珠像断了线的珠子往下掉，接着哇地哭出声，两只拳头敲击着床沿儿，妈，我的妈呀，您怎么不见我一面就走了呢！

　　崔雯悄悄走到门外，对正欲进屋看看发生了什么事情的张四的妹妹等人说，你哥在北京的那个妈走了……

　　屋子里哭声停了。门打开时，张四已经收拾妥当，肩上背着行李，像是要出远门。他拉着崔雯的手，哽咽着说："崔雯，你不是一直想见我北京那个妈一面吗？走吧，我现在就带你去见她老人家！"

　　崔雯点点头，进到屋里简单收拾了一下，和父母道了别，拉着孩子的手，在众多亲友和乡邻的注视下，和张四一起登上了公交车。

　　韩刚对张四说，妈临走，叫你名字的次数比叫我名字的次数还多！

　　安书记对张四说，小张，韩大妈左叮咛右叮咛，北京是咱全中国人的北京，以后别分什么外地人北京人，分得清吗？

　　老马则对别人说，韩大妈去世，张四比她亲儿子哭得还伤心。这孩子懂得感恩。

　　一个月后，崔雯在北京找到了工作，孩子也在一社区对面的小学入了学。有一天，她和张四拉家常，老公，你也找个收入稳定点的工作吧，别老待在那旮旯里了……

　　张四沉默片刻，坚定地摇了摇头。

　　直到今天，张四仍然待在那个旮旯里，修鞋、修车、开锁、配钥匙、洗头、理发、淘下水道。他还收了一个徒弟。这个徒弟称他师傅，他叫徒弟韩刚哥，有时也叫刚哥。

2021 年 2 月 23 日于北京

2021 年 3 月 16 日改于北京

北京上午九点钟

一

唏，亏你想得出来，让我收垃圾！二泉不满地对大泉吼起来，我抛家别子来北京是挣钱的。你当着处长，住着宽敞的三室一厅，开着几十万的小轿车……

大泉手指着二泉的额头，你挣钱还挑三拣四？

二泉说，你在楼上吃喝拉撒睡，扔了的垃圾包括擦屁股的卫生纸都让我去给你捡。你不要脸，我还要脸呢！

二泉你喊什么喊？大泉的声音也很高，你以为这捡垃圾收破烂的事是谁想干就干的？给你说吧，你知道上个捡垃圾的走的时候带走多少钱吗？

二泉哼哧哼哧地直喘粗气。

大泉伸出两根手指头，不容置疑地说，一辆汽车，还有老家盖了栋新房子。我帮他算了算，少说也得三四十万。

二泉眼睛瞪得像熟透了的葡萄，你，你骗人！捡垃圾收破烂成了好事？让你这么说人人都抢着干啊？

大泉说，是呀，你以为那么容易？我给小区物业经理两条软中华，加上我这个业主单位行政处长的面子，他才答应让你干。他轻轻地饮了一口酒，接着又说，二泉我告诉你，你千万不能说认识我。否则，会有人告我利用职务影响力为自己弟弟谋私利。

二泉举起酒杯，一仰脖子喝了个底朝天，不服气地说，在北京当处长的哥哥给自己的亲弟弟找了个捡破烂的事，还以权谋私？那我就不给你添麻烦了，我不干！

场面一下子僵持了。兄弟一个脸转向东，一个脸转向西，谁也不搭理谁。小酒店里没装空调，只有一台吊在房顶的电风扇。那台风扇好像患了重感冒，吭哧吭哧地喘着粗气。二泉几次抬头看那电风扇，心想，北京这熊地方，电风扇还不如俺们家的管用呢！过了一会儿，服务员来上菜，兄弟俩才不约而同地转过身，又脸对脸了。大泉到底比二泉大几岁，又在大机关待了多年，修养比当弟弟的二泉好一些。他主动给二泉搛菜、倒酒，但口气依然不容改变。他说，二泉你好好想想，再给你媳妇商量商量，我等你信儿！

二泉低着头喝酒，没有开口。他心里想着是大泉不会哄他。毕竟是亲兄弟。大泉从上高中就离开家，父母都是二泉在照料，母亲病重卧床几年，也是二泉在床前服侍，几乎没让大泉操心。再说，他到北京来也是大泉一次次劝来的。可是，他又一下子接受不了大泉这样的安排。千里迢迢跑到北京投奔当处长的哥哥，可哥哥给找了份捡垃圾的工作，怎么给媳妇交代，给乡亲交代？他一连又喝了几杯酒，有点儿醉意了，又对大泉说，反正我是奔你这个当哥哥来的，你一个当官的不怕丢人现眼，我这个老百姓还怕什么？

大泉见二泉有点心动，安慰他说，你放心，不出半年你就再不会说这种话了。

三天后，二泉走马上任了。他干活的工具是一辆电动垃圾车、一把铁铲子、一把铁抓钩，穿戴也很奇怪：蓝布长褂、草帽、墨镜、手套、口罩，脖子上还挂了个环保标志的牌牌，和大街上来来往往的人们相比，地地道道一副 20 世纪 70 年代在城里干杂活的农民打扮。按照大泉指点的方向，他先到物业报到，领取了进门卡。这是一个高档小区，管理相当严格，进出都要刷卡。但是门口留着小平头的保安让二泉感到不舒服。小平头先是打开窗户，盯着二泉的眼睛，恶狠狠地问二泉，干什么的？二泉一时回答不上来。他既不想说是捡破烂的，又找不到合适的词。总不能说自己是收电费水费的吧？

小平头用怀疑的目光上上下下打量了他一会儿，推开门走出来。他的右肩膀往下倾斜时，二泉才发现他的腿脚不灵便。小平头看了看二泉脖子上的牌牌，疑惑地问：新来的？二泉点点头。小平头又问：搞卫生的？二泉又点点头。小平头挥挥手说，去吧！二泉走出几米远，小平头又冲着他的背影喊道，小心点，别弄一地垃圾。二泉好大的不悦，在心里骂了句，去他的！

这个小区有两栋楼。高的那栋二十五层，矮的那栋十二层。在每栋楼下，都并列摆放着三只绿色的垃圾箱，上边分别写着：厨卫垃圾、普通垃圾、再利用垃圾。二泉心想，这北京到底是皇帝老子住的地方，垃圾也分三六九等。边想，他开始边干起来。大泉给他说过，这个小区收垃圾的一般上午九点才能进来，因为那个时间该上班的都已走了，而他们大都是上班走时把垃圾顺便带下楼。大泉的媳妇、二泉的嫂子也说过，她每天几乎是第一个上电梯，电梯里味道还不太差，要是过了八点半，她一边说一边下意识地捂鼻子，那电梯就不敢进了，酸味、臭味、辣味……五味俱全，熏得人睁不开眼喘不过气。果然，几只垃圾箱里都塞得满满的。刚打开一条缝，他马上又盖上了。垃圾箱里的气味呛得他直咳嗽，尽管他戴着口罩也觉得受不了。北京人吃的拉的啥玩意儿？那一刻，他对大泉不禁又有些不满。骗人，就这垃圾能挣着钱才怪呢！

这时，一位戴鸭舌帽的老头拎着只塑料袋步履蹒跚地走过来，盯着二泉看了一会，笑了，小伙子，新来的吧？

二泉点点头，开玩笑地说，大叔，我不是小伙子，是小伙子的他叔了！

老头哈哈大笑，声音很爽朗，说，你是小伙子他叔，那我就是小伙子他爷爷。我姓杜。你前边还有你前边前边那两小伙子，有时还到我家里帮我拎垃圾。你记住了，我住十八楼，上了楼梯右转一直走到头，白色的门。那一层只有我家的门是白色的。

二泉说，我记住了，杜叔。

杜老头答应道，哎！又高兴地笑了，说，你忙吧，我到门口溜达溜达。走了几步又转回身，把垃圾袋放在地上，自嘲地摇摇头。

二泉想先把杜老头放在地上的垃圾袋收到车上。他打开看了一眼，惊奇地睁大了眼睛。原来，杜老头的垃圾袋里有一只红木烟斗。那是一只有年份的烟斗，历经过去的岁月和主人无数次的抚爱，烟斗的底部和身躯已经变得发亮，能映出二泉的眉毛、眼睛。二泉虽然不识那只红木烟斗的实际价值，但也意识到是一件好东西。他马上想到可能是杜老头不小心丢在垃圾袋里的。他拣出来，用蓝布大褂擦了擦，随手装进口袋里，准备见了杜老头还给他。二泉是个聪明人、有心人，他由这只红木烟斗马上联想到，垃圾箱里说不准可能还有其他人家不小心扔的宝物，或者北京人认为从值钱已经变成不值钱的东西。这也许就是大泉暗示他的能使他致富的路径吧？二泉马上来了精神，也来了兴致，干脆连铁铲子、铁抓钩也不用了，两只手齐头并进插进垃圾箱里翻腾起来。一会儿工夫，高层楼下的三只垃圾箱全都倒腾空了。他用心地在垃圾堆里仔细地寻找了一遍却大失所望，除了几只矿泉水瓶子、酱油瓶子、咸菜坛子，没有什么值钱的东西。他快快不乐地开着三轮车到了矮层的楼下，又打开了那里的三只垃圾箱。这一回没有让他失望，在再利用垃圾箱里，他拣到一只小学生铅笔盒、一件破了几个洞的女式羊毛衫，那件羊毛衫还被主人用心地放在一只塑料袋里，好像预感到有人会拾起来再利用。他在再利用垃圾箱里还拣了一副仅仅断了半条腿的老花镜。他拣起戴了一下，度数正好适合自己，高兴地几乎要跳起来，心里却骂道，北京人真熊烧包！他想起母亲的老花镜，两条眼镜腿都折了，用皮筋拴起来代替，一直到死都那样戴着。

二泉兴致勃勃地开着三轮车往门外走。到了门口，小平头又出来了，直截了当地问他，哥们，有扔烟的吗？

二泉说，没有呀！又惊奇地问，谁会扔烟呢？

小平头说，有，经常有，还有整条扔的。

二泉大惊失色，是吗？

小平头说，哥们，咱不要见面分一半，你给哥留一盒行吧？

二泉点点头，要是有就都给你。

小平头歪着头斜着眼看了他一会，好像在琢磨他话中的含意。

出了大门，二泉还在想着小平头的话，心里直犯嘀咕，整条烟都扔进垃圾箱，会吗？

第一次二泉没有太大收获，不过，他却从大泉那里得到了新的信息。大泉告诉他，高层楼住的大多是回迁户、租房户，这些人家收入不高，也没有多少可以再利用的垃圾扔，而矮层楼住的大多是和大泉一样的部里的干部，不少是司局级、处级，收入稍好些，有的稍旧的东西就当垃圾扔，碰巧了就能捡到好东西。大泉再三叮嘱二泉，不管你捡到什么值钱的东西，你就当垃圾从这个大院弄出去，弄出去你再处理，挣多少是你自己的，绝不允许你胡说八道，更不允许你瞎打听。甭给人家惹祸，更不要惹祸上身！

二泉听得云里雾里。他往红木烟斗里塞满烟丝，点上火，得意地抽了几口，说，哥，我记住了。

二

唏，好烟就是好烟，味儿就不一样！二泉猛地抽了几口烟，赞不绝口地说。

小平头把二泉给的半盒中华烟拿在手上掂量来掂量去，又放在鼻子前闻了闻，才抽出一支放在嘴边点上火，刚抽了两口，脸色马上变了，指着点着了的烟，生气地说，又是放霉了扔的。

二泉也把烟放在鼻子前闻了闻，说，是吗，我咋闻不出来呢？哥你鼻子真尖。

小平头把烟扔在地上。我不光能闻出烟味，还能闻出是哪家扔出来的。我给你说哥们，是十一层那家扔的。

二泉问，高楼还是矮楼的十一层？

小平头说，什么高楼矮楼？你把它当高板凳矮板凳呀？咱这叫板楼塔楼。

二泉不解，挠着头皮，犹犹豫豫地问，啥叫板楼塔楼啊？

小平头说，板楼南北通透，一梯两户；塔楼四周都是房子，一梯多户……我，我也给你说不清楚。

二泉不解，那塔楼又胖又高，板楼又瘦又矮，还是塔楼好啊！

小平头呸了一声，屁，你懂个屁。你以为是在大唐朝挑美女胖的丰满。不给你说了。以后这种霉了的烟千万别抽，抽了伤身子。说着，他把一盒没拆开的烟放进抽屉里。

二泉觉得不解，问，不能抽你咋还收起来？

小平头笑笑，兄弟，我给你说你千万千万不能往外说。说着，他伸头向外看了一眼，关上窗户才说道，以后捡到这种好烟你别拆也别扔。拆了，你就得抽了它，你有抽这种好烟的命吗？扔了，你就扔了钱。二泉听不懂小平头的话，冲着他轻轻地摇了摇头。小平头说，你到外边看看，那些烟酒店门前都挂着什么牌子，回收名烟名酒冬虫夏草人参……

二泉这回听明白了。在这方面他也有亲身经历。大泉过去年节带回家孝敬老父亲的名烟名酒，老父亲不舍得抽不舍得喝，让他拿到镇子的店里换过现金。镇子上有收名烟名酒的店，一般都是对半砍价。但是，他想不通的是霉烟怎么去换现呢？小平头这回直截了当地说，买好烟好酒的多是送礼的。你没听人说抽好烟喝好酒的，不是花的公款就是别人送的。现在戒烟的越来越多，胆子大点的收的好烟拿店里变现，胆子小的只好放霉了当垃圾扔。

二泉又不解了，那他不抽烟收它干吗呀？

小平头说，这不懂了吧？收礼也是一种身份象征！你这样我这样的人想抽好烟想喝好酒，得有人给你送给我送啊。

二泉听明白了，使劲点了点头。

二泉出了门，把烟放在鼻子前又闻了闻，感到味道确实有点呛。可是他舍不得扔，又抽了两口，抬起左脚在鞋底上摁灭了，把烟头装进衣袋里。他现在有杜老头扔了不要的红木烟斗，可以把烟屁股残留的烟丝取出来装在烟斗里抽。

小区门口的马路对面，坐落着一排门面店，有烟酒店、理发店、美容店、礼品店，还有修手机的、修家用电器的店。二泉把电动车放在马路边，忐忑不安地走进一家烟酒店。烟酒店的老板是个四十岁左右的中年人，两只脚架在柜台上，嘴里还哼着小曲儿，见二泉进来，漫不经心地问了一句，买什么？二泉犹豫了一下，说，看看。老板一个"唏"字的音拖了很长。看呗，随便看。二泉一下就猜到他是河南人，笑了，老乡，你在北京发财了啊？！老板有点得意，发啥财，也就挣个养家糊口的钱。

二泉问：门口那黑色奥迪车是你的吧？

老板：A6，不值钱。

二泉心想，我的个亲爹，几十万还叫不值钱？还说才挣个养家糊口的钱？他咳嗽了两声，眼睛盯着烟架上的烟看。老板"哎哎"两声，开门见山地说，你是来问烟价的吧？别不好意思。

二泉嘿嘿嘿地笑了。

老板说，见面分一半，停了一下又说，咱从来不欺负外来人，更不用说老乡了。你要是不信，可以到周边的烟酒店去打听打听。

二泉说，我信，怎么能不信呢。不过，不过……他不好意思说出霉烟两个字，抽出一支烟递给了老板。

老板接到手里看了一眼，闻也没闻就说，这种烟最多给你二十元钱。到了别的烟酒店你倒找人家也不收。

二泉高兴地连声说谢谢，谢谢！二十元就二十元一盒，我也不给你还价。以后有了这烟我全都送你这儿。

老板脸上的笑容好像被台风连根拔起。他指着二泉严厉地说，唏，我说你这个老乡还不如抢银行来钱快呢。

二泉问：咋啦？

老板说，我说的是二十元钱一条，你要二十元钱一盒。你这不是明火打（执）仗吗？

二泉这下子明白了，两人的话是两股道上跑车两岔去了。可是，他心里不服气，问：那你向外卖时收多少钱一条？

老板火了，嗓门很高，我卖多少钱一条与你有鸟关系。你咋不问人家找上门来赔偿，人家打上门来骂娘，人家拉着上法庭打官司都谁承担？给你说吧，风险都在我身上。你以为在北京做点生意容易？天子脚下，就连居委会老头老太太我都得喊爷爷奶奶。我平常打点的费用那可……他可能意识到说多了，马上住了口，冲二泉摆摆手，你再去找别人吧。

二泉愣了。他没想到这些有钱人，一张口也像开了闸门一样苦水哗哗向外流。他狠狠地瞪了老板一眼，趁老板还没反过响来又换成了一副笑脸。大兄弟，就依你，就依你还不行吗？

老板虽然消了气，可目光看着门外，表情十分冷淡，看得出他压根儿就看不起二泉这样一个收垃圾的。二泉也觉得没有在烟酒店待下去的必要，快快地转身向外走。刚要出门，老板在背后喊了他一声，哎，你回来。

二泉只是回过头。

老板说，过去那些家里收了好烟好酒好礼品的，都是让媳妇孩子来换现钱。有大半年了，媳妇孩子也不敢登门了。肯定和现在的形势紧有关。有个和你个头、长相差不离的什么处长，过去每个月最起码要来换万儿八千，要是年节过后得好几万。

二泉心里咯噔一下，唏，这小子八成是说大泉吧？他不动声色地听老板往下说。老板从柜台里走出来，在门口四下张望了一会，转过身又对二泉说，我琢磨着他们不敢亲自到店里来了。为啥？我这店里装了摄像头。不装不行，有人来检查，不装就得罚钱。他见二泉好像听不懂，在那儿傻傻地站着，就递给二泉一支烟。他掏出打火机，刚要给二泉点烟，好像又想到了什么，把打火机装进口袋里。这个老乡，我给你指条挣钱的路子。那些人不敢送到店里来，但也不能总放着。你呢，在你的车上贴张条子：回收名烟名酒各种礼品……

我的车，我啥车？二泉皱了皱眉头。

老板轻轻给了他一拳头，你这衣服，你胸前这牌子，还有你刚才在门前停的垃圾车……还用问吗，我早知道你干啥的了。

二泉好像一下子矮了半截，低下了头。

老板说，老乡兄弟，你照我说的试试。

我哪有钱跟人家兑现？二泉不满地说。

老板说，没让你马上兑现呀？你拿到我这儿，我跟你兑现，然后你再给他们兑现不就行了？你一个乡下来的，一个收垃圾的，你还怕摄像头会拍到你？再说，你想挣钱又不敢冒险那怎么成！

二泉心里不踏实，反问一句，那些人能信我吗？

老板说，他们不信你，但是信钱呀！

三

又是北京早晨九点钟，小区里只有几个遛弯的老头老太太，还有两个带客户看房子的中介公司的姑娘。二泉刚打开垃圾箱，就听见门口汽车喇叭声。他扭头朝大门口一看，有几辆小轿车小心翼翼地开了进来，小平头笑容可掬地在一旁指挥着停车。二泉心想，这些人也真是，上班了还把车开回家来。转念又一想，不对，我进来的时候这个小区住的人的车都开出去了，这些进来停车的，八成不是本小区的人。铁面无私的小平头为什么把这些车放进来呢？他不明白，也想不明白，所以干脆就不想了，埋头捡起垃圾来。厨卫的垃圾箱里还是老一套，可再利用的垃圾箱里今天也没有什么让二泉兴奋的东西。他装好车正要走的时候，有个女的在背后叫他，哎，那个收垃圾的，你别忙走，我这儿还有垃圾给你捎上！

二泉仔细一看，那个女的今天是第一次见。这个小区的很多人二泉都没有见过，也属于正常。她高高的个子，圆圆的脸庞，皮肤白白净净，又穿着一件白色夹克，显得干净利索，充满朝气。要说印象，她让二泉怦然心动。可是，让二泉心里老大不高兴的是那个女的叫他收垃圾的。他愤愤地想，还以为北京人都有教养有礼貌呢，不叫同志也得叫个师傅吧？哼，收垃圾的就不收你的垃圾，你想扔哪儿扔哪儿吧！

那个女的已经快步走到二泉的垃圾车前，一扬手，把一个红色垃圾袋扔到了车上。不知垃圾袋里装着什么东西，有几滴水状的东西溅到二泉脸上和脖子里。二泉火了，从车上跳下来，指着那个女的吼道，你，你干什么？怎么这么没文化？

那个女的摘下墨镜，盯着二泉看了好大一会儿，突然哈哈大笑，你一个收垃圾的还讲究文化？你以为你是谁？大学教授，中学教员，作家？哈哈……

二泉一时无话可说了，呼哧呼哧地喘着粗气。

那个女的扬长而去，到了大门口停下脚步，与小平头嘀咕了一会，眼睛不时地向二泉张望。二泉知道她是在和小平头说他的坏话。二泉等那个女的出了大门，怒气冲冲地把她扔在车上的垃圾袋从车上拎下来，刚准备扔掉，突然眼睛一亮，垃圾袋里有一只茅台酒瓶。他拿起来晃了晃，里边还有哗啦哗啦的声音。他知道市场上有专门收茅台酒瓶的，一只空酒瓶的价值并不低。他一高兴，忘记了那个女的刚才对自己的不恭，竟然哼起了老家的豫剧名段：刘大哥讲话理太偏，谁说女子享清闲……

今儿收到什么值钱的宝贝了，那么高兴？小平头问二泉。

二泉说，没有。我这是自己给自己找乐子。

小平头说，刚才那个女的就是我给你说的十一楼的那家主人。她老公原来在部里当处长，十年前下海当老板。现在是咱这个小区里的首富。

二泉好生奇怪，问：处长那么大的官还下海？

小平头说，人和人想得不一样，有人图官有人图钱，有人图快活。我听她老公说，他图的都得到了，有钱，照样指挥得那些当官的团团转，快活就更不用说，想睡到几点睡到几点，想去哪儿去哪儿，想泡女孩也没人管。

二泉说，噢，那么厉害。她住高楼矮楼？

小平头说，什么高楼矮楼？给你说住板楼的是些当官的，住塔楼是些和我一样回迁的。

二泉问，啥叫回迁？

小平头不屑一顾地哼了一声，这也不懂？回迁就是原来老辈就住这儿。老房子被拆了盖楼了，又迁回……我靠，我也说不清。你也别问了。还说那个女的吧。她老公在外边彩旗飘飘，三天两头不回家，一回家两口子就吵就打，吵了打了就砸东西扔东西，砸什么东西扔什么东西连眼皮都不兴眨的。

二泉挠着头皮，似信非信地说，那咋不烧房子？

小平头说，屁话！烧房子那不就是真傻子！

二泉好奇地问：那她和她老公没孩子吗？

小平头乐了，哎，你也别说，她就是肚子不争气，一直没有孩子。我也纳了闷，这小区两个最有钱的都没孩子。是不是家里钱放多了也污染？

二泉摇头，不知道。不懂。

小平头说，听人家乱传，她老公在外边找别的女人生了孩子。她呢，认了咱小区一个处长家的儿子当干儿子。看到又有汽车进院，小平头赶忙指挥二泉，走，快走吧！以后她家扔的垃圾你注意点，对你没坏处。

二泉出了门，开得飞快。车上的垃圾装得太满，虽然加了盖，但由于他开得快，又顾不上看路况，轮子不时辗着石子、坑洼，颠簸一下，一些零零碎碎的垃圾就会迸出来，特别是受挤压破碎的垃圾袋里的脏水，哩哩啦啦在马路上画着曲线，引得一些行人指着他骂。他没有直接去垃圾回收站，而是拐进了一条巷子里。停好车，他先把那个女的的垃圾袋仔细搜查了一遍。除了那只空茅台酒瓶，没有小平头说的值钱的东西、贵重的东西。不过，有一张照片引起二泉的注意。照片上有宽大的落地窗户、宽大的双人床、宽大的沙发，一个女人拥着一个男的亲密无间地坐在沙发上，男的端着酒杯在给女的喂酒，酒杯里的红酒映衬得女的脸色分外娇艳……照片上那个女的，就是今儿骂二泉的那个女人，而那个男人看上去比她小十几岁，从年龄上看不像她老公，从在她面前那副巴结、谄媚的表情看，二泉也不相信是她老公。二泉乐得笑出声，嘿，今儿挨骂不亏！

二泉把垃圾送到回收站，接着就马不停蹄地返回小区。他想让小平头帮他辨认一下照片上那个男的是不是那个女的的老公。假若不是，这张照片就是他二泉的财富。到了小区门口，三轮车已经进不去，院子里停了两排十几辆车，大门被堵住了。一位满头白发的老太太正在和小平头理论，杜老头站在旁边，歪着头饶有兴趣地听着。

老太太指着院子里问小平头，为什么小区里一下子冒出这么多车，好多车根本就不是这小区的。

小平头好像不把老太太放在眼里，爱搭不理。老太太见杜老头也不搭茬，看见二泉来了，好像看见了救兵，忙拉着二泉评理。这位同志你说说，咱这小区凭什么让外边的车进来停车，把地方占了把路都挡了。

二泉挠着头皮，看了小平头一眼，支支吾吾没说出话。

老太太不依不饶地说，我看这里边有文章。

二泉说，噢，文章！又指指小平头，他会写文章？

老太太说，他会搞腐败！别看这些平民百姓平时对腐败恨得咬牙切齿，到自己手里有点小权，比谁都敢腐败。她指着那些车，又指着小平头，说，这些车停进来，都要给他钱……

小平头没等老太太说完就火了。你说话要有根据。要说腐败谁能比得上你比得上你们家。我在这儿看门十几年了，前几年你还没退，哪个年节给你送礼的车不排成队。你那时怎么样，跑来求我把来你家的车放进来，说车上东西多。你女儿现在当处长，她装清高装廉洁，把一些送礼的赶这儿来找你。有一回一辆外地车来，我亲眼看见光茅台酒就朝你家搬了三箱……

杜老头在一旁哈哈大笑，笑声震得大铁门都晃悠了几下。老太太不知是气得还是吓得浑身颤抖，面红耳赤，说话都有些哆嗦，好，好你一个看门的竟然敢整小区居民的黑材料，你等着！

小平头重重地拍了一下那条瘸腿，毫无惧色地说，看看谁等着，老子一条瘸腿跨不进监狱，倒是你和你女儿小心点。

老太太走后，杜老头反过来劝小平头，别生气，那老太太脑残，别跟她一般见识。说完，又转过身对着老太太的背影骂道，住板楼的老觉得高咱一等。在这儿住十几年了吧？天天碰面，她一句话也没和我说过。

小平头说，是呀！当初他们要占咱的地盖房，让咱拆迁，等拆迁回头一看，他们家家户户都比咱房子大，十几年光景，个个变成了千万富翁。

杜老头说，可不是，咱这块房价涨到八九万了，他们那楼最小的面积也差不多一百来平，不千万富翁咋的。级别高点分的房子面积大点的一千多万呢。

二泉听着杜老头和小平头发牢骚，心里愤愤不平。唏，你们不也住这小区，不是千万也是几百万家产，俺再用两辈子三辈子也赶不上。你们和他们比，俺们和谁比去？他不想再听下去，转身走了。他觉得不能把照片的事给小平头说。这个小平头太可怕了，如果给他说了，轻着说他得见面分一半，重着说他连老子也一起算计。这老北京，又不要命，惹不起！二泉想，还是找大泉吧，毕竟那是亲兄弟。

酒喝了，饭吃了，当然还是大泉埋单。一直到分手，二泉也没把捡到十一楼那个女的照片的事告诉大泉。他犹豫过，就是下不了决心。不是不信大泉，是怕大泉阻止他。

刚坐下时大泉就开门见山地抛出一串问题，问他感觉如何，习惯了吗，还生哥的气吗……二泉有的回答了，有的没回答，大多数没回答。大泉听他说捡了杜老头扔的红木烟斗，就禁不住批评他，看看，我的话你没听进去吧二泉？就是捡到金元宝，你装起来就是，也不要往外说是吧二泉？你这样说让别人听见了，对扔东西的人不好，对你也不好对吧二泉？二泉只嗯啊嗯啊地应付，没说对也没说不对。大泉有点不高兴。他故意把喝干了的空酒杯朝二泉那边推了推。二泉假装没看见，只给自己满了一杯酒。大泉狠狠瞪了二泉一眼，说，今儿开会有个副处长让我训了一顿。小子没眼力见儿，我的茶杯明明空了，他坐得最近，也不知给我添水。二泉眼皮也没眨一下，嗯啊一声，哟，你自己没长胳膊呀？大泉皱着眉头，眼里冒着火星，不满地说，你，你怎么这样说话？二泉见大泉真的急了，赶忙给他的酒杯倒满酒，赔着笑脸说，哥，我的意思是你没必要和那个副处长生气。他真是个小人，咱干吗得罪他呀！他要是存心和你过不去，你给我说，我去收拾他，犯不着你动手。

大泉激动地站起来，隔着餐桌倾斜着身子拍了拍二泉的肩膀。

二泉等大泉重又坐下才说，哥，你每回都喊我喝小二，你家那些茅台都放着等酒味跑光了变成水……

大泉瞪了他一眼，你哪只眼看见我家有茅台？

二泉嘿嘿笑了。哥，这不是信息社会吗？说着，冲大泉挤了挤眼。

大泉说，再信息社会也有个人的隐私呀！家里的东西是私有财产，不能侵犯。

二泉说，哥，我可没你家钥匙。你家啥私有财产少了可别朝我身上想！

大泉突然警觉起来。二泉，你是不是听到什么闲话了？

二泉摇头。

大泉又问：你瞎打听了？

二泉摇头，说，我是那样的人吗？

大泉板起面孔，严肃地说，二泉我告诉你，别看你只是收垃圾的，要时刻提高警惕。一个小小的社区就是一个大大的社会。社会上的任何事情都会通过社区的人、社区的生活表现出来。这社区板楼和塔楼住的是不同层次的人，有公务员，有老板，有回迁户，有租房客……每个人每个家庭收入不一样，生活水平不一样，工作条件不一样，想法也不一样。那个看门的小平头就不是省油的灯。

二泉点点头，附和着说了一句，我看他也不是好东西。

大泉看了二泉一会，称赞说，二泉你眼光不差嘛！你看看他，见了我们那楼的人眼里就冒火，说话没好气，好像我们欠他什么。有的人家来的快递食品，他硬是放坏了才告诉人家。

二泉说，还得给他点好处。

大泉说，对呀对呀！我过去抽烟的时候，经常给他递根好烟。

二泉突然问：你现在不抽烟了，好烟都放哪儿了？

大泉愣了一会，摆摆手，不抽了就不买了，什么放不放的。他边说边站起身，我先走，你打扫一下战场。

大泉二泉兄弟俩一起吃饭，每回都是大泉先走。他给二泉说过，让熟人看见咱俩认识不好。

北京产的二锅头酒有一个二两装的品种，被人简称为"小二"。二泉过去到北京来，吃饭的时候，大泉都是要两瓶小二，弟兄俩一人一瓶。他在北京住下后这段时间，大泉每次只点一瓶，他自己最多喝两小杯就不再喝。他说，喝不动了，胃里是酒，肝里是酒，血里是酒，就是撒的尿也有酒味。你嫂子你侄子都不愿意和我一桌吃饭，说我搛过的菜都有酒味。二泉也劝他，哥你别喝了。二两酒压根不够二泉漱口的。所以，每回大泉走后，二泉自己还得再要一瓶"小二"独饮，哪怕盘子已经净光。这回依然如此，他又要了一瓶"小二"，刚刚低头打开盖，一抬头，对面坐了个人，吓得他一个激灵，差点儿从凳子上跌下来。

坐在二泉对面的是十一楼那个中年女人。她好像刚洗过澡，头发还是湿的，发梢上挂着豆粒大的水珠儿。她的眼睛也是红的，里边的血丝就像一根根红丝线。大泉走后，服务员没有及时收走他用过的筷子。那个女人问二泉，还有人？

二泉摇摇头。

那个女人冲二泉笑了笑，说，不打不相识，不打没缘分。我姓雪，下雪的雪，你就叫我小雪吧！小区的人都这样叫我。

二泉说，噢。

那个女人抱怨，你怎么不告诉我你姓啥？你一身臭味，总不能让人叫你老臭吧？说完咯咯咯地笑了。

二泉见她没恶意，就没有生气，也笑了，说，那随你吧，叫啥都行。我老臭，和老臭在一起的人那不叫臭味相投了？

你还挺机灵，小雪说，看来对你们这些人还真得另眼相看。我小时候读书，书上说农民忠厚老实、本本分分。可是这几年我见过的进城务工的农民，一个比一个狡猾，一个比一个精明……

二泉不高兴了，饮了口酒，嘲讽地说，俺农民狡猾，不也是你们这些大城市的人逼出来教出来的呀！

服务员端上来小雪点的饭菜，让二泉大为吃惊，竟然只是一碗炸酱面，上边有几片菠菜叶。他想，唏，小平头不是说这女人挺有钱吗，怎么吃得这么简单？是不是她老公把钱都花在外边的小三小四身上而虐待她呢？二泉这样一想，又觉得小雪挺可怜，忍不住发了慈悲之心，挥手把服务员招呼到跟前，来，来，点个菜。他想送小雪一个菜，他也需要下酒菜。服务员把菜谱扔在桌上，一副爱搭不理的样子。二泉把菜谱从第一页翻到最后一页，越看心里越发毛，一盘蒜泥黄瓜十元钱，你那黄瓜镶金边了那么值钱？炒菜就不用说了，没有低于二十元一盘的。他偷偷看了小雪一眼，小雪在低着头玩手机，一边玩一边开心地笑，好像手机里有人在给她讲笑话，根本没有在意他的存在。他有点不悦，把菜谱丢在桌上，把着小二的瓶子，瓶口对着嘴，一仰脖子喝了个底朝天。大泉给他说过，这叫"吹"。以后在北京和人家喝酒，人家要是拿着"小二"说吹一个，就是喝一瓶。你有酒量就和人家喝，没酒量就别硬逞能，喝坏了身子喝伤了胃可没人替你花钱替你受罪！

酒瓶见底了，二泉本来想起身离开，屁股挪动了挪动又坐稳了，对小雪说，妹子，你家先生挺年轻呀！

小雪大吃一惊，瞪了他一眼，你认识我先生？

二泉摇摇头，故意吞吞吐吐地说，不，不认识。接着又强调一句，真不认识。

小雪急了，端起剩下的半碗面条，起身去了另外一桌，对二泉撂下两个字：无聊！

服务员好像也看出小雪对二泉不高兴，用轻蔑和嘲讽的目光看着二泉，像针尖扎得二泉脸皮疼。他低着头匆忙离开了饭店，走出二十几米远，他还觉得有人在背后看他骂他，一直不敢回头。他在心里骂自己，没出息的东西，要是大泉知道了，保准把你赶回老家去。

回到住处已经是晚上十点多钟，二泉躺在床上，捧着从垃圾箱里捡到的那张照片反复看着。那个男的也就一大男孩，而且这个大男孩他似曾相识。他一遍遍地问小雪，你身边那个男人是谁？是你什么人？他想用烟头烧那个男人的额头，手却不住颤抖。突然，他的眼前出现了幻影，照片上那张白净年轻的面孔，莫名其妙地换成了黑不溜秋的面孔，那面孔竟然是他自己。做梦呢，还是眼花了呢？再不然就是喝醉了。他赶忙拉过被子把自己从头到脚裹了起来。唏，照片还在手里呢，好像小雪就在怀里……

这一夜是二泉到北京后睡得最不踏实的一个夜晚。

四

第二天上午九点，二泉没有到小区去捡垃圾。但他不是在住处睡觉，也不是去了别的地方，而是躲在小区几十米远的马路边停放的一辆面包车后边，远远地看着小区大门出入的人们。只有他自己心里清楚，他是在等小雪出门。人就是那么奇怪，当他意识到自己对某个人心怀不可告人的秘密，或者自己的主观已对某人进行了侵害，那么他就会故意躲避某人，生怕被某人看穿而尴尬甚至难堪。二泉此刻就是这种心情。人家一个美女让你在怀里搂了一夜，虽然只是照片，那你小子也侵犯了人家！他这样责备自己。

小区的大门敞开着，出的人多进的人少。那些出门的无不行色匆匆，脚步匆匆，有的一边走一边吃，一些二十出头的女孩子还边走边吃边整理发型、衣着。二泉听大泉介绍过，这个小区不少居民在别的地方新买了房子搬了出去，把在这个小区的房子租给了来京务工或者在京读书毕业后留下来工作的外地人。尤其是那些原来就是小户型的人家，朝外出租的更多。因为在这个地区，小户型更受那些租客欢迎。租客中的年轻人，白天忙于生计，晚上也不好好休息，网聊一聊就是大半夜，第二天起来慌慌张张，顾不上吃顾不上收拾打扮。大泉曾为他们感叹，这些孩子的身体……唉！二泉睁大了眼睛看着大门，连眼皮也不敢眨一下。他在等待小雪出门后再去收垃圾。

啪！二泉的屁股上挨了一脚。谁？他大吼一声，回头一看，杜老头笑眯眯地看着他，毫无疑问刚才那一脚就是他踢的。二泉想发火却发不起来，嗔怪杜老头，您老人家脚下还挺有劲，把我屁股都踢成两半了。

杜老头哈哈大笑，你小子屁股和正常人不一样呀？你躲在汽车后边偷看什么？你以为你是谁，地下工作者呀？

二泉不好意思地说，我哪是躲，是，是……是想撒尿。

杜老头两眼一瞪，呵斥道，你以为这是在你们乡下，你以为你是条狗，想在什么地方撒尿抬抬腿就行了。告诉你，这是北京，这是公共场所！你小子要是敢在这儿撒尿，我就把你送派出所去。

二泉一愣，问，派出所还管撒尿的事？

杜老头严厉地说，不是撒尿那么简单，你这是破坏首都良好形象和社会治安！

二泉连忙点头称是，杜老杜老，我只是那么想想。

杜老头听二泉称他为杜老，心里乐滋滋的。这老头知道杜老后边少了个"头"是什么分量。在京城，只有那些有名分有地位有影响的人才能被别人尊敬地称为某老。住在他上一层也有个姓杜的老头，比他大五六岁，比他早退几年。两个杜老头经常在电梯里碰面。从下边楼层上来的人，见了那个杜老头都尊称杜老，而对他不是点点头，就是笑一笑，年轻人则称他一句杜叔或杜大爷。那个杜老头冬天里喜欢戴一条红围巾。这个杜老头也让女儿给自己买了条红围巾。即使那样，仍然没人称他杜老。他问过女儿这是为什么？女儿开导他说，人家是正司级退下来的，你呢，就一老北京退休工人……终于有人称自己杜老了，杜老头说话的声音都很激动。小伙子呀，北京公共厕所少得可怜。就咱这条大街，跑两个来回你都找不着一个厕所。这样吧，你要真攒不住了，就到我家去上厕所。

这，这不合适吧，杜老？二泉迟疑地问。

杜老头亲切地拍了下他的肩膀，大大方方地说，这有什么不合适。我家三室一厅两个卫生间呢。

那你家也是千万资产了？二泉问。

杜老头一愣，然后笑了，千万，是值千万。可我就这一套房子自家人住的……说完乐滋滋地走了。二泉望着杜老头的背影，挠着头皮想了好一会才想起杜老头为什么那么高兴。他心里想，怪不得从小老人就告诉我嘴甜点，原来嘴甜真能吃到甜的东西。

他这时也才想起，半天没注意大门那边了，不知小雪是否已经出门了。

到了大门口，小平头一眼就看见二泉车上挂的牌子：回收名烟名酒各种礼品。小平头乐了，二泉，你小子改行了，不收垃圾搞回收了是吧？

二泉笑笑，顺便，顺便。又说了一句，你不是也顺便收停车费吗？

小平头板起了脸，指着二泉骂道，你这个垃圾！怎么跟当官的有钱的一个腔调呢？谁看见我收停车费了？我是怕他们把车停在马路上给交通添堵。再说，你没长眼睛看见咱对门是所学校吗？

二泉说，噢，你学雷锋呢？！

小平头假装没听见，又说，都是在咱附近上班的，也算半个邻居不是？邻居有难咱能眼看着不管吗？二泉你别听那板楼的人瞎嚷嚷。再说了，他们来钱的路子又都是正路啊？

二泉说，那是那是。

小平头高兴了，走出来捧着二泉车上的牌子看了看，低声说，兄弟，要是有人找你麻烦，你就说这牌子在车上一直挂着，你接手时就这样的。

二泉点点头。

小平头又说，发财别忘了你哥！

二泉又点点头。

让二泉大失所望的是他比平时多待了一个多小时，来来往往、上楼下楼的人没有一个找他送名烟名酒和礼品，甚至没有人问一句，倒是有人朝那牌子多看了几眼，也就仅仅多看了几眼而已。他对烟酒店老板的点子有些怀疑了：这小子是不是故意耍我？

二泉刚出大门，顶头碰上了大泉。两人的目光相遇时，大泉吃惊，二泉发愣。大泉反应比二泉机灵，冲他吼了一句，几点了，怎么现在才收完垃圾？他的目光在二泉车上的牌子上停留了片刻，惊讶地张了张嘴，像是要问二泉什么，可是一转脸看见小平头伸着脑袋往这边看，又把到了嘴边的话咽了回去，只是冲二泉挥了挥手。

二泉气得差点儿把垃圾车扔了。你当你的大处长，管得着我吗？你嫌我晚，我明个就正儿八经晚给你看。

第二天二泉果然睡了个懒觉。

手机铃声把他从睡梦中叫醒。

喂，喂，你是那个收破烂的吗？

二泉没理。他一肚子火。收破烂，收破烂，北京还有这种不文明的称呼吗？

喂喂喂……对方急了，火气很大，嗓门很高。你看看几点了？雨下这么大，垃圾箱里的垃圾都长了腿爬出来了，满院子污泥浊水乌七八糟，你要再不来老子就投诉你，让你丢饭碗！说完就挂断了。

二泉看了看手机上显示的时间：十点钟。他一个鲤鱼翻身挺起，连滚带爬下了床，三下五除二穿上衣服。

突然，他站住了，又看看手机上显示的时间，嘿嘿一笑，重新又躺在床上。污泥浊水乌七八糟去吧，爷爷不伺候你们，不伺候你们了！

往后一个小时里，二泉的手机铃声一遍遍响起。每一遍响起时他都拿起来看一眼，然后笑笑放在枕头边。他到北京后第一次感到心里痛快，浑身痛快。突然，他想起小平头告诉他的关于小雪老公的事，心想，痛快不是只属于你们有钱人。你们再有钱，那垃圾也不能长着腿跑出小区。哈哈，哈哈……

手机铃声又响了。二泉一看，这回是大泉打来的。他犹豫了一下还是接听了。大泉火气很大，张口就骂，我靠你小子还活着啊？我……二泉说，哥，哥，哥，咱是一个妈生的啊！大泉一下子哑口无言，过了好大会儿才换了口气，几乎是哀求二泉。二泉，好兄弟，小区里现在炸了锅了。你知道这是个老社区，下水处理得不好，一阵暴雨积水就淹没小腿肚子。垃圾在上边漂着……不说了，不说了。你赶快过来把垃圾拉走。有人要给电视台打电话了。万一电视台一曝光，我这个管行政的处长首当其冲。

二泉说，我在穿衣服，你少说几句行吗。

大泉说，好好好，我不打扰你，你也快点。

二泉正要挂断电话，大泉又小声问他：二泉，你找到下家了？

二泉开始没听懂，什么下家？

大泉说，看看，给你哥还来那个里格楞。我这办公室一会来人，你快点告诉我，下家给你出的什么价？

二泉这下听明白了，可是他装着不明白，反问道：你问什么什么价呀？

大泉有点不高兴了，什么什么，回收中华多少钱一条，软中、硬中价格也不一样吧？

二泉嗯啊两声没有正面回答。他心里对大泉有气。你已经戒烟了，家里有好烟也不给我吸，我可是你亲弟弟！

大泉那边真的有人找，二泉在电话里听见那边的敲门声。大泉着急地说，你想挣钱没什么错，可千万千万得多长个心眼。就说你车上大张旗鼓明目张胆地挂着那小牌牌，谁敢让你回收？再说人家谁相信你个收垃圾的？没等二泉开口，他又接着说，你得有个托。托，你懂吗？这样吧，我找个人找你……说完，急急忙忙地挂断了电话。

二泉听过"托"这个词。在他老家乡下那叫替人吆喝。他在小镇上做生意时就干过这种事。一排摆地摊卖西瓜的，他到张家的摊前一下子买几只大西瓜，还当面切开一只，边吃边夸那家的瓜甜。他不知道大泉会帮他找个什么托儿，但是相信大泉不会骗他。再说，他大泉家里那些名烟也等着变现呢。

雨虽然还没有停，小平头隔着窗户玻璃看见二泉来了，赶忙打开窗户，冲着二泉兴奋地喊，二泉二泉，你过来，过来哥有话对你说。

二泉人没下，啥事？

小平头：刚才那个姓雪的女的来了两趟，问我你今天还来不来，什么时候来？

二泉一愣，真的？

小平头说，这我骗你干吗？那女的还挺着急，好像猴急猴急地等着你跟她上床。嘻嘻……

二泉说，别瞎扯了。

小平头朝小区院里努努嘴，二泉顺着他指引的方向看去，一下子睁大了眼睛。放垃圾箱的地方，一个撑着一把红色雨伞的人来回踱步。二泉从那人上身的白夹克认出是小雪。不知为什么，他忽然感到十分紧张，一颗心仿佛足球场上被踢来踢去的足球。小平头喊了他几声，他也没听清小平头的话。

哎哎，你怎么不去收垃圾，把车停在大门口挡道？那天骂小平头腐败的老太太一手打伞一手拎着装着菜的塑料袋出现在二泉面前，一看就是冒雨出来买菜的。她说话不仅嗓门高，语气也重，小平头曾对二泉说过，那老太太跟人讲话老是像在位掌权时读文件。她见二泉没反应，又说，你看看这小区成啥了？你这是严重失职。

　　二泉只好硬着头皮到了垃圾箱边，挨近了才看见小雪的手里拎了只塑料袋。小雪好像有些不耐烦了，见了面就开门见山地说，有人托我拿了两条中华烟给你。你也不用问是谁，问了我也不会告诉你。最好你明天来时就把钱带来。二泉说，那得等我卖了。小雪说，没人让你一手交货一手交钱。如果这次你让人家满意了，相信了，以后回收的事多了。

　　二泉没吭气。

　　垃圾箱里的垃圾被雨水淋透了，臭味倒是少了，但分量却重了很多。以往，二泉是用抓钩把箱底的垃圾收拾完。现在抓钩不好使了，他毫不犹豫地下了手，两手并用，几乎把箱底的垃圾抱上来。等到装好车，他浑身上下已经湿透了。他把垃圾箱周边又清理了一遍。小区积水中之所以垃圾漂流，是一些居民懒得打开垃圾箱，随手把装垃圾的塑料袋子扔在垃圾箱边。他觉得院子里被垃圾污染的积水确实影响环境。假如雨住了，天晴了，积水流干了，太阳一晒，地热再一蒸，满院子味道肯定让人受不了。他一溜小跑到了传达室，向小平头问清了下水道口，然后卷起袖子，弯下腰，撅起屁股，吭哧吭哧淘起来。他那一刻并不知道，一高一矮两座楼的很多扇窗户都打开了，向他投来的是一双双尊敬的目光，只有小平头幸灾乐祸地朝他吹口哨。

　　哗哗……下水道通了，院子里的积水争先恐后地向下水道里钻。眼见着院子里的水一层一层一波一波地减少，二泉悄悄走了。

　　然而，让二泉想不到的是，烟店老板看了一眼那两条中华烟，摇摇头，把烟推到他面前。这烟我不能收！

　　为啥？二泉不解。

　　老板指着烟上一排数字，认真地说，这烟是从外地来的，准确地说是从咱老家河南来的。

　　为啥？二泉还是不解。

　　老板说，很多人不一定知道，这些名烟也实名登记了。凡是烟草专卖店，都有自己的登记号。他说着从柜子里拿出一条烟，指着上边的一排数字对二泉说，看看，这是我这家专卖店的专用号，也叫实名吧。

　　二泉想了想，哪儿来的烟不都是烟，你要只卖你自己的，还让我帮你搞回收干啥？

老板沉吟了一会，严肃地说，这一招很狠。老乡给你说吧，那些当官的再收别人的好烟，一查一个准。你在北京，啥时跑到河南买的好烟，一看就是收别人的。

二泉还是不明白，老乡，哪还会有人来查你卖给谁烟了？就是查你，你一手收，一手卖，与你啥关系？

老板的神情越来越凝重，看也不看二泉，说，这烟你要真让我留下，我也可以留下，不过价钱得再砍一半。

二泉有点不高兴了，心想，你说来说去说得那么邪乎，不就是为了砍价吗？真心黑！但是，表面上他还不能得罪老板。老乡你看着办吧。你砍的价人家接受了，咱还合作。人家不接受，咱哥俩就一锤子买卖。

老板好像很不情愿，磨蹭了好大会儿才把烟收下，一条给了二泉两百元。二泉自己每条留下一百元，第二天给小雪每条一百元。

他有点不好意思，吞吞吐吐地说，烟酒店那个，那个老板……

小雪压根就没有和他讲价的意思，更没和他发生争执，爽快地收下钱，又给了他四条中华烟。最后对他说，哎，你昨天淘下水道的壮举让我们小区居民万分感动。我们一致推荐你为咱们这个区的好人。

二泉脸红了。

五

二泉今天在一个垃圾袋里发现一张购物卡。这是北京一家大型商场的购物卡，上边贴了一条胶条，清晰地写着两千元。他从没有用过这种购物卡，更不懂能不能用，干什么用。他愤愤地想，两千元说丢就丢了，得是多有钱的主啊！再一想，谁能那么不小心把它丢了呢？说不定已经用过，只是一张作废了的卡片呢。他把那张购物卡又扔到垃圾袋里，拍了拍自己的脑袋瓜子，二泉呀二泉，你小子是不是想钱想疯了。嘿嘿……

垃圾箱掏空了，二泉好大会儿没有离开。他在旁边抽烟，一边抽烟一边等。他在小区里抽烟不敢用那只红木烟斗，怕被杜老头或其他人看见。他等购物卡的失主来找？他也觉得这个想法幼稚。一来失主怎么可能会想到丢在了垃圾袋里，如果能想到那就不正常了；二来也可能是用过的，用过的就是一张无用的卡片，那就不是丢失是丢弃。小平头也过来扔垃圾了。他把垃圾袋直接扔进二泉的垃圾车里，严肃地问，哎，你小子在这儿偷懒是不是？小心杜老头一会儿出来遛弯看见了骂你。那老爷子过去当过居委会治保主任，可严了！

二泉笑了笑。收垃圾的也归治保主任管呀？

小平头说，那可不。要是在十年前，像你这样外来人是治保盯的重点。到了过年过节，得把你们统统赶回老家去。

二泉说，现在也可以赶呀！赶我走了你这小区不用三天垃圾就堆成山，熏也把你们熏死。

小平头点点头，那是那是。接着他又伸手向二泉要烟，又弄什么好烟了，来一支。

二泉说，哪有那么多好烟。说着掏出烟，放在嘴角点燃后给了小平头。小平头看了看烟的牌子，拍了拍二泉的肩头，热情地说，兄弟，晚上过来喝一杯。

二泉一愣，就咱俩？

小平头点点头，认真地说，就咱俩，一人两瓶小二，怎么样？

二泉犹豫了片刻。他在心里计算着四瓶小二的价钱。小平头也许看出了他的心思，大方地说，酒，我那儿现成的。你带你那个最值钱的东西来就行。

二泉吃了一惊，什么？

小平头指指他的嘴，这家伙不值钱呀？

嘿嘿。二泉笑了。

在把垃圾送往集散地的路上，二泉把那张购物卡从垃圾袋里拿出来装在口袋里。回到住地，他匆忙冲了个澡，换了衣服，骑上大泉送他的一辆旧自行车急急忙忙就朝商场赶。他想去试一试那张购物卡还有用没。两千元呢！

说扔就扔了，一点不心疼，换了我五十元、五元也得小心翼翼地藏好掖好。唉，人比人气死人。几家高楼饮美酒，几家流浪在外头……他情不自禁地哼起来。

　　商场门前是停车场，一辆车挨着一辆车，还有一些车在一旁等候着，司机的眼珠儿不停地四下转动。二泉心里想，这些人要是送去当侦察兵都是好样的，说不定一眼就能看穿好人坏人。他上小学的儿子看电视连续剧时，看了一集就能说出哪个人物是好人哪个人物是坏人。他找了好大会儿也没找到能放下自行车的空，急得汗都流下来了。停车场收费的小伙子很热情，主动问他，大哥停多大会儿？二泉说，就一会。小伙子让他把自行车横着放在一辆红色轿车屁股后边。搁这儿吧哥，我帮你看着。二泉眯着眼打量了他一下，他乐了，哥，我不收你的停车费。二泉这才放心把自行车停下。小伙子低声问，哥，你有卡卖吗？二泉马上警惕起来，什么卡？小伙子抹了抹嘴，购物卡呗！还能是银行卡？说着，他解开衣扣，露出胸前挂着的一排购物卡，有五千元一张的，有两千元一张的，有一千元一张的，还有五百元一张的，看得二泉目瞪口呆。小伙子赶忙又把衣扣系上，对二泉说，我在这儿看车两年多了，什么人没见过。一看哥你的打扮和派头，就猜得出你捡了购物卡偷偷来这儿卖的。

　　二泉瞪了他一眼，啥啥，啥叫偷偷的……

　　小伙子朝二泉挤了挤眼皮，哟，大哥你别不爱听。真正来这地方购物的，不是咱这号人。

　　二泉既惊奇又惊悸。你，你咋有这么多卡，为啥不卖？

　　小伙子四下看了一眼，好像怕被什么人看见。他确认二泉是第一次来这儿，才用目光向二泉示意，让他四边看一看。他向二泉介绍说，看见了吗，那边门口站的两个女的都是倒买倒卖购物卡的。那边那个老大妈还有她旁边那个女孩也是干这行的。等你进了商场，电梯上下，各个柜台旁边全都是。这你是第一次听说第一次遇到吧？报纸上说这也是一个产业。嘿嘿嘿，他们说北京一产二产三产，我说八产九产都有。

　　二泉好奇地问：还有什么产业？

小伙子说，火车站的票贩子是不是一个产业？医院里的号贩子是不是一个产业？倒买倒卖发票算不算一个产业？

二泉觉得小伙子说的这些产业和自己不相干，只是点点头。

小伙子又说，大哥亏着你先遇到了我，不然的话，他们哪个都能骗得你吐血。

二泉问，啥意思？

小伙子说，不是一句两句能给你说清楚的。就像你上学读书，一开始就会 X ＋ Y 呀？

那边有车要走，小伙子赶忙过去收费。他让二泉等他一会儿。二泉犹豫了一会，心里觉得不踏实，独自进了商场。

商场的　楼是黄金珠宝和化妆品专柜，人不是太多，但一眼看上去都是些有钱人。俗话说不看吃的看穿的，那些挑金选银的人，神情、目光、说话，包括一举一动都不像那些在菜市场买菜的，二泉相信自己还有这个眼光。让他感到为难的是不知向谁询问手中的购物卡如何出手。他到了柜台前，卖黄金的小姑娘用轻蔑的目光看了他一眼，就不再理他。他到了珠宝专柜前，卖珠宝的小姑娘连看也没认真看他一眼，给了他一个背影。倒是有位中年妇女悄悄挨近了他，低声问他，兄弟，有购物卡要卖吗？

二泉看了她一眼。她冲二泉亲切地笑，兄弟，我在这个商场干这行有三年了。这个商场干这行的没有一个比我时间长。为啥，就是我讲信用，给的价好。你一千的卡，别人只给八百，我给九百……

二泉脱口而出地问，为啥？

中年妇女上上下下看了他一会，反问，你问啥为啥？你要问为啥我给的价格比别人高。实话给你说，我的投入也就是成本比那些人低。我是北京人，不用租房子。我虽然下岗了，还有一份工资收入，还有社保，赚一分是一分。你要问为啥低价买你的购物卡？那很好说，你的购物卡怎么来的，你敢公开用吗？再说，这商场里的东西你舍得买，买得起吗？

二泉被那个中年妇女问得哑口无言。

那个中年妇女又说，别说是你小兄弟，就是那些当官的收了购物卡也不敢轻易用，让家里人偷偷地拿这儿来卖，跟做贼的似的。一张五千元的四千就出手。

二泉不信，唏，为啥？

那个中年妇女说，怕查着呗！

二泉说，噢，这也能查？

那个中年妇女说，你是第一次，没经验，也难怪，来三次五次也弄不清里边的道道，深着呢。再说，你不知道更好。能挣一单是一单，管他怎么来往哪儿去。她在柜台前转了一圈，对二泉说，兄弟，不想惹麻烦就赶快出手走吧。你认不出来吧，商场里有专门查那些用购物卡卖购物卡的……

二泉一听，吓得直冒冷汗。购物卡还有这么多的秘密还有那么大的风险？这北京真是管得越来越严了。卖名烟名酒有人查，卖购物卡有人查，那些搞腐败的看来真提心吊胆过日子了。他四下瞅了一眼，发现有人在看他，有几个人还朝他这边慢慢地移动。他不敢再待了，麻利地与那个中年妇女完成了购物卡交易，揣着一千元现金匆忙走出商场。也许是心情紧张，他提自行车时，后轮胎不小心碰到了那辆红色小轿车。小轿车好像被人扎了一刀，嘀嘀嘀地大声叫唤。二泉正手足无措，一个戴眼镜的女人匆匆跑了出来，直奔车后，看了一眼，双手握住二泉的自行车把，大声喊：你眼睛瞎了吗，碰到我的车了，还想跑呀？

二泉说，我没跑。

眼镜说，这是停轿车的停车场，你看有自行车停这儿的吗？

二泉指了指看车的小伙子，是他让我把车放这儿的。

看车的小伙子脸上已经没有了二泉进商场前的笑容，冷淡地说，我让你放车没让你蹭人家车呀！你蹭了人家的车就得赔偿。接着又说了一句，这是北京，不是你们农村。

二泉火了，推了那个小伙子一把，转身对戴眼镜的女人说，碰你哪儿了？

女人指着保险杠，你看看你看看，就碰这儿了。

二泉说，伤了吗？

女人说，你问问它伤了吗，让它告诉你。

看车的小伙子在一旁火上浇油，对戴眼镜的女人说，大姐你报警吧，报警吧。警察一来，他准吓得尿裤子。

二泉听得出看车的小伙子话中的意思，也想到了商场里那个中年妇女的话。他知道万一警察来了，还不知会让他扯出多少事情，弄不好到手的一千元钱就飞了。算了，谁让你刚才没把购物卡卖给看车的小伙子呢？唉，老人说得好，小人不能得罪！他急于脱身，压着心里的火，态度也变得亲切了，问需要赔多少钱？那女人不假思索地说，二百元。二泉火了，就碰破一层皮，值那么多钱吗？女人也不相让，二百你要嫌多就三百，三百你要还嫌多就五百……看车的小伙子在一旁听了哈哈笑。二泉看再僵持下去对自己没好处，就掏出二百元钱给了那个女人。他推着自行车快出停车场时，冲着看车的小伙子吼了一句，你等着吧，哪大过来收拾你！

一个月的时间里，二泉先是捡了只红木烟斗，后又捡了张购物卡，再加上矿泉水瓶、酒瓶、旧衣服、旧雨伞、旧书，一些旧家具、旧家电……他晚上没事就鼓捣那些小家电，修好了再拿出去卖。他算了一下，收入好几千了。他开始相信大泉的话了。过去，他也听说过有人在北京捡垃圾发家致富的，看来并非谣传。他不知道往后还会不会有这种天上掉馅饼的好事。那些丢了贵重物品的人，以后能不小心吗？他们小心了，他就没机会了。光靠那些矿泉水瓶、酒瓶、旧衣服，一年能挣几个钱？他想，再干两个月看看吧。

二泉没想到，晚上刚到小区门口就看到一张"寻物启事"，是一手很好看的毛笔字写就的：

寻物启事

本人不慎，丢失一只红木烟斗。这只红木烟斗有着光荣的历史，对本人十分珍贵。如有人捡到归还本人，本人愿拿出一瓶茅台酒请客。

老杜

小平头一瘸一拐地走出来，指着寻物启事对二泉说，二泉兄弟，你好好看看，一瓶好酒呢，茅台！

二泉说，一只烟斗值那么多吗？说完他就后悔了，偷偷地看了小平头一眼，生怕小平头从他的话中听出破绽。还好，小平头好像没听见刚才的话，或者听见了没有在意。二泉忙补了一句，就是值，咱也没那个福分。

两人进了传达室，小平头已经把四瓶小二摆在桌上。二泉把塑料袋一股脑儿倒在桌上。他买了半斤花生米，二两海带丝，二两牛肉。小平头先拣了块牛肉塞到嘴里，咕噜着，好久没吃牛肉了，忘了牛肉的味道。

几杯酒下肚，小平头脸红了，话也多了。二泉，哥给你说，杜老头已经在我面前念叨几回了。他呀，他怀疑他那个宝贝红木烟斗让你捡去了。

二泉心里紧张，表面上却装着镇静，嘿嘿笑着说，既然是他的宝贝，老头子怎么会舍得丢呢？说不定放在哪儿忘记了。人老了，丢三落四是常事。我爸带我儿子去赶集，自己屁颠屁颠回家了。该吃饭了才想起孙子丢了。亏着我家邻居把我儿子给背回来了。

小平头哈哈大笑，这么说你哥可比你爸精明多了。

二泉大吃一惊，我哥？你，你认识我哥？

小平头挤巴一下眼皮，嘿嘿嘿地笑了。怎么，你不叫我哥呀？

二泉说，叫，叫你哥。你是我亲哥。话是这么说，但他心里却想，大泉还以为别人不知道我是他弟弟，我呸！

两个人又喝了几杯，小平头重又提起杜老头的红木烟斗。小平头说杜老头没出息，不就一烟斗吗？他竟然病了。他闺女说他不吃也不喝，老是盯着墙上挂着的红木烟斗的照片看……

烟斗也照相呀？二泉问。

小平头说，是，是老照片。跟那烟斗一样有历史了。杜老头是我老邻居，我小时候就见他每天叼着那红木烟斗，有一个词叫什么爱不释手。他就那样，就那样。

二泉低下头，深思了老大会儿，突然摸起酒瓶，仰起脖子一饮而尽，一边抹着嘴向外走，一边假装醉意，我，我有事，先走了，哥你慢慢喝吧。他到了门口，又折回头来抓了一把花生米。

六

杜老头握着二泉的手大半天了。别看人老了，力气不大，但握的时间长了，持续用劲，仍然让二泉感到手有点儿隐隐作痛。

说啥你小子也得到大爷家坐坐。杜老头诚恳地说，我虽然不喝酒，但我家里藏了几瓶好酒。茅台，三十年了，那时才八块钱一瓶。

二泉说，大叔，不，不，杜老，您老千万别客气。我的胃是穷胃，喝那样富贵的酒弄不好就大出血。您还是留着自己慢慢喝吧。

杜老头说，我十年不沾酒了。医生不让我喝酒。这酒放着那就是水，对我来说还不如一杯茶。

小平头从传达室里探出脑袋，嬉皮笑脸地说，二泉，杜老是真心实意请你感谢你。你不领情也不能气杜老啊！

二泉不解，说，我没有啊！

小平头说，杜老是咱这小区第一大诚实人。他请你，你不领情，杜老会生气，觉得你不给他面子……

杜老头打断小平头的话，点点头说，是啊是啊！我杜老头还没让人驳过面子呢。

小平头又说，二泉你要不好意思，那我陪你去。他见二泉仍然犹豫不决，又对杜老头说，杜老，要不这样吧，您老人家把酒搁我这儿，晚上没事的时候我和二泉哥俩慢慢地品尝。

杜老头冲小平头翻了个白眼，轻轻地哼了一声，拉着二泉的手就往小区里走。二泉心里七上八下的，既想尝尝杜老头珍藏的三十年的茅台酒的味道，又担心自己话多必失让杜老头慧眼识破。他使劲给小平头挤眼，示意小平头跟着他和杜老头。小平头猜出他的用意，脑袋晃得像个货郎鼓，用手比画成个瓶子，指指他的传达室，又指了指二泉和他自己，意思是让二泉把杜老头的好酒拿到传达室和他共饮。可能是怕二泉不明白他的意思，小平头又向二泉招手。二泉假装没看见，心里想，真会算计！

其实二泉还有别的心思。他并不十分情愿把杜老头那只红木烟斗物归原主。杜老头的寻物启事贴出好几天，他每次路过都是匆匆看一眼。直到前天大泉打电话给他，责令他还给杜老头，他才恋恋不舍地还给了杜老头。他对杜老头编了个谎，说是他听说杜老头因为丢了这只红木烟斗吃不下饭睡不好觉，于是找到垃圾中转站反映。经过垃圾中转站联系，他又亲自到垃圾处理场，一堆一堆垃圾地翻腾，终于在垃圾的海洋里捡到了这只红木烟斗。杜老头感激不尽。但二泉心里不安，怕杜老头较真地问起前因后果、翻腾的经过，自己回答不上来。

二泉硬着头皮跟杜老头上了楼。一出电梯，他不由自主地站住了。他的眼前一片黑漆漆的，仿佛进入了一个深深的洞穴，只有几十米远的尽头露出一片光。这就是北京人住的塔楼啊？杜老头咳嗽了一声，楼道里的灯才亮起来，但光线十分微弱，就像黎明前那样朦朦胧胧。杜老头说这层楼二八一十六对灯，瞎了十二对。二泉问为什么不找物业的来修。杜老头来气了，咳嗽了一阵，骂道：反映八百次了。这小区的物业归那个板楼业主所在的部里管。板楼人家有点事，一反映就立马过来修。他不敢不来呀！部里民主生活会可以给管物业的提意见呢！可我们这楼再大的事，求个一遍两遍不中用。二泉感叹地说，这也分三六九等？他一眼望去，心又咯噔一下。楼道里几乎就是个废旧物资市场，旧家具如床、桌子、柜子、衣架、床垫，旧纸箱如牛奶箱、酒箱、衣箱、家电箱，还有些破破烂烂的坛坛罐罐如漏了底的花盆、洗脸盆，旧电器如电视机、洗衣机，还有多年不用的破旧自行车、少了轮子的三轮车，有的人家的鞋柜、杂物柜也摆在自家门前……他想，就是在俺老家乡下也在搞美丽乡村建设，谁家门前不整洁不卫生也得上"村容村风栏"曝光，评不上五好家庭。这天子脚下的北京城大街上倒是搞得净光，楼里怎么就没人管呢？还有，那些破破烂烂的东西你放门口不怕影响观瞻，就不想万一孩子绊倒了摔着了呢？再说，这也是消防隐患呀！想到这里，他情不自禁地对杜老头说，杜老，你们这楼道里的东西咋不处理呢？

杜老头无可奈何地摇摇头，叹息一声说，你到那栋楼看看就不这样。居委会光告示贴了几十次，限期，限期，就是动不了家家户户门前的东西。真要动，有人提着刀跟你拼命。他放自家门前又不犯法，能怎么着？

二泉脱口而出，这也不卫生呀，你说对吧杜老？

有一家的门敞着，二泉路过时往里看了一眼。唏！开旅馆啦？他看见的是客厅被隔成一个个小格子，二十平方米大约隔成五六个小房间。一个年轻人正在属于自己的小房间里玩电脑。杜老头没等他问，坦诚地告诉他，这些都是外来人租的，报纸上叫什么什么"蚁穴"。别看屁大的地方，听说一个月房租八九百元呢！他好像与二泉看到的那个年轻人很熟，在门口问了一句，小伙子今儿没上班呀？

年轻人头也没抬，直言不讳地回答，上一家单位老板把我炒了，正在找新单位，过两天再去上班。

杜老头摇头，大学生，天之骄子，天之骄子啊！

二泉深有感触地说，以后我的孩子上了大学毕了业，我说什么也不让他留大城市受这份洋罪。

杜老头的家住在尽头。二泉看了一眼门上的号码：26。他明白这层楼上住着 26 户人家。他心里又是一番感慨，只是没有说出口。

你喜欢大杯喝茶还是小杯品茶？杜老头问。

二泉说，大杯，大杯吧。小杯不过瘾。

杜老头倒了一杯茶放在茶几上，招呼二泉在沙发上坐下，然后搬了把椅子坐在二泉对面，拉出一副和二泉促膝谈心的架势。二泉有点紧张。你一退休老头，领着退休金吃着社保日子过得无忧无虑，我还得撅着屁股挣钱养家糊口呢！他端起茶杯喝了一口，咧开大嘴扑哧吐了出来。水太烫，舌头烫得起了泡。他转念一想，自己还得在这小区挣钱，从杜老头那儿多了解点信息也没坏处，于是就静下心来，找了个话引子，问：杜老您咋没住那边那楼，听说那楼比这楼房子大，又结实……

杜老头没等二泉的话落地就拍起了椅子把手。爷们说起话长。一说就让老子上火生气。他走到里屋，二泉听见稀里哗啦翻箱倒柜的声音。过了会儿，他捧着一摞红皮绿皮蓝皮的本本出来，一本本翻给二泉看，嘴里不停地发牢骚。老子的爷爷从关外过来就住这里，按说是地道的老北京了。拆迁之前，老子也算这片房子最多的，大大小小十二间。拆迁的时候，一个叫什么泉的天天往我家跑，那嘴可甜了，从他嘴里进到我脸上的唾沫星子都像从蜜罐里出来的。

你是说他骗你？二泉问。

杜老头义愤填膺地说，怎么叫骗？那是个地道的大骗子！他动员我带头，因为我家的房子多。我带了头，他好说服其他人家。他每次来都不空手。他知道我不抽卷烟抽烟斗，给我带来了一大包国外的好烟丝。说是他特地托他单位出国的人给我带的。那瓶三十年的茅台酒其实不是我存的，是他送的。你想想就是当年八元一瓶，我当年一个月工资才二十几元，舍得买吗？

杜老头把茅台酒拿出来，也放在茶几上，接着往下说，当时小平头他爸劝我别出那个头，条件低了不能答应。要不然街坊邻居会骂我几辈子。

那他给你开的价低吗？二泉问。

杜老头说，那要看跟什么时候比，跟什么条件比。谁也没长前后眼能看十年几十年。现在这片儿的房价一平方米上八九万了，可那时候一平方米六千多也没多少人问津。唉……

二泉安慰杜老头说："你老人家等于给街坊邻居办好事了。您想想要还是小平房，能卖八九万吗？"

杜老头说，我呸！你怎么不说现在这片儿拆迁什么价？要是换现在，给我三大套房子我也不会同意。

二泉说，可是我听说现在再拆迁的回迁户都是往五环外安排呀！你老爷们和你闺女你外甥愿意迁那地方？

杜老头不说话了。他翻着那些证件，神情越来越暗淡，突然眼圈红了，接着落下几滴眼泪。二泉慌忙往衣袋里掏，掏出他常用的毛巾，想给杜老头擦眼泪。杜老头摆摆手拒绝了，从茶几的纸面巾盒里拿了两张擦了泪。他说，不提这事了。反正那小子从房子盖好搬进这小区就没再来找过我。他立了功，听说提了处长。杜老头说着，打开冰箱，从里边端出两盘早已切好的菜，一盘牛肉，一盘咸鸭蛋。然后又打开了酒瓶盖。来，来，喝酒喝酒。

二泉不是第一次喝茅台。大泉春节回家每次都带两瓶茅台酒。村里的头头脑脑只要听说大泉回来了，都到他家去看他，两瓶茅台酒一次就喝个底朝天。二泉最多也就喝个三五杯。不过，大泉给他说过，茅台酒和别的酒不一样，看是见底了，但里边还会残留一些。大泉还示范给他看过：用脚使劲儿把瓶口踩破，或者用筷子把瓶颈里的一颗小珠粒儿扒拉出来，还能倒出半杯甚至一杯酒。这回，虽然是和杜老头两个人喝，可杜老头倒了一杯酒就看着了，每回端起来就是滋溜滋溜品一品，却让二泉杯杯都要喝个见底。二泉心里那个得意劲，不亚于参加盛大的国宴。十几杯酒下肚，他心里发热，脸上发烧，话也稠了。他扑通跪在杜老头面前，满怀歉意地说，杜老，您那红木烟斗，我，我……

杜老头说，你帮我找回来了，我谢谢你。我说到做到，请你喝酒。

二泉说，不是，我，不是，我……

杜老头有点不高兴了，你这孩子怎么见外了。怎么，你杜伯伯的酒是假酒？你要觉得是假酒你就倒马桶里去。

不，不是，我，我是，我是说……二泉醉了。

二泉从杜老头家出来，刚出楼门，迎面碰上住板楼那个白发老太太。老太太睁大了眼睛，目光变成了大大的问号，警觉地往后退了几步，好像发现了一个窃贼。二泉用锋利的目光瞪了她一眼，她吓得浑身哆嗦，张了张嘴，你，你要干什么？

二泉冲她用劲吹了一口气，得意地说，茅台，茅台……

老太太快步朝楼门口走，回过头来冲二泉说，神经病！

到了门口，小平头拦住了二泉。二泉故意和他面对面打了几个饱嗝。小平头妒忌地说：茅台味，纯茅台味！接着，他把二泉拉到门外的公告栏前，指着一张粉红纸，大声念给二泉听：

感谢信

本人不慎丢失的红木烟斗，已由清洁员二泉同志捡到送回。本人代表本人对二泉同志拾金不昧的精神表示崇高的感谢并代表本人给予表扬。

老杜

二泉双手扶着墙，伸长脖子，脸几乎贴到那张纸上。突然他一下子弯了腰，哇哇哇地大口吐起来。

小平头狠狠地瞪了他一眼，转身进了传达室。

七

三个月了吧？人头熟了吧？大泉问二泉。他并没有等二泉回答，接着又说，我听说了，小区大多数居民认可你。不过，也有些人反对你。所以你不能骄傲……

二泉忍不住了，反驳道，我骄傲啥，谁让我骄傲呀？

大泉说，我就是这么一说，也是为你好。

这一次，弟兄俩不是在小酒馆，而是在大泉找的一家私人会所。北京这样的私人会所很多，有的是在深巷中的四合院，有的是在小区里，有的是在五环外一座大院里，有的在住宅大楼中的一套大房子中……私人会所突出的特点是其私密性。随着公款吃喝限制越来越严格，一些高档消费的酒店纷纷关门，私人会所应运而生。这些私人会所虽然冠以"私"字，但大多名不副实，会所的宴席还是姓"公"，只不过出入者是以私人名义参加罢了。大泉找的这家私人会所就在一座住宅楼的一套三室一厅的房子里。二泉一开始还以为大泉带他到朋友家聚会，坐下来以后，两个女服务员上茶上菜，他还感到惊奇，后来他听到隔壁大房间里劝酒、谈笑，看到大泉到隔壁房间去敬酒，才隐隐约约想到是挂羊头卖狗肉的变相酒馆。

这是你开的？二泉问，一边起身想四下看看。

大泉用筷子指了指他，示意他老实坐着。唏，你小声点，隔壁有领导。

二泉咧咧嘴，故意激大泉，唏，哄谁呢？领导会到这样的小地方吃喝？

大泉说，这小地方安全，没有人发现，没有人拍照。

二泉心想，这些当官的有钱的也真能折腾。既然怕三怕四就别做多好。

大泉说，赶快喝赶快吃，吃完早点走。

二泉问：你带我来这儿就是喝酒吃饭？

大泉皱着眉头，沉吟片刻才开口问，那个姓雪的是不是和你接触最多？

二泉没吭声，眼皮不眨地看着大泉。

她嘴上没站岗的，看不住话。大泉一本正经地说，小区人的议论我都听到了。部里一个退休的女司长给部领导写信告了她一状。

二泉还是没吭声。不过，他不再看大泉，而是低着头喝酒吃菜。

大泉说，你车上那个牌牌虽然不拌了，但是小区里的人都知道你三天两头搞回收。十有八九是小雪往外说的。有几个托她找过你的对她意见都很大。

二泉不满地说，意见大就甭托人家了呗。一个愿打一个愿挨，人家小雪又没硬拉着他们。再说，就我所知小雪也没从中赚他们的钱。

大泉说，不是对钱有意见，是对她的嘴有意见。算了算了，你不懂。我今儿就是要给你交代一下，以后不要再让她当中间人了。现在送礼的少了收礼的也少了，有人找你，你就偷偷做。

二泉说，噢，知道了。

大泉又到隔壁屋里忙活去了。二泉倒捡了个利索。今天喝的又是茅台酒，可是他不知为什么喝不下去，几次端起酒杯又放下了。小雪不做中间人，那就意味着他的回收活儿停了，最起码是少了，直接影响的是收入也少了。这条来钱的路一旦堵死，他就是一个纯垃圾清运工。他当然心情不好。来北京干吗？就是挣钱。钱挣不到在北京待啥。北京是大，北京是好，可与我有啥关系？他决定和大泉好好谈一谈。

大泉去了半个小时没回来，又过了半小时还是没回来。一个女服务员倒是过来催二泉了。她客客气气地说，先生，处长让我告诉你，他在那边有客人。你吃饱喝足了可以先走。

他不让我等他？二泉问。

服务员笑嘻嘻地回答：是，不要等。

真不要等？二泉又问。

服务员仍然笑嘻嘻地问答：不用。

二泉猛地起身，头也不回地走了。

第二天上午，二泉没去小区清理垃圾。他住的地方有台十几年历史的老式电视机，是他从小区捡来的。小区里有专门干旧家电回收的，像这种老掉牙的家用电器，一般都卖不上价钱，有的还得倒找钱让回收的人给运走。二泉这台电视就是房主给了他二十元钱，让他帮着找地方扔的。他拉回家对着说明书鼓捣了几天，插上电源，嘿，有两个频道还能出现影像。他心里得意洋洋：嘿，二泉你小子不笨呀，电器都会修理了。于是他就把那台电视机留了下来，有时间时就打开看看。这会儿电视里正播着专题节目，是关于安全过节的。二泉突然来了灵感。嘿，这不正是说我天天清理垃圾的小区吗？楼道里堆满了废旧物品，其中有的是易燃品、污染源。早就该好好清理清理了。他们清理的是废旧物品，我要的是把这些废旧物品变成钱。想着，他用手机把电视上公布的电话号码记了下来。

接着，二泉就马不停蹄地打过电话去。那个电话总是占线，拨了二十几次，对方都是"对不起，您拨打的电话正在通话中，请稍候再拨……"气得他脸都青了。

一上午的时间里，他的手机电话也响了多次。有杜老头打来的，有小平头打来的，有社区居委会主任打来的，都是吵着嚷着让他赶快去清理垃圾。他说，皇帝老子也有生病起不了床的时候，我怎么就不能有个头疼发烧呢？杜老头和他说话比较客气。他说，你要是病了就赶快去看医生。不然我用我的医保卡给你拿点药。二泉说，不用，谢谢了，我能扛过去。杜老头说，居委会的让你填张表。二泉说，我早就把表交了，还有我的身份证复印件。杜老头笑了，这是另外一种表，你填了对你有好处……从这些电话中，二泉感觉到了自己在小区的地位和价值。没我这个收垃圾的帮你们清理垃圾，你们的日子能过得舒坦吗？闹心了吧？添堵了吧？嘿嘿……

那个电话终于在中午时打通了。二泉报出了小区的名字，添油加醋地描述了一遍楼道里的情景，最后着急地说，俺们天天提心吊胆地过日子，生怕哪天有个火星把楼给点了，家给毁了！接电话的男生可能听出他的口音，问他，你是业主还是租房的？二泉火了，冲着电话喊道：你管我是谁呢？我就一爱命的爷们！

二泉挂断了电话，手机却还紧紧地攥在手上，不时地看一眼，好像在等待着什么人的重要电话。他看一眼，嘴里就嘀咕，不会打不进来吧？打不进电话发短信总可以吧？我的手机没出问题呀……

二泉租的房子是间约有五平方米的小平房，一开始只铺了张单人行军床，屋子里还有点空。他有时还在床边练练俯卧撑。现在，屋子里堆满了他从垃圾箱里捡来的、从回收的废旧物品中截留下的旧家电等乱七八糟的物品，屋子里只有下脚的地方了。只要空闲下来他就鼓捣。有的业主扔的旧皮鞋的鞋跟坏了，他就鼓捣换个新的；有的业主扔的雨伞把手断了，他就鼓捣给接上；有的业主扔的炒菜锅破了，他就鼓捣换个底……到了晚上华灯初上的时候，他就带上这些经他的手鼓捣了能用的东西到大桥下边去摆摊儿，几个月下来收入也有几千元。他想，要是塔楼楼道里的废旧物资清理给了他，他鼓捣鼓捣变废为宝，肯定是一笔不小的收入。这事一定得促成。他暗暗下了决心。

直到这时，他才明白自己是在等小雪的电话或者短信。这个女人看上去盛气凌人，说话狂傲，心眼倒是不坏，也好打交道。他情不自禁地把压在枕头下的小雪的照片捧在手上，仔仔细细地看了一会，然后装在身上。留着有什么用呢？也就喂饱眼睛，却坏了心情。他想，物归原主吧。

二泉刚出门，手机电话铃声又响了。这个电话是小雪打来的。她一张口就骂，你还在挺尸呢？小区里炸了锅了。那个老太太又到居委会告你一状。

二泉笑着说，让她告吧！以后她扔的垃圾我给她单独放着，让她自己运走，要不就给她送回家门口搁着。

小雪说你敢！二泉你以为你是谁？别搬梯子够脸。清理垃圾是你的职业。你干了这个职业就得讲职业道德。人家老太太作为业主给你提意见，反映你的问题有什么错吗？再说了，人家老太太没告你偷了抢了要流氓了……

二泉不知是不是做贼心虚，赶忙辩解说，我怎么要流氓了，我跟谁要流氓了？

小雪呵呵呵地笑了，你就是有贼心有贼胆，也得有机会有对象才行。

二泉沉默。

小雪问：二泉你几个月前是不是在垃圾袋里捡过一张购物卡？

二泉一下子紧张起来，没有没有。我长这么大还没见过你说的什么卡，倒是在垃圾堆里见过过期的电影票。

小雪说，那老太太说她过生日时闺女送给她一张购物卡，后来怎么也找不到。她怀疑是不注意丢在垃圾袋里当垃圾给扔了。这个老太太也真是……

二泉说，那你得让她去垃圾中转站反映，垃圾中转站再给她向下一站反映，下一站再向下一站反映……

小雪打断他的话，你存心气老太太呀！你抓紧过来清理垃圾。完事了我还找你有话说。我怕你没吃饭，帮你要了份外卖放在传达室了。

二泉觉得眼圈一热，心里也热乎乎的。

八

清理楼道的告示是以街道名义下发的，张贴在小区的大门口和每层楼的电梯旁。告示里的话很严肃，既说了清理楼道里废旧物资的重要意义，也限定了清理的时间。明确过了时间由街道强行清理。二泉注意到告示一开头的一句话：据本小区有责任心的居民反映……看来是经过了琢磨和润色的。因为反映人的身份没明确，说是业主不妥，就是租房客也不合适，说是居民比较恰当。居民，住在这里的都可以称居民。不过，他对有责任心这个评价不习惯。我可没想到什么重要性，我只是想借这个机会多回收点废旧物资多赚点钱。眼看着就要回家过节了，回到家总不能对热切期望自己的老婆孩子说，在北京这大半年抽过中华喝过茅台，钱却挣得不多吧？

二泉看过告示以后，就到垃圾中转站借了辆大点的车，比他平时用的长出一倍，宽出一倍。他还花了二十元钱做了个牌牌，上边写的不是回收名烟名酒礼品，而是改成了回收废旧物品。让他没想到的是那个牌牌几乎没发挥作用，一些清理门前废旧物资的人家，主动把清理的东西放在了垃圾箱边上。第一天就堆积得像座小山。二泉挑挑拣拣装了满满当当一车，还没装下三分之一。这下他又犯愁了，蹲在垃圾箱旁边扑哧扑哧抽烟，绞尽脑汁想着怎么运输。

这台洗衣机你要吗？白头发老太太把一台洗衣机推到垃圾箱边，这是十几年前买的，也没少什么零件，就是太旧了。

二泉问，要钱吗？又指着车上和地下的废旧电器说，这些人家都不要钱呢。

老太太哼了一声，我没问你要钱呀！说完转身走了。

二泉算计了一下，这台洗衣机摆小摊卖的话，怎么也能卖个百儿八十元钱。他想把已经装到车上的几件东西拿下来，换上洗衣机，可是摸着哪件都不舍得。索性，他把洗衣机放在最上边，用绳子捆紧了。这样一来，车上的东西堆起来比他还高出一头，如果上了大街让交警看到肯定要罚款。北京的规矩多，垃圾车是要加盖的，怕的是在街上丢三落四污染环境。二泉急得团团转，心里骂自己没出息，贪多嚼不烂。又一想，东西多了钱就多。管他的呢！交警真的逮着了再说。

二泉第一趟往住处送东西，没有碰上交警。他把车上的东西一股脑儿全扔在屋里，顾不上收拾整理，接着又往回赶。一路上他在反复想，车不行，装的东西太少；自己住的地方不行，已经放不下了。怎么办呢？他把车停在路边，给大泉打了个电话。哥，你得帮我！他开门见山地说了他的苦衷他的烦恼和他的要求。大泉训斥他，那你是想让我给你派辆车帮你搞回收是吧？还得给你找间大仓库是吧？二泉说仓库不找也行，我在我住的门口搭个临时棚子先放一放，一个礼拜，不，不，十天我就处理完了。我现在就想找辆大车，拉东西的大车。大泉说，你做梦去吧你。你就不能拣点好东西收下，破破烂烂没用的别收。

二泉说，你们不用的没用的，对我和那些打工的收入低的可能是好东西。再说，好东西像名烟名酒高档礼品购物卡什么的既贵重又不用车拉，可得有人……他意识到自己说漏了嘴，赶忙停住了。

大泉那边好像着急上火，口气越来越严厉。二泉我告诉你，有不少人家尤其是塔楼那边的和街道不配合，至今不动。到明天限期一到，街道就会行动，就用不着你小打小闹地收了。

二泉恼羞成怒，挂断电话后拳头朝地上咚咚咚砸了七八下，指关节都渗出了血。

第二趟，二泉拉了十几辆破旧自行车。

第三趟的时候，他刚进小区就看见小平头正在忙着往传达室里搬一台冰柜。小平头看见他过来，麻利地用身子挡住传达室的门。二泉也没搭理他，趴到窗户往里看。咦，传达室里堆了半屋子废旧物资。有旧冰箱、旧电视机、旧洗衣机、旧书架、旧衣架、旧桌椅……二泉火冒三丈，对小平头毫不客气地说，大哥，你这是趁火打去（劫），老虎嘴里抢食啊！

小平头也不客气，我呸，你当你是老虎？在我眼里你就一只跑到北京寻食的小老鼠。

你，你……二泉脖子上的青筋一下子变粗了，脸涨红了，拳头也扬了起来。

小平头瞪了他一眼，骂道，滚，滚！

二泉！小雪突然出现在二泉眼前。她伸手把二泉的拳头拉下去，又拍了拍他的脸，严肃地说，想打架呀？

二泉愤愤不平地说，他欺负人。

算了算了。小雪说，谁也不兴欺负谁。见二泉无动于衷，又低声说，给你找了辆车，大车，在门口等着呢。你看是和小平头打架呢，还是赶快拉东西呢？

二泉这才不情愿地松开了拳头。

到了垃圾箱前，二泉看见杜老头坐在一张红色的小凳子上，嘴里叼着红木烟斗，手里拿着一根拐杖，好像在看守那些废旧物资。他又火了。难道杜老头也和小平头一样想来和自己争？

杜老头看见二泉，用拐杖头捣着地，十分不满地说，二泉呀二泉，你那天怎么又迟到呢？再这样，爷们就不给你说好话了。

二泉说，看门的小平头欺负我。

杜老头说，他欺负你，你可以投诉他，再不行就告他。可是，可是我们没欺负你吧。你把垃圾往这儿一扔不管不问，像话吗你。

二泉这才明白杜老头不是来和自己抢，相反是来帮自己的。他嗯了一声就往车上装东西。楼上有人往下送废旧物资，杜老头就站在楼门口，挥动着拐杖指挥他们：就放垃圾那边，让二泉帮咱运走。

车装满了，临出发时小雪来了。她把一个塑料袋交给二泉，对二泉说，这里有两部旧手机。一部摔过，可能有毛病。一部年头久了，但还能用。我知道你喜欢鼓捣。你鼓捣鼓捣看，修好了还能卖个百八十元钱。

二泉原想说声谢谢，可是马上想起自己是在帮她忙清理废旧物品，应该是她感谢自己。他犹豫了片刻，问小雪，你随手往垃圾袋里丢过什么贵重东西吗？

小雪目不转睛地盯着他看了约一分钟，摇摇头说，没有。

二泉问：真没有？

小雪又点头，真没有。

二泉启发她说，比如一张纸、一张照片。

小雪眉毛扬了起来，神情也紧张了，你捡到过一张照片是不是？噢，怪不得你曾经在我面前提起过我老公……照片呢？我一直以为是寄丢了。

二泉掏出照片递给了小雪。小雪高兴地捧在眼前看了又看，呵呵呵乐得像个孩子。她指着照片上那个帅气的男孩，问二泉：你不认识他呀？

二泉摇头，我咋会认识他。

小雪说，他就是你亲侄子，我的干儿子泉生。看看，你这个当叔的真称职啊！

二泉伸头看了看照片，这回倒觉得照片上那个大男孩似曾相识。过去他每次看照片只顾看小雪，压根就没有认真看过她身边那个大男孩。不过，他还是不太相信。我有十年没见过泉生。他奶奶去世时他回过一次老家，那时候不是这个样子嘛！

小雪：他瘦了？

二泉：听说他出国几年了。国外吃的住的都不如在家，所以就瘦了，就像我在北京……他鼻子哼哧哼哧几声，好像很难过很委屈。

小雪：别怪你哥。

二泉：不怪。

小雪：你哥其实不容易。

二泉：嗯。

小雪：你哥还是很关心你。

二泉没吭声。临出门时他回过头对小雪说，麻烦你给我哥我侄子都捎个话，家再穷兄弟再穷，还都是最亲最亲的打断骨头连着筋有血肉联系的……说完，他的眼泪流了出来。

春节前夕，居委会主任打电话给二泉，说是社区推荐他为街道的“好人”，已经被评上了，节前要开会表彰。二泉在电话里沉默了片刻，问：有奖金吗？

居委会主任说这是荣誉！

二泉说，我已经在回家的路上。那奖状你替领吧。居委会主任急了：那，那春节期间谁清理垃圾？

二泉那边电话已经挂断了，传来的是嘟嘟嘟的长音……

2016 年 10 月 6 日于北京官园

金融街郊路

一

说完了吗？哭够了吗？小桂问大桂。

大桂皱着眉头，不满地看了小桂一眼。她在说的时候，小桂一直在洗衣服。小桂洗衣服用的是一只红色大塑料桶。桶里的水已经变得非常浑浊，各种不同颜色的衣服混在一起，几乎分不清了。小桂的老公两年前收废旧品时，花了十五元钱收了一台洗衣机，只用了两次又成了废品，现在放在门口的楼道上。小桂说这是给左亲右邻看的，装装样子，免得人家嫌咱穷。

大桂说，小桂你听我说了吗？听清楚我说什么了吗？小桂把毛巾扔给大桂，让她擦眼泪。然后，一边晾衣服一边回答，就你那点破事，我还要竖着耳朵听啊？不听我都明白怎么回事。不就是你那个老板天天让你给她孩子买瓶奶不给你钱吗？你都说八百遍了……

大桂火了，吼了起来，这次不一样！她委屈我冤枉我欺负我！我说了半天你就一句没听进去。说完，她猛地起身，拍拍屁股就走，随手把毛巾扔在小桂的脚下。

小桂这才发现姐姐真的生气了。她紧走几步赶到大桂前边拦住了她，笑容可掬地赔礼，姐，怪我。你别生气。来来来，你慢慢给我说。她拾起毛巾，擦干了手，想帮大桂掸下屁股，发现大桂屁股上并没有尘土，就把毛巾递给了大桂。她不去晾衣服了，就和大桂面对面站着。

大桂一边擦着眼泪，一边哼哧哼哧地向小桂诉说她的委屈。

今天，有辆车停在停车位上两个小时。按照二环内的收费标准，第一小时十元，第二小时十五元，两小时应当交二十五元钱。可那个司机却只给大桂十元，说是不要票。司机说，我给你二十五，你给我二十五的票。给我票你就得交税，就得交给你老板。我给你十元不要票，你往口袋里一塞，就是你的，谁知道啊？再说，二十五多难听的数字？大桂想老板没这样教过她，小桂没这样教过她，所以她不能这样做。她说，我不能违反规定，你得交二十五。那个司机火了，扔下一张十元的票子，说你爱要不要。不要你就撕了吧！一边说，一边踩油门，没等大桂反应过来就把车开走了。大桂下班后向老板交账时，把那十元钱交给老板，还把那个司机的话对老板说了。老板眯着眼上上下下看了她半天，看得她心惊肉跳。老板吐了个烟圈，突然单刀直入地问：大桂呀，你收了多少次这样的钱？大桂连忙摇头摆手，没有，没有，这是第一次。老板明显不信任，斩钉截铁地说，还有十五元钱从你工资里扣。说什么也不能让公家吃亏。大桂说着又委屈地哭了，十五元，十五元啊，够我两顿饭钱……

小桂不知是不耐烦还是不舒服，又去晾衣服。她使劲扯着衣服上的皱褶，嗔怪地说，这就怪你了大桂。

大桂不服气地问：咋怪我？我真的是第一次。我要真有这事能不告诉你吗？我是什么人你不知道吗？

小桂说，你想歪了。我的意思是说，你千不该万不该，不该把那十元钱给老板，不该给老板说实话。

大桂一脸惊愕，张了张嘴，好像上下嘴唇被什么东西粘住了，又好像喉咙里塞了什么东西，有话要说又说不出口。

小桂说，老板每天是凭票给你结账吧？

大桂点点头。

小桂说，那人不要票的钱，就像他给你说的那个样子，你不说又没票对账，老板压根就不知道。你给老板干啥呢？

大桂仿佛触电了一样，腾地一下站起来，怎么，你是说我自己装腰包？那我成啥人了啊？

小桂转过脸看着她，嘴角撩了起来，嘲讽地说，哟，我的亲姐来，你以为你是啥人？当代活雷锋？拾金不昧的好人？你就是一个从河南来北京打工的乡下妇女。打工是干啥，挣钱！最后，又加重语气说，你两个闺女还在家等着你挣的钱交学费呢。

大桂不服气地说，那，那……我再困难，那也不能腐败！

哈哈哈哈……小桂笑得腰弯下了，眼泪也出来了，说话的声音也变得飘了。腐败，腐败。你说这也叫腐败？

大桂被小桂笑得莫名其妙，理直气壮地说，把公家的钱装自己口袋不叫腐败叫啥？电视里讲的那些贪官不都是这样子吗？

小桂板起脸，认真地说，我没空给你啰唆。这样吧，我老板不是个东西，看我肚子一天比一天大，找个茬子赶我呢！等我把老板欠我的一分不少要回来，办完了辞职手续，先跟你去看车。

大桂急了，我一个人一天一百元，你去了不等于咱俩……她怕把下边的话说出来小桂生气，就咽了回去。毕竟，她现在看车的活还是小桂给她找的。

大桂和小桂是同母异父的姐妹。她们的母亲在大桂两岁时，从原来的村子改嫁到十几里外的另一个村子，一年后又生下小桂。所以，两姐妹从小不在一个村，不在一个家，又是不同的父亲，性格也不一样。大桂性格温顺，胆小怕事，遇事没有主见。小桂性格倔强，大胆泼辣，做事风风火火。虽然不在一个村一个家，但毕竟是一母同胞的姐妹，从小来往不少。大桂的父亲和大桂的继母在城里打工，大桂在家跟着爷爷奶奶生活，隔三岔五到小桂家吃住。读完小学，大桂就辍学了，经常到小桂家帮忙做点活。大桂十岁、小桂七岁那年，两人去镇上卖梨。一位买梨的老奶奶张口夸奖，哟，这姐俩长得真俊，像两个小瓷娃娃。大桂听了，羞答答的不好意思。小桂则用警惕甚至怀疑的目光盯着老奶奶，好像人家夸奖她俩就是为了贪图她俩的便宜。称梨时，小桂瞪大眼睛看着称星，生怕大桂少算斤两。平时，两姐妹在一起商量事，大主意都是小桂拿。大桂听她的。就连找对象这事，大桂也让小桂做主。母亲让她去相亲。她说，要去让小桂去。她说行就行。母亲生气地骂她没脑子。小桂还一高中生，小女孩，懂个啥？再说是你找男人，你要跟人家过一辈子。小桂说行就能行？大桂怕惹母亲生气，当面答应了母亲。可是去相亲那天，她还是拉上了小桂。小桂也没推辞，而且颇有经验地问了那个和大桂相亲的男人一大串问题。谈过女朋友吗？父母亲身体好吗？生了孩子能帮着带吗？家里的房子旧吗，打算什么时候盖新房？……大桂在一旁几乎一言没发。后来小桂对大桂说，这些我也不懂。我是上网查了相关方面的知识。不过，大桂的老公的确是个称职的男人，对大桂好，对孩子好，对大桂母亲也好，顾家。她老公也给她不止一次说过，小桂有文化，有头脑，咱听她的没错。前不久，小桂让大桂到北京来打工，大桂开始还犹豫：我没文化没能力，到北京咋混下去？还是她老公劝她，去吧！小桂让你去，保准没错。大桂这才来了北京。到北京第二天，小桂就给她找了个看车的工作。

　　小桂明白大桂的心思，大大方方地说，大桂你别担心。该你挣的我不争不抢也不占。这时她已经晾完了衣服，洗了个苹果，拿起菜刀一切两半，给了大桂一半。大桂接过来，撩起衣襟就要擦苹果，被小桂伸出的胳膊挡住了。哎，哎，我洗过了。你就放心吃吧。以后别再拿衣服擦，让人一看就乡下来的。

　　大桂偷偷地瞪了小桂一眼。心里想，你以为别人拿你当城里人、北京人呀？

二

　　大桂看车的地方离金融街不远。那地方不是停车场，只是一条不宽的马路。其实，北京城里专业停车场本来就不多。据民间传说，20世纪90年代北京城市建设方兴未艾之时，车辆还没有那么多，尤其私家车凤毛麟角。有人曾提出专业停车场的事，不知哪位位高权重的领导瞪了眼睛，再过五十年北京也不会车满为患。建那么多停车场没车停，水泥土又种不了庄稼，浪费呀！

大桂看车的那条路因为挨着金融街，有人戏称为金融街郊路。全长大约二百多米，宽约五米。路的两边用白线画出一块块长方形的框框，这框框就是停车位。在北京这样的大都市，那条白线不是什么人都敢往地上涂的。停车位的白色框框就是钱袋子，车往里一放就等于放进钱去——车主就得交钱。而路两边收停车费的不是一家。路东归一家管，路西归一家管。大桂管路东。路西是一个五十岁左右的男人，高个，壮实，短头发像被风刮过的雪地。两个看车人的服装也不一样。大桂是红色上衣，上边印着公司的标识。那个男人是蓝色上衣，印着保安的标识，臂上还有标识。他比大桂来得早，见识广，经验也多。一开始，他对大桂说，妹子，北京人邪乎呢！那些"二北京"更邪乎。大桂问，啥叫"二北京"？他轻蔑地哼咻一声，唏，连这也不懂。电影电视里的二鬼子看过吗？大桂老老实实地回答，看过，就是给日本鬼子当狗腿子夜里带着鬼子烧咱老百姓房子杀咱老百姓的。他点点头，"二北京"是我的发明。就是那些跟咱一样给北京人打工，只不过干的事和咱不一样，在咱面前还抖擞的那些人。穿着西服，隔肚皮照样看得清小时候吃的山芋疙瘩呢！说着哈哈大笑。大桂乐得眼泪都出来了，扶了一下路边的树才没弯腰。大哥你这也太会损人了。小时候吃的啥还不早消化变成屎尿排到大海里去了。他一本正经地说，我就是看不起他们。又说，大妹子，这些人挣了钱买了车，装着富哥富姐的样子，可交停车费时使着劲儿压价。你千万别让他们给欺负了。大桂似信非信，咋，他们还欺负人？他说，嘿，就这本事大！大桂觉得他人挺好，能主动帮助人，问他：大哥你姓啥？他说姓伍，队伍的伍，单人旁加个一二三四五的五。你就叫我老伍哥吧！有老伍哥罩着你不会让你吃亏上当。

大桂来的时候是三伏天，北京城里热浪滚滚，仿佛一口蒸馒头的大锅。人站在树底下不动，汗水一个劲地往下流，钻到脖子里黏糊糊的，伸手一抹就一灰泥蛋子。大桂看见老伍的自行车后座上放着一台简朴的电风扇，是安电池的。他一有空闲就往那儿一站，敞着怀露着胸对着电风扇吹。他身上还背了只铁皮大水壶，不像是买的，像是自制的。他喝水时总是把脖子仰得很高，往喉咙里咽的时候声音特响，咕嘟咕嘟，几米外都能听见。

老伍没少欺负大桂。他第一次坑大桂，是大桂去卫生间，让他帮着看一眼。大桂没敢久留，出来一看，有辆红色轿车走了。她问老伍，老伍哥，你替俺收钱了吗？老伍摇头，那人说给过你钱了。大桂说，他放屁！老伍说他放屁我没放屁！他那么说了，我怎么敢再收人家二次钱。人家要是投诉，不把你我的饭碗都给砸了。大桂急了，老伍哥，这也得把饭碗砸了。老板要知道我没收费能饶了我？老伍安慰她说，没事，老板怎么会知道。难道你老板长了千里眼。就算他千里眼，这么多高楼大厦隔着也看不见。

大桂看了下时间，那辆红色小轿车停了两小时。按第一小时十元，第二小时十五元算，二十五元钱。二十五元呀！她一天的伙食费也就二十五元。她在心里咬牙切齿地骂那个司机缺德。

山不转水转。没想到第二天那辆红色轿车又来了，而且来得最早，是第一辆车。老伍那会儿也去了卫生间。大桂这边有空车位，那辆车就停在了她那边。她虽然学历不高，但有一个让小桂从小就佩服得五体投地的本事，就是记数字的能力特别强。那个司机是女的，三十五六岁，长得白胖胖，很富态，也很精神，她本来一肚子怨气，站在车边等司机下车。那个女的下车后，冲着她笑了笑。那笑很明媚，很亲切。她问大桂，昨天我走的时候，想给你打个招呼呢，你怎么没在呀？

大桂开门见山地问：你昨天说我收过你钱了，我没收过。

那个女的一脸惊愕，没有啊！我还问了你去哪里，给了你那个同事十元钱。他说不要票十元就够了。

大桂一听气得脸发青。可是她没敢骂老伍，怕老伍还会就着法儿欺负她。那个女的看出了其中的奥秘，安慰大桂说，你也别往心里去，以后小心点就是了。我也知道怎么回事了，你要一会儿不在，我等你一会儿。你要是走了，我第二天再给你。

大桂听了她的话非常感动，真诚地给她鞠了个躬。她拉过大桂的手，笑

着说，以后咱俩天天见面，一个在楼上一个在楼下。你帮我看车。你有什么
事也尽管给我说。

　　大桂的眼圈红了，激动得一时不知说什么好。直到那个女的快进大厦了，
她才在背后大声问了一句：大姐，你贵姓？

　　那个女的回头冲她一笑，我胖，你就叫我胖姐吧！

　　胖姐那天晚上下班时，给了大桂一袋牛奶，说，别老空着肚子，时间长
了伤胃。

　　大桂向小桂说过胖姐的事，当然也说过老伍欺负她的事。小桂说要是换
我，保证抽那孙子两个大嘴巴，让他把钱一分不少地吐出来。

　　也许是小桂对老伍成见太深，来金融街郊路的第一天，就和老伍干了一
架。当时，大桂这边车位空出一个，老伍那边也空出一个，一辆黑色奥迪车
开过来。老伍赶忙迎上前几步，指挥奥迪车倒进他那个空位。大桂无动于衷，
小桂却不干了。操，这不是争生意吗？她上前用身子挡住奥迪车，指着自己
这边的空车位，理直气壮地说，你往这个车位上倒车顺。奥迪车上坐着一男
一女。男的五十多岁，又黑又瘦，一张长方脸像刀片。他开车。坐在副驾驶
座上的女的二十多岁，看年龄像刀片脸的女儿，看长相却完全背道而驰，因
为她又白又胖，就像刚出笼的发面饼子。她狠狠地瞪了小桂一眼，摇开车窗
破口就骂：干吗，拉客接客呀？不要脸。说着，她硬是把那个男的推下车，
自己把车倒进老伍那边的车位。

　　老伍也过来推小桂，小桂也推他。老伍一手插在挂在胸前的包里，一手
和小桂拨拉，两个人推推搡搡，突然听到哐当一声，车碰上了。

　　在北京这样的地方停车，对司机的技术是严峻考验。像这条马路两边的
停车位，前车位和后车位之间往往只有几厘米的空间，技术好的有时还会一
不小心就剐蹭到前边或后边的车，技术不好的更不用说了。大桂第一天上班，
就差点赔了钱。她不懂方向，看着倒车，左打，左打。谁知开车的是个新手，
听她的指挥左打方向，哐当，撞到后边车上。司机下了车就骂大桂，你怎么
指挥的？后边车也不答应，要赔五百元。大桂吓坏了。老伍在旁边说着风凉
话。小桂接到大桂电话就赶来了，指着那个人嚷嚷，她让你往左打你就往左

打。方向盘在你手里，是听你的还是听她的？

那人说，就赖她。她让我往左打方向。赔钱得她赔。

小桂说，她让你撞死人你也撞呀？

争吵了半天，交警来了。摩托车还没停稳就指着小桂嚷。大桂挺身挡着小桂，说，没她的事，她是来走亲戚的。交警笑了，你把这儿当家了，好，好！接着又讽刺挖苦了大桂几句，但责任确实不属于她，不用她赔钱。不过，从那以后，她就偷偷地向老伍学习指挥别人倒车。她不敢明着让老伍教，怕老伍向她伸手要学费。这孙子啥事都干得出。她这样想老伍。

这回不同了，老伍没指挥，大桂没指挥，小桂也没指挥，发面饼子脸自己倒车撞到后边的车上。可是，她下了车就骂骂咧咧冲着小桂过去了。她手里拎着一只很值钱的包，举起来就砸向小桂。一开始是你卖弄风骚，接下来又是你寻衅滋事，这撞车的事故是你惹起的，你得赔车。

小桂第一次用胳膊挡了一下她砸过来的包。第二次干脆抓住包的带子，用劲给夺了下来，扔在地上，狠狠地踩了一脚。包里的东西声嘶力竭地哭喊了几声，好像七零八碎了。发面饼子一边跪在地上拾包，一边发了疯地叫喊，我的手机，我的化妆盒，我的口红……她把包往地上一倒，里边的东西哗啦哗啦全出来了。果然，手机坏了，化妆盒破了，口红也断了。她跳起来又去抓小桂，被刀片脸抱住了。算了，算了，别跟这种女人一般见识！你把她卖了也不值你那支口红钱。刀片脸说。接着，他又对老伍说，打电话让车主下来，我赔他，现金！

大桂也把小桂拉开了。大桂说，小桂你别惹事，咱惹不起人家。

小桂累得大声喘息，却对大桂不满。你拉我干吗？你该上去帮我抽那个女人几巴掌。

大桂又说，咱惹不起人家。

小桂说，屁！她惹不起咱。

大桂还没弄明白小桂的话，事实却给了她一个证明。刀片脸不知在发面饼子耳根说了几句什么，发面饼子眼睛瞪得没刚才那么大了，声音没刚才那么高了，脸上的怒气变成了委屈。小桂指她，骂她，她也不还击了。老伍不知是得理不饶人，还是故意讨好发面饼子，嘴里不干不净地骂小桂。小桂当然不让他。他说一句，小桂还一句。大桂劝也劝不住。她把身上的水壶递给小桂，小桂一仰脖子咕噜咕噜喝了大半壶。老伍气得在一旁指着大桂骂：你也别装老实人。

大桂没理他。她四下望了望，发现刀片脸和发面饼子都不见了踪影。她心里奇怪：唏，咋就走了呢？

小桂和老伍的吵骂这时也渐渐进入尾声。因为到了下班的时间，来开车的停车的人多起来。老伍爱钱，小桂也爱钱，都怕对方抢了挣钱的生意。不过，两人隔着马路，不时地你指着我骂一句，我指着你吼一嗓子。大桂跑到这头收停车费，那头的汽车喇叭响了，催着过去收费。要不是小桂帮忙，她还会像过去那样累得气喘吁吁、大汗淋漓。老伍有辆破自行车，两头来回地跑，稀里哗啦地响，还得躲闪着行人，身子一会儿左歪，一会儿右歪，头一会儿前伸到车把上，一会儿低到轮子边。大桂想，还不如俺轻松呢。

三

这天晚上，不知大厦里哪家公司搞什么庆典活动，车来得比较多，有一阵子，大桂小桂和老伍都忙得不可开交。车多了，车位不够，老伍开始指挥着又增加了一排。小桂不干了，这孙子增加了一排临时车位得多挣多少？她对大桂说，走，咱找他说理去。他要是打算独吞，那咱就不客气。

大桂说，不客气又能怎么着？

小桂说，你看我的不就行了。

那天晚上出奇地闷热，没有一丝风，树叶儿仿佛都被蒸干了。大桂朝胖姐的车上洒了点水。小桂嫉妒地说，胖姐这车交点钱值了！接着又说，我过去了，你看着办。

大桂犹豫了一会，大概是怕小桂一个人过去吃亏，磨磨蹭蹭地跟了过去。

夏天天长夜短，到了下午七点半，太阳还在西天边悬着，一会儿沉下半张脸，一会儿又露出一张脸，就像动漫一样。站在阳光里的老伍，仿佛刚从水里爬上来，浑身上下都湿透了，头发上也冒着热气。小桂刚朝他面前一站，他马上明白了她的来意，没好气地说，你两个娘们想干啥？刚才你抢的那辆车赔了被撞的车一千二，是我帮着从你俩身上拨拉掉的。要是赖到你俩身上，你俩还不……

小桂针尖对麦芒，毫不客气地说，他想赖也赖不到俺俩身上。你也别在这儿充好人。

老伍白了她一眼，又忙着去指挥停车了。

车多了起来，两边的停车位满了，大桂和小桂都觉得松了口气，可以歇一歇了。老伍却还在那头忙着，没多会儿，小桂发现老伍那边多加了一排车，她问：这排停的车都免费啊？

老伍踌躇片刻，回答：怎么，大妹子想收费啊？

小桂点点头，认真地说，不是我想收费，是咱俩家共同收费。

老伍的眼睛一下子睁大了，眉头一皱，咧了咧嘴说，共同收费，凭啥？

小桂的右手在空中画了个圈，然后指着马路，义正词严地说，这条路上的停车位可是两家收费……

什么两家？老伍激动地跳起来。我占的是我这边，没占你们那边。凭什么钱要两家分？说着，他走到马路中间，故意叉开腿，好让小桂看明白两边的距离。

小桂的左手又在空中画了个圈，然后又指着马路，理直气壮地说，大哥你睁大眼睛看看。我这边要是再停一排车，所有的车都不能挪窝了。我是学雷锋树新风让你，你不能吃独食吧？

不用小桂说，老伍也明白这个理。这条马路平时也就是四车道，两边的停车位各占了一个道，来往车辆会车时，在他指挥下都得小心翼翼，勉强才能通过。他现增加了一排停车位，毫无疑问增加了拥挤和风险。不过，他一分钱也不想让眼前这两个女人分了去，所以哼了一声，故意装作不想争吵的样子，又装着去卫生间，转身进了大厦。凭他的经验，庆典类的晚会怎么也得两小时才能结束。

大桂茫然了，拉了小桂一把，问：咋办？咋办？

小桂冷冷一笑，胸有成竹地说，不要你管。

话刚落音，一辆小轿车从南向北开了过来。司机打开窗户，问：大姐，出去可以左转吗？

小桂见车是从老伍的车位开出来的，假装没听见。大桂忙说，不管，不管！

司机说了声谢谢，接着慢慢开走了。到了路口，打了左转向灯向左转了。没有两分钟又倒回来，打开车窗，冲着大桂小桂吼道：你怎么指挥的，不管不管，我差点让拍照罚钱了。

大桂说，我就说的不管。

司机说，你还说不管？你傻呀？这明明标着禁左。

大桂说，我知道禁左才对你说不管，我没说管。

司机火了。你说不管，我才左转的。你现在又狡辩。

大桂委屈地看了一眼小桂。小桂在一直笑。也许见大桂真急了，她才对司机说，她刚才说的不管，就是不行。你听不懂人话还反过来怪别人。

司机也笑了，我以为说交警不管，没人管呢！

那个司机走后，小桂对大桂说，大桂你得学普通话，哪怕学会平常用的几句也成。

大桂说，算了，不学了，刚学个半拉不熟，一回家又都忘九霄云外了。你姐夫说我，那熊腔……她突然想起下午刀片脸和发面饼子，问小桂，你说那个女的那么凶，男的咋软皮蛋？

小桂说，这你还看不出来？男的是个在官场混的主，女的是他的小情人。小情人仗着当官的男人耍威风，当官的可不想惹是生非找麻烦。她怕大桂不明白，又说，真闹起来，人一围上来，有谁给拍个照片发到网上，当官的还不立马被查？

噢，原来这样子！大桂恍然大悟，你怎么看出他俩的这层关系？

小桂笑笑没有回答，用眼神示意了一下大厦门口。大桂一看，老伍从里边出来了。他离几米远就跟大桂小桂打招呼，妹子，快点进去看看，里边八层正演节目，有好多大明星！

大桂激动不已。明星？都啥明星？

小桂拉了她一把，问老伍：不要票？

老伍摇头，不要不要。人家这是内部联欢，单位拿钱请的明星。不卖票！

谁都让进去看？小桂又问。

老伍点头，那是那是……说完，惊奇地看了一眼小桂，又说，那可不是。大堂值班的服务员是我老乡，他带我上去看了一眼。

大桂问：你能让那个老乡带我俩也上去看一眼吗？

老伍说那可不行。我小老乡可讲原则呢！看着大桂有些失望，老伍思索了一会，压低声音说，这样吧，一会快散场时，你俩到大厦的地下车库去。明星的车都停在那儿，他们从那儿下车，也从那儿上车。在那儿保准能见到他们。

大桂高兴了，问：大哥，明星能给俺照相吗？

老伍爽快地回答：能！他见小桂不说话，拿警惕的眼神看着他，又补充说，不过，你得，你得那个……

大桂急了，哪个呀？要钱我可没有。

老伍嘿嘿一笑，我说的那个是说你脸皮要厚，上去拉着明星就照相。你就说，哎呀，我可是你的粉丝，夜夜做梦都梦见你。

大桂恼火地说，滚！这种话俺可说不出口。

小桂这时抱怨大桂说，这有啥不好意思？不就梦中情人吗，又不是真和他上床。过会儿不用你说，让大哥说。

老伍一愣，妹子，你这话啥意思？

小桂说，没啥意思。大哥一会儿我在这儿看着，你们俩到地下车库去跟明星合影照相。她说不出口的话你帮她说。

老伍傻了眼。眼前这个女子不能小看，真斗心眼，自己不一定是她的对手。他眯着眼悄悄地看着小桂，心里盘算着如何支开她。支开了她，那个和她一起比她大几岁的女子就好对付多了。可是，怎么才能支开她呢？

小桂仿佛看透了老伍的心思，铺了张旧报纸和大桂席地而坐，抬头望着天空，对大桂说，看看北京这天哪还有天的样子，不像在咱老家，到了晚上抬头看见的不是月亮就是星星。

大桂说，咱老家现在是不是也这个样子。天还能有两样？

小桂说，嘿，当然有两样。又问：大桂你觉得胸闷吗？

大桂说，也说不上闷，好像有点堵得慌。

小桂说，那就有人给你添堵了？

老伍明明听出小桂是含沙射影说他，又不便发作，干脆背过身子，自娱自乐地哼起歌来。他哼的是来北京后学会的好句：北京的城……这也是他来北京以后摸索出来的生活小窍门，抑或说是一种自我排遣办法。不过，哼着歌儿的同时，他插在包里的手也紧张而快乐地动起来，用大拇指食指和中指数起票子。一张一百，两张一百，一张二十，两张二十，三张二十，一张十元，两张十元，三张四张五张……这也是他练出来的功夫。不用把钱拿出来，就这样也能点得一分不差。点完，他心里有点儿沾沾自喜。包里的钱，除了交老板的那份，还得剩下一百多。晚上大厦那家搞庆典的公司又来了许多客人，停在他这边的车，再加上他临时加的一排，有五十多辆，就算一半要票，一半不要票的每车只给二十元，也得六七百元。我的个娘来，这一天加半个夜晚收入就近千了……人一高兴容易忘形。得意忘形的老伍竟然扯开嗓子唱起："北京的城……"

啪啪啪啪……小桂给老伍鼓掌了。大桂一看，也跟着鼓掌，还喊了一句：唱得好！大哥你要是上星光大道，不拿倒数第一，也得倒数第三！

老伍乐得嘿嘿笑。看车的一男二女的距离仿佛一下子拉近了。

小桂的手机响了。她走到一边去接电话。老伍趁这个工夫对大桂说，妹子，你姐怀上了吧？

大桂说，啥我姐，是我妹。

其实，老伍是故意那样说的。他说，可比你显老多了，额头上的皱纹比你多，比你深，哪像你这么水灵。

女人都喜欢别人夸自己，尤其喜欢男人夸自己。老伍这小小一个伎俩，让大桂心花怒放，对他的怨气好像散到九霄云外。她从地上站起来，拍拍屁股上的土，朝老伍身边靠近了几步，歉意地说，大哥咱在一条马路上干事，就跟自家差不多。虽说少不了磕磕碰碰，那都不叫事。你说对吗？

老伍忙点头，是呀是呀！这牙齿和嘴唇那么亲近有时不小心也会咬破。大哥不计较，不计较。我早看出妹子你心眼好，人实在……他想多夸大桂几句，可一时想不到词儿。夸人也是一门学问。要夸得恰到好处，才不会引起对方的误解。他琢磨小桂的电话也差不多了，直奔主题对大桂说，你妹子不能老是待在这种天气里，对孩子影响可不好。大概是怕大桂识破他的意图，又说，你一个人在这儿足够了，让你妹子早点回家休息吧，挺个大肚子多不方便。

大桂没听出老伍的话不怀好意，就点点头。她心里想，这个五大三粗的男人心倒挺细。接下来她就琢磨着怎么给小桂说，才不至于让小桂有意见。

其实，小桂恰好接的是家里的电话。她老公又喝多了，让她快点回去。小桂在外边像个女汉子，在老公面前却像只温顺的小绵羊。不过，她对大桂一个人留下不放心，犹豫了好大会儿，低声对大桂说，我走后你得留心那孙子。

大桂说，唏，他还能吃了我？

小桂说，吃了你他没那么大的胃口，坑你倒是很有可能。反正你就记住一点，他加的这一排车，你能收费就收费。别让他孙子独吞了。

大桂说，那我也不能跟他打架呀！

小桂说，谁让你跟人打架了。他在这头收，你就在那头收。他又没长三头六臂两边够着。她翻身上了自行车，又想起了什么，手扶着自行车，两腿呈八字叉开，扭头又对大桂说，那孙子狠，这一晚上每辆车怎么也得收人家三五十元。你别学他，不要票就二十元，十元也行。

大桂推了她的车后座一下，说，走吧你！

小桂又对老伍喊道，大哥，听你唱歌，我想起一个故事，等下回来讲给你听。你听了保准高兴。

四

说是有一个农户，家中养的一头驴丢了。这头驴对农户太重要了。种地，
驴拉犁；磨面，驴拉磨；有时上街赶集，驴还让主人骑着。所以，那个农户
着急呀！小桂绘声绘色地讲着。老伍听得很认真。

小桂突然不讲了，转了话题：大哥，昨天晚上你收到短信了吗？

老伍一愣，什么短信？

小桂一本正经地说，是一条彩信。

老伍摇头，晃了晃手机，叹息一声，说，唉，我这破手机，是我儿子用
了几年退休了给我的，哪能收彩信。

小桂长长地吁了口气，说，怪不得。那人把给你的彩信发到我手机上了，
让我转给你。

老伍的脸色一下子变了，仿佛阴云密布。昨晚大厦活动结束时，要走的
车太多，他忙了东头忙西头，忙得一身大汗。开始，大桂在另一头收费，他
还气急败坏地骂大桂，最后连骂的空也没有了。好在大桂手脚慢，心里又没
底气，只收了七八辆车的钱。再后来胖姐出来了。胖姐的车与前后车的距离
太近，大桂主动上前帮她看着倒车。一来二去耽误了一会。老伍心里既骂大
桂傻，又觉得大桂不和自己抢着收钱有利自己。有一辆车等得不耐烦，趁老
伍没注意，旁边又有了空间，开了就走。他追了十几步没追上，气愤地把手
中空了的矿泉水瓶子扔到车上。司机回头骂了他一句，孙子等着爷收拾你！
小桂刚才说把给他的短信转到她手机上，他以为是那个司机给他发的彩信。
想想又不对。那个司机不知道我的手机号码，怎么给我发短信呢？再说，他
不交费跑了，理亏的在他呀！一只空了的矿泉水瓶子还能把车砸个坑不成？
老伍忍不住了，催小桂快告诉实情。小桂却不慌不忙，打开手机认真地看着，
读出了声：我的驴终于找到了，我听见了驴叫，在看车场！哈哈哈哈……

大桂也跟着哈哈笑。

老伍拍拍屁股走到一边去了。他让小桂编着故事骂了一回，心里十分不

痛快，脸耷拉着，看也不看大桂小桂一眼，心里想：小娘们，看爷爷怎么收拾你俩。

大桂看出老伍生气了，先止住笑，拉了一下小桂的胳膊，朝老伍努努嘴。小桂把她的手拨拉开，低声说，我看见了。我这不是帮你出气吗？我还没说驴的爹找来呢！大桂说，得了得了，你没看出来他有点忧你？小桂这才得意地摇摇头。她拉着大桂来回走了一趟，指着一辆辆不同的车给大桂介绍：叫什么牌子，国产还是进口，价值多少。介绍到一辆红色保时捷，刚报出价格，大桂哇地叫了起来，我的个妈，花那么多钱买这么个家伙？她弯腰看，绕着车转圈儿看，好像不信小桂的话。突然，她看见车的副驾驶座位上放着一只包，又叫出了声，小桂你看你看，这不是那天那个发面饼子脸砸你用的包吗？

小桂看也没看，哼了一声，大惊小怪！我早看见那个女人了，就她把车停这儿的。

大桂看了小桂一眼。小桂说，我让你找找，看你能不能找到那个刀片脸的车。

大桂疑惑地看了小桂一眼，果真找起来，在距保时捷十几米远的地方看见了那辆奥迪车。不过这辆车停的是老伍那一侧，不是有心观察，怎么也不会把那辆黑色奥迪和这辆红色保时捷联系在一起。即使有心观察，也不至于把那两辆车的主人联系在一起。她回头看了小桂一眼，小桂正抿着嘴朝她笑。她叹息地说，两个人非开两辆车多浪费呀！小桂说，这就不懂了吧？大桂打断她的话说，不想懂人家的事。我就想懂你咋能发现，我咋没发现，那边老伍也没发现。小桂你好像挺关心人家。小桂阴阳怪气地说，我才不关心他们呢，又不是我的儿女。我关心的是钱！大桂不解。小桂也不解释，只说了句：你等着收钱吧。

在北京城，像金融街郊路这样的马路停车场太多，几乎每条马路都成了变相停车场。金融街相对还是好的，毕竟每座大厦下边都建有地下停车场，有的地下一层、地下二层、地下三层全都是停车场。就像老百姓说的那样，计划赶不上变化，当年的设计者可能压根也想不到几年、十几年后会增加那么多的车辆。车多了，停车的地方不够了，马路停车场也就应运而生。大桂小桂老伍这样的农民工也就有了份职业。这几天，小桂没少给大桂传授知识。她说，大桂你注意，干一行得讲一行。你现在在马路停车场收费，就得弄懂马路停车场的情况。人家地下停车场就没有像咱这样收费的。人家那里用的是高科技。车进来了，自动把你的车号、进入时间扫描进电脑，一抬杆，放行，进去了。等你车出来时，电脑早把你的停车费计算好了。你交了费，一抬杆，放行，走了。但是哪里不好，对咱来说不好。一天停了多少辆车，收了多少钱，都在电脑里，想瞒根本就瞒不成。电脑，电脑，电指挥的脑子，比人脑子精明多了。

大桂不服气地说，我的脑子好使着呢。她说这话时有点儿洋洋得意。她每回去超市买东西，零零碎碎一袋子，收款员在那用像手枪一样的扫描器一件件地扫。还没等扫完，她就把价报出来了，还对收款员说，保准不会差一分一厘。果然，收款员用电脑算出来的和她报的一模一样。

小桂的确比大桂有心。她发现马路停车场三种人或者说三种车。一种是上班的，一停就是一天。一种是来办事的，短的十几分钟，长的一二个小时。还有一种过夜车，就是住附近的，因为小区里停不下了，下班后把车停路边，第二天早上上班再开走。停车的各类人心态也各异。在大厦和附近楼里上班的人，大多数不和收费人员计较，可能是公司给报销，或者收入比较高。但是也有一些人计较，最常见的是停了一天，临走时给收费人员二十、三十元钱。得，就这点零钱。反正我明天还停你这儿。老客户照顾点。大桂为此和一些人闹过吵过。最规矩的是来办事的，计时收费，该多少给多少。最难对付的是过夜车。自从北京实行尾号限行后，那些下班后停在路边的过夜车中，有相当一部分因为限行第二天又停一天一夜。而对这些人，如果以小时计收停车费，他们肯定不干。矛盾就这样产生了。老伍处理的办法，大桂小桂不知道，因为老伍不会告诉她俩，好像是十分重大的商业机密。大桂头痛。比大桂有心眼的小桂也头痛。大桂的意思是，人家就住这儿，车不停这儿往哪儿停？只要给点钱，就算了吧！小桂不同意。小桂说，这是收费停车场，不是他们谁家的过夜停车场。不愿交费就别停。不然，咱们喝西北风啊？咱得想个法子……

　　大桂指了指 10 号停车位。这家，就是这家，从来一分钱不交，还挺横。那天差点儿打我。

　　小桂一下子跳起来，嘴里嚷嚷着，凭什么？我今天就让他交钱。

　　中午吃饭时，小桂给大桂说回家一趟。两小时后她骑着电动自行车回来了，后面驮了条旧被子。一见大桂，她嘻嘻笑。大桂问她想做啥？她也不正面回答，只是对大桂说，眼放亮点，别让对面那人抢了生意。说完，直奔那辆保时捷停的车位。车位上的保时捷已经不见了，代替的是另外一辆车。大桂没等小桂问就主动告诉她说，开走了。那女的，就是发面饼子给了我五十元，要了发票。小桂见停在老伍那边的黑奥迪也不见了，若有所思地自言自语，行，等下次。

　　京城里的蚊子比乡下的蚊子凝聚力强，战斗力更强。太阳刚落山，马路上的蚊子就密密麻麻地结成了一层一层，仿佛一支支集团军。一层围着人的头上脸上，一层围着人的手上腰上，一层围着人的腿上脚上。不管人注意不注意，防备不防备，蚊子咬你一点没商量。大桂觉得脸上被咬了一口，刚想抬手去拍打，脖子上却又被咬了一口，露在外边的脚脖子也疼了一下。她气急败坏，龇牙咧嘴地骂，这北京真有钱，养的蚊子多不说，还比咱乡下蚊子个子大，牙齿硬，咬一口快赶上咱乡下的狗咬得厉害了！小桂说，你得了吧，这北京的蚊子也咱外来人养。北京人关在有空调的屋子里，蚊子飞不进去。大桂翻了翻眼皮，似信非信地说，蚊子那么小的东西，眼睛也有水呀？

　　天黑下来了，大多数上班的车子走了，过夜的车也陆续回来。小桂见来往的车子少了些，不太忙了，就安排大桂去买两桶方便面，还叮嘱一句，要辣的！

　　大桂买了方便面回来，四下看不见小桂。她问老伍，大哥你见俺家妹子了吗？

　　老伍正坐在车后座上抽烟，抬了抬腿，用脚尖指着 10 号停车位。大桂走过去，借着大厦灯光，低头一看，惊得张大了嘴巴。原来小桂卷着那床旧被子躺在车位上，嘴里还哼哼唧唧说着什么。大桂一屁股坐在她身边，伸手摸着她的额头。小桂，你咋啦？要紧不？要去医院找大夫瞧瞧不？小桂转头看了大桂一眼，接着头朝前一探，腰跟着往前一伸，上半个身子坐了起来。唏，你嚷嚷啥呢？就我这身子能有病吗？大桂不高兴了。你吓死我了！说着，眼泪就流了下来。小桂接过一桶方便面，撕开包装，倒了半瓶矿泉水泡上，还没过两分钟就往嘴里扒。大桂说还没泡开。你用矿泉水不行。小桂也不理她，把剩下的半碗方便面朝旁边一放，严肃地对大桂说，大桂，一会你得好好配合我。我说快死了，朝那人车上爬。你就说大哥行行好，把我可怜的妹妹送医院吧！孩子要生你车上不吉利。

大桂这才明白小桂的用意，不情愿地嘟哝着，这不是讹人吗？

小桂突然叫了一声，我的个妈哟！接着用被子把自己裹了个严严实实，连头也包上了。大桂这才感觉自己额头上、耳根边等几处都被蚊子咬了。

戏剧性的一幕在晚上九点发生的。随着一束灯光缓缓地由远及近，夜间停在10号车位的那辆车开了过来。大桂吓得躲在几米外不敢靠近，喘气都有点紧张了。

车主正想把车倒进停车位，发现地上躺了个人。他一下车就大声呵斥，干吗呢？

小桂翻了个身子，嘴里哼唧哼唧。

大桂没敢说话。

车主看见了大桂，指着大桂骂道：你在这儿看车看了那么长时间，不知道这是停车场，不是停尸场吗？

大桂心怦怦跳。她看了一眼老伍。虽然看不清他的表情，但从他晃荡腿的姿态猜得到他正等待看笑话。她犹豫了一下，想过去把小桂拉起来，听见小桂呻吟声变成哭泣声了。那个男人蹲下了，用手拨了拨小桂，哎哎，你怎么了？

小桂叫着，姐，姐……我不行了，赶快送我去医院。

那个男人看了大桂一眼，问：她叫你吗？

大桂点点头。

那个男人说，那你还不把她送医院？

大桂吞吞吐吐地说，我，我……

小桂突然翻了个身，一边痛苦地呻吟，一边往车边爬，眼看要抓到车门把手了，那个男人上前挡住了她。干什么，干什么？你这是干什么？滚，离我车远点！说着，他抬了抬脚，好像要把小桂踢开。小桂好像看出他不敢下毒手，摆出一副舍生忘死的样子，奋不顾身地向车上爬。她还故意转过身子，把大肚子对着那个男人。大桂急了，上前拉住那个男人的胳膊，哀求地说，大哥你行行好，把我妹妹送医院去吧！

那个男人狠狠地甩了下胳膊，把大桂摔倒在地上。大桂顾不得疼痛，喊道，在你车上生孩子对大哥你不吉利！

那个男人愣了一会，打开车门取出包，麻利地从包里掏出两张百元人民币，朝大桂手里一塞，气急败坏地说，你，你赶快把她给我弄走。你们自己打的去医院。

小桂还在呻吟，行行好，大哥行行好，救救我！

大桂忙去拉小桂。小桂身子重，她拉了几下没拉动。无奈之下，她喊老伍，伍大哥，快来帮帮忙。

老伍犹豫片刻，把烟头扔在地上，踏上右脚狠狠地摁灭，这才摇摇晃晃走过来。他推开大桂，上前去抱小桂。不知是故意还是无意，右手碰了一下小桂的乳房。小桂心里骂了他一句流氓，但还是让他把自己架起来，一直架到路口，打上了一辆出租车。她转过脸看了一眼老伍。老伍脸上的笑容有些奸诈。大桂则远远看着那个男人。他刚把车停好，看上去情绪有点低落，不像过去那样趾高气扬。

出租司机问：去哪儿？

大桂不知怎么回答，看了看小桂。小桂不想回答，对她眨巴几下眼皮。

出租司机不耐烦，又问了一句：去哪儿？你俩是一对哑巴？

大桂用力握了下小桂的手，示意她回答出租司机的问题。小桂反过来更用劲地握了下她的手，握得咯吱响了一声，疼得她咧咧嘴。

出租司机不耐烦了，把车停在路边，抱怨地说，这活我不能拉，你们另打车吧。

小桂说，我们就到这儿。说着，她从大桂手里抽出一张百元人民币递给司机，找钱！

大桂不知小桂心里怎么想的，一脸茫然，还有点不满：就这几步地花了十元钱，何必呢？

小桂猜得透大桂的心思。出租车走后，她一下子搂着大桂，嘿嘿笑着说，我的个姐唉，我这个小小的点子就挣了一百九十元，你服吗？

大桂推开了她，说，你弄我一身汗！

其实，她俩没走多远，还在老伍的视线里。老伍扯着嗓子喊：我配合得还行吧？你俩咋着也得给我老人家买盒烟吧！

五

那件事后，老伍不知为什么和小桂的关系一下子升温了。在大桂眼里还不是一般温度，而是火热。小桂原来中午只带她和大桂两人的饭，现在虽然还是只带她两人的饭，却比过去多了点东西。一开始是多了几瓣蒜。她对大桂说，你给那个臭男人送去。大桂惊奇地问：你巴结他？小桂摇头，呸，谁巴结他那样的？我忘了这几天胃不好，不能吃这东西，你打小也不吃。反正带来了扔了也不好。喂狗，狗也会摇头……大桂信以为真，颠颠的给老伍送了过去。老伍一只手接过，另一只手高高举起向小桂表示谢意。第二天中午，小桂带了半瓶豆瓣酱，给大桂和自己的饼子里各搛了些，快要见瓶子底了。她塞到大桂手里，向老伍那边努努嘴，给他吧。大桂不高兴了，要给你给。小桂挺着大肚子晃悠晃悠过去了。她过去后和老伍说了大半天话。大桂看见那两个人站得很近。她心里酸溜溜的，但不相信小桂会真对老伍好。在她看来，小桂琢磨老伍的事了。哼，你也别自作聪明，老伍不是傻瓜蛋。他才不会让你几瓣大蒜就哄着把便宜让给咱。

这天下午，老伍和小桂一有空闲就朝一起凑，凑到一起就嘀嘀咕咕，好像在商量什么大事。大桂还发现，小桂几次从这头走到那头，仔细地在两边的车辆中寻找什么东西，偶尔用手机对着车辆照相。老伍则不时盯着进来的车辆，仿佛在等待什么。过了一会儿，小桂让老伍倚在一辆红色轿车旁，给老伍照相。大桂觉得小桂和老伍商量好了什么事情。她不想管，也不想问。小桂却不等她问，拿着手机让她看她拍的照片。大桂，你看看老伍是不是挺帅的？要是他穿上西服打上领带，别人保准也把他当老板或者领导。

大桂扫了小桂的手机一眼，嘲笑地说，你不是说他额头上都是土坷垃，整个脸像庄稼地吗？

小桂用胳膊肘儿捣了大桂一下，说，我的好姐姐，咱不能老是和他结仇。咱得利用他帮咱干点事。

大桂不满，唏，就他那抠货，帮你？她把手在小桂的额头上放了一会，讥讽地说，小桂你没发烧吧，怎么就说胡话呢。

小桂有点不高兴，挺着大肚子，迈着八字步，晃悠晃悠走了。大桂觉得她又去找老伍。不过这回她猜错了。小桂不是去找老伍，而是消失在大厦的后边。五分钟过去了，小桂没回来；十分钟过去了，小桂没回来；半小时过去了，小桂还是没回来。大桂这下子急了。小桂不会是出什么事了吧？毕竟她挺着个大肚子做什么都不方便。再说，她又是个急性子，三句话不投机就跟人戗戗，甚至动手动脚。小姑娘时是这个脾气，大姑娘时还是这个脾气，快成孩子妈了仍然是这个脾气。不定哪天就吃亏。大桂心里急了，想去找小桂。偏偏这个时候到了下班的时候，停车的人走的多，收费也忙起来，两头来回跑，她一时手忙脚乱走不开了。

人有心事尤其是心事重的时候，做事就容易分神。一会儿的工夫，大桂因为找错钱受到两个停车人的斥责，有个女的还冲她挥了拳头，要不是老伍在路那边吼了一嗓门为她助威，说不定拳头就落她身上了。不过，她不感激老伍。她认定小桂不回来与老伍有关，老伍在挑拨她和小桂姐妹俩的关系。

小桂在大桂忙得差不多的时候才回来。大桂本来不想搭理她，看她满头大汗，衣领子和前襟都湿透了，心里又疼她，把茶杯递给她，看着她仰着脖子咕嘟咕嘟喝了个底朝天，忍不住问道，跑哪儿疯去了你，发财了吧？

小桂抹了下嘴巴，挨着大桂坐下，偷偷朝老伍那边看了一眼，侧过身子，拉开身上的书包链子，大桂，你看看我是不是发财了。

大桂低头看了一眼，屁股上像被针扎了一下，激动地跳起来。小桂，你，你这是……

小桂赶忙站起来，拉了大桂一把，悄悄地说，你喊什么，想给老伍那孙子通风报信啊？

大桂哼了一声，咱俩还不知道谁跟他走得近呢！

小桂知道大桂误解她了，耐心对她说，你咋这么糊涂蛋呢？他是啥？狗屁不是。我会跟他近？咱是亲姐妹。你不会以为我这钱也是老伍分给我的吧？

大桂没说话。她把凳子放好，让小桂坐下，自己席地而坐，坐下后又感觉有问题，因为小桂面对老伍。虽然天已黑了，但路灯很亮，加上大厦辐射过来的灯光，虽然赶不上白天亮堂，却也遮挡不住隐秘。于是，她爬起来，站到小桂对面，用自己的身子挡住老伍的视线。小桂嘿嘿笑了，大桂，你也别把那个老伍看得太聪明。给你说吧，他跪三天三夜求我收他当徒弟，我都不会答应他。

小桂重又打开书包让大桂看。大桂这回虽然还是吓得心跳，但没有刚才那样激动。她问：小桂，你这半天干啥去了？怎么回来弄了半书包票子？

小桂没回答，反问道：你看这票子都是十元二十元一张，还有五元、一元二元的，眼熟吧？给你说实话吧，我又找了条路，咱们发财的路。

唏！大桂不信，咱有什么发财路？

小桂向老伍那边看了一眼，见老伍在和一个小轿车司机争执，并没有注意她和大桂，才对大桂说，我还是从老伍那里偷来的信息。我这两天跟他套近乎，就是想……

你想报复他？大桂问。

小桂说，那天老伍无意中说他家老板正在跑关系，想把东边一条路的停车收费权拿过来。我本来想今天先过去看一眼。到那儿才发现，那条路两边停了很多车，但是没有人收费。我刚站下，有个司机就交钱给我……

大桂不信，唏，那人也太傻了吧？

小桂说，是呀，我今天才发现北京人不那么聪明。他们看我穿这身衣服就信，没人向我要什么证明。本来，我想再收一个两个就走，没想到竟然走不开了。

大桂惊诧，你，你这叫无证经营，不怕进监狱？

小桂说，怕，我怎么不怕？可是，那些司机没有人怀疑我。的的确确有不交费就走的，那也不是因为不信任我，而是想耍赖。我也装看不见，少收十元二十元！我一辆车就收十元，最多二十，有的司机见我收费少，还说谢谢大姐！

大桂不相信小桂的话。在她看来没有小桂说的那么好的事，哼，天上还会掉馅饼啊？不过，小桂书包里的钱的确像她平常收的十元二十元一张那样零零碎碎。小桂平时气盛，但从不吹牛皮说大话，更不喜欢说谎话。她想了好大会儿，才小心地问：那边，那边没有老板吗？

小桂忽然站了起来，贴着大桂耳边说，你猜我看见谁了？那个刀片脸和发面饼子脸。

大桂愣了一下。

小桂说，我后来明白了。他们把车停在那边，从大厦左边绕过去，到他们约会住的地方也就多走三四百米。

大桂盯着小桂看了一会，揉揉眼睛又看了一会。她的目光里有质疑，有惊奇，还有责备。小桂不高兴了，大桂你啥意思？

大桂反问：你怎么知道他俩约会？你看见了？

小桂说，唏，蚊子从我眼前飞过，我都辨得出公母。谁像你……

夏日的晚上并非没有风，有时风还很强。不过，那风毕竟是从一天的烈焰中穿过，掠过人的脸颊就像涂了一层辣油，和汗水混在一起，再流到脖子里和身上，就会感到烦躁不安。小桂边说边脱衣服，上半身最后就剩下乳罩。大桂看了心里很不舒服，说，你真看见他俩约会了？还是老伍给你装错了火药？

小桂不耐烦地回答：老伍就一堆垃圾，我能听他的？

大桂又问：你咋知道他俩有约会的地方？

小桂瞪了大桂一眼，很有把握地说，百分之百！你以为这些人约会像在乡下那些男女，往庄稼地里一钻，天当床地当铺就干，干完提起裤子就走。

大桂让小桂几句话说得哑口无言，吭吭哧哧一会儿没说出话。但是她的兴趣也同时被小桂激起来，心想：这北京人偷情是啥样子？她的眼睛流露出的惊奇之光被精明的小桂捕捉到了。小桂心里得意地笑，想再逗大桂一会，看看时间不早了，又变了主意，对大桂说，大桂你明天去那边收费吧，我在这边。那边没有姓伍的，你不用怕有人跟你抢生意。

大桂说，我不去！我怕……说这话时，她心里果然吓得怦怦跳，像揣了只受了惊吓的野兔子。没名没分，没有政府的许可，没有老板的话，自己怎么能想收费就收费，那不是犯法？

小桂知道大桂心虚害怕，也不勉强她，说，那咱俩各干各的。

六

这几天咋没见你家妹子，不会是生了吧？老伍眼睛四下张望着，右手习惯性地插在挂在脖子上的军用书包里。大桂最佩服老伍数钱的能耐。收费找零是最常发生的事情。大桂小桂都是从包里抓出一把票子一张张地数，有时还得挨脾气躁的司机骂。人家老伍收了张一百的大票，如果需要找八十元，他左手往包里装那张百元大票，右手就从包里掏出八十元。小桂第一次看见他这么麻利找钱时，惊得目瞪口呆。靠，钱和他混得这么熟啊！

大桂见老伍嬉皮笑脸，有点不正经，但不像那种不怀好意，也和他开玩笑，说，人是我家妹子，可和你走得近。怎么着老伍哥，想吃我妹子带的大蒜了？

老伍挠着头皮，嘿嘿笑了几声，头朝前伸，眼往下看，目光像探照灯在大桂胸前扫荡。大桂赶忙提了提衣领子，往后退了一步，心里骂，这孙子眼睛长得真不是地方！

老伍一本正经地说，妹子，你那妹子人太精了。人说猴精猴精，她比猴子还精。给你说真心话吧，我是怕她太精了，反而会做蠢事，想给她提个醒儿。

大桂警觉起来，什么蠢事？

老伍示意一下自己装钱的书包，说，想歪点子挣钱。

大桂说，谁不想挣钱？你起早贪黑不是为了挣钱啊？说完这话，她就去收费了。一边收费一边琢磨着老伍的话，猜测着老伍话中的意思。猜着猜着，她心里掠过一阵冷风，禁不住打了个寒战。难道是小桂在另一条路上收费的事让老伍发现了？毕竟小桂的信息是从老伍那儿知道的。老伍会怎样做？举报小桂？那小桂还不得吃亏。威胁小桂，让小桂与他合作，给他分钱？凭她对老伍的了解，第二种可能性大。但是，再想想，小桂做事严谨，不会让老伍那么容易发现。

大桂决定空下点时间就去找小桂，把老伍的话和她琢磨的老伍的心思说给小桂，让小桂早有点准备。

小桂听了大桂的话，不慌不忙地说，我正打算找他呢。

你要告诉他事实？大桂不解，问：你心虚，怕他？

小桂低头想了想，神情有点儿慌乱。不告诉他不行。咱姐俩在北京又不认识其他人，只能找他合作。她见大桂目光充满疑惑，情绪也带着反感，就拉了拉大桂的手，耐心地对她说，一来呢，像你担心的，咱没有手续，也就是没有收费证，心里七上八下，需要有个人到了关键时候帮咱一下；二来呢……她轻轻拍了拍隆起的肚子，我也不能干多长时间，这孩子猴急猴急地想出来看看北京城。到那时你忙不了这边那边，咱不就丢了吗？丢的是钱啊我的姐。

大桂一时接受不了小桂的意见。她问：你是想等你生孩子的时候，我来这边，那边让老伍？姓伍的能像你想的那样和咱合作？他不都吞下才怪呢！

他不怕噎着？小桂冷冷一笑。

大桂说，哼，他恨不得把整个北京都嚼巴嚼巴咽肚子里。

小桂说，所以呀，人不能太贪。大桂，我早就明白了一个道理：人要想挣钱，就得心平和。比如这条马路上突然撒了一地的钱，你一个人能全捡到自己腰包里吗？一阵风来吹跑了，一场雨下来淋湿了，万一后边来辆汽车，眼看撞到你身上旁边都没人招呼你一声，为啥？因为你太贪心，不让别人捡。

大桂看着小桂，好像没听懂。她心里确实在想：怎么会一下子撒一路钱呢？那得多少啊？

姐俩儿坐在一座大厦封闭的门前台阶上说话。北京的很多高楼大厦四周有多个门，常开的一般就进入大厅的正门。她俩坐的地方没人经过，小桂的肚子大了，坐在有高低层次的台阶上舒服。这会儿，她挪着身子想站起来，大桂忙着扶了她一把，嗔怪她，你就好好坐着说话呗，起来干啥？

小桂指着刚垫在屁股下边的杂志让大桂看。封面上是一个她们都知道的跌了大跟头的大官的照片。小桂说，你看看，这样的大官怎么也栽了，就是太贪心，听说家里放的钱拉了几卡车！

大桂叹息一声，说，就是，弄那么多钱干啥哟。

小桂好像早已胸有成竹，又好像害怕大桂啰唆，断然地说，反正就这么定了。你先回去，我这边忙完就过去找老伍。

大桂知道小桂的脾气。她定的事别人很难改变。再说，她也不想和小桂掺和，所以无精打采地走了。不过，她心里非常不舒服，总觉得亏欠小桂点什么。

北京金融街的楼高，窗户也大，而且多是玻璃，到了晚上，在灯光的映照下流光溢彩。抬头望去，能够看得到的人几乎都在电脑前忙碌着。大桂有时就想，这些人平常西装革履，个个扬眉吐气的样子，其实很累，挣钱不容易。有时候，那些和她与小桂年龄相仿、脚步匆忙走出大厦，心急火燎地开门上车的女人，一看就是忙着回家。她心里就有点儿怜悯：该不是家里有等着吃奶的孩子吧？看看，上一天班，再开半天车回到家，再忙家务忙孩子……这也是她有时不愿和那些人为了几元钱争执甚至吵骂的原因。小桂为此骂过她，你可怜她们，她们可怜你吗？你少收她一元两元零钱，说不定她心里还骂你傻呢！大桂平淡地问答，人，不都像你说的那样。

大桂回到"郊路"，老伍正坐在地上吃饭。大桂从他身边经过，他喊住了大桂，指着一个彩条包对她说，十九楼的那个胖姐来找过你。你不在，她留下这个包，说里边是几件她孩子穿过的衣服，用过的玩具，说是送给你孩子的。

大桂一听，心头一酸，眼泪差点儿掉下来。她背起包，对老伍说了声谢谢，转过身时眼泪就落了下来。她在心里又说了一遍，小桂，人，不都像你说的那样！

老伍又喊大桂。他这时已经吃饱了饭，用牙签剔着牙，喝矿泉水漱口，嘴里发出咕嘟咕嘟的声响。可是，他没有把漱口水吐出来，而是一仰脖子咽了下去。大桂每回看到他这个动作就犯恶心，想吐。更让大桂忍无可忍的是，他的牙签用过也不扔，插入烟盒外包装的塑料薄膜里，下次吃了饭再用。还有让大桂接受不了的是他吹牛，明明是吃的炒土豆丝，他却抹着嘴唇说假话，我老婆又给我放了半个猪蹄子，塞牙！小桂有一次就当面揭穿他，嘻，老伍哥你老家那边把茄子当猪蹄呀？说完，哈哈大笑，直笑得弯了腰，唾沫星子乱飞。大桂事后数落小桂：常言说打人不打脸，骂人不揭短。你咋就让人下不了台。小桂振振有词，嘻，是他自己不要脸！老伍这回又重复着过去的动作，把牙签放进老地方，问大桂：小桂的手机是不是换号了，这几天怎么老是打通了没人接。

大桂故作惊讶，不会吧？又说，我也是打通了没有接。

大桂的话音还没落到地上，老伍的手机响了，他看了一眼，兴奋地叫出声，是小桂的电话。北京也一样地邪，说曹操，曹操就到了。

大桂因为小桂事前给她说过要找老伍，所以也没觉得稀奇。她惦念着十九层那个胖姐送的东西，就回自己的地方去了。

小桂果然是约老伍见面。老伍对小桂说，我估摸着妹子不会忘记大哥。我刚才还跟你姐打赌。我说小桂过了今晚不和我联系，我把明天一天收的停车费都给你！哈哈，咱老哥老妹这叫啥，叫心有灵什么灵……我马上过去！

七

小桂虽然有心计，却没经验。老伍过来一看就急了。他右手还是插在包里，左手指点着马路，毫不留情地呵斥小桂说，妹子，你胆子忒大了，眼睛却忒小了。你不看看，这边是单行道，又是双车道，不能两边停车。用不了两天，交警、城管、街道都会找上门来，罚你是小事，弄不好把你拘起来！

小桂心里紧张，表面上却不动声色。她从包里掏出一盒老伍常抽的那种牌子的烟，放在老伍手里。然后大大方方地说，你就不能扶我一下，或者让我靠一靠？说着，身子一歪，肩膀靠在老伍身上。老伍嘴里唉，唉几声，四下看了一眼，顺手摸了下小桂的屁股。他见小桂不反感，又说了一句，别的女人怀了孩子长相难看，妹子你咋就比过去还好看。我天天看你像看花一样。

小桂咯咯地笑了。老伍哥，有你这话，我的孩子肯定长得漂亮。

老伍说，这世上的事就让人百思不解。你和大桂是一个娘吧？你娘咋就把你生得那么漂亮，把大桂生得那么……唉，对不起人！

小桂问：对不起谁？

老伍：她老公呗！

小桂说，老伍哥你还别说这话。我大姐夫就是家里穷，没好好读几年书，论长相那可是俺那十村八村少见的大帅哥，个子高高，壮壮实实，往那儿一站像座山。

老伍有点嫉妒，说，光好看有啥用。

两人调情几句，然后转入正题。老伍指出眼前的问题，小桂分析解决问题的办法，好像电视里那种答辩。关于无证收费，老伍的解释是违法，但合理。北京的车越来越多，除了长安街、几环路那样的地方，其他大街小巷哪不塞得满满腾腾。你想占个地方停车，当然就得交费。所以说，停车的见了收费的并不会感到稀奇。当然，也不能肯定没人挑剔。小桂说这都好办。人是一面相。咱看哪个不顺眼，就装看不见他停车。不收他的钱他总不会反过来要咱的钱吧。老伍说头疼的是停车发票。人家交了钱，伸手要发票，你总不能拔腿就跑吧？这一下子就出事了。小桂说这事好办。我手机上三天两头收到卖发票的信息……老伍没等她说完就打断了她的话，严肃地说，那不行那不行！本来是假收费，再来个假发票，自投罗网啊？小桂不耐烦了，说这事你别管。

说着说着，两人偎依着坐下了。老伍突然摸了下小桂的肚子，问：妹子你啥时候生啊？

小桂回答说，差不多两个月吧，接着调皮地反问：怎么着，老伍哥想包个大红包呀？

老伍嘿嘿笑了，到时候我给这小子点烟！

两人越谈越投机，话也多起来。谈到最后，老伍痛快淋漓地告诉小桂，这边收费的事他帮小桂，收的钱四六分成。小桂六，他四。小桂高兴地搂着他的脖子，在他脸上亲了一口。

老伍看了看手机显示的时间，那边到收费的时候了，起身要走。他刚走两步，小桂惊讶地叫了一声，老伍哥！他转身回到小桂身边，还没等他问，小桂指着马路，低声说，那对男女又来了。老伍顺她手指方向看去，果然是刀片脸和发面饼子两人。那两人这回还是各开各的车，也没停在一起，只是这次刀片脸先走。可能是走得急，他边走边擦汗。发面饼子则完全相反，不急不忙地站在车旁打电话。小桂一看她就来气，老伍哥，你玩微信吗？

老伍马上明白小桂话中的意思，说，我和闺女、外孙都是用微信联系。我拍了不少轿车的照片发过去。我小外孙今年五岁，名牌汽车都认识。说完，又问小桂：咱怎么能拍着他俩偷情的照片呢？

小桂皱着眉头思考了一会儿，果断地说，得让大桂和咱一起干！她让人一看就觉得踏实，老实，不像我，第一眼不放心，第二眼还是不放心。

老伍哈哈大笑，趁机又摸了一把小桂的屁股。

小桂没想到，大桂一口回绝了她。大桂说，对人玩阴的我不干，我不干！人家又没得罪咱，咱凭啥害人家。她的目光有些忧虑，在玻璃灯光的映衬下，就像冰河上落了一层灰。她拍了拍小桂的肩，诚恳地说，小桂，你凭啥说人家是那种不明不白的关系？

小桂不急不躁，耐心地劝大桂。你没看网上说，一张照片能挣好几万甚至十几万呢。咱们仨，一人怎么也能分两万。大桂，两万呢！你风里雨里在马路边站一年能赚几个钱？

大桂坦然而又平静地说，我这钱挣得踏实，夜里能睡个囫囵觉。

小桂急了，问：大桂你干不干？

大桂坚决地摇头，斩钉截铁地回答：不干！

小桂手指着大桂点了点，转身走了，从背影看，她的头向后昂起，右手倒背扶着腰，步履蹒跚……大桂的心怦然一动，刚要喊她，她突然回过头来，气急败坏地问：大桂你到底干不干？

大桂也急了，冲着小桂吼道：不干不干就是不干。小桂你找死别拉着我！

小桂一下子愣了。在她记忆中，大桂从来没有对她发过这么大的火，从来没有对她瞪过眼睛，从来没有对她说过狠话。她一句话没再说，挺着大肚子晃悠晃悠地走了。

大桂看着小桂的背影，心头一酸，蹲在地上捂着脸哭了。金融街白天不像别的地方喧闹，晚上更是寂静。不远处二环路上流动的汽车车轮声传到金融街，仿佛被又高又宽的玻璃过滤了一遍，减少了噪声的功力，倒是增加了少许乐感。老伍曾感慨万端地对大桂小桂说过，在这儿上班的人素质就是高，说话小声，走路轻声，就是笑起来也无声。

大桂，你在干吗？一个女人轻柔的声音把大桂从地上喊起来。大桂听声音就知道是十九楼那个胖姐。她紧张地擦干眼泪站起身，感激地说，胖姐，您给俺孩子的衣服收到了，谢谢你啊！

胖姐拉着她的手，依旧轻柔地说，你客气了大桂。她四下看了眼，怎么没看见你妹妹小桂？大桂不想说小桂的事，假装没听见，转了个话题说，姐，过两天老家来人，我让给你带桶香油。自家小磨磨的，用你们城里人时髦话说是生态，拌凉菜可香了。

胖姐把大桂的手握得更紧了。大桂不是觉得疼，而是觉得有一股股热流在身上传递。胖姐好像有事。她低头看了看表，说，大桂，我明儿出国一趟，得十几天才回来。你有没有要……她原来想问大桂有没有要捎带的东西，突然意识到问错了对象。大桂一个看车收费的，收入能糊口就不错。那样问她不是让她难堪，说重了是对她不尊重吗？她马上改了口，我得走了大桂。见了小桂给我问个好。她生孩子别忘了告诉我。

胖姐走后，大桂感动地想：人家胖姐和小桂无亲无故，还惦记着她，自己是当姐姐的，不能眼看着妹妹往火坑里跳。可是小桂那个臭脾气，说了不听，劝了不理，怎么阻止她呢？

大桂瞪着眼看着天，绞尽脑汁想法子。这时，老伍骑着自行车过来了。他骑车时也是右手插在书包里，只用左手扶着车把。看见大桂，他把自行车向左边一倾斜，两腿叉开，左脚落地与自行车形成支架，右脚却放在脚踏上，笑呵呵地问：大桂，该走了。再等就收明早儿的钱了。

大桂忽然想起老伍这段时间和小桂来往密切，也许他的话能让小桂听进去。于是，她一五一十地把小桂告诉她的想法说给老伍听了。她以为小桂的主意老伍还不知道，让老伍好好劝劝小桂。老伍听后吃惊地睁大眼睛，是吗？可是马上又否定：不会吧？小桂不像那么有心眼子的人，平常我看她挺单纯的！是不是给你开玩笑？大桂使劲点点头，老伍哥，我啥时候给你说过瞎话。老伍掏出烟和打火机，因为右手还插在书包里，扶着车把的左手不得劲，打火机掉在地上。大桂赶忙拾起来，给老伍点燃了烟。老伍见她一脸愁容，心里非常得意，表面上却安慰她说，大桂你放心，这事包我身上！

大桂没听出老伍话中的深层含意。

老伍的话一语双关，他想的则是一箭双雕。他心里对大桂小桂是敌视的。哼，两个傻女人跟我争地盘，抢饭吃，还敢骂我，挖我，给我上眼药！等着看我怎么教训你们！有的人心里得意，表面上不显示出来，有的人则通过各种形式表达得淋漓尽致。老伍还没离开大桂就唱起了：北京的城……

大桂说，老伍哥，我听人家唱的是北京的桥啊……

八

夏末秋初下了一场雨，那雨是在黎明前悄悄落下的，到了中午还没有停，大街两旁被污染得灰头土脸的树木经过雨水清洗，露出绿色笑容，显得生机蓬勃。在这种环境下，人的心情也变得清朗了。大桂在雨中来来回回地忙着，只穿着雨衣没戴帽子，头发全被雨水打湿了。老伍几次喊她，她连头也没抬，只是哎哎地答应几声，眼睛却不时向进车的方向张望。

大桂在等着胖姐。她每天都给胖姐留一个车位，等着胖姐来停车。有的司机见有空位就问她，她就说这个车位是固定车位，人家交的是年金。不知为什么，她现在每次收胖姐的钱时，心里总有点愧疚，手也伸不直。胖姐早看出来了，所以每次都把准备好的钱老老实实塞到她的包里。一般情况下胖姐来得比较准时，最多就是差个十分八分钟。但是今天不知为什么，时间过了半小时胖姐还没来。大桂心里有点儿着急。不会是下雨车多堵在路上了吧？不会是路上和人剐碰出事故了吧？她想着，掏出手机认真地看了一眼。过去有过这样的经历：胖姐如果晚了一会，就会给她发短信：大桂，我可能会迟到一会，把车位给我留好，谢谢！今天胖姐咋就没发短信呢？

一辆轿车缓缓地开过来，司机看见有一个空位，一打方向盘就往车位中倒。大桂赶忙朝车位上一站，双手挥舞着，声嘶力竭地喊道：这儿有车，有车。

那个司机下了车，指着大桂就骂：你孙子喊什么喊，哪有车？

大桂说，这车位是人家交了年租的，一会就到。

那个司机嘴里不干不净地骂着上了车，又往车位里倒。大桂不顾一切地往地上一躺。那个司机虽然把车停下了，但却把路堵上了，看样子想和大桂较劲。

雨还在下着，滴在大桂脸上的雨珠有点儿凉，而且砸得脸皮有点儿疼。地上积的雨水很快浸透了她的衣裳，凉气直往皮肉里钻。胖姐就是这个时候来的，这一幕被她看在了眼里。她赶忙下车拉起大桂，不顾大桂身上有水有泥，把她紧紧抱在怀里，啜泣地说，好妹妹，以后千万别干这傻事了，多危险呢！

这个时候老伍晃晃悠悠地过来了。他对那个司机说，你从左边绕到大厦后边，那里还有个停车场。最多，多走两分钟。

那个司机说，我怎么不知道那边有个停车场？

老伍说，有，保准有。要是没你停车的地方你再过来，我就是替你掏违章停车费，也让你停这儿。

那个司机半信半疑，怏怏不乐地把车开走了。他的手从摇下的车窗伸出来指了指大桂，嘴里咕噜了一句。

胖姐也进大厦上班去了。老伍对大桂说，你这是何苦呢？谁停车不给钱啊，有必要冒着生命危险呀？

大桂没理他。她此刻心里在琢磨，这个老伍怎么对小桂那边的停车场清楚呢？难道小桂真的和老伍联手了？她是个心里搁不下事的人，直截了当地问老伍，老伍哥，我给你说的那事你和小桂说了吗？

老伍好像没听见，插在书包里的手不住地动着，嘴里又哼起那首歌。不过，他这次真的改过来了，唱的是"北京的桥……"

老伍哥！大桂大声喊道：我托你的事你办了吗？

老伍抹了把脸上的雨水，甩了一下，往大桂身边靠近了一些，妹子，哥又不会分身术，哪有时间去找她聊啊！过一两天吧，啊！

大桂瞪了老伍一眼，心里骂了声：骗子，虚伪！

昨天晚上，大桂收拾停当去找小桂时，小桂已经不在了。她以为小桂已经回家了，对小桂还有点抱怨：过去都是一起走，今儿这是咋了？她闷闷不乐低着头朝公交车站走。快到公交车站时，不经意抬头看了一眼马路对面。马路对面有一排小饭店，在一家羊杂汤馆的玻璃窗里她看见了一对熟悉的身影。一个是小桂，一个是老伍。她当时又气又烦，加快了脚步。上了公交车以后，她才给小桂发了条短信：小桂你该回家了！

小桂没回她的短信。她接下来想，也可能老伍是受她所托找小桂谈那件事的，没必要大惊小怪。她没想到，老伍竟然给她说没见到小桂。这个老伍，明睁大眼说瞎话，是在隐瞒什么事情呢？

停车场也有它的规律。上班的人车停好后，看车人有一小段时间的空闲。因为这个时间段里，该上班的已经坐到办公室里，来办事的在路上还没到。老伍在这个时候，包里基本上是空的，所以手也不插在包里。他看出刚才的回答让大桂不高兴，大桂板着脸不理他，他就点了支烟，坐在他的自行车后座上看报纸。他看的报纸一般都是前一天的，是他认识的那个大厦保安昨天看过，垫了一天屁股又让他拿来的。不知他看到了什么新闻，突然眼睛发光，眉毛抖擞，拍着大腿叫出了声：好，好，又抓了一个！

大桂无动于衷。她正想着趁这会儿空闲点儿，去找小桂聊聊，再劝劝她。不管怎么说自己是当姐姐的，不能眼看着亲妹妹做傻事，尤其是不能让老伍当枪使。她还没来得及动，小桂晃悠晃悠地过来了。老伍像吃了兴奋剂，从车后座上蹦下来，不知后座上什么东西剐着他的裤子，哧的一声，裤子撕了条口子，自行车也哐当倒在地上。他没顾得上扶起自行车，三步两步赶在小桂到大桂身边时也到了，把报纸递给小桂，兴高采烈地说，小桂小桂你看看这个，照片让人上网了，官被一撸到底，还被查出是个贪官……

小桂大吃一惊，脸色变得发黄，一把夺过报纸，边问：是咱说的那俩吗？

老伍忙说，不是不是。我就是想告诉你这事，这事……他看了一眼大桂，把话咽了回去。

小桂匆匆看完了那条新闻，脸上又泛起了红晕，像是自言自语，又像是在问老伍：看来这事能成？

老伍郑重地点点头。

大桂听出他俩在说什么事，不悦地说，小桂你别让人当枪使！

小桂把报纸递给大桂，你看看，这是反腐败！反腐败你也反对呀？你平时不是最恨那些腐败的人吗？

大桂没说话，也没接报纸。

老伍很会察言观色。正巧这时有辆车开到他那边的空位上，他借机转身走了。大桂看见他裤子的后屁股撕破了一条长长的口子，里边花裤衩子露了出来。她转身对正在深思的小桂说，小桂，姐再问你一遍，你真想那样干吗？是不是老伍给你出的点子？

小桂说，反腐败，你懂吗？

大桂说，那你无证收费，私设停车场不叫腐败吗？你不怕人检举你控告你？

小桂火了，你要告就告去吧！说完，连看也不看大桂一眼，挺着大肚子晃悠晃悠地走了。

大桂愣住了。

九

半个月后，小桂生下了个漂亮的女孩。出院后，她被老公送回老家坐月子。

小桂走后的第二天，大桂接到老板的通知，让她"另谋高就"。大桂当然想不到是小桂从中作梗，尽管她知道自己这份看车的活是小桂帮着找的。她哭得很伤心。

大桂决定跟胖姐告别。胖姐没听她说完，就帮她擦了擦眼泪，安慰她说，大桂，你是个好心人。我早就看你一天到晚太辛苦，拿到自己手里的钱并不多。我私下给你找了份工作，在十九楼干保洁。

保洁？大桂知道所谓的保洁就是打扫卫生。但是她不知道这保洁的工作累不累，挣的钱多不多。不过她没有问胖姐。能有一份工作，对她来说已经是幸运的事了。她马上答应了胖姐，还急不可耐地问了一句：我啥时候上班？

胖姐说，就这几天。

大桂高兴地又流泪了。

胖姐说，大桂呀，我琢磨着你得回趟家看看小桂和孩子，然后再回来上班。

大桂点了点头。第二天，她就回了老家。小桂一听说她被老板辞了，咬牙切齿地骂老板不是个东西。这世上还能找到比你大桂更忠诚的员工吗？老伍一天到晚瞒天过海挣了多少黑钱？他老板也没辞他！

大桂呜呜地哭。

小桂说，你就会哭！

一周后，大桂去十九层当了保洁，看车时穿的衣服换成一身蓝色保洁员工装，并戴着一顶白色帽子。她朝镜子前一站，看了看镜子里那个神气的女人，喜不自禁地咧着嘴笑了。

又过了几天，她发现代替她原来位置的不是新人，而是老伍。唏，这咋回事呢？她想不明白。

　　小桂在孩子满百天后就回到了北京。她不是在停车场看车收费，而是在大桂曾看见她和老伍吃饭的羊杂汤馆当了店面经理。一个月后，小桂开上了一辆价值七八万的小轿车。每天把车停在老伍那边。老伍每天都给她留着位子，对别的司机说，这位子是人家包年的。

　　大桂开始想得头都疼了，怎么也想不明白。后来，她就索性不想了。

红夹克

一

北沙滩在北京北四环与北五环之间，严格说来算是北京城北。但这里的居民不认同，城北就是城的北边，现在五环之内都算城区了，只能说是北城，而不能说是城北。这就是北京人与众不同之处，不论大事小事都得争个里表。

建八达岭高速时，在北沙滩修了一座桥，叫北沙滩桥。桥下有一条东西大道，因为要举办 2008 年北京奥运会加宽了，双向都是四车道。桥下南北方向的辅路也照旧行车。这样，实际上还是个十字路口，而且比起没有桥的十字路口还复杂、拥堵，东西方向行驶的车走完了，亮起了红灯，南北方向行驶的车再走，而南北方向行驶的车有掉头的，有西行东行的，轮到东西方向放行了，也是如此，所以，一个红绿灯的时间相对长一些。红绿灯亮起时，车子一停，马上就变成了马路市场，散发小广告的孩子不知从哪儿突然冒出来，挨个车递发着印刷精美的广告，碰到车窗紧闭的，胆大点的孩子还会咚咚地敲打车窗，让司机把窗户打开。你不打开也可以，他自有办法，把事先折叠好的小广告朝你车窗玻璃缝里一塞，爱看不看。这些散发的小广告大多是房地产的，你弄不清那些房地产老板钱多了没处花还是不懂理财，究竟有多大作用也就是有多少人相信这类小广告，然后前去问津就不得而知了。除了这些散发房地产小广告的，还有发名片的，大多是收购二手车、房屋中介的，也有治病、桑拿按摩的。可能顾主是以散发的数量给那些孩子支付报酬，因而那些孩子一辆车给几张甚至一摞。有的车主不喜欢，和那些孩子吵架骂架的事时有发生。负责管理这类事情的部门虽然不时出来整治，可是今天整治过了，过两天又雨后春笋般涌出来。据说有人投诉到某媒体。媒体记者来看了一趟，现场采访了几个孩子后，感慨万端地说，这是转型时期中国社会的一个特殊现象，你总得让他们也有口饭吃吧。

最让车主头疼的是那些拦车乞讨的。自从北京申办奥运会成功以后，奥运场馆建设进入了高潮时期，向奥运工地运送物资的车辆多起来，交通经常出现拥堵。那些乞丐也好像信息非常灵通，一下子集结过来好几批。车一停下来，他们不知从哪儿突然冒出来，毫不犹豫地向车主们伸出手。这些乞丐可谓形形色色，五花八门，既有男有女，有老有少，老的上至六七十岁，挂着拐杖，有的架着双拐，还有的是高位截瘫的，也有双目失明的老头老太太，小的七八岁，最小的只有四五岁，个子还没有车高。这些孩子有少胳膊少腿的，有聋哑的，也有拄着拐杖的盲人。很多车主每天见到这样的情景，非常感叹，在博客上撰文批评对乞丐的管理不到位，感叹社会分配不公，贫富不均。当然也有人质疑，这些孩子是不是被人胁迫的？因为他们这个年龄应当坐在教室里，发出琅琅读书声……

这些乞讨者也都有"单位"，有"领导"，并且"单位"还有严密的组织纪律。在北沙滩的乞讨群体中，两个"领导"较为有名，一个叫"大仙"，六十多岁。一个叫"大牙"，没有年龄。他从来不告诉任何人自己的实际年龄，所以别人只能从他的相貌也就是表象上猜测，有的说他二十八九岁，有的说他三十五六岁。有一个傍晚，他拦一辆宝马车乞讨时，宝马车的女司机、一个三十出头的女人给了他十元钱，然后向他打听去一个楼盘的路，竟然叫了他一声大叔，气得他就差没把那张十元的钞票撕碎。

"大仙"领导的是老年人队伍。这支队伍有六七个人，年龄最大的七十多岁，最小的也五十挂零，成员多来自"大仙"的老家。这六七个人是他的骨干力量，有的跟随他有一定年头，不仅在北京的北沙滩一带混，在北京查得严的时期，还辗转去过海南三亚、广东珠海。他的队伍最多时达二十多人。毕竟是老弱病残的多，有的身体不好坚持不下来，回老家了，不回老家"大仙"也得赶他走。我"大仙"总不能给你养老送终吧！有的当初是因为和儿女拌几句嘴，赌气离家的，儿女找来了，接回家了。在"大仙"看来，人少有人少的好处，起码不用"大仙"多操心。再说，这些坚持下来的骨干，在乞讨上有经验，一个顶"大牙"那边仨。每个月下来，都能给"大仙"进账万儿八千。他除了租房，就是喝酒、赌博、睡小姐，去掉三分之一，每月还能有个几千元钱的结余。几年下来，他的银行存款已经接近六位数。还想什么？

"大牙"的队伍比"大仙"壮大，有十多个，年龄最大的三十五，是个妇女，称"大牙"为表弟，"大牙"称她表姐，那些孩子也跟着他称表姐；年龄最小的是表姐的小闺女京京，今年刚满五岁。他这支队伍的成员来自五湖四海，所以"大牙"给自己的队伍起名就叫"五湖四海"。"大牙"的队伍的稳定性比"大仙"相对好些。毕竟都是些没成年的孩子，去的地方少，见的世面少，经的事也少，跟着"大牙"不用出力流汗，就是钻到车堆里伸伸手、张张口，再不然流几滴眼泪，肚子就能填饱了，还有零钱花，只不过偶尔不小心被车剐一下碰一下，破层皮，流点血，下次注意呗。

不过，"大牙"比"大仙"多一份不安，因为这些孩子不像"大仙"那里的老人一样能吃气，也就是忍气吞声。"大仙"不高兴或者喝醉酒时，骂他们几句他们也不还口，乞讨时遇上态度不好的司机，挨几句骂也是忍气吞声。"大牙"这边的孩子不行，脾气大，火气旺，有时在路上碰到态度不好的司机，张口就和人家对骂，甚至朝人家车上扔矿泉水瓶、石头块，引起纠纷。曾经有几次车主追到"大牙"的住处，如果不是"大牙"经过风雨见过世面经验丰富，说那孩子是住在附近的打工人家的子女，放假到北京来玩的，可能他本人也会挨一顿骂甚至拳头。都说北京是首都，首都市民的素质应当不差，岂不知"京骂"世界闻名。"大牙"在这方面体会最深切。还有个孩子因为和司机吵骂，影响交通，被交警追到住处。"大牙"急中生智把他藏在了垃圾箱里，才没被抓个"现行"并影响"大牙"的团队。

从那以后，"大牙"就给他们下了死命令，任何人被警察盯上都不允许朝住的地方跑。否则，警察不抓你，老子也弄死你。

"大牙"这边的收入与"大仙"不相上下，但开支比"大仙"要多得多。"大仙"那边的老家伙吃不讲究穿不讲究住也不讲究，六七个人住在一间地下室里，春夏秋冬也没人提改善伙食、洗澡一类的要求。"大牙"这边的孩子不行，挑吃挑穿挑住，就说吃吧，一顿饭没见肉，就有人撂挑子。到了夏天，早上出去得冲澡，中午回来得冲澡，晚上睡觉前还得冲澡。水费也得"大牙"付。到了哪个孩子的生日还必须聚一次餐，这个向"大牙"借钱说给小哥们送生日礼物，那个向"大牙"借钱说是请小哥们吃饭。"大牙"要是不借，他们就联合起来和他闹。这两天，就是因为给一个叫小红的女孩过生日，他没有借钱给他手下的骨干小马，小马和他闹起了别扭，两天没讨来一分钱，他还得管小马吃喝。

我靠，这不乱了章法，到底谁是老板？"大牙"决定向"大仙"请教锦囊妙计，就在晚饭前给"大仙"发了条信息，说是请"大仙"喝酒。"大仙"回了条信息，问是不是"鸿门宴"？他又回了条信息说不是"红"门宴是"白"门宴。"大仙"说的鸿门宴他不懂，他没"大仙"喝的墨水多。

北沙滩桥西北角是这一带夜生活比较丰富的地方，有各种风味的餐厅，大排档，也有美容美发店、洗浴中心，还有几家小歌厅。别看三环四环只有几里路之遥，但就像一个天上一个地下，"大牙"听"大仙"说，"大仙"听老北京人说，如果不是要开奥运会，这一片还经几年才能开发。同类消费场所相比，这个地方的消费水平比三环内差了一大截，就说歌厅吧，三环内随便一家歌厅的一个包间，一晚上得几百元，装修好一点的或者是星级酒店里的歌厅，一个房间上千元甚至几千元的都有，即使是地下室，一个包间一晚上也得二三百元。那些有钱人常去的私人会所类的地方，一个房间最低都要一两万。而这个地方的几家歌厅，一晚上一个包间也就一百元。同样的啤酒，进了星级歌厅的包房，一瓶几十元、上百元，而这里一捆也就几十元。就是这样，"大仙"和"大牙"也很少踏入那种场合。富人有富人的行乐方式，穷人有穷人的行乐方式。富人可以包养小姐，或者在私人会所、高档洗浴场所找小姐，"大仙"和"大牙"实在想女人了就在附近找"站街妹"，二十元钱放一炮，和那些富人的享受是一样的。用"大仙"的话说，什么丑了的俊了的，一关电灯，都是明星。"大牙"于是附和着说，一个样，一个样！

"大牙"请"大仙"的地方在大排档。两个人找了个角落坐下，每人要了一瓶啤酒，点了一盘花生米、一盘炒土豆丝，边喝边聊起来。

"大仙"问"大牙"找他有什么事。他说，咱俩是冤家对头，你平时恨不得给我肠子里灌尿，没事不会请我喝酒。要是爷们没猜错的话，你那边可能有人要反水？

"大牙"喝了口酒，因为嗓子里还有颗花生米没有吞下去，噎了一下，说话不太清楚。咱，咱爷们过去是，是有点不痛快。可是，自打要开奥运会，咱，咱爷们不就同甘共苦了吗？你，你老人家凭良心说，我管教手下那些兄弟还，还可以吧。

"大牙"说的是实话。过去，"大仙"和"大牙"因为争地盘、争收入的事没少打打闹闹。"大仙"那边老人多，遇了事最多是开骂，一般不会赤膊上阵。一个被"大仙"称为二叔的跛腿老头就公开说过，为了十元八元钱把命丢了，不值！"大牙"那边的孩子多，一个个初生牛犊不怕虎，骂上两句就动手，而且出手重。二叔就被"大牙"那边的小马用砖头砸破过头。报警吧，没那个胆；报复吧，没那个实力；忍气吞声，那就等于宣布退出北沙滩。再说，以后谁还跟着你"大仙"混？"大仙"最后决定采用缓兵之计，表面上先与"大牙"握手言欢，等找到机会再报复。他请"大牙"在大排档喝了一场。各自一瓶啤酒下肚，话题直奔"场子"上的事。"大牙"自知打伤了人理亏，让"大仙"痛快淋漓地骂了几句。不让他骂几句，他真赖上你，让你赔医药费、误工费，再加上什么乱七八糟的精神损失费等，你能赔得起？

"大仙"骂了几句，心里稍微痛快了一些，又割地给"大牙"。北沙滩一带有几座书报亭，有人等公交车时为了消磨时间买张小报看，看完或者没看完，车一到站就随手丢了。"大仙"遇上了就随手捡起带回到住的地方看。

有些小报专登名人轶事，标题大得吓人，什么"大智慧""大智大勇"云云。不过，"大仙"的确从一些文章中受到过启发。他向"大牙"割地就是从小报上学来的。他说，咱爷俩过去是以桥东桥西分场子，你可能觉得我占的桥东一块生意好，不公平。那大爷我今天提个新法子，以路划分，路南归你，路北归我，你看行不行？大爷这可是丧权辱国啊！

"大牙"端着酒杯想了一会。虽然同是一条南北路，但中间被北沙滩桥隔开后，桥东桥西的生意的确不一样。从东往西行的，到了桥下如遇红绿灯，左转掉头和向西直行的车辆都要停下，这时上前乞讨比较方便。过了桥以后，不管是左转掉头南行的还是向西直行的，桥西"大头"的人不能上前拦车乞讨，再说，即使路上堵塞时，人家也不会连续付你乞讨钱。从西往东行的，有直行向东的车，有右转向南的车，也有桥下掉头左转向北的车，你只能在红灯亮时找停下来的直行和掉头的车乞讨，不能拦右转行驶的车。关键不在这儿，在车主不一样。从东边过来的，大多是住在一座座机关和一片片社区里的人，桥下左转掉头往南多是去四环、三环或二环内上班、办事的。这些人相比桥西那些学校的、做小买卖的收入多，见了乞讨的，善心一动，能给个块儿八角。从西边过来的一些送货送料的大车，别说乞讨，人还没沾车的边车上就骂开了。所以，"大牙"那边的人为了完成"大牙"分配的指标任务，经常跑到桥东与"大仙"的人争场子和份钱。"大牙"听"大仙"说要重新划界，当然求之不得。他恭敬地和"大仙"碰了杯，说，大爷你真是我亲大爷，想得太周到了。打今儿起，我把你当亲大爷，我手下的兄弟也会把你当亲大爷。

其实，"大牙"根本就弄不清"大仙"的心事。

北京申奥成功后，因为奥运主场馆就在北沙滩东边，场馆建设、道路建设就热火朝天地开始了，一些房地产开发商也来这里布局，整个北沙滩地区车水马龙，一片热闹景象。交警、城管、环保、卫生、街道办事处、社区居委会等部门也加大了治理力度。拦车乞讨作为一个社会问题，既影响交通，又影响市容，被当作一项重点整治内容。那段日子里，"大仙"和"大牙"的日子的确不好过。今天，"大仙"那边一个老头被城管抓了"现行"，交有关部门遣送回了老家；明天，"大牙"这边一个孩子被交警捉了个正着，送进了收容所。风声最紧的时候，"大仙"那边一连六七天没敢出门，"大牙"这边也是按兵不动。坐吃山空对于他们来说无疑是要命的事。"大仙"急了，拄着拐杖到北沙滩桥一带转悠，想实地看看，寻找机会。他发现桥西那边悄无声息地发生了变化。最明显的是好车多了起来，原因也很清楚，到东边场馆工地来的老板多了，看房买房的多了。姜还是老的辣，这一点，"大牙"比不上他。他提出重新划界，让"大牙"觉得占了便宜，其实真正占便宜的还是他"大仙"。

不过，从那以后，"大牙"的人对"大仙"的确客气多了。

"大仙"想到这里，对"大牙"说，你爷们够义气，你大爷我也守信用吧。二叔有一次跑路北边去，回来让我骂了个狗血喷头不说，还停了他三天的工。他停三天工，损失几十元呢。

"大牙"笑了，接着又板起脸。大爷，刚才让你猜对了一半。我这有两个小冤家，不是单想反水、溜号，是想和我平分秋色。

"大仙"一愣，怎么可能有这事？怎么可能呢？不都是你招的小马崽吗？

"大牙"长长叹了口气。这俩都是90后的孩子，和前几批的孩子想法不一样。他们说提着脑袋干活的是他们，挣的钱却归了我，不公平。背地里还骂我资本家，黑心！

屁，啥叫公平？"大仙"火了，那些下煤窑挖煤的不是脑袋瓜子拴裤腰带上，一年四季见不着太阳，一百个人的工资不如老板打一炮给小姐的钱多？你再带他们到东边场馆工地问问，那些盖房子的一月挣多少，他们的老板挣多少？要不是你罩着，这些小崽子敢在北沙滩混？喝了一口酒后，嘿嘿笑了，啥叫资本家，那是有钱人，有大钱的人！你也是资本家，说出去让人笑掉牙！

"大牙"也自嘲地笑了，说，资本家还不如咱。他资本家能想睡到几点是几点吗？接着又问，你那边是不是也新来了个老妈子？没等"大仙"回答，又说，那老妈子和二叔有一腿。听说他俩也在密谋向你篡位夺权。

"大仙"哈哈大笑了几声，一口气喝干了剩下的半瓶子啤酒，喊服务员再上两瓶。他见"大牙"皱了皱眉头，说，这两瓶酒算我的，一会儿你就买两瓶酒的单。他把"大牙"面前剩下的半瓶啤酒拎过去，喝了一大口，说，我给你说爷们，二叔没那个艳福，别听他吹。你大爷我那新来的老妈子姓刘。这刘老妈子是奔你大爷我来的。她刚来就和你大爷我睡了。别看老妈子五十了，那活……一个字，爽。我只是让二叔带带她。

"大牙"毫不客气地骂"大仙"吹牛。大爷，你老人家今年六十挂零了吧，还那么猛？

"大仙"一瞪眼，咋的，不信？等你到了我这个年龄试试。他说完，见"大牙"好大会儿没说话，自知没趣，低声说了一句你大爷我有补酒。

"大牙"脑筋转得快，马上接上话茬，大爷，我有个老乡这两天过来。我让他给你弄一瓶鹿鞭酒。好使！

"大仙"高兴得眉飞色舞。他嘱咐"大牙"说，对那些不听话的小崽子，你得像你大爷我一样心狠。俗话怎么说来着？叫诚不做官慈不经商。咱这是经商，不是收容，你懂吗？

"大牙"点了点头。

二

让"大牙"头疼的两个孩子一个叫小马，男孩，十五岁，来自东北；一个叫小红，女孩，十三岁，来自西北。当然，他俩的名字和在"大牙"手下干活的孩子一样都不是真名，报的籍贯也不是真的，唯一能证明真实身份的是没有完全变过来的地方口音。农村小学的老师虽然也用普通话教学，但真正达到"国标"的不多。再说，孩子在学校刚学会两句普通话，一进家门被家长吼两句就丢脑袋后边去了。你敢在老子面前臭显摆，你以为你是谁？！

小马说他十四岁。"大牙"觉得小马没骗他。小红说自己十二岁，他不太相信，十二岁的乡下女孩有长一米六的高个子的吗？你爸爸妈妈是不是给庄稼施化肥放错地方了？所以，他打一开始就不喜欢小红。不过，一个月下来，他的观念就变化了。因为小红给他带来的效益远比其他人高。

　　小红没有残疾。"大牙"给她单独排了场戏，让她脖子上挂着个牌子，牌子上写着"为母亲治病休学求助好人"一行字。小红起初不愿意，她说，我妈没病，我还咒我妈呀！"大牙"说，你妈就有病，穷就是病。你没听老人们常说穷命穷命？小红不说话了。

　　这一招还真行，小红第一天就给他挣回来几百元，其中有一张一百的大票。他拿着那张百元的票子，在灯光下反复看了几遍。不知是觉得地下室里灯光不亮还是自己的眼睛有问题，又拿着那张大票到地上的路灯下边看。看了还是不相信，就到小卖部买了一盒两元钱的烟。小卖部虽然小，但店主有验钞机，往上一放就知真假。店老板说，你是买烟还是找零钱？他有些不好意思，又花两元钱给小红买了只雪糕，以示对小红的奖励。

　　小红自己也很高兴，说北京就是北京，北京人真好，一看我这牌子，很多人主动开了车窗把钱递给我。

　　"大牙"说小红你明天要是再挣两百元，我再多奖你一只雪糕。

　　小红说，叔你真好，高高兴兴地出去了。不一会又返回来，直截了当地问"大牙"，要是人家认出我怎么办？"大牙"皱着眉头白了她一眼。你想得还挺多。谁能认出你一个讨饭孩子？就算认出了，你就说救你母亲的命要一百万，这一百元离一百万差十万八千里。

　　小红第二天果然又给"大牙"拿回来三百多元，他也兑现承诺，给小红买了两只雪糕。小红又高高兴兴地出去转悠了。不过，这一次她回来得挺快，还抹着眼泪。"大牙"问她，谁惹你了？小红说，小马骂我，还把我的雪糕打在地上用脚碾。"大牙"摸着小红的头，亲切地说，闺女，他是嫉妒你，别理他。说完，他掏出两元钱，让小红自己再去买一只雪糕。他亲眼看见小红出门时，小心翼翼地把那两元钱塞到裤兜里。

　　"大牙"叫来了小马，劈头盖脸地把他臭骂一顿。当然，"大牙"不失时机地添油加醋，说，那个丫头会来事，要给我磕头认我当干爸。我没答应。我说你们几个孩子在我眼里一律平等。小马那孩子比你经验多，比你能干，你多向他学习。她还不服气，说凭什么呀？这小屁孩！小马气得握紧拳头，咬牙切齿地骂了一声！

"大牙"要的就是这个效果。他不能让孩子们抱团。他们一抱团，他的"领导"地位就动摇。这是"大仙"教给他的。"大仙"说你要巩固你的领导地位，就得会耍手腕，想法儿让你手下那几个孩子内斗。他们要是团结了，对你不利。不过，"大牙"也不允许他们之间闹得不可开交。他们要是闹得不可开交，只有"大仙"才能渔翁得利。所以，他用烟头在小马额头上烫了个红印，说，这是你欺负小红的报应。你小子给老子记住了，你来得早，又是大哥，得给他们带个好头。

往后，"大牙"仔细观察，小马和小红之间的确别别扭扭。表姐几回抱怨，这两个孩子不知前世结了多大的仇，一见面就掐。到了夜里还在被窝里斗。你撕我扯，他蹬你拽，破被子本来就不硬实，现在撕扯成棉花套子了。"大牙"笑笑，说表姐你省省心，只要不抢你被窝，你就装看不见。

"大牙"这边的十来个人，都住在一间地下室里。地上铺了一层厚厚的柴草，柴草上边铺了一张他从收破烂的老乡那儿十元钱买来的毯子，就权当是地铺。表姐和京京占了一个角落，其他七八个孩子也不分你的我的，想睡哪片就睡哪片。"大牙"当然不和他们挤在一间屋子里。几百米外有一处工地，工地有间值夜班人员住的工棚，工棚里有张上下铺的钢架床。他和那个值夜班的说好，每天给那人两元钱，让他睡在上铺。那个值夜班的有时候外出，他就顶替他值班。他把那边地下室的几个孩子交给表姐管理，谁要是外出得经表姐同意。表姐样子凶，人也凶，哪个孩子不听话，她张口就骂，抬手就打，以那些孩子的老娘自居。只有对小马，她有点儿发怵。

小马刚来时对"大牙"也是百依百顺。别的孩子到了睡觉时间爬上床就睡。小马却热情地给他打洗脚水。他泡脚的时候，小马有时还在他身后为他捶背。在他心目中，小马做这些并不是他比别的孩子有心计，而是懂事，有孝心。他拿小马与别的孩子比，骂别的孩子没文化。你们看看小马，人家也就比你们多读一两年书，这一两年多学的文化那可是几卡车。一个孩子问他啥叫卡车？他生气地踢了那孩子一脚。你每天上街眼睛都放屁股沟藏着呀？那些拉货的大车你看不见？！

那时，"大牙"对小马的确偏心眼，让他当"主管"。他不懂主管的真正职责。有一次，他在街上乞讨时突然下了大雨，一急之下跑进北沙滩一家星级酒店躲雨，听见服务员叫一个小头儿模样的为主管。所以，他认定主管就是个管事的，不过是称呼变了。这年头什么称呼不变？过去叫卖淫的叫小姐，还有个更文雅的名称叫性工作者、不良女青年；过去叫他们这些人为叫花子，以后叫要饭的，现在则叫乞丐；过去叫企业的头儿为厂长、经理，现在则称老板；就连一些大机关单位的职员对领导也称老板。他对小马说，主管就是协助我管事的。小马问，我管什么事？"大牙"想了一会儿，拍了拍小马的肩膀，说，你就管让他们几个多给我挣钱。小马又问，表姐和"大仙"那边的二叔眉来眼去我管不管？"大牙"照头上给了他一巴掌。

实际上，他就让小马看着那帮孩子。要是哪天挣钱多了一溜烟跑了，我到哪儿找他们？

有一段时间，小马和小红都很听他的话，争相在他面前表现自己，也就是在他眼前争宠。有一次，小马买了瓶矿泉水和两个男孩分着喝，被小红看见了，偷偷地告诉了他，他把小马狠狠地揍了一顿，罚他第二天多讨十元钱。小红有一天上午去公共厕所时间太长，小马向他告发说小红偷懒，他拧着小红的耳朵把她从地上拎起来，小红扑哧扑哧又是放屁又是拉稀，他才相信小红闹肚子，放了她一马。在那段时间里，他的收入直线上升，让他每天都乐呵呵的，我靠，就这一天几百几百地进账，一年的时间老子就可以在老家盖栋小楼娶个媳妇了。

他万万没有想到好景不长，小红才过了不到一个月的时间，就和小马穿了连裆裤，合起来对付他了。

半个月前一天，小马一早起来就嚷嚷着今天过节，兄弟姐妹得吃一顿好的。小红也跟着附和。他们开始是跟表姐说，表姐说，这事我当不了家，找老板说去。

小马看看小红，小红看看小马，两人都没再坚持。

表姐把这事说给了"大牙"。"大牙"问：他们谁过生日？

表姐说，不是谁过生日，是过中秋节。

"大牙"一拍脑袋瓜子，噢，到中秋节了。看看，我都给过糊涂了。他想了想，对表姐说，那就一人给他们发一块月饼吧。不过，他对"小马"提出这件事打心里不高兴。想买好。大爷我也知道过中秋节吃月饼，可一盒月饼高的几千块、几百块，最差的也几十元，你孙子掏钱啊？他让小马留下来，等大伙走后一阵拳打脚踢。小马一声也没叫，更没有掉一滴眼泪。等他打完骂过了，小马才往他面前一站，昂首挺胸，厉声问他，我犯了什么错你打我？

"大牙"一时回答不上来。他没想到小马会给他来这一套。总不能告诉他是因为他挑唆大家吃月饼吧？他假装点烟，犹豫了一会，说你小子昨天偷懒。小马说我怎么偷懒了，我偷懒还给你挣了三十元？

"大牙"嘴里含着烟，一张口不小心被呛了一下，咳嗽了好大一阵子才好些。他说，小马你孙子别，别给我横。过去有个孩子不听我的……小马没等他往下说就接上话茬，你把他的脚筋给挑断了对不对？这话我都听你说八百遍，耳朵起这么厚一层茧子了！他边说边用手比画。

"大牙"又踢了他一脚，越来越胆大了。

小马瞪了他一眼，接着拿眼睛四下看了看，好像要找什么家伙。"大牙"的心咯噔一下，好像被一根绳子吊到了嗓子眼。好歹小马只有左手残疾，右手加两条腿对付他这个一条腿的，他占不了便宜。他马上换了一副笑脸，又给了小马一支烟，你好好干，我不会亏待你。

小马没听他说完，拍拍屁股走了。

小马到了北沙滩桥下，小红和几个孩子正围在一起商量什么事儿。小红看见他，一溜小跑迎上前，小马哥，你真勇敢。我打心里佩服你！说着，帮他拍打拍打衣服上"大牙"留下的鞋印。那几个孩子也围了过来，你一言我一语都是夸奖小马的，让小马心里热火朝天。他对小红的成见也好像被一阵风吹得无影无踪。他挥着拳头说，记得有个胖歌手唱的歌不？叫，叫什么《纤夫的爱》，里边有句词叫一根筷子轻轻被折断，十双筷子牢牢抱成团。

一个男孩子嘿嘿笑了，说，那首歌叫《众人划桨开大船》。

小红瞪了小不点一眼，说，别起哄，管它叫啥名字，咱又不是歌手靠唱歌吃饭，小马哥你是让咱们团结对不？

小马点点头，说，"大牙"是资本家，比电影里万恶的旧社会里的资本家心还黑，过中秋节咱要吃块月饼还得挨他揍！小红也生气，愤愤不平地说，表姐说老板一个月找女人的钱够咱们一伙子人一个月的饭钱。这钱不都是咱挣的？凭啥咱要吃块月饼都跟犯了大罪似的？

几个孩子你一言我一语地骂了半天，最后形成了一个"重要决议"：老板今天吃啥咱吃啥！有个叫小不点的问小马，老板晚上找站街女你也找啊？

小马看了看小红。小红的脸红了。他踢了小不点一脚，去死吧！

几个人分开后，小马和小红一开始时在一起。小红问小马：小马哥你跟老板多久了？小马在心里计算了一下，说：半年多了。小红说：他人特黑，你怎么不自己找个地方？小马感叹一声，说：地盘不能随便找，弄不好我右手都得残。接着他告诉小红，乞讨也有学问，而且学问大了。你想当厨师得学做菜吧，这比学做菜还难；你想开车得学驾驶吧，这比驾驶难得更多。老板今天这块地盘，是抢出来打出来用命换来的。小红惊讶地睁大了眼睛，不会吧？要个饭还争还抢，又不是像盖楼的。我听说盖楼的人抢地抢工程又是比着花钱又是打打杀杀……

唏，你不懂。小马说，就是要饭的多才争地盘。这么给你说吧，你知道全北京有多少咱这样乞讨的吗？

小红摇摇头。

小马伸出手晃了晃。小红问：五百？小马摇摇头，又摆了摆手。

小红闭着眼睛想了一会儿，说：五万，对不？小马叹息一声，说：别猜了，我也是听老板说过。他是在一次被抓进拘留所里听说的。不过我没记住。反正，反正人不少。这么给你说吧，我来这半年多，光咱老板手下来来走走的就有二十多个人。小红问：他们都去哪里了？小马说：不清楚，谁也不说。这又不是大学，大学毕业到哪里工作，留下个地址好联系。咱这行以后见了面谁还会说认识谁？小红点点头，沮丧地说：也是。

小马又说，我在西客站见过一个跟老板干过的女孩。那个女孩穿着件红夹克，扎着小辫子，可好看了。过去老听大人们说，人靠衣裳马靠鞍，我见了她才明白真是那回事。她在这儿时也住草地铺，穿破衣服，整天脏兮兮的。我们都管她外号叫屎壳螂。

小红下意识地对着阳光底下自己的影子摆弄了一下头发。

小马说：你要穿上那样的红夹克一定特好看，比那小姑娘好看。

小红唏了一声，说：我见过。我在家时我的一个同学就有一件。那一件好几百块，她爸是村支书，有钱。学校歌咏比赛时，我独唱，老师让她把红夹克借我上台演出时穿，我都，我都舍不得还她。说着，她的眼圈红了。

小马从裤兜里掏出一卷皱巴巴、已经发黑的纸巾递给小红。小红接过看了一眼又还给了他，然后用手抹了下眼睛。小马说：你别泄气，挣了钱自己买，穿着也自在。

这时，北沙滩桥下出现了塞车，还传来争吵的声音。小红把那块牌子朝脖子上一挂就要上路。小马拉住了她，说：这时别去。

小红说：这多好机会啊。小马说：越是这时候你越要不到一分钱。你想想，撞车的人急，后边被堵的人急，心情都不好，别说给钱，骂你揍你都有可能。

小红朝桥下看了一眼，果然没有一个乞讨的出现。她对小马说：小马哥你太有才了。

小马说：狗屁。这不叫有才，叫经验。

小红突然又想起刚才没说完的话，问道：你刚才说在西客站见的那个女孩怎么不干这行了？她哪来钱买的红夹克？小马说：我也不明白。不过，不过我看她跟在一个怀里抱着卷毛狗的女人后边，还紧紧拽着那个女人的衣角像怕跟丢了……他的话没说完，小红就接上说：噢，我明白了。她是让人家收养了！往后的时间，她一直沉默不语，心事重重。小马也没多问，就和她分开干活去了。

不知哪个孩子把信息告诉了"大牙"。"大牙"那天晚上没有外出，和小马他们一起吃的月饼。夜里，他翻来覆去睡不着觉，老是想着怎样进一步调教小马小红，让他俩服服帖帖地给自己挣钱。没想到，事过多天的今天下午，突然有个机会来了。

上午"大牙"去了一趟大钟寺。那里有一个古玩市场，市场还有卖书画的。他转悠了大半天，最后咬咬牙，花五十元钱买了一张仿古画。回来后，他又找"大仙"帮着"掌掌眼"，等到地下室时，已经是中午过后。他见草铺上躺了个人，一时火冒三丈，上前狠狠踢了那人一脚，骂道，大白天不出去干活，挺尸呢！

那人一个鲤鱼打滚坐起来，他才看清是表姐。表姐一下子抱着他的腿，哼哧哼哧地哭了，说：兄弟，不，老板，有人欺负我。你得给我做主。

"大牙"说，表姐你放心。我一定帮你做主，把那个小杂种找出来好好教训教训。他哪只手占了你便宜，我剁他哪只手。

表姐点了点头。

三

每天晚上点完钱吃饭，是"大牙"定的规矩。所以，他虎着脸坐在椅子上，他的手下并没感到有什么不正常。

小马怎么还没回来？"大牙"问，阴森森的目光扫视了一圈。

小红说：你问我呢？我怎么知道！

其他几个人也都摇头。

"大牙"决定先给眼前几个人下马威。他点了一支烟，慢腾腾地抽了几口，突然站起来，把烟扔在地上，踏上一只脚狠狠地碾了几下，手向空中一挥，严厉地说：老子今天要开杀戒！

小红嘿嘿地笑了：老板，你演电影呢？

"大牙"瞪了她一眼，骂道：小王八蛋，偷到我头上来了。

他的这句话一落地，空气立刻凝固了。同各个行业有各个行业的规矩一样，乞丐行里也有一个不成文但很明确的规矩，就是不能偷。在他们看来，乞讨是一种生存方式，换句话说是一种活法，不丢人不现眼更不下贱。你伸手讨，人家愿意施舍，两相情愿。可是，偷是不允许的，那是贼的行为。"大牙"本人就是刚入道时趁一个司机不注意，偷了人家放在座位上的手机，被他时任的"领导"打断了一只手腕。所以，他用了"偷"这个字，把几个人唬住了。他们你看看我，我看看你，一个个紧张不安。

小马就是这个时候回来的。他一进来就感受到了紧张的气氛，愣了愣神，把上衣脱了塞给"大牙"，然后盘腿坐下了。

"大牙"习惯地把小马上衣的几个口袋翻了个底朝天，把钱收拾好，把衣服扔给小马，然后又点了一支烟，用烟头分别在小马等几个男孩额头上烫了一下，恶狠狠地说，你们都老老实实给我交代昨天夜里谁干坏事了？老子火眼金睛，早就知道是谁，不说出来是给你坦白从宽的机会。知道什么是坦白从宽吗？

小红说知道，坦白从宽，牢底坐穿！她的话招来一阵哄笑。"大牙"心里纳闷：自己平时对这些孩子管教很严，他们怎么连社会上流传的一些段子都知道呢？他用烟头指了指小红，你个熊妮子也别给我装。你先说昨天夜里你看到什么听到什么了？小红四下看了一眼，见小马用目光支持自己，就理直气壮回答道：我看见他们一个个睡得跟死猪一样，听到他们跟猪一样打呼噜。

"大牙"正要发火，小马抢先开了口。小马说，老板你有啥说啥，想说谁一语道破谁，别让我们都跟着挨饿。说着，从饭筐里拿出个馒头就朝嘴里塞。他刚咬一口，"大牙"一巴掌给打掉了。"大牙"说，老子还没动口，你倒抢先了，还有没有规矩？他让表姐把饭筐端到一边放起来，然后又让小马跪下。小马犹豫了片刻，扑通一声跪下了。不过，他跪着的姿势让小红他们很感动：昂首挺胸，目光直视前方，一副大义凛然的样子。小红也跪下了，哭着求"大牙"说，小马哥今天给你交了一百多块钱，是挣得最多的，你就饶了他吧。"大牙"一脚把小红蹬倒在地上，骂道：小贱货，要是他半夜里在你身上乱摸乱抠，你还会让我饶了他吗？

"大牙"这句话让屋子里的人都震惊得张大嘴巴。小红看了看另外两个女孩，又看了看表姐，最后严肃地盯着小马的脸。小马的嘴唇嚅动了几下，欲言又止，闭上了眼睛。小红跳起来，狠狠地抽着小马的脸，骂了句臭流氓，就捂着脸哼哧哼哧地哭开了。

"大牙"问小马：是不是你干的？

小马咬紧牙关没有回答。

"大牙"把烟头放在小马的左腮上，烟头上的火烫着肉发出滋滋的响声，同时散发出一股焦糊味。小红和另外几个男孩都觉得心惊肉跳，小不点的眼睛惊弓之鸟般转动，仿佛想滚出来找个地缝钻进去。小马却眼睛也不眨一下，依然昂首挺胸地跪着。"大牙"说，你个小子有种，好汉！我不信今天治不服你。说着，重新点了支烟，大口大口地吸了几下，弹了下烟灰，又放在小马的右脸颊上。这回，小马唏唏了几声，但是仍然没有喊叫。小红看不下去，想拉门出去，被"大牙"叫住了，你个熊妮子要是敢迈出这个门，我把你给废了！

"大牙"让表姐拿竹尺来。那个竹尺足足有两指厚、四指宽，上边还被他故意用锉刀锉出些刺儿，打在身上，那些刺儿很容易扎进肉里。这是他经常用来吓唬那些孩子的。真是要用，他还得掂量掂量，打伤的是别人，经济受损失的是他自己。这笔账他还算得明明白白。所以，他拿在手上，指着小马，问：说你做没做下流事？

小马没吭声。

"大牙"说：你不放屁我也闻得着臭味，就是你干的。你不说是吧？你不说我的家教会让你说。说着，他扬起了竹尺。这会儿他要动真的。他不是为表姐。真是小马摸了那娘们，他也不会因为她伤小马。他是看小马太倔，既不认账又不求饶。他要是不打到他低头，别的孩子他也没法子带了。突然，小红上前拦住了他。小红说：昨夜小马没做那事，你不能打他逼他！

"大牙"说：你看见了还是听见了啊？

小红说：我没看见也没听见。小马哥昨天夜里是抱着我睡的。我敢做证。

屋子里的人一个个又目瞪口呆。

"大牙"看看小马，又看看小红，拍着巴掌笑了，讥讽地说：这好像是那个电视电影里演员的台词吧？小红你个熊妮子学得倒真像。说着，一把把小红拉到怀里，你说说，他抱着你都干了些啥？小红说，抱着就抱着睡觉呗。

"大牙"问：他摸你哪里了？让我看看有没有手指印。他边说，边去解小红上衣的扣子。小红急了，在他胳膊上狠狠咬了一口，趁他疼得松手的时候，推开他跑了出去。小马喊着小红的名字，紧紧追了出去，到门口时回头瞪了"大牙"一眼。那一眼好像喷出烈焰，让"大牙"一阵心寒。

一直没说话的表姐小心地走到"大牙"跟前，声音颤抖着说，俺吃一次亏就吃吧，你别为俺和他们伤了和气。"大牙"猛地踢了表姐一脚，吼道：熊娘们，你要砸了我的饭碗，我跟你没完。表姐趴在地上哭了。京京喊着妈妈扑到表姐身上。

"大牙"拿着从大钟寺买来的那张画，一边向外走一边对另几个吓得脸色苍白的孩子说，快去把他俩给我找回来。找不回来你们都别想好！

其实，小红没跑远，小马也很快追上了她。

北沙滩桥东侧有一家四星级酒店。小红跑到酒店停车场，在两辆车空隙中席地而坐。小马到后，她连头也没抬，捡了块小石头，在地上敲打几下，再画几下，就这样来来回回地使唤那块小石头。

小马问：你恨我？小红没理。

小马又问：你认定我干了那事？小红仍然没理，敲打地面时更用力了，那声音让小马听着心颤。

小马再问：你看我是坏蛋吗？小红用石头尖在地面上画了个 × 字。小马急得跺着脚，说，你要憋死我是不？你心里咋想的就说出来呗！骂我也行。

小红这才问道：不是你干的，"大牙"那么折腾你，你干吗不说句话？

小马说，我要说不是我干的，"大牙"还不得把那几个哥们折腾得死去活来。"大牙"本来就嫌他们挣得少，天天骂他们，刺他们。

小红抬头看了他一眼，问：那是谁干的？

小马说：谁也没干。虽然被窝挨着被窝，毕竟不是一个被窝。有人动动，别人不醒？再说，表姐能不叫？

小红边听边想，觉得小马说得有道理，埋怨地说：那你怎么不挑明了？表姐她为啥那样做？

小马叹息一声，说，她那样做，就是想挤走两个人尤其是我，她好带着京京多讨两个钱，早点回老家去。停了一下，又说，表姐因生了个女孩，老公天天打她。她就跑了，一人带着个孩子在这儿做乞丐，容易吗？每回听着京京吵着要上学去，我的心都，都……

小红没等他说下去就从地上跳起来，拍了拍屁股上的土，紧紧抱住了他，动情地说，你比周润发演的小马哥还英雄，我喜欢你这样的男人。

小马抬头看了看天空。他第一次发现北京的夜空是那么绚丽，湛蓝的天幕上，大大小小的星星仿佛散落在蓝色草原上的羊群，本来是雪一样白的云朵在地下的灯光辉映下，变成五彩缤纷的彩霞。他深深地吸了一口气。小红轻轻地抚摸了一下他脸颊，问，还疼吗？小马摇摇头。

小红又抱紧了他，半是嗔怪半是撒娇地问，你怎么不亲我？

小马说，你还是个孩子。

小红说，谁是孩子？我今年就开始来月经了。

小马说，那你也是个孩子。又说，我也是。

小红失望地松开他，重又坐在地上。小马犹豫了片刻，也挨着她坐下了。小马觉得自己的血液里好像注进了酒，浑身上下发烧。他不敢看小红，又不想低头让小红觉得自己有心事，就闭上了眼睛。

小红的激情很快就减退了。她问：小马哥，你打算干多久？

小马说，我早不想干了。不干又能干啥去呢？

小红问：你想不想家，想不想回家？

小马沉默好大一会儿没有回答。小红猜出小马不回答有原因，就对他说了自己来北京乞讨的经过。

小红家在西部一个山村。由于人口多，耕地少，加上交通不便，信息闭塞，至今还戴着贫穷的帽子。她说，我、我妹妹、我弟弟，加上我爷爷我奶奶我爸爸我妈妈一共七口人，七零八落的五亩地在山上有、山下有，最远要跑二里多路，跑一圈要十几里路。我爸太累的时候生气地说，山上那地撂那儿吧，收点粮食还不够搭化肥搭力气的。我爷爷就骂他是个败家子。

小红的爸爸曾经外出广东打过工，可是她爷爷奶奶一心想要个孙子，催她爸爸回家。她爸爸经不住她爷爷骂奶奶吵，于是就回了老家。从她弟弟出生，她妈妈坐月子开始，她肩上的担子一下子加重了。每天天刚蒙蒙亮就要起床烧水做饭，到学校上课也随时就会被奶奶喊回家帮着做家务，一放学就赶着往家跑，晚一会儿回去，奶奶的拐杖就落在身上。六年级一开学，她爷爷奶奶爸爸妈妈就多次商量让她和妹妹谁上中学的事。她爷爷偏爱她，她奶奶偏爱她妹妹，两个老人争执不下，动辄就吵得天昏地暗。恰在这时发生了一件事，让她选择了离家出走。

北京申办奥运会成功后，全国上下一片欢呼雀跃，热情高涨，就连小红所在的偏远的山区小学也举办了庆祝活动。小红从小喜欢唱歌，被老师和同学推荐为班级在全校迎奥运歌咏比赛中的参赛选手。临上台前，老师看着她皱起眉头。她穿着一件旧 T 恤，那还是她爸爸在广东打工时给她妈妈买的，她妈妈穿了几年刚下放给她。虽然她的个头长得和她妈妈一般高，但没有她妈妈身体肥胖，那件衣服穿在她身上显得有些空旷，把她的苗条、线条全都给遮挡了。老师灵机一动，从她一位穿红夹克的女同学身上扒下红夹克，给她穿上。她穿着红夹克一个转身，全班同学都为她鼓掌。有的说这件红夹克穿她身上最合适，有的说她穿着红夹克就像个小明星……她对着镜子反复看了几遍，心里也美滋滋、乐滋滋的。人的心情直接牵连到精神、气质、情绪，甚至牵连到浑身上下每一个细胞。那次比赛，她因形象、发音、表情等优良，夺得了全校第一。小红说，我们老师拍了照片，放大后贴在学校的橱窗里，同学都说好看。我看了也不敢认……

可是，小红在演唱完下场的时候，由于过于激动，也可能是担心回家晚了挨打，一不小心碰到拴幕布的树上，树上不知谁出于什么原因揳了根钉子，把红夹克剐了道大口子。小红当时就吓哭了。红夹克的主人她的女同学嚷着让她赔，这件夹克好几百，你得赔我新的，还得一模一样的。老师也无奈，不让小红赔吧，对方不答应，再说也没道理；她替小红赔吧，她没几百块闲钱，再说她自己的孩子还没穿过皮夹克呢！小红说，我在教室里哭啊哭啊，放学了也没走，一直到天黑了，我爸来学校找我。

毫无疑问，小红回到家挨了骂也挨了打，因为那位女同学的家长带着孩子已经来过她家，向她爸爸妈妈正式提出了索赔要求。小红妈说，看你个熊妮子惹的祸有多大吧，把咱家的屋顶都捅了个大窟窿。人家家里说了，两年前买的时候四百三，现在涨到七八百了。这七八百你让你爹你娘卖什么赔人家？小红爷爷说，熊毛，讹人呢？不就件衣裳，这皮那皮的诳谁？不赔！再来找让他家剥我的皮做新的！小红奶奶就用头撞小红爷爷，你个死老头子要无赖要流氓呀？你就惯着护着你这个小祖宗吧，看哪天她给你惹出大祸。

一连几天，小红到了学校，那位同学嚷着让她赶快赔，弄得她很没面子；回到家里，妈妈和奶奶又骂她，让她吃不下饭睡不好觉。有一天，县城有辆汽车到她们学校送东西，她偷偷爬到车后厢里，离开了那个让她伤心的山村……

就为了一件红夹克？小马问。

小红使劲点点头。泪水已经在她脸上形成了串，大厦上的霓虹灯一照，像水晶一样闪光。小马有点儿情不自禁地抱了抱她。可能是想安慰一下小红，他接着讲了自己的经历。他说，我没啥原因，就是想过好日子。

小马家虽然是山区，但是有资源，村委会主任就开了一座金矿。可是，他家和大多数百姓家却很穷。他上初中住在离家十几里的学校，到了吃饭的时候分组，十个人围成一个圈，有蹲有坐。他用手比画着说，蹲的人像只猴子，坐的人像和尚念经，早饭一盆稀粥里也就见十几粒米，中午和晚上的菜汤子盆里，用勺子扎几个猛子也捞不出几片菜叶。想吃肉，比癞蛤蟆吃天鹅肉还难……

小红问：那金矿在你们村是不？

小马点点头：是。

小红又问：凭什么只村主任家占着？

小马说，你问我，我问谁去？又说，我每回看到他家门口停着的宝马、奔驰，心里就窝火。

小马有个表哥跟着老家在北京的装修队打工。他就到北京找他表哥，求他表哥收留他。他说，我表哥赶我回去，给我买好了车票，把我送到西站，看着我上车。我从东边门进去，西边门跳下车。

小红摸摸他的脸，说，你真勇敢。

小马说，我想找地方打工，人家都要身份证。直到有一天我遇到了"大牙"，就干了这一行。

小红问：这么简单？

小马说，就这么简单。

两个人默不作声地坐了一会，小红问：你怎么打算的？

小马说，反正饿死冻死就是让"大牙"打死，我也不回老家。

小红问：你爸爸妈妈不想你，不找你？

小马说，我还有个弟弟。

小红惊奇：这有啥关系？

小马说，唏，这也不懂？他晃了晃左膀，说，我爸爸妈妈希望我能自食其力。

小红问：你给家寄过钱没？

小马说，寄过，寄给我弟弟的学校。他们一个礼拜吃不上一顿猪肉。我寄钱给学校，学校改善伙食，我弟弟也能分到一块。我就想让他只得一块。

小红好像听明白了，点了点头，然后心思沉重地说，我得回家。还不知我爷爷想我想成啥样子了……说着说着哭出了声，我攒够了买红夹克的钱，再给我爷爷买根拐杖，我就回去。我爸爸妈妈打我骂我，我都忍着，等我爷爷死了，我再出来打工……

这时已经进入真正的夜晚，带着几分寒气的夜风在两辆车的空隙中盘旋，形成了一个风口。小马感觉到小红的身子发抖，犹豫了一下抱紧了她。对面停着的一辆吉普车恰巧上人，司机把灯光打得雪亮，正照着他俩。一个女人惊讶地说了句，瞧瞧，屁大的孩子躲这儿谈恋爱！小马一听火了，摸起块石头站起来，喊道：说嘛呢，说嘛呢？

也许刚才说话的女人心虚，或者胆小怕事，没有任何反应。

这时，有人叫他俩的名字。

四

小红万万不会想到，"大牙"为了把她变成挣钱的工具，并且彻底制服她，深思熟虑地想出了一个计划：把这熊妮子弄残了！一个身患残疾的女孩能混口饭吃就该满足了。再说，残疾女孩乞讨也容易唤起那些司机的同情心。可是，把一个活蹦乱跳、四肢健全的人弄残，不像捏面人那样容易。她会哭，会喊，会反抗，一旦败露可是大罪，说不定后半辈子就在监狱里打发掉了。所以，他绞尽脑汁，时刻在寻找时机。

"大牙"第一步是给小红"灌蜜"，就是让她吃点甜头。他从一张小报上看到过一篇文章，是介绍毒品贩子如何引诱少女吸毒贩毒的，细节描写得相当丰富。他决定学习毒品贩子的招数。这天早饭后，几个孩子要上路干活了，他把小红留下，啥也没说，塞给她一瓶矿泉水，示意她装在口袋里。小红掏出来，要还给他。他瞪了小红一眼。

小马在路口等小红。他问：老板给你说啥？

小红摇头，掏出矿泉水给了小马。小马摇了几下，又看了看瓶子上的商标，我靠，今儿怎么这样大方？小红你可小心了，他别是用矿泉水瓶子装的其他玩意儿。小红夺过来认真看了看，说，瓶盖不像动过。他要是在里边换了内容，能看出来啊！小马说，错！那些造假的不管是面粉、奶粉还是什么水，不吃死人喝死人怎么会查出来。小红害怕了，想把矿泉水扔掉，想想又说，不会吧？我和他无冤无仇，还给他挣钱，他干吗害我？小马说，反正你小心一点好。

到了半晌午的时候，小红有点儿渴了。她掏出矿泉水，拧开了盖，刚要朝嘴边送，想起小马的话，又停下了。她想，要是里边装的药水什么的，蚂蚁沾了就会死。于是，她走到路边低头找蚂蚁。一辆三轮车从她身后开过来，差点儿撞她身上，开车的骂了一句：找死呢？小马从马路对面赶过来，把小红拉开了。听她说要找蚂蚁当试验品，小马乐了，我靠，你没听人家说北京人特能造，米里边面里边菜里边连西瓜里边，不管加了啥药吃了都没事。北京的蚂蚁也跟人一样壮。说完，他要过矿泉水，朝自己右手心倒了几滴，然后又用左手食指和中指蘸了蘸。小红觉得奇怪，问：你干吗？小马抬起左手，对着太阳看了看，说，我帮我爸在地里掺农药时，好几次滴手上，手指甲有时变红有时变绿，皮肉烧得疼，要是这矿泉水里边加了药，一试就能试出来。小红用敬佩的目光看着小马，说，小马哥你太有才了！

过了一会儿，小马把刚才蘸过矿泉水的手指放嘴里漱了漱，对小红说，没事，喝吧。慢点，别呛着就行。

小红情不自禁地踮起脚，伸着脖子，在小马脸上亲了一口。

小马和小红亲昵的动作，全都让"大牙"收在眼底。其实，"大牙"并不是一天到晚在屋子里猫着，至少两小时上一趟路。他早就在路边邮政局的二楼选择了一个瞭望台。向西可以看到桥下，向东可以望见两个红绿灯路口，这是他的整个地盘，也就是说他手下那些人的举动他完全可以观察到。"大仙"在桥西也有这样的瞭望台。不过"大仙"称其为监督岗。"大牙"不喜欢这个词，什么监督，还岗，你把自己混为站岗的了？没有这样的瞭望台不行，谁讨了多少就无法掌控。当然，他手下那些人是不知道自己时刻在老板的眼皮底下做事。

"大牙"心里清楚，硬是把小马和小红拆开很困难。同是天涯沦落人，两个苦命的孩子一旦认同了对方，恐怕不是一般的力量可以改变的。那就想个法儿，让小马弄出点事使小红伤残，然后嫁祸给小马。小红残了，会恨小马，小马待就待不待就滚蛋！他为自己的聪明才智洋洋得意，扑哧笑出了声，惹得旁边一位趴在桌子上写信封的老头一脸不高兴，嘛呢？有病！

没想到小红夜里真的病了，发烧，呕吐，喊着肚子痛。京京很懂事地趴在她身边，拿毛巾给她擦汗，还不时地劝她，姐姐别哭，姐姐别哭。我妈说你死不了。一个男孩在一旁气愤地说，不病死也得憋死累死。到现在也不给发工资，不干了！小马已经围着小红转了几个圈圈，急得大汗淋漓。他说你别吵吵好不？看不见这乱哄哄的。然后问表姐小红得的什么病，要不要紧。表姐一开始就没把小红的病当回事儿，低着头在玩游艺机，冷淡地说，我又不是医生也不是她妈，我咋知道她得的什么病。你天天和她绑一块，还不清楚？！

小马火了，两个眼珠子变得像两只喷着烈焰的火球。他抬起脚把表姐手里的游艺机踢飞，哐当一声落在墙壁上，撞得七零八落，指着表姐骂道：你也是当妈妈的人。世上有你这种狠心的女人吗？表姐当然不吃小马的窝囊气，忽地从地上爬起来，尖叫着扑上前，一手向上薅着小马的头发，一手向下握住小马下身那个家伙。少给老娘横。信不信老娘把你的家伙薅掉，让你这辈子不知女人啥滋味！她轻轻一用力，小马疼得哎哟哎哟地叫，声音都变得又尖又细。

小红突然坐了起来，指着表姐说，你，你松手！说着，一只胳膊搂住京京的脖子，在京京耳边低声说了句什么。京京冲表姐挥动着两只小手，妈，妈快放了小马叔叔。表姐只好松开了小马。小马说，我没工夫理你，回头再和你算账。然后，让另一个男孩帮着把小红扶到他背上。小不点问：去哪里？小马说，医院！小不点说：咱没钱呀！小马说，医院要是不给治，我点把火把医院烧了！

小马背着小红走到路边，就已经累得气喘吁吁，满头大汗。小红说，小马哥，我不想死，我还得还同学红夹克，还想回家看我爷爷。小马说，不会，你不会死。哥不让你死。咱穷，但命硬。

跟小马一起出来的小不点和另一个男孩拦下了一辆白色轿车。开车的是个戴眼镜的中年男子。他摇下窗户玻璃往外看了一眼，还没等他说话，小马就把小红塞进车里，自己也钻了上去，大叔，快，快点送我妹妹去医院。那个戴眼镜的中年男子没问，一踩油门发动了车。

你们是外地的吧，在北京做什么？中年男子问。

小马没回答。他示意小不点和另一个男孩也不要搭话。小红很懂事，哎哟哎哟叫得一声比一声急，一声比一声高。中年男子没再问，而是加快了车速。

北沙滩附近就有几家医院。那个中年男子把车开到最近的一家医院。车刚停稳，小马背上小红就朝急诊室跑。那个中年男子拉住了小不点，小马也没敢耽误。他想，假如他让付车费，小不点自有办法对付。在北京混了两年，连这也对付不了还能干熊？

医生值班室里有十几个人在排队等候。排在最前边的是位白发老奶奶。小马顾不上礼貌，直接钻到老奶奶前边。老奶奶刚拉下脸，一看是个男孩背着个女孩，又换了副笑脸，说，孩子，别着急。

医生问小马：你挂号了吗？

小马摇摇头，老实地回答，我没带钱。

医生皱着眉头，说，你没挂号没带钱，我没法给你看。

小马一急，说话也结巴了，你，你……他眼睛四下张望，想找个顺手的工具。医生显然看出了他的用意，指着他说，你不要胡来。老奶奶一直在观察小马和小红，目光从充满疑问，渐渐变得有些怜悯。她说，医生你先给孩子看吧，就用我的号。我再去挂一个不就解决了。她说着站起来，身子晃悠了几下，赶忙用手扶着墙。小红双膝一弯跪在老奶奶面前，抱着老奶奶的腿哭出声，奶奶，您比我亲奶奶还好。我谢谢您了。老奶奶想拉小红，弯了几次腰也没弯下去，就摸着她的头说，人这一辈子，谁能没有个遇到难处的时候。奶奶大忙帮不上你，这小忙还不是人之常情。哪天要是奶奶病了倒在大街上，你见了能不给奶奶口水喝？

一席话说得屋子里的人都掉了泪。医生擦了擦眼睛，把小红抱到台子上。

经过检查，小红只是患了急性肠道炎，没有什么大病。小马长长地出了口气。

取药的时候，"大牙"在表姐的陪同下来了。老奶奶盯着"大牙"看了一会，问：你不是北沙滩那个美容美发店小姑娘的表哥吗？

"大牙"说，阿姨你认错人了。我在北京没亲没故。说着就扭过脸，用目光示意小马扶小红赶快走。

老奶奶绕到"大牙"面前，仔细看着他，惊讶地说，没错啊。我眼睛虽说花了，你这张脸还认得出来。又指着已经到门口的小马和小红，问"大牙"：这几个孩子是你什么人？他们在这儿做什么？

表姐拉着老奶奶的胳膊，说，那俩一个是我儿子一个是我闺女，喊他叫大舅，都在北京上学。她拉老奶奶的胳膊，是让"大牙"赶快脱身。"大牙"

趁机溜了。老奶奶似信非信，对表姐说，我是这片社区的居委会主任，有啥事需要帮忙找我，啊！表姐走后，她又对急诊室的几个病号说，看看，生了那么多孩子有什么好处，累！一个病号接上说，这些人在北京没人管，老家太远又管不着，日子长了是社会的麻烦！我看刚才那个男人根本不像当爹的，倒是像个什么头。

老奶奶若有所思地点点头。

"大牙"一到小马他们的住处就大发雷霆，小马你胆大包天，敢把小红往医院送。

小马说，不往医院送往哪儿送？

"大牙"说，往哪儿送，往哪儿送？反正不能往正规的大医院送。正规大医院要登记姓名、住址，是孩子的还得登记大人的名字、联系方式，万一被查出来你们是要饭的，一个电话喊来人就把你们送收容站，再遣送回原籍，你愿意啊？

小马吭哧了一会，理直气壮地说，就是砍我的头，我也得让小红先看好病。

小红不知是怕"大牙"，还是被小马的话感动，嗯啊嗯啊地哭出了声。表姐在一旁劝"大牙"说，兄弟你也别生气了。孩子们心里知道你为他们好，让他们以后注意点就是了。"大牙"借表姐给的台阶，骂骂咧咧地走了。到了门口，他又折回身，给小马两张十元的票子，严厉地说，你去给小红买点补品让她吃了好好补补身子！

表姐从小马手里抢过那两张票子，说，男孩子懂得买啥补品，还是我去吧。

"大牙"一出门，小马就跟了出去。"大牙"吃惊地问：你有事？小马问：啥时候发钱？"大牙"的眼睛一下子瞪大瞪圆了，紧紧盯着小马的脸，什么钱？小马稍微犹豫了一下，说，工钱！桥西那边的老板八月十五前就给发工钱了。"大牙"嘿嘿冷笑两声，是吗，发多少？小马说，我听说一人一百。"大牙"转身往外走，小马尾随在他身后。他们是在地下二层，上了电梯后，小马低着头没看"大牙"。"大牙"听见小马的喘气声很粗也很重，就像乡下烧锅做饭时拉的风箱，呼哧呼哧的。他又冷笑了一声。

出了地下室，"大牙"才冲小马大声吼道：你听错了！那边不是一人发一百，是一千、一万！

小马的肩膀抖动了一下，说，反正人家发工钱了。你也说过干够半年给工钱。

"大牙"围着小马绕了半圈，手哆嗦着指着小马的额头，怒气冲冲地说，你个小子记这挺上心。我问你，你半年给我挣了多少钱你记得不？

小马说，记得，小两万吧！

"大牙"说，就算小两万。你花了我多少你知道不？饭钱、房钱、水钱、电钱、物业费，就连你屙屎尿尿都得要卫生费……

小马说，那你算个账呗，反正账能算清。

"大牙"跺了跺脚，说，算清个鬼。你以为就这些钱啊？我还得交场子钱、份子钱、上供的钱，要不谁保护你，早把你赶滚蛋了，弄不好还关起来。七七八八算下来，老子不倒贴钱就不错了。节前我买那幅画送人，知道多少钱不？小一万呢！

小马是第一次听"大牙"说出要饭还得那么高的成本。不过，他有点儿不相信，心想：我的爷哎，这是北京，全中国的大官都在北京，还有人敢收要饭的这钱那钱，让要饭的上供？骗孙子去吧你！

"大牙"见小马不吱声，以为他被自己唬住了。这时他的手机信息提示音响了，一个女声说，你有短信息。他看了一眼短信，慌慌张张地要走，又指着小马说，你不老实我弄死你！

小马冲他的背影咬牙切齿地说，不知谁弄死谁呢！说完就一屁股坐在马路牙子的砖头上，双手抱着头痛苦地沉思起来。忽然有人踢他的屁股，他惊地站起身，发现是小不点。小不点的个子比小马矮半头，实际年龄却比小马大七八岁，地地道道一成年人。就是因为个子矮，一直装作个孩子。在"大牙"这帮子人中，只有小马知道他真实年龄，但从来没向外说过。他也佩服小马讲义气，对小马恭恭敬敬，口口声声称小马哥。他掏出一支烟，折成两半，一半夹在嘴角，一半递给小马。小马说，我不抽烟。小不点又把那一半也夹在嘴角，同时点着了，再递给小马，说，你不抽烟不喝酒，活得有啥滋味。抽吧，抽烟真能解闷。小马接过抽了一口，呛得咳嗽几声，扔在地上，正要用脚去踩，小不点伸手给挡住了，接着弯腰捡起来，吹了吹浮土，夹在耳朵根上。

小马问：你有事？

小不点四下看了一眼，把小马拉到马路边停着的两辆车空隙中，然后从衣袋里掏出两张一百元的钞票，在小马眼前晃了晃。小马好像被马蜂蜇了一下，咧了咧嘴，问：哪儿弄来的？小不点说，你猜。小马说，我没那熊工夫。你爱说不说。小不点这才告诉他，这两百元钱是送他们去医院的那个戴眼镜的中年男子给的。他说，你背小红下车后，那个眼镜拉住我，给了我这两百元钱。小马哼了一声，骗孙子吧？他没向你要钱就不错了，还给你钱。小不点说，骗你才是孙子。他问我你们是做什么的？我说饭店服务员。他笑了笑说，那女孩我好像在马路上见过。接着就掏出钱，让抓紧去给小红看病。我下车要走时，他还给了我一张名片，让有事给他打电话。

小马接过小不点手中的名片，走到路灯下看了一眼，上边写着名字叫二月，职业是作家，还有手机电话。小马惊讶地叫出了声，咦，骗人的吧，还有姓二的？小不点夺过名片，左看看右看看，也犯起嘀咕，就是，光听骂人说老二老二的，这家伙怎么会姓二呢？两人你看看我，我看看你，都摇了摇头。

小不点说，咱先不说老二了。你说这钱咋弄？

小马想也没想，回答道：人家给小红的，就给小红呗。

小不点说，我不是不想给她。我怕给了她，让表姐或者老板看见，怀疑小红偷偷留下的，会让小红下一次油锅。两百块呢，等于拿刀子剜老板的心头肉。

小马这回才认真想起来。想了好大会儿，头都有点发涨了，也没想出个办法。小不点抬头看了一眼公交站牌上的广告，一拍脑袋瓜子，兴奋地说，我有个好主意，买部手机。

小马说，去球吧，老板看见还不给收走。他不让咱用手机，不让咱打电话，怕咱和外界联系……

小不点说，咱为啥让他看见？这手机就你、我、小红咱三个人用，想家的时候给家里人说说话。说完，不等小马发表意见，又说，就这么着。小马一时没想到好办法，也就没再反对。

两人回到地下室，表姐早已回来了。她打开塑料袋让小马看，说，现在吃的喝的一天一涨价，一根火腿肠，都涨到两块五一根了。你看看，二十元钱就买这点东西。

小马没看。不是他没心思看，也不是他相信表姐，他只想着小红睡得踏实不踏实，还发不发烧。他在小红的额头上摸了一把，感觉烧退了些，才舒了一口气。他刚要躺下，听见小红在翻身，嘴里冒出一句：我还你的红夹克。他觉得鼻子发酸，眼睛潮湿了。

五

"大牙"收到的信息是美容美发店一个叫小花的小姐发来的。自从奥运场馆建设工程序幕拉开，不仅一下子冒出"大牙""大仙"这样的乞讨队伍，还冒出了一个个小美容美发店。大多数美容美发店是冲着农民工开的，价格便宜，服务正规。也有的美容美发店，同样是针对农民工，但既没理发工具也没有理发师傅，就几个小姐打扮得花枝招展，专门在华灯初上的时候开门迎客。那几个小姐通常站在马路边上，见有男人走过，低声说一句话。要是那个男人板起脸，生气地训斥，小姐就会皮笑肉不笑地说，俺是给你开玩笑，让你快点跑，你媳妇在家等你呢！如果那个男人接上话茬，小姐就贴到他身上，悄悄地说，二十！然后半推半扯地把那个男人拉进店里。

当地的派出所、联防队曾多次采用突然袭击的办法进行检查，严厉打击这种卖淫嫖娼行为。但是，这类路边店犹如野火烧不尽，春风吹又生，没几天又悄然出现。作家二月曾写过一篇短文评价这种现象，文中说，数以万计抛妻别子的农民工的性生活不能忽视……受到不少人的攻击甚至于辱骂，有的指责他给农民工脸上抹黑，有的骂他为社会丑恶现象辩护。二月感叹地说，社会上出现的"护短"现象令人可怕。秃子头上虱子明明摆在那里，有人非得说是金子般的阳光。

实际上，这的确是一种供需问题。有的官员包养情妇，有的富人包养二奶，不就是他们有豪华的房子豪华的床？难道只有他们这些男人才有性欲？就拿"大牙"来说，三十多岁的人了，又没有老婆，除非他是性无能，否则怎么会没有这方面的需求？"大牙"在路边店被查封的日子里，就曾在"大仙"面前发过牢骚，说，就有本事治俺这些人，有能耐去那些贪官、富豪被窝里抓几个女人？

"大牙"赶到他经常光顾的路边店时，小花已在路边等他。他刚要上前抱小花，小花闪开了，开门见山地问：你惹什么麻烦了吗？

"大牙"愣了愣神，不解地问：你，你啥意思啊？

小花说，刚才有个说自己是社区居委会的老太太来这儿打听你，问你是干啥子的。"大牙"马上想到在医院见到的那个白头发的老奶奶，心里一阵颤抖，紧张地牙齿打架，你，你告诉她了？

小花说，什么，我才不那么傻呢。我说他是我表哥！

"大牙"嘿嘿笑着说，这就对了。他的眼睛眨巴了几下，又说，我倒无所谓，你要是露了馅，麻烦就大了，少说也得进劳教所。

小花装出十分害怕的样子，说，那你快点走吧。大花姐让我转告你，俺挣点钱不容易，往后你也别来俺这店了。说着，转身进屋，砰地关上了门，还把灯灭了。

"大牙"愣怔地站了一会，突然拔腿就跑，一口气跑到桥西，咣咣地去敲"大仙"的门。"大仙"在屋里骂了一句，哪个混蛋，半夜三更报丧呢？"大牙"说，是我，大牙。给你说点儿事。"大仙"问：急吗？你又没有媳妇急着生孩子，明天再说吧。我躺下了。"大牙"急了，手脚并用，一边咣咣地敲，一边当当地踢，嘴里还念叨着，比你妈生孩子还急，急死人了。

门开了，一个女人一边扣着衣扣一边低头往外走。"大牙"看了一眼，认出是"大仙"这边新来的个老妈子。他进屋后关上门。"大仙"光着身子披着张破了十几洞的破毛毯，嘴里含着刚点着火的烟，不高兴地说，啥急事？

"大牙"说，又要整治咱了。接着，把在医院里碰上社区干部，社区干部到路边店打听他的情况，给"大仙"讲了一遍。"大仙"眯着眼，边听边琢磨，等"大牙"说完停下来后，问：完了？"大牙"说，完了。"大仙"又问：就这屁大的事？"大牙"快要哭了，说，这还是小事啊？关系咱的活路。

"大仙"没有马上说话。他摁灭了烟头，从床头的一只旧桌子抽屉里拿出几颗带壳的花生，剥去皮，又拿出二两装的二锅头，喝一口酒扔嘴里一颗花生，上下牙齿咀嚼得吧嗒吧嗒响。"大牙"又气又急，但是又不敢发火，只有站在一旁等着。"大仙"喝了几口酒，吃完了那几颗花生，才抹了抹嘴，说，我给你说不会天塌地陷。你要是愿意撤，我也不拦你。

"大牙"小心地问：真没事？

"大仙"说，我没那样说。

"大牙"问：那你是啥意思嘛？

"大仙"穿上衣服，一边往外走一边说，到外边说话。外边天高地大，你就不会那么小心眼了。

二人到了马路边。马路上正是车多的时候，而且大多是拉料的大车，不知是最前边哪辆车抛了锚还是在工地卸货耽搁，造成后边的车辆排成了长龙。一时间，汽车喇叭声此伏彼起，颇为壮观。"大牙"有点不解："大仙"带我来这儿闻汽车尾气味啊？他没有催着问"大仙"。他与"大仙"从大打出手到握手言和，从"大仙"那儿渐渐地学到了不少东西，尤其是"大仙"处变不惊的风格让他佩服得五体投地。果然，"大仙"说话了。他说不管一个人职务多高，权力多大，最终都要退出历史舞台。何况咱们这些叫花子？

"大牙"没明白"大仙"话中的含义。他也不可能明白。毕竟"大仙"年长他一半，经历过大大小小多次政治运动。过去那些政治运动并没有绕开农村和农民，所以"大仙"这样的农民也经历了风雨，见过了世面，在运动中成长和成熟起来。"大仙"最拿手的是背毛主席语录，不光当年全国印发的红本本毛主席语录从头到尾可以滚瓜烂熟地背下来，甚至哪句话在第几页都讲得一字不差。"大牙"耐心地等候"大仙"往下说，而他偏偏说了两句就停下了，低着头在马路边捡起烟头。"大牙"无奈，只好跟着帮他捡烟头。"大仙"把捡来的烟头逐一剥去皮，扔掉烟屁股，用报纸的纸条卷成喇叭状，点着后深深地吸了一口，才说，短时间看，没人管咱。

短时间是多长时间？"大牙"迫不及待地问。

"大仙"说，奥运会前吧。又说，毛主席他老人家教导我们，知己知彼，百战不台（他把殆读成台）。你想想，这全中国都在支持北京开奥运会，北京有多少干部有时间连咱叫花子也管？我现在替你担心的是内部，内部千千万、万万千不能出事。毛主席哼哼（他又把谆谆读成哼哼）教导我们，堡垒最容易从内部攻破。你管教好你那几个调皮的小家伙，别让他们惹是生非，我保你不会出事。

"大牙"说，明白。

其实，"大牙"最近些日子的确有一种危机感。这种危机感恰如"大仙"所说来自内部。与"大仙"分手后，他一边往住处溜达一边思考着怎样落实自己让小红致残的计划。

让他们晚上也出来干活。晚上有夜色掩护好做手脚。他想。

第二天晚饭后，"大牙"郑重其事地让小马几个人站在他面前。这是他的规矩，还是从"大仙"那儿学来的，叫军事化管理。虽然咱是叫花子，毕竟有领导、有分工，那就不能像散兵游勇一样想干啥干啥。他说，我这几天晚上没睡觉，观察了一下，场馆工地建设加班加点，车来车往也多，桥西边那伙子可抓住了机会，分班干活，一个晚上的收入比白天还多。

小马咕噜着说，那还不是老板越来越有钱，干活的人有个越来越有钱的老板。

"大牙"瞪了小马一眼。按他的脾气本来会接着发火，骂小马一通或打他一顿。可是今天他没有，反而笑嘻嘻地说，小马你的意见我已经认真考虑过了。我打算让表姐帮着扒拉一下账，月底给你们发钱。

　　小马的眼睛一亮，看了小红一眼。小红虽然病还没好透，"大牙"今个白天就已经让她干活了。小红对小马说，快该穿夹克了，我得赶快买了给我同学寄回去，省得她家人又到我家去骂。他给小红算过账，即使老板每人发他们两百元钱，他和小红两个人的工钱加起来就是四百元，再向小不点借一百，够买一件小红同学一模一样的红夹克了。中午的时候，他拉小红偷着跑到附近一家商场看了看，和小红同学同样牌子同样红色的夹克卖四百九十八元钱一件。也有便宜的，最低的只有几十元，小红不干。她说弄坏啥样赔啥样。

　　小不点更激动，竟然流下眼泪，哽咽地说，老板，你待我们太好了。我们以后死心塌地跟你干。你走哪里我们跟哪里。你千万别把我们给蹬了！

　　"大牙"说，怎么会呢？我现在把你们都当亲兄弟姐妹了，哪能干出那种绝情的事。这样吧，晚上挣十提一，就是十元钱给你们一元，当场兑现！说完，目光从他们脸上一一扫过，问：今晚谁干活？

　　我！小马第一个举手。

　　我！小红、小不点抢着回答。京京站在最前边，但是话说得慢了，急得哭着往表姐怀里钻，妈，我要干活。

　　"大牙"高兴得眉飞色舞，鼓着掌说，好好，让桥西那帮老家伙看看，还是咱的战斗力强。

　　小马他们出去后，表姐准备换衣服也出去。没想到"大牙"又回来了。

　　表姐问：老板你是不是有话对俺说？"大牙"说，你帮我盯紧小马那孙子。天黑了，我一双眼睛忙不过来。

　　"大牙"对小马的担心并不多余。小马确实在打着私下藏点钱的主意，或者叫截流给"大牙"上交的钱。自从小红告诉他，她是为一件红夹克离家出走，打算挣够钱买一件红夹克赔给同学的心事后，他就在想着怎样帮小红攒钱。"大牙"的心太黑，他领教过了。还天天骂这不公平那不合理，说人家富人心黑，岂不知你自己也黑心。跟你半年多了的这几个小兄弟，你给谁发过一分钱？再这样老老实实跟你往下干，恐怕永远挣不够回家的车票钱。他准备把讨来的钱一分为二，给"大牙"一半，留下一半。他知道"大牙"

每天三番五次地检查，有时候还会对他们突然搜身，所以他要先找到一个藏钱的地方，必须是"大牙"找不到甚至想象不到的地方。

出门走了不远，小不点摔倒了，是被马路牙子上一块砖头绊倒的。小红把他拉起来，讥讽他说，你不读书不看报，眼睛咋会近视呢？小不点踢了那块砖头一脚，骂道：又豆腐渣子工程。小马看了看砖头留下的坑，心里高兴地笑了。这不就是藏钱的好地方？你"大牙"本事再大，也不会想到我把钱藏砖头底下！

主意定下来后，小马干活时积极性也高涨了。他现在不光是给老板挣钱，也在给自己挣钱。尽管夜间给工地运料的车司机比较抠门，脾气也大，十辆八辆车能遇上一个给一元两元的，他到收工的时候手里还是讨到了四十多元钱。这四十多元钱全是一元两元一张的，摞起来厚厚一沓。他挑了十张两元的，在地上捡了张撕成两半的报纸包上，装出一副漫不经心的样子，吹着口哨，慢腾腾地朝那个砖头洞方向走，眼睛却四下瞟，既怕看见熟人，也怕熟人看见他。到了那个地方，他先装作很累的样子，用手扶着地慢慢地坐下，然后拿起那块砖头，敲打几下砖头洞。一方面让人看见了会以为这个男孩在玩耍，一方面他想把砖头洞底夯实夯平。他做完这些，又站起来走了几圈，直到确定没有人注意自己，才重又坐下，快速地把包着二十元钱的纸包放在砖头洞里，把砖头压上，然后又在周边地上刮了些土把砖头四边的空隙填满。

就在他拍着手上的土，准备站起来时，小不点和小红突然出现在他面前。小不点和小红一组是"大牙"安排的。小红的病还没好透，扮生病的病人不用假装，只是病情说重点，绝症。小不点装作小红的哥哥，哥哥为给妹妹治病乞讨总会引起人们的同情。小红一屁股坐在小马旁边，喊着，渴死我了。小不点则上上下下、左左右右看了一会，用充满疑问的口气问小马：你咋坐这儿？

小马说，累了。

小不点问：你弄了多少？

小马说，不多，二十多元。又轻轻打了小不点一拳头，干吗，老板让你当监工啊？

小红很兴奋，说，我和小不点两人弄了快一百呢。说着说着噘起了嘴巴，就是他见人就说我绝症，咒我！小不点忙说，是老板让我说的。反正我不能说老板绝症。他真绝症了，谁养咱们。小马生气地骂了一句放屁！他养咱还是咱养他？小红抢着回答，是咱养他。小不点挠了挠头皮，挤巴几下眼皮，说，也对。

小不点催小马和小红回去。小马站起身后，又把小红拉起来。不过他没有动，咽了口唾沫，犹犹豫豫地问小不点，咱回去实打实交吗？小不点一个愣神，反问：咋的，你过去藏着掖着呢？你不怕老板知道打折你的大腿？

北京秋天的深夜已经很冷，他们三人都还穿着单衣，身子在冷风中微微发抖。小红不知是冻的还是听了小不点的话害怕，说话时牙齿都在打架，发出发电报敲击电键似的嗒嗒嗒嗒的声音。她说，小不点你，你别瞎说，小，小马哥不是那，那种人。小马说，我过去不是那种人，现在想做那种人。小不点你年纪比我大，就不动脑子想一想。咱这样给"大牙"挣钱，他越攒钱越多，咱呢？你就不想想后路。小不点见小马很真诚也很认真，才带着哭腔说，我能不想吗？可我敢想吗？老板个孙子心狠手辣，让他逮着了能有个好？说着说着真的哭出了声，我都二十了，长得残疾说不上媳妇。我爸我妈赶我出门时说，你挣了钱才有女人跟你。我，我做梦都想着挣钱……

小马和小红沉默了一会。两人心里也一阵阵发酸。最后，还是小马先开了口。他说，咱仨今天说好了。从今个起，咱挣的钱一分为二，给老板一半自己留一半。你们要是信得过我，我帮你们收着藏着。老板要是发现了，也我一个人担着。我小马绝不做孬种连累你们。不过……小不点抢着说，小马你别说不过。我和小红向老天爷保证不会出卖你，出卖你对俺俩有啥好！

三个人的手紧紧握在了一起。

六

月底到了，"大牙"没有兑现发工钱的承诺，让他感到惊异、不解的是小马、小红、小不点等没有一个提起这件事，只有表姐念叨过几句，他一瞪眼又马上打住了。难道这些孩子得了健忘症，抑或害怕他的权威？他捉摸不透。

捉摸不透就开始加倍防范，"大牙"这回用了"大仙"的办法。"大仙"曾经告诉过他，你手下这些人越是乖巧的时候你越得盯紧点，给他们来个警钟长鸣。他虽然不懂什么叫警钟长鸣，但是他信"大仙"的话。表面上，他同"大仙"谁也不服谁，说话你压我，我压你，就连喝酒也较劲，你少喝一口，我得少喝一杯。但从内心里他服气"大仙"。他问过"大仙"用的什么办法盯得那么紧？"大仙"笑笑，说，这和吃饭一个样，这道菜是什么味你得用舌尖去感觉。

就算不告诉我，我也能摸索出来！"大牙"决定进一步加大对小红的进攻火力。这天，小红收工交钱的时候，他给小红留下十元钱，让她买件衣服。他说，从这儿往东一直走，半里地的光景，路北就有摆摊卖衣服的，全都是从城里人那里收来的大人和小孩换下的衣服，有的只穿过几次。说着，他拉着小红的手，让小红摸摸他身上的毛衣，看看，纯羊毛的，要是在商场买，打完折也得三四百元。

小红把手抽回来，惊慌地说，我听说那里还卖死人穿过的衣服呢！

"大牙"说，又听小马那孩子胡说八道吧？他身上那条牛仔裤还不是在那儿买的。再说了，死人的东西又怎么了，每年那么多人冒死盗古墓里的东西，不就是因为古墓里陪葬的东西值大价钱。你小孩子家可能没听说过金缕玉衣，那是皇帝他老娘死的时候穿的，就一片都值半个北京城的钱。

小红说，不会吧？半个北京城老大了！

"大牙"说，人说价值连城，连着的城不比半个城大？他可能觉得自己讲不清楚，就说，不说这个了。我再给你加五元，你爱哪儿买哪儿买去。

　　小红接过钱，低着头数了一遍又一遍，十五张一元的票子好像在她手里点不清楚。"大牙"心里暗想，这孩子到底是偏远的山沟里出来的，纯！他问小红，叔对你怎么样？小红说，好。他又问：咋个好法？小红冲他笑笑，说，叔疼我。"大牙"心里笑了。他不失时机地编了个谎，假惺惺地揉着眼睛，难过地说，不瞒你说，叔在老家有个和你一般大的闺女，长得也和你一样讨人喜欢。她三岁的时候生了场病，大夫给拿错了药，吃了几天耳朵聋了，嘴巴也不能说话了。我气得把那个大夫砍了一刀。要不是给闺女治病，我才不会千里迢迢跑北京来要饭……

　　小红早就听小马说过，"大牙"曾经编过故事骗他和小不点，说的是他老娘早上起床去猪圈喂猪，被一头发了疯的猪给咬伤了。所以，她压根就没把"大牙"的话往心里放。"大牙"见她无动于衷，心里又犯起了嘀咕：这妮子咋就没点同情心呢？又想，女孩子没有同情心，做事能下狠心，可以利用。

　　晚上睡觉的时候，小红把"大牙"给她十五元钱的事给小马和小不点说了。小不点一听就来了气，咬牙切齿地骂"大牙"偏心眼。他说，小红你得注意点，这孙子啥事都干得出来，别打你的坏主意。小马给了他一巴掌，说，你别放屁！他是想收买小红给他当鹰，鹰什么来着……小不点说，那叫鹰犬。小马说，反正就让她看着咱俩。小红乐了，小马哥那太好了。我表面上听他的，背地里听你的，让他摸不着咱仨啥想法。

　　小不点也咯咯笑了。笑声惊动了京京。京京对表姐说，妈，妈，我听见爸爸笑了。表姐打了她一个响亮的耳光，骂道：你别在我面前提那个死人！

　　京京不敢哭了。屋子里一下陷入死一般的沉静。

　　夜深人静的时候是想家的时候，何况小红还是个孩子。她翻了个身，脑海里出现了家乡那个大雪覆盖的村庄，一缕缕蓝色的炊烟袅袅升起，一群群瘦弱的牛羊悠悠游荡，一排排高矮的屋檐下晒太阳的老人……突然，一个老人扶着墙壁艰难地站起来，迎着一个穿红夹克的女孩张开双臂，喊着，孙女，我的大孙女回来了。

　　小红叫了一声爷爷，吭哧吭哧地哭了。

　　其实小马也没睡着。他听见小红在哭，隔着另一个女孩拍了拍小红，示意小红出去。然后，他又推了一下小不点，在他耳边说，起来。

　　三个孩子到了门外，小红还在抹眼泪。小不点抱怨地说，半夜三更你哭个啥？小红说，我想我爷爷我奶奶我爸我妈。小不点说，你早干啥了？他还要往下说，小马踢了他一脚制止了他。小马向小不点伸出手，小不点问：啥？小马没回答，只是晃了晃手，把手放在耳朵边。小不点明白了，鬼鬼祟祟地朝走廊尽头看了一眼，转身对着墙解开了裤腰带。小马问，你弄啥呢？小不点掏出手机，递给小马，说，我怕老板和表姐看见，拴在裤裆里边了。小马笑出了声。小红也破涕为笑。

　　那部手机非常小巧，放在手心里一握拳就看不见了。小马打开手机，发现没有信号。他问小不点，是不是地下室没有信号？小不点低着头没回答。小马拔腿就朝上走。地下二层到了夜间十二点电梯就关闭，只能爬楼梯。小红和小不点也跟着他往上走。

　　到了地面，小马见手机上显示的是让插卡，他问小不点，咋回事？小不点才软绵绵地说，我没买卡。小马问：为啥？小不点说，我家你家小红家都没电话，更没人用手机，咱给谁通话呀？

　　小红沮丧地说，是呀，咱要手机有啥用？

　　小马啥话没说，愣怔地站着，一脸无奈的笑、悲凉的笑。过了一会儿，他才对小不点说，明天把它卖了，给小红一百，咱俩一人五十。我把这五十寄给我弟弟的学校食堂，让他们买猪肉。

　　小不点说，咦唏，我在小报上看猪肉涨价了，五十元钱能买多少？小马说，一人吃一块够了吧。小红说，小马哥，那把我一百元也给你用吧。小马拍拍小红的肩膀，你再熬上个把月，就攒够买红夹克的钱了。小红难过地揉着眼睛说，我都出来三个多月，一百多天了，不还红夹克我不敢回家！

　　三个人又沉默了。这时，不远处传来轻飘飘的音乐声。他们不懂音乐，听不出是什么曲子，但悠闲自在、轻松活泼的旋律也让他们得到些许享受。小不点突然拍了下脑袋瓜子，紧张不安地说，坏了，咱仨出来这么久，表姐肯定会告诉老板。老板要是审咱，咱怎么说？小红一听也急了，拉着小马说，小马哥，快回去吧！小马没动。他朝音乐声响的地方努了努嘴，说，那是大排档。咱过去要几个钱，明天就给老板说是出来要钱，哪怕交他十元八元，他也准乐得屁颠屁颠。说着，他带头朝大排档那边走。小红紧紧尾随他身旁，由衷地说，小马哥你太厉害了。小马说，都是逼的！

虽说是夜深时刻，大排档却几乎座无虚席。客人有来自附近奥运场馆建设工地的农民工，有给工地运送材料的卡车司机、装运工，有还没归家的年轻情侣，有些刚从附近歌厅出来、玩兴未尽，带着坐台小姐换地方继续潇洒的，也有老板模样的。从路边停放的各种各样的车辆，也可以看出来大排档的人很杂。小不点刚走到大排档一个圆桌前，突然轻声叫起来，小马，有情况。等小马和小红围过来，他眼睛朝下，点点头，说，我踩着了个东西，软软的，像……

"像什么？"小红问。

小马很机灵。他见四边桌子上的客人中有人在看他们，就装作愤怒的样子，用胳膊夹住小不点的脖子，一使劲把他摔到地上。小不点趁势捡起刚才被他踩在脚下的东西，撒开腿就跑，边跑边骂，有种你过来揍我！小马丝毫也没犹豫地追了过去。小红惊讶地睁大了眼睛，干吗呢，你俩？说着也去追了。旁边桌子上有人感慨地说，这些个外地来的孩子不管怎么行呢！

小不点一直跑到离大排档几百米远的地方才停下，弯着腰直喊，累死我了，累死我了！

小马比小红早到一步，也累得气喘吁吁。他等小红到了，才让小不点把东西拿出来。那是一只棕色钱包，打开一看，里边有一千二百元现金，还有一张信用卡、一张身份证。小马看了一眼身份证，惊奇地叫出了上边的名字，二月，哎呀，怎么会是他呢？

小红问：你认识？

小不点抢着回答，就是上次你闹急性肠道炎，咱拦他的车，末了还给你留二百元钱的那个作家。小红夺过身份证，看了看上边的照片，说，这是好人。小不点兴奋不已，把钱包里的现金全都拿了出来又数了一遍，一边数着一边说，咱发财了。小马小红，你俩说这钱咋分？

小马说，不能分，咱得还人家。

小不点一下子板起了面孔，虎视眈眈地看着小马，说，凭啥？你想学雷锋，还是怕钱咬手？小马坚定不移地说，我说不能分就不能分。小红也听明白了，表示支持小马。

小不点气得跺着脚，说，这钱包是我捡到的，得我说了算。你俩要是不愿分钱我也不怪。让我还给他，没门。

小马二话没说，上前又用胳膊勒住小不点的脖子，可能这次用力太大，勒得小不点直喊疼，两条腿左踢一下右踢一下，想从小马的胳膊中挣开。小马问：你还不还？小不点说，你勒死我，我也不还！小马说，你敢不还我真勒死你。你知道不，那人帮过小红帮过咱，同情咱。小不点喘着粗气说，他同情咱能让咱在北京住下不？能让我找个媳妇不？

小红去拉小马的胳膊，让他松开。她说，小马哥你让他喘口气再说话。小马松开了勒着小不点脖子的胳膊，却用手抓住了他的衣襟，一个字一个字地说，小不点我告诉你，人家丢了钱包丢了身份证，肯定会报警。北京的警察厉害得很，一查准查到咱。

小不点不服气地说，警察查着我也不怕，我又不是偷他的钱包。

小红感觉小不点的话有问题，却一时又找不出问题在哪里，就顺着小马的话说，你偷没偷警察叔叔信吗？

小不点被小马和小红的话给唬住了。他踌躇片刻，说，那咱得把现钱留下来。小马说，那不行。小不点急得哭了，一千二百元钱呀，咱仨天天偷点藏点得到猴年马月才能攒这么多……我不跟你们玩了！他把钱包朝地上一扔，哭着回地下室去了。

小红看着小不点的背影消失在地下室出入口，心里打了个寒战，不安地问小马，小马哥，小不点会不会向老板告状，说咱偷着藏钱？小马想了想，摇摇头，说，不会。老板不喜欢他。再说，他一张嘴能说过咱两张嘴？

接着，他俩商量怎么找二月还钱包，怎么对付"大牙"，商量好以后，小马又把钱包藏好，才回了地下室。

第二天一大早，小马还没从梦中醒来，觉着胳膊和手疼痛，醒来才发现自己被捆了个结结实实。不用说，只有"大牙"才敢对他这样。他挣扎了一会，只是翻了个身，没能站起来。翻过身一看，小不点蹲在门口，含在嘴唇边的烟头瑟瑟发抖，眼睛也看着鞋尖，不敢正面看他。让他大吃一惊的是没看见小红，表姐他们也都不在。他大吼一声，小不点！小不点哎地应了一声，像触电一样跳起来，惊慌失措地指着他说，你，你干吗？捆着了还不老实。

小马问：他把小红弄哪儿去了？

小不点眨眨眼，重又蹲在地上，抽了一口烟，说，你别管。老板带她出去了。又说，是老板捆的你，让我看着你，与我没关系。

小马说，老板这叫非法拘禁我，懂不？你看着我就是帮着干违法的事，知道不？没你的事，哼，说得轻松。我要告警察，老板判十年你最少也得判八年半。

他这一说，小不点害怕了，我又没打你没骂你。再说，我也会给警察说，老板让我干事我能不干，不干你们管我饭？

两个人正在拌嘴，"大牙"怒气冲冲地回来了。他同时点了四支烟，并排放着，然后开门见山地问小马，钱包呢？小马按照昨晚和小红商量好的说法，睁大眼睛看着"大牙"，回答说：你说的啥我听不懂。"大牙"阴险地笑了笑，好，好，我看你是听不懂还是装蒜！说着，一手拿着一支烟头，在小马左右脸颊上烫了一下。小马疼得大叫一声。"大牙"问：现在知道了吧？小马说，不知道就是不知道，打死也不知道。"大牙"向小不点招招手，示意小不点把另两支点着火的烟给他。小不点犹豫了一下，"大牙"破口大骂，老子还没给你算账呢，你给我老实点。小不点这才拿起烟，小心地递给"大牙"。"大牙"没接，指了指小马的光脚板。小不点吓得脸色苍白，丢下烟就要跑。"大牙"一伸腿把他挡住了，说，怎么着，还同病相怜？你今天不照我说的做，我让你吞下去。

小不点蹲在地上，吭哧吭哧地喘着粗气，眼泪也流了下来。"大牙"又踢了他一脚，他才捡起烟，浑身上下哆嗦不停，几次也没接触到小马的脚板。"大牙"在他屁股上踢了一脚，烟头才在小马的脚上烫了一下。小马一边喊着疼，一边对小不点说，你该咋做就咋做，哥们不会怪你恨你。

小马的话显然感动了小不点。他把烟扔在地上，捂着脸号啕大哭。

"大牙"恼羞成怒，挥起竹尺左右开弓，噼啪打小不点一下，又噼啪打小马一下，来来回回打了二十多下，直到胳膊发酸才停下。小不点的哭声一声比一声高，小马却始终咬着牙没叫一声。

"大牙"一边抽烟，一边骂小马和小不点，看那架势，小马今天如果不说出钱包的去向，他和小马就没完没了。这时，表姐匆匆忙忙回来了。她凑在"大牙"耳朵边嘀咕了几句，"大牙"大惊失色，拉着表姐走到门口。小马从门缝看见"大牙"神情紧张，马上想到小红的安全，忍着疼问小不点：小红呢？小红现在在哪里？小不点摇头。他趴在地上爬不起来，好像只剩下摇头的力气。小马火了，你听好，小红哪怕少一根头发，我都剥你的皮！

过了一会儿，"大牙"反身回来，又骂了小马和小不点几句，让小不点给小马松绑，说，你两个小子记住了，从今个算起，每人每月给我交三千，少一元我剁一根手指头。

"大牙"走后，小不点对小马说，我给你解开了，你不能打我！

小马心里惦记着小红的下落，又问：他把小红弄哪儿去了？

小不点气急败坏地说，我真不知道。老板把她带走了。

小马说，你快给我解开绳子，我得去找小红。他怕小不点害怕，又说，老子才没工夫给你磨蹭呢。

到了下午小马才从表姐嘴里知道，原来是"大仙"那边有人反水，卷走了"大仙"所有的现金，还给"大仙"留了个纸条，警告他不要惹火烧身：你做的坏事自己清楚，不杀头也得蹲到死！那个反水、卷走他钱的就是陪"大仙"睡觉的老妈子。"大仙"一气之下喝光了一瓶白酒，醉得不省人事。他手下有几个人见辛辛苦苦挣的钱一夜之间无影无踪，十分恼怒，把"大仙"狠狠揍了一顿后溜之大吉。"大仙"身边只剩下一个瞎老头，一个瘸老太太。他捎话让"大牙"过去，商量和"大牙"兼并重组成一个团队。"大牙"一听表姐说这个消息，受了很大打击。"大仙"控制那么牢的团队都作鸟兽散了，他不能不考虑自己团队的下场。所以，他才放了小马一把，匆忙去赴

"大仙"之约。

小马说，这叫啥？这叫为人别做亏心事。老板以为别人真怕他，实际不是那回事。你吃你的大鱼大肉，我吃我的山芋稀粥，我不眼红你，你也别打烂我的饭碗。你让我连稀粥都喝不上，我还能白白看着你吃大鱼大肉！

小不点说，小马你这话从哪儿学来的，内涵够深厚的！

那不叫深厚，叫深奥！小红说，又拍拍小马的肩膀，夸赞：小马哥你真厉害。

小马叹了口气，说，本来嘛！穷人和富人，当官的和平民，城里人和乡下人，大人和孩子，各有各的活法，谁也别动谁的尊严。就像咱天天看见路上跑的车，那有几条行车线，一百万的车和几万的车，本来各走各的道，在各自的行车线里，你觉得你车好，非得强行占人家的行车线超人家，那还不容易剐了蹭了？剐了蹭了还不容易骂起来打起来？

此刻，他们三个人又到了大排档夜市。中午，小红就告诉小马，"大牙"早上并没为难她。他绑小马时故意让她在现场看，她没显示出惊慌失措。"大牙"把他绑上后，把她叫到面前，问她昨天晚上捡钱包的事。她按照和小马商量好的对策，咬死说没有这回事。说着，她哇哇地哭起来，对"大牙"说小不点欺负她。"大牙"问：他怎么欺负你了？她说，每天晚上睡觉，他的眼睛像钩子，盯着我的胸看。昨晚到了大排档，他趁小马哥低头向人家要钱时，两个手摸我的胸。小马哥听我骂他，就过来揍他一拳头。他说，我告诉老板你俩偷人的钱包！"大牙"似信非信，问：那钱包是偷的不是捡的？她说，也没偷也没捡。

小马问她：老板就这么轻易信你的话？

小红说，不知道。反正他就让我上路干活去了。

小马说，咱往后小心点。你、我、小不点三个人加起来，也斗不过他的心眼。

两人又商量着怎么把钱包还给二月。他们都不想和二月面对面，怕二月问三问四，不好回答。最后，小马提出给二月打个电话，约他到北沙滩一个地方把钱包取走。两人做完这一切，仿佛什么事情也没发生过一样，谁也不再提一句。小不点见小马时，问他钱包的事。小马轻描淡写地回答道：还了！小不点似信非信，目光直直地盯着小马的眼睛看。小马急了，说，就算我欠你一千二百元钱！

三个人转了一圈下来，凑起来才讨了不到十元钱。小不点失望地说，这夜市不能再来了。说着，突然碰了碰小马，说，老板。小马顺着小不点指的方向一看，"大牙"和"大仙"正在一个角落的桌子上喝酒。他气得扭头离开了夜市，边走边对小不点和小红发牢骚，还真以为自己是老板。小不点也不平地说，就是，两人都觉得是丐帮帮主呢！

七

小红，你信表姐吗？表姐一边给小红梳头，一边亲切地和她聊天。

小红说，信。

表姐说，那你告诉表姐，那天晚上你和小马、小不点在大排档夜市真捡着钱包了？

小红举起胳膊，摇摇手，说，没有，没有。表姐我真不骗你。

表姐的脸一下子拉长了，狠狠地瞪了小红一眼。小红的脸朝前，后脑袋对着表姐。她看不到表姐的脸，但是能感受到表姐的不满。因为梳子扎得深了点，头皮疼了一下。表姐没再往下问，却冲着在一旁玩游艺机的京京骂道，死丫头，不识好歹，年纪不大心眼不小。早晚得让那个男孩骗了。京京抬头看了表姐一眼。她不知道妈妈为啥莫名其妙地发火。

表姐骂过京京，又对小红说，红，表姐为你好，才给你说掏心窝子话。往后你和那个少胳膊的小马、缩头乌龟的小不点一起留点意。

小红问：为啥？

表姐说，这你还不明白。打小就老是盯着女孩子看的男人，血都带着色。小红扑哧笑了，表姐，血就是有色的，红色，鲜红鲜红。表姐说，我是说那种男人骨头都带色。从小看大。小色鬼到老了还不是老色鬼。小红说，我不怕。过些日子我就回老家了。

表姐一惊，拿着梳子的手停了下来，问：你真回老家？

小红扭转头看着表姐，问：怎么啦表姐？你不回老家了？表姐轻轻地把她的头又扭过去，叹着气说，我回家又能干啥？小红说，那京京在北京上学呀？表姐说，咱凭啥？在家上学都难，还在北京上呢。

小红觉得脸上一热，用手一抹，是滚烫的泪珠儿。她的眼睛也潮湿了。

天气一天比一天冷起来，道路两旁的各种树木的叶子一天比一天少，太阳落山以后在路两边坐着休息聊天的人与过去比没有减少，但天一黑好像接受了什么指令，一下子就消失得无影无踪。小马他们在地下室里待的时间，却比过去短了。这是"大牙"根据季节变化及时调整了战略。他对他们说，换季了，衣服加厚了，咱要饭的往路上一站，人家看咱穿得单，冻得哆嗦，更能发发善心。他还对搭档进行了重新组合，片段进行了重新划分。他拒绝了"大仙"与他兼并重组的要求，把表姐和京京加上另一个男孩调配到"大仙"那边，"大仙"按表姐他们三个人的收入，给他五五分成。一开始"大仙"说京京不能按一个整人算收入。他说，京京这小孩子最能让人同情。她一人的收入比她妈多好几倍。你不要她，她妈也不能过去。"大仙"只好同意了。其实，他算计得比"大仙"精明：表姐母女俩的吃喝住都得花钱。更重要的是他感觉表姐最近也动了回老家的念头。

这样，小马、小红和小不点三个成了新的组合。小红仍然三重身份：患绝症的小女孩、为救垂危父亲的失学儿童、身患残疾的聋哑少年。小马本来就缺胳膊，不需要假装，只是当小红以聋哑少年身份出现时，他假装她哥哥。最惨的是小不点。"大牙"让他以下肢瘫痪者身份出现，每天跪在用一块四方木板做成的滑板上，靠两手扶着地行走，而且还要穿行在来来往往的车流中。他不愿干，"大牙"就威胁他说，假装的你不干，那我就把你的腿弄断，让你成真的，你为了糊口还是得干。

小马认为"大牙"太过分，替小不点说了句话，意思你让他"假装"要交多少钱，他不装也交你多少钱，何必让他受罪。"大牙"咣咣给了他两拳头，你是老板还是我是老板？

小不点并不领小马的情，反过来还埋怨他，说，要是我把捡的钱包给老板，他还能这样待我？都怪你俩。

小马说，你拉倒吧！我家村主任开了个金矿，钱多得像我家后山山泉哗哗哗哗流不光。怎么着，他还不照样连俺家低保都贪。我给你说吧，越是有钱的老板越把钱看得重。咱上路干活你没见，越是开好车的越抠，还牛烘烘！

小不点挠了挠头皮，说，也对啊。

小不点确实受了罪。那块四方木板下边就安了四个轮子，移动木板得靠他一双手像划桨似的在地上拨拉，拨拉一下往前挪一步，再拨拉一下，再往前挪一步。那条街这些日子被重载的汽车辗来辗去，路面坑坑洼洼，高低不平，有时他费了九牛二虎之力，涨得脸红脖子粗，才挪一小步。他本来个子就矮，再跪木板上，伸长了脖子才能够着车窗户。有的司机不注意，还发现不了车外有这么个大活人。好心点的，或者说怕事的给他一元两元钱打发他，态度不好的骂一句，哪钻出来的小老鼠。有的打扮得很高贵的夫人，还故意对抱在怀里的狗说，宝贝，跟小弟弟再见。

小马有心想帮小不点，可是他自己也有任务指标，加上还得照顾小红，只能偶尔搭一把手。

这天傍晚，小马和小红敲开了一辆白色轿车的窗户。两个人同时惊得目瞪口呆，开车的原来是二月。人的记忆也分美丑，太美太善的容易记住，太丑太恶的也容易记住，而过于平常的却往往记不住。小马和小红虽然和二月只有一面之交，后来又在他的身份证上见过他的照片，但对他那张面孔却记得非常清楚。二月显然也认出了他俩，笑笑，说，上车吧，我请你们吃饭。

小马说，不行，我们还得干活，这钟点最好。小红碰了他一下，示意不让他暴露身份。小马却又故意说了一句：还没挣够交老板的钱呢。二月脸上闪过一丝阴影，点点头说，我知道，我知道。你们上车说话，马路上危险。

小红还在踌躇，小马已经拉开车门钻进车里，接着也把她拉到车上。恰巧绿灯亮了，二月在桥下掉了个头，把小马和小红带到附近一家酒店大堂的茶吧，点了三杯茶，又点了几盘茶点。他对两个衣衫不整的孩子热情洋溢的态度，让茶吧服务员感到惊讶，在一旁指指点点，窃窃私语。小红继续装聋作哑，不过脸上觉得发烧，心里也觉得发慌。小马却大大方方地又吃又喝，一点也不紧张。

二月掏出棕色钱包放在小马和小红面前，笑着问：认得吗？

小马和小红面面相觑，都没有说话。

二月问：你们做好事怎么连名也不愿留下。又指着小马说，好在你们交钱包的地方有录像，我一看就认出了你们。

小马一边咀嚼着花生豆，一边淡然地说，这叫啥好事，是谁的还谁呗。

二月感动地握着小马的手，摇晃了几下，小伙子，你说得太精彩了。又转脸看了小红一眼，问：小姑娘现在身体好了吧？小红脱口而出，早好了。说完她才意识到暴露了身份，不好意思地低下头。二月的神情严肃起来，口气也很严肃，你们的遭遇、你们的情况我多少有些了解。你们要是同意，要是相信我，我可以帮助你们。

小马又是摇头又是摆手，认真地说，不用，不用了。我们这样挺好的。说着，他抓了一把花生米装在口袋里，又抓了几颗托在手心上，拉着小红就朝外走。二月哎哎叫了几声，他头也没回。一出门，小红奇怪地问，小马哥，你是不是怕露馅？小马说，人家是作家，啥事不明白。我是怕他给咱灌迷魂药。小红战战兢兢地说，不会吧。那茶我喝了，没下药。小马拍拍她的头，你呀，小孩子。我说的迷魂药是讲大道理，像什么你们这个年龄应当坐在教室里上课。我打心里就不喜欢上课。你小红喜欢读书，不是没有办法才跑出来吗？听他嘴上抹石灰白说，还不如再去要几元钱。

他一提上学读书，小红又难过了，哽咽着说，又快开学了。

小马安慰她说，别着急。我昨天晚上数了数咱攒的钱，最多再用一个礼拜，就攒够给你买红夹克和火车票了。

小红高兴地搂住小马，在他脸上亲了一口。突然想起了什么，问：小马哥你回不回家，还上不上学？

小马坚定地回答：我啥时候挣够买村主任金矿的钱啥时回。我不能见他在我爸和老乡跟前神气的样子。小红说，就你这样靠着马路上要，得等到猴年马月啊？小马笑了，我自有打算。你没看报纸上说，有要饭要成百万富翁的。他神秘地四下看了一眼，低声说，我已经把表姐娘俩、小不点和几个人秘密发展成我的人，等你走后，我们就学候鸟往南飞了。小红听后呜咽了，伤心地说，小马哥，咱还能见面吗？

小马借着落日的余晖，深情地看着小红。过了好大会儿，才握紧小红的手，说，我和小不点说好了，你走之前，请你吃一顿北京烤鸭，别回去给人说来了趟北京，长城没爬过，故宫没看过，连北京烤鸭都不知啥滋味……说着，他的眼泪滚出了眼眶。

小红说，我听我爷爷老是说这辈子想来毛主席纪念堂看看他老人家。不知让咱进不？我要看了，回去给我爷爷说，我爷爷准会说我孙女行！

小马说，那咱就去一趟，给老人家磕个头。

两人找到小不点，小不点一看见他俩就吵吵，你俩跑哪儿黏糊去了。再不来，我今个的钱全都得交给老板。他一边说，一边掏出几张十元的票子，还有一张百元的，递给了小马。小马吃惊地问，你今天遇到活菩萨了？小不点说，还真让你说对了。有个坐司机旁边的老奶奶让司机给我一百元。我当时感动得在车窗玻璃上，给老奶奶磕了几个响头。我说您老人家肯定会长命百岁。

小马说，有这一百块，买红夹克的钱够了。

小不点说，那就明天让小红赶快买去吧。

小红高兴地抱起小不点转了个圈。等到把小不点放下，她才吃惊地看了看自己的胳膊，不相信自己有那么大的力气。

这天夜里，三个人高兴得没睡好觉。

第二天中午，小马和小不点交相掩护着，从马路牙子的砖头下取出攒的钱交给了小红。小红在北沙滩一家商场买了那件红夹克。她做梦也想不到，她高高兴兴从商场出来的时候，被在邮政局二楼观察他们的"大牙"看得一清二楚。她回到住处，刚刚把红夹克用自己的旧裤子包好放在被窝里，"大牙"就进来了。

小红，今个收成咋样？"大牙"笑嘻嘻地问。他平常都把要钱称为收成。

"大仙"给他纠正过，说叫花子不这样叫，而是叫挣多少。他说，你叫你的，我叫我的，这就是我的收成，我凭啥不能叫？！

小红吓得脸色蜡黄，浑身发抖，一个翻身把包着红夹克的包压在身下。此刻，在她心目中，那件红夹克比她的性命还重要，她要舍命保住它。然而，她哪里是"大牙"的对手。"大牙"只一脚就把她踢得翻了个身，疼得捂着肚子哎哟哎哟地叫，连爬的力气也没有了，眼睁睁地看着"大牙"把红夹克从被窝里提出来，抖了抖，晃了晃，眼睛里全是怒气和怨恨。他说，你个小熊妮子，老子千方百计巴结你，天热了给你矿泉水，天凉了给你钱添衣服，平时还给你零花钱，没想到你竟敢背着我干对不起老子的事！

小红哭泣着说，这是我得还同学的夹克，老板你还给我。

"大牙"冷笑一声，发出咬牙切齿的声音：还给你？想得美。他咬着牙使劲一扯，红夹克没有丝毫的响声。他又用牙咬着红夹克的衣襟，然后用手再去撕，还是没有任何破裂。他又提起看了看，还是皮货，得好几百元！小红你个熊妮子胆大包天，你不想活了是不？

小红已经哭哑了嗓子。她重复来重复去地喊着一句话，老板你还我，老板你还我……

"大牙"说，好，你等着，我回来就还你！边说边出门，把门关上后上了锁。小红爬着滚着到了门口，拉了几下门没有拉开，疯了似的用头撞门。

这时，表姐紧张地带着小马、小不点赶到了。他们打开门时，小红已经晕了过去。小马把她抱到铺上，表姐给她灌了好几口水，几个人轮番叫着她的名字，京京抱着她的头摇，她才渐渐地醒过来。她睁开眼，第一句话还是喊着：老板你还我！

小马立刻明白发生了什么事情。他四下翻了一遍，没找到红夹克，就问小红：老板去哪儿了？小不点也问：他把你买的夹克拿哪儿去了？见小红摇头，小马对表姐说，表姐你和小不点在这儿看着小红，我去找他把红夹克要回来。

表姐不无担心地说，你千万别跟他动粗。毕竟他是个大人你是个孩子，动起手来吃亏的不一定是他。

小马刚要出门，忽然闻到一股子焦皮味。小红也闻到了，惊叫一声，我的红夹克，一骨碌从地上爬起来就向外冲。小马、小不点和表姐跟出了门。果然，门外的地上一团火焰，火中是那个红夹克。"大牙"站在旁边叼着烟头，一脸阴冷的笑，指着小红说，你不是让我还给你吗？你去火里拿呀！

小红的神情从目瞪口呆到大惊失色，又从大惊失色到悲痛欲绝，跪在地上号啕大哭。

小马怒不可遏。他见"大牙"脚下有半截砖头，出其不意地冲过去捡了起来，猛地对着"大牙"头上砸了一下。"大牙"哎哟哎哟叫了两声，朝头上摸了一把，把手掌放在眼皮底下看了看。表姐在一旁叫出血了，然后从惊恐中回过神来，上前拉住小马的胳膊，夺下了砖头，哀求小马说，小马兄弟你息息怒。你这样会砸死他的！

小马手上的砖头没有了，两只脚派上了用场，左一脚右一脚，狠狠地踢了"大牙"几脚，嘴里喊道：孙发才你听好，这是你欺负人的报应。我们几个平时怕你不是因为你是老板，是不给你这种熊人计较！

表姐也冷嘲地对"大牙"说，兄弟，做啥事都得有个底线。

尾　声

两天后，小红带着重新买的红夹克登上了回老家方向的火车。

这件新的红夹克，是小马拿砖头逼着"大牙"掏钱买的。不过，小马对"大牙"也作了承诺，答应跟"大牙"再干半年，所有收入统统归"大牙"。"大牙"说，要清查、整治了，我还不知道能不能待半年。小马说，那你走哪里我都跟你去。再跟你半年，我说到做到！

小马送小红去的车站。到了站台上，小红临上车时，突然想起小马砸"大牙"的事，问他，你怎么知道老板姓啥叫啥，还叫出他名字？

小马迟疑了一会，痛心地说，他是我亲叔！

小红惊讶地张大了嘴巴。

小红走的第二天，北京一家报纸的杂文栏目登出作家二月的文章，文中说：

> ……虽然我不清楚这些孩子来自何方，又是因何原因背井离乡，但是看到他们忙忙碌碌，有的还一瘸一拐，一蹦一跳，在车流中穿梭，我想起了鲁迅先生当年在文章中的呐喊，救救孩子。所以，今天我也要高呼：救救孩子！

果然如"大牙"所说的那样，北沙滩一带拦车乞讨的事引起了有关部门的重视，开始进行严肃治理。"大牙"和"大仙"商量了半天，最后决定挥师南下。小马履行自己对"大牙"的承诺，跟着"大牙"到广州又干了半年。半年之后，他离开了"大牙"。而表姐、小不点在"大牙"南下时就离了队，所以小马离开"大牙"时是孤单一人。

奥运会结束第二年的一天，在鸟巢附近一个报亭卖报的小不点，回到家对他媳妇说，表姐，我今天见了个人，长得特像小马。他穿着一件红夹克，戴着墨镜，身边有个漂亮的女人。

那个女人是小红吗？表姐急不可耐地问。

小不点结结巴巴地说，好像……不是……

2011 年 7 月 15 日完稿于北京官园

刘大胖进京

刘大胖真名叫刘梅花，刘大胖是她的外号。

都说岁月留痕，那要看对谁而言，经历磨难多的人自然老得也快。刘大胖进北京那年三十五岁，看上去却大得不少。在进京的火车上，她在厕所里蹲的时间长了点，一开门，门外排队站在最前边的一位颇有学者风度的中年男子如释重负地说，阿姨，你终于……刘大胖没等他说完，转身又进了厕所，哐当一声关上门。她对着镜子看了看自己，撩起水抹了把脸，再看一眼，长长地叹了口气。

心情不好的刘大胖接着就跟人骂了一架。

刘大胖大包小包地走出北京站时，手里拎的行李碰了人家的车。人家说她一句，她还一句，说她两句她还三句，人家说她嘴欠，她就骂上了。刘大胖不会说普通话，骂人的词汇也不多，翻过来掉过去就是两句：万人操的，婊子养的。在她老家，这两句骂人的话深刻而简练，尤其是前一句，精辟地辱没了对方的家族体系。刘大胖一开骂，对方就傻了，虽说无法精确理解她骂词中的深刻含义，但知道这女人不是个善茬，扔下一句好男不跟女斗走人。

刘大胖在胜利的喜悦中陶醉了一分钟，发现众人仍在围观她，渐渐现出了尴尬。她不善于被围观。更让她尴尬的是刚刚骂架时把手里捏着的纸条弄丢了，纸条上写着她要去投奔的老乡的地址和电话。刘大胖后背的汗唰地就下来了，惊慌四顾，有人说纸条让环卫工扫走了，刘大胖追上环卫工，手忙脚乱地在人家的铁皮匣子里翻。翻了半天也没找到，再一问，才知道刚才扫的那匣子已经倒进了垃圾车。刘大胖飞快地奔向垃圾车时，垃圾车却开走了。刘大胖拿出在老家追猪的劲头去追垃圾车，追了半里地也没追上，垃圾车是电瓶的，开起来嗖嗖的。这时她想起了自己的行李，立马以比刚才更快的速度飞奔回来。

别的行李都在，唯独那个要命的花书包没了。花书包里装着她的钱包，钱包里装着钱和身份证。刘大胖身子一软，瘫在地上号啕大哭，哎呀我的个娘哎，这些个万人操的哎，你偷了我让我怎么活啊？我的个娘哎！

刘大胖哭着哭着发现脚上的鞋没了，一边抹着鼻涕眼泪，一边四下找鞋。其实，鞋子根本就没离她而去，就在她眼皮底下，只是她刚才没顾及它。她发现了鞋子，同时发现鞋壳里有一堆钱，一块两块的，五块十块的。她慌乱地喊，谁的钱！谁的钱啊？又有人往她的鞋壳里扔钱。刘大胖茫然地端着鞋，刚想嚷嚷，一直在对面蹲着的一个男的说，哭啊，哭啊，都一百多块了，我替你数着呢。刘大胖白了他一眼，要你管！

男的一脸嘲讽，说，你真有创意。

刘大胖瞪了他一眼，扬起拳头，骂道：我姨招你惹你了？你骂我姨，我骂你姨个×，你姨个×……

男的赶忙摇头摆手，我是说你有创意，不是骂你姨。创意你懂吗？他用手比画着，就是创造新意。简单说吧，叫点子。

刘大胖一头雾水，严肃地问：什么创意，什么点子？

男的说搂钱的创意。

刘大胖说什么搂钱？

男的指了指她的鞋说搂钱就搂钱谁有本事谁搂钱。

刘大胖明白了，是她刚才坐在那里哭，人家把她的鞋子当成募捐箱了。

刘大胖说，你滚，我不是那种人。

男的说你是河南人？刘大胖说河南怎么了？男的往前移一步说你是永城的。刘大胖说永城就永城。男的往前又移了一步说我是永城魏庄的，离县城十八里。刘大胖惊奇地盯住男的说，我是西刘庄的。男的凑到她脸前，说，老乡啊！刘大胖在男的肩上狠狠地一拍：差十里地，邻居！男的被她拍得栽歪在地上，爬起来说，你一天能哭多少钱？发了吧？刘大胖愣了一下，明白了，说，你娘的腿，谁卖哭啊，我的花书包让人给偷了，钱没了。男的说，不信。刘大胖不说话了。她觉得口渴，嗓子眼里像咽了颗火球。男的从裤子口袋里边掏出一瓶矿泉水递给她，说，喝吧！

刘大胖犹豫一下，接过来，一仰脖子咕噜咕噜喝了个精光。男的亲热地笑着，大姐，你去哪儿，我送送你。

刘大胖翻白眼瞪了瞪他，没吱声。

男的说得很诚恳，亲不亲，家乡人，你说对不大姐？看你在大街上卖哭，要不是家乡人我才不管呢，对不大姐？刘大胖纠正说，我不是卖哭。男的说，对对对，我用词不当。看你孤身一人流落街头，我要是不管不问，就不配做你老乡，对不大姐？

刘大胖警觉地四下看了一眼，谁孤身？我老公他，他在那边排队买公共汽车票！

男的嘿嘿笑了，说，大姐，咱老乡不少人刚来北京都投奔我。不瞒你说，我工地上咱东西村的有二十好几个。我来车站送一个厨房的回老家，正打算回去招一个，你要不嫌弃，先去我那儿帮几天忙……

刘大胖低着头想了好大一会儿。她要想一想，必须想一想，眼前这个自称她老乡的男人是不是个骗子。瞧这万人操的个儿，一把攥两头不冒，我压也把他压死了。这样一想，她站起身拍了拍屁股，跟着男的走了。一边走着一边聊，刘大胖就知道了男的叫魏吉子，当过民办教师。他对刘大胖说，你就叫我魏老师吧！刘大胖心想，就你读过书，老娘也是初中毕业。不过这话她没说出口。自己在北京举目无亲，现在又身无分文，这男的好赖算是根救命的稻草，嘴上得让着他。魏吉子背着刘大胖的包袱走得飞快，刘大胖抓着包袱的带子跟着他。刘大胖的家底只剩下这个包袱了，包袱丢了，她睡觉都没有铺盖。她又觉得称他一声老师也矮不了自己，于是认真地叫了一声魏老师。

魏吉子说，哎！

一路上，两人聊得热火朝天。魏吉子告诉她，他来北京五六年了，工作换了十几个，北京城从南到北从西到东没有他没到过的地方。刘大胖问信访部你知道在哪儿吗？魏吉子看了她一眼。刘大胖忙说我就随口问问。魏吉子眉宇间掠过一丝不快。其实，他已经猜出了刘大胖来京的目的。

两个人坐地铁，坐公交，一个钟头后到了一条清秀的河边。魏吉子说这是昆玉河。刘大胖说哦。从此，这条河在刘大胖的脑子里就呈现出女性的姿态，在她老家，坤就是女性，坤车就是女式自行车，坤包就是女人的书包，昆玉河，女人河，她喜欢。

七拐八拐地，到了搭在马路边的一个棚子，棚子有墙，是纸板泡沫板烂木板搭成的，后身靠着一堵结实的院墙。魏吉子开了门，把刘大胖的包袱往地上一扔，说到家了。刘大胖目瞪口呆，这就是家？魏吉子在棚子里豪迈地来回走着，在北京，不是每个人都有家的。魏吉子把胸脯拍得砰砰响：魏吉子，在北京城，有房，他向棚子外指了指：有车，怎么样？刘大胖顺着他的手看过去，门口一辆电瓶车，已经被灰尘遮得看不出颜色了。刘大胖扑哧笑了。魏吉子说，再笑一个再笑一个。刘大胖看着他那个样子，又笑了。魏吉子说，好看，你笑得真好看，比哭好看多了。刘大胖说你娘了个，说了一半打住了，这是在魏吉子家里呢。

刘大胖在屋里四处看看，问，就你一人？魏吉子点点头。刘大胖警觉地往后退了退，说那我走。魏吉子马上明白了她的心思，说你上哪儿去？乡里乡亲的我还能吃了你？刘大胖吞吞吐吐，那，那也不好……魏吉子弯下腰把她仔细看了半天，然后说，你要是有地儿去你就走吧。刘大胖拎起包袱就走，走到门口站住了，出了这个门她不知道去哪儿。魏吉子在她背后冷笑。刘大胖转身把包袱扔到床上，我凭什么走？是你把我带来的，说管我吃住还给工钱。我走也行，到魏庄就说你是个骗子。魏吉子点上一支烟，一脸胜利的笑。

刘大胖仔细地把魏吉子又看了看，不挂坏人相，就一屁股坐在了床上。

晚上做饭时，刘大胖知道魏吉子和他女人离婚了。晚上吃饭时，魏吉子知道刘大胖和她男人离婚了。知道双方都离婚了，两人就不说话了，魏吉子一杯一杯地喝酒，刘大胖一碗一碗地吃挂面。

晚上临睡前，刘大胖坚持在床和地之间挂一个帘子。魏吉子挂了个床单，刘大胖扒拉了一下无声无息的床单，说不行。刘大胖出去，从不远处的工地上扯下来一块彩条塑料布，当成帘子挂了起来。彩条塑料布不透明，扒拉一下哗啦哗啦响，魏吉子只要偷看她就得弄出动静。刘大胖踏实了一些，眼不见心不乱，她外衣里边只穿了件背心，什么都兜不住，两个奶子乱颤，惹事。

躺在床上，刘大胖只能看到左边的一多半电视屏幕，右边的一少半被帘子挡住了。魏吉子则正好相反。魏吉子不想看电视，就说话。魏吉子说我说你还别不信，刘大胖看电视，并不想听他说话，就当他是自言自语。魏吉子接着说，我说女的比男的更流氓你还不信，我老婆就是。魏吉子拿自己的老婆证明女的更流氓，就有了足够的吸引力，刘大胖的注意力转移过来。魏吉子说，我老婆也在北京打工，在来广营。我俩离得很远，有时候十天半个月，有时候个把月见一面。刘大胖生疑，都在北京还不能天天见面？魏吉子说北京大着呢。从我住的地方，不，是从我家到我老婆打工那地方，比临沂到徐州的新沂还远几十里。魏吉子说和老婆见了面做那事时老婆用北京话叫床。魏吉子把老婆叫床的声音学给刘大胖听，像猫叫，刘大胖浑身起了一层鸡皮疙瘩，她恨恨地骂了句流氓。魏吉子说我就觉得不对了，怎么不对呢？她跟我说话用的是家乡话，怎么叫床用北京话呢？刘大胖想想也是，叫床是情不自禁的，她在心里模拟了一遍京腔叫床的声音，别扭得要死，由此她得出结论，魏吉子老婆的叫床肯定是跟北京人学的。她觉得帘子那边的魏吉子很可怜。

巧了，魏吉子说，巧了，有一回我跟着雇主去来广营拉货，你猜我见到谁了？刘大胖说你老婆。对，魏吉子说，我老婆，我喊她，她没听见，眼看着她就进了路边的平房。我想给她个惊喜，魏吉子说，我就跟了过去。你猜怎么着？刘大胖说让你捉奸在床了。对，让我捉奸在床了，还捉奸捉双了。

你这不屁话吗，刘大胖说，一个人怎么成奸啊！魏吉子说是两个女的，一个男的。刘大胖大吃一惊，啊？魏吉子说反正她现在也不是我老婆了，我不怕你笑话，你猜怎么着？光是用过的避孕套，垃圾桶里就找出了六个，六个啊！帘子那边啪的一声响，魏吉子抽了自己一个大巴掌。

刘大胖心被揪了一下，长长地叹了一声。魏吉子说的六个，也是她耿耿于怀、恨之入骨的数字……

你老老实实给我说，你给那熊妮子多少钱？十多年前，风尘仆仆从县城出差回家，在床上捉到老公和邻居家一个女孩搞破鞋的刘大胖，举着菜刀这样审问老公。在她老家，有家室的男人和别的女人之间那种事叫搞破鞋。她老公吞吞吐吐地说出了六这个数字。刘大胖一屁股坐在地上号啕大哭。六千元，意味着她开着自家的拖拉机风里来雨里去来来回回跑县城送货好几十趟。她连六元一件的新围巾也舍不得买。老公搞破鞋却如此大方。

那一次，她一连半个多月也没和老公搭一句话。

又过了六年，她老公和一个二十六岁的女人好上了。开始，她老公和那个女人偷偷摸摸，到了第六年也就是去年，她老公跟她离了婚。所以，刘大胖对六很敏感很忌讳。

帘子那边的魏吉子还在絮叨，刘大胖已经没有心思听了。

二

刘大胖虽然有防备，虽然力气大，但还是被魏吉子占了便宜。

在刘大胖老家，女人被男人占便宜是一种含蓄而又模糊的说法，从言语上的意淫，到动手动脚，再到实质性的占有，范围十分宽泛。刘大胖被魏吉子占便宜是最严重最彻底的那种。

上半夜，刘大胖一直很警觉，竭尽全力支撑着不让睡意占上风。但就是因为神经太紧张，加上过于劳累，到了下半夜睡得很死。她睡觉喜欢四仰八叉的，像午间盛开的月季花。意识到被占便宜时，她开始反抗。刘大胖的反抗分裂成了两个部分，她意识分明地要让魏吉子下去，但却指挥不了自己的身体，不仅指挥不了，那个恬不知耻的身体竟然迎合着攫取着魏吉子精壮的身子。刘大胖嘴里骂着魏吉子流氓，身子却缠绵在魏吉子的攻击里。这种相悖的表现极大地刺激了魏吉子，也极大地刺激了刘大胖自己，直到两人被热汗蒸腾成一摊烂泥。

喘息平定后，刘大胖啪的一个耳光抽在魏吉子脸上。魏吉子嘿嘿笑了。没想到第二个耳光又打过来，然后是第三个第四个疾风暴雨般地猛烈地击打着魏吉子那张瘦脸。魏吉子被打急了，反手照着刘大胖那张满月般的脸就是一巴掌。刘大胖愣了一下，有力地还击魏吉子，魏吉子也不示弱，回手又是一下。两人一人一下地抽着对方，直到刘大胖号啕大哭。

刘大胖头拱着枕头，屁股高高地撅起来，像一匹母狼那样号哭。魏吉子看着被击败的刘大胖干笑，笑着笑着就傻了。刘大胖的哭声惊天动地，低频处引发了棚子的共振，声音在夜空里排山倒海地向着远方铺展。魏吉子慌了。姐，姐，魏吉子说，姐你甭哭。刘大胖哭声依旧。魏吉子没辙了，起身开了灯，去堵棚子的窟窿。棚子窟窿多，他把报纸纸箱子塑料布都用上了，才稍稍放心。好不容易堵好了窟窿，回过身来却发现刘大胖不哭了，正坐在床上睁大眼睛盯着自己。

你得负责。刘大胖指着魏吉子，十分认真地说。

我负责我负责。魏吉子连声说。

沉默了一会儿，刘大胖问：你怎么负责？

魏吉子挠着头皮，反问：你让我怎么负责？

刘大胖躺下了，两眼瞪着屋顶，好像自言自语，说，你负不了责。

魏吉子说负不了你还让我负。

刘大胖忽地坐起身，大声吼了一句：负不了也得负。

魏吉子慌张地朝门上看了一眼，又慌张地说，我负我负。

刘大胖问：你怎么负？

魏吉子又反问：你说我怎么负？

刘大胖拍着床头，说，你自己说。

魏吉子又挠头皮，你想什么意思，你想要钱？

刘大胖火了，钱你娘了个腿！你老婆才要钱，你老婆才是卖的！

你刚才对我干的事是强奸！

魏吉子急了，你，你放屁。

刘大胖说我告你！说着就穿衣服。衣服很简单，一下蹬上裤子，两下穿上外衣，第三下就把鞋穿上了，起身就要往外走。

魏吉子不服气地说，我那能算强奸吗？

刘大胖站下了，但并未回头。

魏吉子说你自己是愿意的。

刘大胖说我不愿意。

魏吉子说不愿意你还死死地搂着我，不愿意你还拿两条腿箍着我。魏吉子说的是实话，刘大胖也不说假话。刘大胖说我心里不愿意。

魏吉子说，嘻嘻，还心里不愿意，谁信呢！刘大胖转过身来盯着魏吉子，一字一顿地说，警察信。

刘大胖拉开门就走出去，魏吉子慌了，这事只要沾上警察准没好事。他追出去拉住刘大胖，大胖姐姐，大胖姐姐，这黑天半夜的你上哪儿去！回来回来。刘大胖挣脱了他，往远处跑。魏吉子追上去再次把她抱住。刘大胖劲大，没想到瘦得像猴子一样的魏吉子劲更大，两人拧巴着回到了门口。在进门的时候，刘大胖急了，一口咬住了魏吉子的胳膊。魏吉子咬牙忍着，把刘大胖拖进了棚子里，并顺手挂上了锁。

两人喘息着相互盯着对方。魏吉子先软了下来，他把目光引向了自己的胳膊。魏吉子的胳膊上，青紫的牙痕里渗出血来。他把胳膊展示给刘大胖看。刘大胖说这就是证据，我不愿意的证据，我裤衩里是你强奸的证据。魏吉子顺着刘大胖的思路想了想，自己的强奸无疑是成立了，他背后的汗毛一根根立起来。魏吉子再模拟警察的思路想想，人证物证反抗的证据确凿，强奸还是成立了，他的冷汗唰地冒出来。他张扬的身子缩起来，话软得像稀粥，大胖姐姐，我错了，是我错了，我给你赔不是。刘大胖说我不要你赔不是，我要你负责。

魏吉子说是是我负责，我一定负责。

刘大胖说你怎么负责？

魏吉子不想跟她说车轱辘话了，直接说你让我怎么负责我就怎么负责。

刘大胖说好，这是你说的，你得进去。

魏吉子一愣，问：怎么进去？进哪儿？

刘大胖说你心里知道，你明知故问。

魏吉子才明白眼前这个像棉花垛一样的女人的话中意思，扑通一声跪了下来，大胖姐姐，我错了还不行吗？我打第一眼看见你，就喜欢上了你。你人长得富态，一脸慈善，就像，就像个活菩萨。我……

刘大胖好像心软了。一个男人那么夸你，你心里能不高兴？她慢腾腾地在床沿坐下，抹着眼泪说，我，我……你是除了我过去的男人之外唯一一个占我身子的男人。你得对我负责。

魏吉子此刻不顾一切了，他说你让我干什么我就干什么。

刘大胖说我让你杀人放火你也去？

魏吉子以为刘大胖是气头的话，或者是在考验他，拍着胸脯信誓旦旦地说，你让我杀人我杀人你让我放火我放火。

刘大胖说这是你说的。

魏吉子说我说的。

刘大胖说，那你去把我那个没良心的男人和他当副镇长的狗头叔杀了，把那个硬判我离婚还不把房子判给我的法官弄进去！

魏吉子说，真杀？我就是一个比方。那副镇长我敢？那法官我能给弄进去？我要是县委书记还差不多。

刘大胖说，要不答应你就得进去。

魏吉子口气渐渐硬起来，目光也变得冷了。他说，大胖你要是硬逼着我杀人，我还不如把你杀了省事。

刘大胖意外地看着魏吉子，一下子语塞。

魏吉子说，有人知道你见过我吗？

没有。魏吉子说。

魏吉子说，有人知道你来过我这里吗？

还是没有。魏吉子说。

魏吉子说，不错，我弄你了，可是你要是不愿意你打我呀，咬我呀，你打了吗？

没有。魏吉子说。既然没有，你就是愿意了，你愿意了，就是两相情愿了，两相情愿了，就是两情相悦了。我说话凭良心，大胖姐姐你也凭良心说我说的是实话吗？

是实话。魏吉子说，那你又何苦呢！

刘大胖说，我心里苦。

魏吉子说我知道你心里苦，咱们乡下人有心里不苦的吗？

刘大胖说放屁，我原先心里不苦。

魏吉子说算我说错了，咱们离了婚的有心里不苦的吗？

刘大胖说知道我心里苦你还强奸我，你狼心狗肺！

魏吉子说是我狼心狗肺。

刘大胖说那你承认你是强奸我。

魏吉子说我承认，当然承认。

刘大胖说空口无凭，你写下来。

魏吉子说我不写，我写了你就能拿着去告我。

刘大胖说你写了我不告你，你不写我这就去告你。写不写？

魏吉子说那我就写。

魏吉子写了张纸条：魏吉子和刘梅花好上了。刘大胖看了看，你的字写得不孬呢！不过，你写得不对，不是我和你好上了，是你强奸我！此时的刘大胖心里已经有了主意。

魏吉子当然不愿任凭刘大胖摆布。他说，你个早上起来看看，咱这河边一溜儿好几处这样的人家。你再打听打听，那夫妻里有几个是真夫妻？半路碰上，你有难心事我有难心事，你要糊口我要吃饭，看上去还顺眼就在一起过了。我离婚了，你也离婚了，合适咱俩一起过日子，不合适就散，你要真在北京有落脚地有富亲戚，那你想怎么做就怎么做。

魏吉子这一番话说得刘大胖哑口无言。她沉思了一会，问魏吉子，你今年多大？

魏吉子眨了眨眼，说，我三十三，整三十三。

刘大胖吞吞吐吐地说，我大你三岁咧。

魏吉子嬉皮笑脸地说，女大一黄金飞，女大二黄金长，女大三黄金堆成山。我愿意。

刘大胖心里乐滋滋的，脸上泛起红晕，一下子蹦到魏吉子面前，把他刚才写的字条翻过来，你写上，魏吉子永远爱刘梅花。她看着魏吉子蘸着他老婆扔下的半支口红摁了手印，目光更加温柔，朝魏吉子看了看，剥去衣裤躺到床上。魏吉子不知所措。刘大胖又拿眼睛招呼他，柔柔地喊了声：过来呀。

刘大胖的声音击中了魏吉子神经最敏感的部位，魏吉子一下子酥了。和上次不同，上次的刘大胖和魏吉子拼的是激情，这次刘大胖给了魏吉子无边无际的柔情。

魏吉子哭了。

三

魏吉子去探路了。这是他答应刘大胖的。刘大胖告诉了他她的冤情，告诉了他她来京的目的是上访，让他去探探信访部的路。京城那么大，她说自己两眼一抹黑。

魏吉子刚走，就来了辆上半边草绿下半边屎黄的出租车。司机说洗车。刘大胖想了好一会，端起脸盆就给人家洗。司机问：你新来的？刘大胖点头。司机说你男人没教你洗车？刘大胖又点点头。司机瞅了她一眼，自己把墙边的一个小机器打开，哗哗的水流夹带着雾气就从水枪里喷出来。刘大胖乐坏了，抢过水枪就没完没了地冲洗车子。司机喊，好玩吗？刘大胖点头，好玩。司机说把我的车冲秃噜皮了你赔得起吗？刘大胖狐疑地看看司机。司机关了机器，扔给刘大胖一块布，擦。

车洗完了，里里外外焕然一新。司机很满意，你这娘们干活不惜力，行，给钱。说着掏出十元钱。司机说本来你男人都是收十五，我教了你半天，收你五块钱学费，给你十块，不欺负你吧？刘大胖说不欺负不欺负，十块就十块，不给都行。乐呵呵地收了人家十元钱。司机上了车，伸出头来，你这娘们不错，就是有点傻。刘大胖心里说你娘了个腿，傻还挣了你十元钱呢！谁想司机开了几步，又把车倒回来，跟刘大胖说，记住了傻娘们，再洗车收人家十五元！

刘大胖一天洗了七辆车，一辆十元的，六辆十五的，挣了整整一百元。刘大胖乐得半个小时没睡着觉，想着魏吉子挣钱的门道，回味着魏吉子把她弄得浑身酥软，幸福极了。她是个一闲下来浑身不舒服的人，没车洗的时候就收拾屋子，里里外外彻底收拾了一遍，棚子内外干干净净亮亮堂堂，晚上还到昆玉河边的花池子里挖了十几棵花栽到捡来的塑料盆罐里，棚子里立马一片生机盎然了。

看看家里没有一片菜叶，她又到附近的菜市场买了菜。到了晚上九点，她算着魏吉子该回来了，又跑到远处的小卖部里拎回来一筐啤酒，然后开始做饭。这时，有人从后面抱住了她。刘大胖浑身一下子就酥了，她仰起头，让自己的脖子沉浸在那人的气息里。那人说我是谁？大胖说魏吉子，强奸犯。魏吉子把她扳过来，面对面抱她，刘大胖说，想弄就关上门。

弄完后，刘大胖把魏吉子箍在自己身上不让他下来。魏吉子也不想下来。刘大胖问，找到了？

魏吉子说找到了。

刘大胖问，你没给人家说我要上访？

魏吉子说，当然说了。

刘大胖说，包丢了，材料都丢了，你得帮我重新整。

魏吉子说，那没问题。别的不敢吹，写人民来信老子是天下第一笔。我帮人告倒过省长市长，何况你那一个副镇长呢！说着，突然，刘大胖，你不告我强奸了？

刘大胖说，我天天让你强奸。

魏吉子说骚娘们，我还弄你。

刘大胖说只要你有劲。

魏吉子说你看我有劲没有劲。说着真的硬邦邦的动起来。

刘大胖哦了一声，魏吉子你是驴呀！

两人再次从瘫软中恢复过来后，刘大胖带着魏吉子里里外外地巡视他们焕然一新的家。

魏吉子又哭了。刘大胖把魏吉子的脑袋揽在自己的胸脯上，抚着他又涩又硬乱草般的头发，心里再次涌满了幸福。爱哭的男人性情真。

当天夜里，刘大胖和魏吉子一个说一个写，启动了刘大胖进京上访的第一个程序。

刘大胖的老公叫大军子。她嫁给大军子时，大军子只是个长得有点儿帅气的乡下小伙，和她一样在镇上一家小工厂给人打工。刘大胖干活不惜力，每天早来晚走，又爱帮人，在打工一族中颇有威望，老板也算慧眼识人，让她当了个小工头。大军子当时属她管。与她相比大军子懒多了，也油滑多了，人缘更是差多了，她让着他，护着他，帮着他，还把自己的工资给他买烟买衣服。她的好友二妮子多次骂她傻，说你个熊妮子早晚得让大军子给坑了！她认定了大军子，一来二去，两人就好上了。所有的人都相信是她刘大胖给大军子带来了好运气。几年前西刘庄前的那条公路改道，公路两边那些看不到头的一搂抱粗的大杨树要砍掉，刘大胖看上了那些树。刘大胖不知道那些树能做什么，只是打心里喜欢它们挺拔苗壮的样子。她拉着大军子找到了他的大舅宋老磨，宋老磨是外号，身份是镇信用社的主任。刘大胖当然不白去，用地排车拉去了整只杀好的猪，一只咩咩叫着的羊，六只大红公鸡和两筐鱼。刘大胖对老磨舅说我想买下那些树。老磨舅瞅瞅地排车上山一样的礼品，他不缺这些，但却被大胖送礼的气势镇住了。老磨舅说我也想买下那些树。大胖说那咱就伙着买。老磨舅说凭什么？大胖说你是公家人，犯忌。老磨舅笑了，说伙着买就伙着买。那些树就归大军子了，当然，有一半是老磨舅的，老磨舅给的贷款。

老磨舅早就规划好了，不光买下了树，还买来了机器办起了胶合板厂。

胶合板厂是在大军子的地上建的，当然，那块地有刘大胖的一半。工商的企业登记证上法人是大军子，实际上支撑着胶合板厂的是刘大胖。她管生产，一有空就和工人一起干活。她管运输，一开始亲自开着拖拉机朝县城送货。她管销售，请客户吃饭十次有八次喝得酩酊大醉，大军子却滴酒不沾。她有时还当伙夫，给几十号子人做饭。胶合板厂很红火，大军子也很红火，电视上广播喇叭里说到胶合板厂时都是说大军子怎样勇于改革，大军子怎样科学管理，大军子怎样有善心，就连他给陪他上床的女人六千元钱都说成扶助贫困家庭……

三年后，胶合板厂成气候了，刘大胖和大军子的家也从平房变成了三层的小楼，拖拉机变成了大汽车，还给大军子买了辆奥迪，大军子却渐渐不沾家了。二妮子对刘大胖说，姐你该要个孩了。刘大胖说我生不了。不是刘大胖生不了，是大军子生不了，去了县医院去了市医院也去了省医院，都说是大军子生不了。大军子求她，胖，别跟人说我不生长。大胖说不说你，说我。所有的人就都知道刘大胖不生长了。

再后来，大军子傍上了副镇长的女儿。那个女人是个离过婚的二手货，二手货离婚的原因是不能生孩子。两个不能生育的男女结合的理由是刘大胖不能生育。刘大胖向大军子的爹大军子的娘，向大军子的大舅宋老磨二舅宋瘸子挨着个地说，成了喋喋不休的母鸡。可是没有人支持她。刘大胖想到了一招，找个人把自己的肚子弄大。

可是没有人。看上眼的人都出去了，留在家里的大多留不下什么好种。二妮子甚至大公无私地想到了让自己的老公替这个可怜的胖姐证明其具有生育能力，刘大胖抽了她一个大嘴巴。刘大胖知道，不能生育只是借口，甩了她才是目的。大军子傍上的那个二手货如花似玉，刘大胖自己都自惭形秽；那个二手货大学毕业，刘大胖只读了初中；那个二手货的爹是副镇长，出入前呼后拥，刘大胖的爹连官都没有。二妮子说姐，大军子和你离婚是铁定的。刘大胖说，他就死了这条心吧！

刘大胖没想到，镇法庭没通知她到庭，就下了大军子与她的离婚判决书。刘大胖更没想到，厂子判给了大军子，房子判给了大军子，车子判给了大军子，判给她的只有大军子和她结婚前的老房子——两间已经摇摇欲坠的旧瓦房。镇法庭负责此案的法官说按法律规定，大胖你本不该得这么多。刘大胖说法律规定是多少？法官说法律规定只是个大概齐，不说多少。刘大胖不服，她说那厂子、那机器大概齐有我一半。法官说按法律规定，厂子机器都没你的份儿。刘大胖说哦，那该归老磨舅？法官说怎么能是他呢？机器是从人家浙江赊来的，后来转成了股份。刘大胖说不是，是贷款买的。法官说按法律规定是要有证据的，你看这，这是证据。法官展示了一张纸，纸上血红的大印盖了好几个。刘大胖不说话了，再也不说话了，人家挖了一个深不见底的坑，她已经跳进去了。

那就拆。反正是我的，谁也别想用，拆。可是拆不成。二手货带了一条大狼狗放在厂子里，德国的。大狼狗谁都不咬，只咬刘大胖。德国的狼狗很敬业，睁着血红的阴险的眼睛盯着刘大胖，刘大胖连大门都进不去。刘大胖觉得一股气憋在了肚子里，胸整整大了一圈。

烧。她想，烧。二妮子说不行，姐真的不行，你烧了就犯法了。二妮子的男人也跟着说不行，二妮子男人是个夙货。二妮子宽她的心，说烧了就什么都没有了。二妮子男人说可不，没有了。二妮子说还犯法。二妮子男人说犯法。二妮子说留得青山在，男人接下联，不怕没柴烧。

刘大胖咽不下这口气，于是开始了她职业上访的生活。头半年，她每天都到镇政府、镇法庭去上访。她哭，她闹，她甚至拿着剧毒农药的药瓶在镇法庭门前扬言不公正判决就喝下去。结果是没有任何结果。二妮子劝她说，姐你告大军子没用，你们两口子离婚的事是家事，政府怎么管。刘大胖想想也对，那我就告法庭，告那个让自己闺女给人家当小的副镇长。没想到这样一告，把她自己告进去了。原因很简单——诬告。法庭判决没错，副镇长更没有让自己的闺女跟大军子，两人是自由恋爱。这一次刘大胖被关了半个月。她回到家，大军子就让二妮子捎话过来：刘大胖个熊娘们再胡闹，就让她没有立足之地。

刘大胖恼羞成怒，万人操的，我就要告，看看谁笑到最后！

你就这样一步进了京城？魏吉子放下笔，帮刘大胖擦拭着一脸泪水。刘大胖一把抓住他的手说，你要是真想要我，我就跟着你过。魏吉子抬头看看她，说，过一辈子？刘大胖说一辈子。魏吉子把酒瓶子伸过来，那就一辈子。刘大胖说等等，然后启开一瓶啤酒，也把酒瓶伸过去，两只酒瓶的脖子嗒啦碰在一起，说，一辈子。刘大胖一口气把一瓶啤酒喝干，把酒瓶子在地上摔了个粉碎，说刘梅花说话不算话就把这酒瓶变成原样！魏吉子也把酒瓶子摔在地上，说魏吉子说话不算话，就像这只酒瓶！

　　魏吉子把长达十几页的材料念了一遍，刘大胖边听边让他改。这里不对，大军子和那个骚货一好上就住一起了。魏吉子说按法律规定，一方有第三者插入，应当加倍赔偿另一方。说着，昂脸看看刘大胖，你们家家产值多少钱？刘大胖很警觉，姓魏的你啥意思？我上访是为了出口气！接着，她又一针见血地指出魏吉了写副镇长没写对。那个万人操的副镇长和他闺女支持大军子把我扫地出门。魏吉子沉默了一会儿，说要不咱不写副镇长？刘大胖问：为啥？魏吉子挠着头皮说，副镇长是个官，自古民告官……刘大胖火了，就告他！你魏吉子别当孬种啊！

　　折腾到了天亮，材料总算写完了。魏吉子说我们去复印十份寄给领导。刘大胖问信访部还去不？魏吉子说，去。

四

　　材料递上去一周后的一天，魏吉子吃了饭跟着客人去拉货，临走时给了刘大胖一个手机。手机很旧，是魏吉子两年前洗车时捡的，本来要给他老婆，老婆看不上。刘大胖拿着手机很高兴，她的手机和花书包一起丢了。刘大胖坐在棚子门前的阴凉里等着洗车。明晃晃的太阳照着马路对面的高楼，高楼的影子刀刻般整齐有力。高楼在阳光下气势逼人，刘大胖猜不出楼里住的都是什么人，她设想要是自己住进去，天天在云端吃饭睡觉肯定会犯晕。她环顾自己和魏吉子的棚子，棚子里外干干净净，弥漫着饭菜的气息、啤酒的气息，还有她和魏吉子弄出来的气息，对她来说，这就是家的气息，幸福的气息。虽然她的棚子只是高楼脚上的一粒灰尘。

洗完了三辆车，刘大胖重又坐回棚子门前，开始想魏吉子。她想着这个精壮的男人会在晚霞里也许是路灯下沿着这条杂乱的马路回来，回到这个棚子里，回到仿佛高楼脚上的一粒灰尘般的家。她知道这个男人回来的时候心里不会是酸楚，因为家里有热腾腾的饭菜，有清凉的啤酒，有她，还有他们喧嚣的夜。刘大胖心里充满了久违的幸福。她在幸福的驱使下给二妮子打了个电话。

二妮子是一个麻雀般饶舌的女人。刘大胖并不喜欢二妮子，可是刘大胖的父母去世后，二妮子成了她为数不多的亲人。刘大胖对着电话喊，二妮子，我是胖。哎呀是姐呀！二妮子像只麻雀般在电话里嚷嚷上了。她说姐呀你现在出名了，出大名了！刘大胖一愣：还不是大军子和那个女人害的，我恨死他们了。正说着，一只蚂蚁从她脚下慢腾腾移动，她狠狠地踩了一脚。二妮子在那边高声喊着：姐呀，人家都说你到北京找到靠山了，是不？刘大胖说，我靠，我靠个……二妮子没等她说完又叫：姐，我得去北京找你。你还记得我给你说过我姨家的冤屈事不？就是我县城那个二姨。她那片十几家的房子被拆迁，赔偿得太少。她和那些邻居一直在告，也没个下落。她听说你的本事大，死活拉着我到北京找你。我打昨个起就给你打电话，一天打十八遍，你手机都关机。这不，你要不给我来电话，我还不知咋联系你呢。刘大胖让二妮子说得晕头转向。她说，二妮子你等等，你刚才这些话啥意思？二妮子说啥意思，找你这大能人帮忙呗！姐你放心，我姨他们说了不让你白帮忙，给你表示！

刘大胖是个精明人。她马上明白家乡那边发生了什么事，也立马想到了和自己到信访部上访递交材料有关。她故意沉吟。沉吟一是给自己时间，二是让二妮子把话说明。二妮子果然说个没完。她从大军子和刘大胖离婚，说到想刘大胖想到茶饭不思的牵挂。最后说，你恨得牙根痒痒的那个副镇长前儿被"双规"了。姐，"双规"你懂吗？刘大胖嗯了一声。二妮子说，咱这儿的人都说是你把他告进去的。大军子的新媳妇放话说弄死你！

刘大胖愣了一会，接着像连珠炮一样，一连问了二妮子几个问题：他真进去了？二妮子说真进去了。刘大胖问：知道能判几年不？二妮子说老百姓传说他的事很重。刘大胖问：胶合板厂还开工不？二妮子说开着呢。刘大胖问：那个女人呢？二妮子说在呢，眼泡都哭肿了。刘大胖问：大军子说和她离婚了吗？二妮子说，嘻，你还想吃回头草啊？刘大胖说去你的，他跪八天八夜求我，八抬大轿抬我，我也不会回头。二妮子我给你实话实说，姐已经有人了，他在北京路子很野。不然，怎么能把那个万人操的副镇长给弄进去⋯⋯二妮子没听她说完就尖叫一声：嘻，姐你真厉害。这样吧，我明儿就带我姨去找你。没等刘大胖往下说，二妮子挂断了电话。

就在这时魏吉子兴冲冲地回到家，急不可耐地抱住了刘大胖。

刘大胖没动。魏吉子愣了一下，胖，胖，你这是咋了？

刘大胖突然泣不成声地说，成了成了。魏吉子不解地看着她，好大会儿没有反应过来。胖，胖，啥成了？咋成了？她问魏吉子：你说那万人操的副镇长能判几年？魏吉子咧咧嘴，摇头。她又问：我的事能改判吗？胶合板厂能给我分多少财产？魏吉子咧咧嘴，摇头。刘大胖急了，一脚踹开魏吉子。魏吉子双手抱腰，哎哟哟地叫着蹲在地上。刘大胖这才意识到自己下手太重。她也蹲下，抱着魏吉子的头，深怀歉意地说了一堆赔礼道歉的话。然后猛亲了魏吉子一阵子，说，听说那个万人操的副镇长给抓了，我心里甭提多高兴。咱告状赢了！这里有你的功劳呢。

魏吉子这才明白刘大胖刚才为什么那样忘乎所以。

刘大胖说，老公咱得好好庆祝庆祝。我还得好好敬你一杯。

刘大胖炒菜做饭的时候，魏吉子在一边犯着嘀咕。他想这刘大胖可能被人给忽悠了。材料才送上去一个礼拜，人家信访部门还没研究，即使研究了，往下批转了，材料肯定还在路上走着。到了地方，还得调查取证，没有三五个月甭想有结果。副镇长就是真的被抓了，也与刘大胖的材料没关系。当然，这话他不能对刘大胖说。对刘大胖说了，等于也否定了自己的功劳。他现在需要在刘大胖面前多立功。可是，吃饭的时候刘大胖一说二妮子要上北京来上访，他却忍不住叫开了：你怎么骗人呢？谁路子野？是你，是我？胖我给你说我可没本事把人家副镇长给告进去。他被"双规"肯定是东窗事发，咎由自取。咎由自取你懂吗?

刘大胖说,就是你的状子写得好,信访部才重视。我在家时状子写了几摞高怎么没起作用。说着给魏吉子碗里搛了一块肉。她用洗车挣来的钱买了二斤肉、三斤鸡蛋,还有四盆花。她喜欢种花养花,打小就喜欢。

魏吉子说,没那事。我比你知道得多。

刘大胖说,我打小就知道老师也喜欢作文写得好的学生,你当过老师还不懂这点?

魏吉子不吱声了。他心里明白跟刘大胖说不清楚。说不清楚不如不说。反正不是我魏吉子让你老乡来京找你。你老乡来京你刘大胖接待,安排,我顶多帮着写封信,这也不是什么难事。要是不答应她,惹火了她,她拍拍屁股走人了,老子岂不又成了光棍?

刘大胖还沉浸在喜悦之中,得意洋洋地说,这回我算扬眉吐气了。想想大军子和我闹离婚那光景我就心寒。从镇上到村里多少人见了我都不拿正眼看我,好像是我先在外边养了汉子对不起大军子。其实呢,是他们七大姑八大姨什么的在我家胶合板厂工作,怕和我来往得罪大军子。现在让他们看看,我刘大胖离了大军子照样活得痛快。

魏吉子说,痛快。

刘大胖说,共产党的天下就是有讲理的地方。他大军子和他媳妇不是仗着有靠山吗?怎么样,这靠山让我一个弱女子给告倒了。

魏吉子说,就是,有讲理的地方。

刘大胖扒拉两口饭,认真地看着魏吉子,问:二妮子的事咱弄成弄不成?

魏吉子反问:弄成弄不成?

刘大胖说,问你呢。

魏吉子说,那得看她姨到底冤屈不冤屈,咱不能在这儿瞎胡猜。

刘大胖说,那就让她带她姨来?

魏吉子未置可否。

人逢喜事精神爽。刘大胖心里高兴,吃完饭连锅碗也没刷,就吵着魏吉子上床。两个人折腾一阵子过后，刘大胖幸福地躺在魏吉子怀里，突然问了一句，咱要不要去谢谢人家信访部的人？

魏吉子着实有点累了，长吁了一口气，咋个谢法？

刘大胖说，送个红包呗！我在家办厂子、跑销售，送红包是经常的事。这是人情礼节。人家帮你，你凭啥子不感谢人家。你不知恩图报，人家又凭啥子帮你？没良心的人没好报！

魏吉子未曾有过刘大胖的经历，被她这番话说得有点儿晕，想了好大一会儿没有说话。刘大胖不耐烦了，扯了一下他的下身，疼得他咧着嘴哎哟哎哟。刘大胖说我又不向你要钱，你害怕个熊？我打明个起每天多洗十辆二十辆车，半个月下来就能挣够一个大红包钱。魏吉子问：你送给信访部门的谁？你又认识信访部门的谁？再说，谁能收你的红包？

刘大胖被魏吉子一连几个谁给问住了。但是，魏吉子这一连几个谁也让她心里不高兴。她翻了个身，背对着魏吉子，小声骂了一句让魏吉子听不懂的话。

第二天，二妮子果然来北京了，果然带着她姨来了。刘大胖接到二妮子的电话才犯了愁：我的个娘哎，我在哪儿见二妮子呢？总不能把她和她姨带魏吉子的破棚子里来吧？二妮子你可害苦姐姐了！

魏吉子看出刘大胖的心思，点拨她说，胖你别愁。这北京城大，请亲戚会朋友都不在家里。你可以约个吃饭的地方，和二妮子她们在那地方见。

刘大胖瞪了他一眼，刚要发火，突然又嘿嘿笑了，拍拍他的脑袋瓜子，你这一说还真提醒了我。别说北京，就是在咱老家找人办事也不是往家里拉，饭店、茶社、歌厅、洗脚房……

魏吉子说我呸，那破县城还有歌厅洗脚房？

刘大胖这回瞪眼了，咋的？咱那县城有一条街都是开歌厅洗脚房的，里边的小姐长得不比北京的差。你没吃过葡萄还不知道葡萄啥滋味呀？给你说吧，我有十几家歌厅洗脚房的打折卡。那些店的老板老板娘哪个见我不是胖姐胖姐地叫唤得甜蜜蜜。别忘了。我也是当地……说着，她眼圈红了，也不往下说了。再往下说她又会哭天抹泪地控诉万恶的大军子和那个副镇长。魏吉子也怕她伤心，转移了话题，胖你就选个吃饭的地方。刘大胖问：你去不？眼睛却上下打量着魏吉子。魏吉子穿着件不知从哪儿捡来的酱红色的工服，上边写着"保洁"二字，两个胳膊肘儿都破了洞，五个扣子少了三个。他的头发也有几天没洗，发间散落着头皮屑。让她最恶心的是他两个眼角残留的黄泥巴一样的眼屎。她相信如果魏吉子出现在二妮子面前，二妮子肯定会吓得转身就跑。在乡下也不好找这样脏的男人了。她心里同时陡生几分悲哀：唉！我大胖这两晚就是和这个男人搞得天昏地暗啊？

床头的柜子上有一块四方形的镜子，那是魏吉子在报废车上摘下来的倒车镜。刘大胖用它照了照魏吉子，看看你个熊样！去，洗洗你的头脸。

魏吉子唏了一声，是长音。他们老家都把这一个字拖十几秒。他说，就我这熊样帮你出了恶气。你现在又嫌我了是不？大胖说，没有，没有，我没嫌你的意思。我是让你打扮得精神点儿去见二妮子。省得二妮子那张嘴回去胡说八道。她边说，边给魏吉子打水，端着脸盆的手抖着，又说，看北京这熊水，跟咱家那烂泥塘里的水差不多。

五

人的运气来了挡都挡不住。二妮子带她姨来北京一趟，走后刚二十天，给刘大胖打来电话，掩饰不住心里的高兴，声音有点儿颤抖，胖，胖姐，这回我打心里服姐姐你了。

刘大胖马上明白二妮子话中的深刻内涵。但是，她还不能马上确定，小心地试探着问：你姨给你说了？她不知道二妮子的姨那边的事有没有结果，但又不能直接问有没有结果。如果有了结果，她那样问反倒会引起二妮子的猜疑：你找人办的事你自己还不知道结果啊？如果没有结果，她那样问同样会引起二妮子猜疑：到底是不是你刘大胖找的关系啊？你找的关系怎么还向我问结果？而刚才这样问，可进可退，留有余地。你姨给你说了？二妮子如果回答说成了，刘大胖可以说我已经知道事情成了。二妮子如果说黄了，刘大胖可以说再等等。

二妮子说,姐啊,我姨专门来我家,给我说上次和我一起去北京给你那留的两万元钱的事。

刘大胖一愣,上次二妮子来留下的两万元她一分也没有动。不是她不敢动,是没地方花。

二妮子在电话那边激动得声音都变了,我姨说了,她花销两万把事情办成了。她左邻右舍都夸我姨有能耐。他们又凑了两万元钱,赶着我姨上北京感谢你。

刘大胖马上明白了:二妮子上回带她姨来北京找她办事办成了。她又激动又兴奋,说话的声音也响了:二妮子你千万不能这样子。那钱……她原本想说那钱不能收,可到嘴边犹豫了一下又改了口,那钱得给帮咱办事的人家。下回还得找人家办事,二妮子你说对不对?

二妮子连说对、对、对!姐,我还有话不知当说不当说?

刘大胖心里乐滋滋的,二妮子你弄啥呢?咱姐们有啥话还当说不当说。有话就说有屁就放,你和我还客气。

二妮子有点吞吞吐吐,姐你在北京的路子这么野,不如我帮你专找这样的活。你挣大钱我挣点跑腿钱。

二妮子的这句话让刘大胖来了兴致。魏吉子确实写得一手好字一手漂亮文章,前两份材料寄出去后都有了回音,可以说百发百中。写一份材料,花那么一点点邮费,就可以赚两万,这生意值得做。刘大胖毕竟是做过生意的,有生意人的头脑。她沉吟一会儿才接上二妮的话。她说这事要分大事小事,不都是花两万元钱能做的。

二妮子说我懂啊姐,我姨这事前后不就花了四万吗?去北京给你带了两万,过两天再给你卡上打两万。

刘大胖说,这四万我可不沾一分,都送给办事的人。

二妮子爽快地说,那我让我姨赶快把那两万汇给你。以后再找办这事的人,咱掂量掂量,事大的咱就多要,十万八万二十万,保不准还有三五十万的事。我姨给我说,她婆家大姑姐的老公……

刘大胖不耐烦了，什么七拐八拐的，她婆家大姑姐的老公不就是你大姨小孩的姑夫吗？你照直说不就成了。她没想到，她的话比二妮子拐的弯子还长。

二妮子说就是，就是！她大姑姐找她，说她大姑姐的老公在市里弄了块地，钱去年就交了，手续老是办不下来。最近，她大姑姐的老公听说那块地要给别人，别人在地皮上盖了临建棚子，看样子马上要施工。她大姑姐的老公急了，找我姨，想让我姨找我，再让我找你，看能不能给想想办法。接下来二妮子压低了声音，我姨说她大姑姐的老公打算花一个大头。

十万？刘大胖心怦怦地跳。

二妮子说，不是，再加个零。

一百万？刘大胖仿佛一下子掉进了冰窖里，冻得浑身颤抖，上牙和下牙也开始打架。往后，二妮子说了些什么，她自己说了些什么，意识里一点儿也没存下。

魏吉子回来后，刘大胖十万火急地把这一情况向他说了。当然，她对魏吉子只是说二妮子的姨打算给十万。就这，让魏吉子吓得脸色蜡黄。这，这，这你也敢答应人家？

刘大胖不以为意，不就是动动笔写份材料吗？

魏吉子两眼发直，问，你真以为那两件事是写材料办成的？你真以为我魏吉子一份材料能改天换地？

刘大胖不解。

魏吉子长长地叹了一声，说，睡吧。我今天好累。

刘大胖不干，拧着魏吉子的耳朵问，你写不写材料吧？

魏吉子没有马上回答。

刘大胖恶狠狠地说，你亲笔写的信还在我手里啊！

魏吉子朝她翻了翻白眼，翻身把她压在身下。早知你个熊娘们拿老子当摇钱树，喊我三声爷爷也不干那事！

刘大胖嘿嘿嘿地笑。

魏吉子发了疯地用力，不像是在做爱，倒像是在报仇。刘大胖扭动身子迎合着他，嘴里不住发出愉快的叫声。魏吉子恼怒地说，赶明儿个我就让你哭都找不着北。

事后，刘大胖睡着了，睡得像午间盛开的月季，鼾声在棚子里肆无忌惮地游走。等她醒来时，魏吉子已经不见了。她发现魏吉子从收破烂的那儿花五元钱买来的手提箱不见了，墙上挂着的魏吉子的衣服也不见了。她一阵惶恐，这个没良心的，十有八九是不想和我一块儿过了。她一边流泪一边收拾自己的铺盖，背起来走出了棚子。走出一段，她回头看看被她收拾得干干净净的棚子，门前的十几盆花把清晨点缀得生动而艳丽。要是有几只鸡就好了。她心里说着就走远了。

离开魏吉子的家——刘大胖已经觉得那只是魏吉子的家了，刘大胖没有可去的地方。她靠在自己的铺盖卷上对着大街傻傻地看着。看着看着她的眼泪就流出来。魏吉子给了她前所未有的快活和幸福，她相信她已经摸到了那闪着银光的沉甸甸的幸福。她已经真心要跟这个二手货男人了，可是这个二手货居然不辞而别离她而去。她被大军子给甩了，这个男人还没等她倒过气来，以痛打落水狗的精神把她又甩了……她一次次地把眼泪收回去，又一次次地让它流出来。她觉得自己的样子一定很可笑，也一定很可怜。这样想着，她的眼泪就又一次流出来。这一次她没有让眼泪收回去，由着它流，流着流着就哭出声来。

刘大胖决定不想了。她又困又饿。困好办，天不冷，能躺平了睡觉的地方多得是，桥底下，楼门口，哪儿都行，可是饿却没办法。早上从魏吉子棚子里出来的时候她把所有的钱都放到了桌子上，那一刻她有一种净身出户的英勇悲壮的感觉，现在不行了，肚子咕咕叫唤。刘大胖起身向四周看了看，不远处一个年轻的保安正在岗亭子边踱步。她走过去，大兄弟，我饿了，能给口吃的吗？年轻的保安仔细看了她半天，说，吃的？刘大胖说，吃的，一个馍馍就行。保安说，就一个馍馍？刘大胖说就一个馍馍。保安对着对讲机叫唤了几句，一会，另一个保安送来了两个馍馍和一袋榨菜。刘大胖拿了一个馍馍。保安说都拿去。刘大胖又拿了榨菜。保安说两个都给你。刘大胖说说好了一个就一个。保安笑了，大姐，你没毛病吧？刘大胖说你娘了个，看了看手里的馍馍，改口说，说话算话，一个就一个。保安拿出一张纸把馍馍包起来，放进岗亭子，说馍馍放在这里，你饿了随时过来拿。刘大胖咬着馍，含混不清地说，大兄弟，你心眼好，实诚，能找个好媳妇。保安说那也没有你实诚。刘大胖朝保安笑笑，一脸的感激，保安也朝她笑笑，一颗虎牙，满脸的单纯。刘大胖心情好多了。

刘大胖再一次困了。在睡着之前，刘大胖对那个年轻的保安说，大兄弟你贵姓？保安说我不贵姓。刘大胖说说你贵姓我好报答你一个馍馍的恩情。保安听懂了，咧嘴笑笑，用手指甲敲了敲自己显著的虎牙。

刘大胖带着一个馍馍的好心情睡着了。她梦见了蛐蛐，黑头长须的蛐蛐蹦到了她怀里，叫个不停。蛐蛐叫了好几遍，刘大胖激灵一下醒了，是手机。刚摁下接听键，二妮子就嚷嚷上了，姐，着了，着了！刘大胖说什么着了？二妮子说着火了！我姨她大姑姐老公那块地上的临建房子着火了！刘大胖说什么，你再说一遍……二妮子说你脑子让粪耙子刨了？

刘大胖手机掉在了地上。

六

刘大胖坐在棚子门口等着。

她没有进屋，一直就坐在门口，终于等到了蓬头垢面的魏吉子。

魏吉子两眼直勾勾地盯着刘大胖，说，我是个男人。

刘大胖说你是。

魏吉子说我没白长个雀子。

刘大胖说没白长，谁白长了你也没白长。

魏吉子说你明白就好。

刘大胖拥着魏吉子进屋，说我明白。

魏吉子说你不明白，我现在是纵火犯。

刘大胖说你不是，你烧的是违章建筑。

魏吉子说我打过司法热线，烧房子就是纵火犯。

刘大胖说是我害了你。

魏吉子说是我自己要去的。

刘大胖说不是，是我逼你去的。

魏吉子说腿长在我身上。

刘大胖说都怪我开始。

魏吉子说怪我，我不该骗你，本来可以不烧的。

刘大胖说我就是因为你骗我才生气，我早就后悔了。

魏吉子说你后悔剁我的雀子？

刘大胖说你还有心思说笑！

魏吉子搂着刘大胖说，不行了，雀子不行了。

夜里，刘大胖躺在魏吉子的臂弯里，泪水打湿了枕头，打湿了魏吉子的胸膛。魏吉子说我知道你心里苦，哭吧，哭出来就好了。刘大胖说我心里不苦了，是甜的。魏吉子说你得让我尝尝才知道。刘大胖说你尝吧，人是你的，心也是你的。刘大胖哦地叫了一声，我的儿啊，我的孩子。刘大胖的泪水打湿了魏吉子乱蓬蓬的头发。

几天后，老家来了几个穿便衣的警察。魏吉子丝毫也没犹豫地把双手伸出来，警察咔的一声就给铐上了。

魏吉子回头对着大胖笑笑，一副释然的表情。

刘大胖醒过神来，抄起一根钢管追到车后面，只砸坏了一个车后灯。汽车载着魏吉子绝尘而去，魏吉子把一脸的坏笑留给了刘大胖。

刘大胖傻了。魏吉子的笑挥之不去，刘大胖无论做什么，魏吉子总在她眼前露出一脸的坏笑。这坏笑把刘大胖一直牵回了老家。

二妮子哭了。刘大胖说完魏吉子二妮子就哭了。刘大胖说得很细，从认识魏吉子，到魏吉子强奸她，到魏吉子骗她，到魏吉子烧房子。二妮子听得眼睛放光，接下来就哭了。二妮子说这是个好男人，姐，他这么轰轰烈烈地对你，你坐牢都值了。

离开二妮子家，刘大胖就直接到了县公安局。

刘大胖的运气好得连她自己都不敢相信，只等了半天她就把踹了她一脚的警察等到了。本来刘大胖是做了长远打算的，公安局对面是打印社，打印社门口有一个平台，平台上可以睡觉，她都把铺盖卷放在平台上占好了地方了，没想到这么容易就找到正主了。

刘大胖扯住那个警察，说，你把魏吉子放了。

警察认出了刘大胖，想甩开她的手。刘大胖早有准备，扯得紧紧的。警察说你放开说话。

刘大胖说你答应放了魏吉子。

警察说你放开说话。声音明显高了。

刘大胖声音也高了，你放了魏吉子。

警察知道遇到了泼娘们，说，你跟我进去。

刘大胖说我正想进去呢，别看你会武功，我不怕你踹。

进了公安局，刘大胖已经知道警察叫范队了。刘大胖说，范队，按法律规定，你们公安是讲理的。

范队说公安不光讲理，还讲法律。

刘大胖说讲理讲法律都一样，你把魏吉子放了。

范队笑了，说凭什么？

刘大胖说我是他女人，我也是他的雇主，是我让他替我烧的房子。

范队说，那你就是共犯，说说你为什么让他烧房子。

刘大胖说那房子是违章建筑。

范队说那还是纵火，你是共犯。

刘大胖说不对，不是纵火，是拆除。

范队说哦？

刘大胖说按法律规定，那地皮是我亲戚的，盖临建房子的人是强占，临建就是违章建筑，对不？

范队说就是你自家的，也不能随便纵火。

刘大胖说我嫌拆房子费事，就让魏吉子一把火烧了。

范队说烧了就是纵火。

刘大胖说你放，哦，那我收完了麦子，放火烧麦茬是纵火吗？

范队说我没有闲工夫听你磨牙，你走，不走我连你也关了。

刘大胖说你别吓唬我，这不算完。

范队说你这娘们是个刁民，给你脸你都不知道接着，出去。

刘大胖说我不出去，你说过我是共犯，你把我关起来。

范队说你真想进去？

刘大胖说想进去。

范队说好吧，你等着。

刘大胖坐在局长对面展示纸条时才发现当时太欠考虑。

局长对着纸条看了半天，看看刘大胖，又对着纸条看了半天。刘大胖心里有些打鼓。果然，局长说话了，局长一说话，事态就严重了。局长说，这么说，魏吉子强奸过你。

刘大胖说没有。

局长抖搂抖搂纸条，白纸黑字。

刘大胖说这不算，他是趁我睡着了弄的，我醒了就愿意了。

局长说，不算你拿这个给我是什么意思呢？

刘大胖说这上头写着呢，魏吉子愿意为刘梅花做事补偿。

局长说，这是因果关系，他没有强奸你，为什么为你做事补偿呢？

刘大胖说，他开始是强奸我，后来……

局长说，强奸你那就严重了。强奸罪加上纵火罪，数罪并罚，后果还用我说吗？

刘大胖知道说不过局长，就直奔主题，是我让魏吉子替我烧我的房子。

局长说烧房子就是纵火。

刘大胖说我那是嫌费事才用火烧，算是拆除。

局长显然已经没有兴趣再谈了，起身说，你这个大妹子啊，是不是脑子有点……

刘大胖说把纸条给我。

局长说这个不能给。

刘大胖说你不给我死给你看。

局长说你无法无天了。

刘大胖不吭声，用头对着桌子就撞了过去。局长赶紧挡住。旁边几个打杂的公安围过来，想把刘大胖拖走，刘大胖运足了气力大喊：杀人了！

刘大胖的喊声十分凄厉，局长认为在夜空里传播的距离无法估算。

刘大胖的纸条失而复得。

刘大胖躺在打印社门口的平台上，眼睛瞄着范队的那扇窗户。公安局的窗户一扇一扇灭了灯，成了一只只黑洞洞的眼睛，那些眼睛仿佛全都警惕地盯着她。大街上的灯也相继灭掉，最后只剩下了无精打采的路灯。原先黢黑的天空显得亮起来，深不见底的天空密密麻麻地布满了星星，像是人身上的疥疮。刘大胖费力地睁着眼睛，眼皮却越来越硬，她用手把眼睛掰开，发现眼皮已经肿成了灯泡。她索性把眼睛闭上。一闭上眼睛，坏笑着的魏吉子就来了，就在她的眼前。刘大胖说魏吉子你挨揍了吗？魏吉子还是一脸坏笑。刘大胖说我知道你挨揍了，他们连女人都揍，放不过你个爷们的。可是我身上都是肉，你身上都是骨头呀魏吉子。刘大胖自说自话，一会就说不动了，嗓子像是被塞进了一把锯末，又像是被点了火。刘大胖想喝水，可是身子不听使唤，一点都动不了，天上的星星真的变成了疥疮，落到她身上。

刘大胖再一次睁开眼睛的时候，看到了二妮子。二妮子咧着大嘴又哭又笑，姐呀，姐，俺姐活了，活了，我的个娘哎——刘大胖很奇怪，你怎么来了二妮子？二妮子说你都死了好几天了，俺要是不来连个收尸的人都没有，我的个亲娘哎！刘大胖说放屁，我睡了一觉怎么就好几天了？二妮子说你才放屁，你见过睡觉睡死了的吗？三天了，你死了三天了。刘大胖这时才发现，自己是躺在医院的病房里，她说不行，魏吉子还在里头蹲着呢，我得去找警察。说着刘大胖就起身，一起身浑身就又疼起来。二妮子说，你别逞熊能了！我姨婆婆家的大姑姐的老公说没想到你会这样做。她大姑姐的老公也被调查了。大军子找到我，私下给我六千元钱，让给你治病。

刘大胖哇哇大哭，大军子你是个男人！

出院后，刘大胖决定第二次去北京。她对二妮子说，我要去北京。二妮子说你去等姓魏的？刘大胖说等，我等他十年二十年。等他出来，正儿八经地做他老婆。

接着，刘大胖又问二妮子，你姨婆婆家大姑姐的老公还想不想要回那块地？

二妮子反问，你有办法？

刘大胖说有办法。我这回一分钱也不要你姨婆婆家大姑姐老公的，等我打赢了，地要回来了，让他再兑现。

二妮子说那肯定的。

二妮子上上下下打量了她一眼，说，咦，你怎么胖了？刘大胖说胖了，腰粗了二寸。二妮子围着她转了一圈，又转了一圈，说，你有了。刘大胖说有什么？二妮子说坐窝了，揣崽了，魏吉子给你种上了。刘大胖说放屁，等等，真的？二妮子说，咦，你不是说你不会下蛋吗？刘大胖说别废话，我真有了？二妮子说假了包换。刘大胖蹦起来，我得跟魏吉子说去！

二妮子说，你回来，你不是说你不会下蛋吗？刘大胖说那是大军子不会！

刘大胖见不到魏吉子，看守所连大门都不让她进。不让进就不让进，刘大胖有的是办法，她运足了气力在大门口喊，魏吉子，我是刘梅花，我坐窝了，揣崽了，你给我种上了！接着又去看守所的后墙边喊：魏吉子，我是你女人刘梅花，我坐窝了，揣崽了，你给我种上了！刘大胖把看守所前后左右都喊遍，一直喊到头晕眼花，一直喊到确信魏吉子听见了。

在去北京的火车上，刘大胖做出了重大的决定，把自己的生活费涨到了一天二十块，她要替肚子里的小东西多吃点。

下了火车，刘大胖就坐地铁，坐公交，直奔魏吉子的棚子。那是他们的家，那里有床铺，有锅碗瓢勺，能吃一口热乎的饭，最重要的是，省钱。

七

刘大胖有了计划，却没赶上变化，魏吉子的棚子没了，家没了。原先搭棚子的地方已经被夷为平地。

刘大胖背着包袱在棚子的位置站了半个小时。刘大胖又扔下包袱在原先搭棚子的周边转了半个小时。肚子咕咕地叫起来，刘大胖还是没有想明白。棚子没了，家没了，魏吉子的电动三轮车没了，那台生钱的机器洗车机也没了，还有，锅碗瓢勺，电视，那张用木板支起来的令她往返于地狱天堂的床，都没了。梦一样没了。

刘大胖只见到了她从河边花池子里移过来的那些花的残骸，那些曾经生机勃勃烂漫艳丽的花横七竖八地躺在地上，像一具具女人的干尸。刘大胖在扒拉那些花的残骸时，意外地发现了一朵被枯枝掩盖着的黄花，那朵黄花怯生生地、可怜巴巴地倔强地望着她。刘大胖的心悸动了一下，用手刨开土，给那朵幸存的黄花做了个宽大深厚的窝，又从旁边的土坑里捧来水让它喝饱喝足。黄花笑了，刘大胖也笑了。

刘大胖在黄花的笑容里问对面大楼的保安，我的家呢？保安像高楼那样威严，上下打量着她，连句话都懒得说。刘大胖又问旁边工地门口那个烂眼睛的看门人，看门人极具穿透力地看她的脸、她的胸和肚子，看饱了才说，让城管拆了，用大抓斗机，轰，拆了。烂眼睛在说到"轰"的时候表情极兴奋，毫不掩饰他的幸灾乐祸。刘大胖说那我家的东西呢？机器、电动车，还有那一屋子东西呢？烂眼睛重又用极具穿透力的目光看她的脸她的胸，再次看饱后，说，你男人还欠我钱呢，你得还。刘大胖说他欠你什么钱？烂眼睛说，水费，电费，我偷着从工地给他接的，一个月一百。刘大胖说我不知道，你找他要去。说完转身就走。

烂眼睛猴子般窜过来，一把抓住她，你不能走。

刘大胖说不走你管饭？

烂眼睛围着她转，说，我知道你男人摊上事了，你，住到我那儿去，我不要钱。

刘大胖说，那你先跟我说东西都拉哪儿去了。

烂眼睛说你先跟我走。

刘大胖拍拍他的肩膀，急什么，告诉我，东西拉哪儿去了，乖。

烂眼睛酥了，指着门前的马路说，走到头，右拐，到红绿灯左拐，就到了，路西。说着就急不可耐地去搂刘大胖的腰。

刘大胖顺手就是一巴掌，狠狠地抽在他脸上。

烂眼睛回过神来，想打刘大胖。刘大胖揪住他大喊：抓流氓啊！

烂眼睛急了，一边堵她的嘴，一边求她，姑奶奶姑奶奶，别喊了，我饭碗没了。

刘大胖说那你给钱，不给我砸你饭碗。

烂眼睛说给多少？

刘大胖说一百。

五十。

五十就五十，拿来。

拿了五十块钱，刘大胖回到她的黄花边上坐下。黄花感激地看着她，她的眼泪哗地就流了出来。如果没有她，这朵黄花毫无疑问会像它的同族姐妹那样变成干尸，也许明天，也许就是今天。可是谁能管她呢？那个本以为可以托付一辈子的大军子，把她扒光了榨尽了扔出门外，她还要替他背着不能生育的恶名；大军子的大舅宋老磨，那个笑眯眯的眼睛藏着杀人刀吃肉不吐骨头的信用社主任；大军子的二舅，那个法律规定了要置她于死地的庭长；那个什么都比她强，夺走了大军子夺走了她的财富还放狗咬她的贱货；还有那条德国的狼狗，虽然披着老外的身份却也难逃狗眼看人低的本性；还有对面大楼对她视而不见的保安，还有刚刚这个猥琐的烂眼睛看门人。似乎整个世界都在跟刘大胖作对。

刘大胖想着这些的时候，一脸坏笑的魏吉子再次回到她眼前。刘大胖本来没指望魏吉子为了让她得到钱去烧房子，但是他烧了，虽然他骗过她，但最后还是去烧了。这是个要脸的男人，是个真心对她好的男人，也是这个世界上她唯一值得信赖的男人。刘大胖决定不去找城管要东西了，那些东西和魏吉子比起来，一文不值。

刘大胖决定去还账。那天晚上，那个长着虎牙的年轻保安给了她一个馍馍，她说过她会报答的。

刘大胖没费劲就找到了那个长虎牙的保安。刘大胖说小兄弟还认识我吗？保安说认识认识，大姐，又饿了？说着就用对讲机喊人拿馍馍。刘大胖连忙阻止他，并把从烂眼睛那里诈来的五十块钱拍到他手里。保安说，姐，什么情况这是？刘大胖说，姐说过，姐会报答你。保安说，一个馍馍？刘大胖说一个馍馍。保安说五十块钱？刘大胖说五十块钱。保安笑了，姐，这也太离谱了，一个馍馍五毛钱，这才几天就翻了一百倍。刘大胖也笑了，好人有好报，一千倍都不多。

刘大胖走了，心情好极了。没想到一会儿那个小保安就追了上来。保安说，姐，你跟我回去。刘大胖说为什么？保安说，你说过好人有好报。刘大胖说我又不是好人。保安说知道感恩就是好人。刘大胖说不知道感恩就不是人。保安说守信用是好人。刘大胖说不守信用那也不是人。保安说那你就跟我回去吧。刘大胖还是不解，为什么？保安说你是来上访的吧？刘大胖说什么上访？姐是来告状的。保安说告状就是上访。

刘大胖死活都想不到几天前的一个馍馍能让她有个安身睡觉的地方，能让她心里充满了温情。在她的一再追问下，虎牙保安很不好意思地说出了自己的名字：牛荷花。刘大胖笑喷了，你一个大小伙子怎么叫上了这个名字？牛荷花说这是我姐的名字。刘大胖更不解了，你叫了你姐的名字，你姐怎么办？牛荷花说我姐没了。刘大胖说没了？怎么没了？牛荷花说，没了，小时候就没了。刘大胖说不说了不说了，我就当你姐吧。牛荷花说你就是我姐。

第二天，牛荷花用电动车带着刘大胖直奔上访的地点。牛荷花说，姐，你怀孕了。刘大胖说你怎么知道？牛荷花说上次见你肚子没这么大。刘大胖说以后不许老看女人的肚子，流氓。

牛荷花说知道。

有了牛荷花，刘大胖的效率就高多了。牛荷花帮她填写登记表，帮她散发上访材料，给她讲解条文上那些费解的词。中午吃饭的时候，刘大胖决定将原计划一天二十元的预算提高一倍，破例要了红烧肉盒饭。

不过，刘大胖心里不踏实，因为牛荷花的字没有魏吉子写得好看，歪歪扭扭，就像残疾，胳膊长得不是地方，腿也长得不是地方。文章更没法和魏吉子比，小拇指甲一般大的字，写了半页纸就想不出词了。最后，刘大胖无可奈何地说，就这样吧！

八

三个月的光景很快过去了。这三个月中，刘大胖没少和二妮子通电话，每回开门见山地问，有信了吧？一听二妮子说没信，她心里就犯嘀咕：难道魏吉子那熊东西说准了，过去那两件事有结果并不是魏吉子的信起的作用？不，不对！没有魏吉子的信，怎么能把那两人给办了？

刘大胖也去过信访接待的地方查询。每回工作人员都很热情，一脸阳光灿烂，开口必称大姐。大姐，我们已经把信批转有关部门了，你耐心等候消息吧。刘大胖每到这个时候就没辙。

然而，让刘大胖想不到的是，她要解决的事还没解决，却因天天朝信访接待的地方跑，和搞接待的混熟了，意外地收获了机会。

那天，刘大胖又去信访接待的地方询问结果。临走的时候，负责接待的那位姑娘热情地起了起身，喊了声大姐你慢点，身子不方便就少出门。

刘大胖嗯啊地应着。刚出门，一个中年男子拦住了她。妹子，我想请你吃饭。

刘大胖冷冷地看了他一眼，干啥？

中年男子说，就想请你吃饭。

刘大胖四下看了一眼，严肃地问，我不认识你，你为啥请我吃饭？

中年男子嘿嘿笑了，妹子，原来不认识，现在就认识了。人和人之间不就这样吗？

刘大胖脑子急速旋转着，猜想中年男子的真实意图。中年男子没等她再问，主动地作了自我介绍。我姓刘，你叫我刘哥也行，叫我老刘也行。我听你口音像鲁南的，咱俩是纯老乡。我是来北京上访的，已经来两月，找不到熟人也找不到门路干着急。我看你和那个负责接待的很熟，关系非同一般，想求你帮忙……

刘大胖这回明白了中年男子的意图。她对他的话既没有肯定也没有否定，故意卖着关子，说这事不管。

咋不管？老刘说，妹子我也不是白让你帮忙。事成了我重谢你！

刘大胖一边摇头说，这事不管，一边转过身往前走。老刘两大步跨到她前边，挡住了她的路。妹子，你说说咋不管？你要是不相信我，我现在就先给你付一万定金。刘大胖眼睛一亮，朝前努了努嘴，我是说在这里说这事不管。你没看见多少双眼睛在看着咱俩。

老刘四下看了一眼，连连点头说，妹子对不起，哥一时着急没想那么多。咱换个地方说话。

老刘把刘大胖带到不远处一家旅馆。这家旅馆住的大半是外地进京上访的。那些上访的大多数住在地下一层或二层的地下室里，三五个人挤在不到十平方米的一间屋子里，有的一间挤十几个。而老刘住在地上二层，还是单间。刘大胖依此判断老刘是有点积蓄的人。这种人进京上访，保不住是为了挽回大损失，舍得花钱求人。刘大胖这样一想，心里偷偷乐了。这回她先开门见山，刘哥，咱不光是老乡，还是本家，我也姓刘。

老刘惊喜地说，是吗？那不就更亲了吗？说着，剥了只香蕉递给刘大胖。

刘大胖接过香蕉，心里更加认定老刘手里有点钱。来京上访的老百姓有几个住单间吃香蕉的？她一口咬了大半截在嘴里，说话也含混不清了。刘哥，哥，你多大的事？

老刘长长地叹了口气，说来话长，不是一句半句能说清楚。我先把材料给你看看吧。说完，打开旅行箱，取出一摞材料给了刘大胖。刘大胖接过材料，皱了皱眉头，说刘哥你先说说吧。我看这事能不能帮你摆平。

老刘还没开口，眼泪唰唰唰地落下来。刘大胖说男人有泪不轻弹，只是没到伤心处。哥你就先哭一场吧。

老刘不哭了，一五一十地向刘大胖讲了他来京上访的原因。刘大胖听着听着就心跳加快了。嘿，这老刘不是二妮子她姨婆家大姑姐的老公吗？怪不得他讲的事儿听着熟悉。

这事儿闹的。

妹子你说我这事你能帮着摆平吗？老刘抹着眼泪，急切地问。

刘大胖皱了皱眉头。她一页一页一遍一遍地翻着老刘给她的材料，其实一个字也没细看。这个时候她更想念魏吉子了。要是魏吉子在……她不敢想了，生怕不小心说出魏吉子的名字。小时候，她奶奶她姥姥都教过她，心里咋想的，往往容易秃噜出来。她决定赶快离开老刘。于是边起身边说，哥你这事我得跟人家信访的商量商量，我一个人做不了主。虽然是好朋友，可话说回来朋友归朋友，办事归办事。

老刘忙说我懂，我懂。我这回来京该带的都带着呢。要不，哥先给你拿点？

刘大胖犹豫了片刻，说算了，我这人办事特讲规矩。我先问一问，能办，你该拿多少拿多少，不能办我一个子不要你的。妹子提醒你当哥的，千千万万、万万千千别轻信人。满口包票的不是骗子就是吹牛大王，把你的钱哄到手，哼……她故意打住了。有些话不需要说全，尤其是对老刘这种人。老刘果然十分感激，握着刘大胖的手连续说了几声谢谢。妹子你这话我听了踏实。哥就全指望你了。

老刘把刘大胖送到门外，拦了辆出租车，亲手打开车门，扶着刘大胖上了车。刘大胖当时心里挺得意。车子开出两站地她又后悔了：坐出租车可是要付钱的。她伸手摸了摸口袋，里边就剩下两张票子，一张十元，一张五元。她问出租车司机到她住的地方需要多少钱，出租车司机脱口而出地说，四十多元吧！刘大胖喊停车，我下去。出租车司机看出了她的心思，说你现在下车也得给我十元。刘大胖懒得和出租车司机理论，让他停下车，大大方方地给了他十元钱，说，不要票。

这个老刘，看样子大方，做事挺抠门！刘大胖一边走一边愤愤地想。你今天让我赔了十元钱，我明天让你加倍偿还！

可是，怎么才能从老刘的口袋掏出钱呢？可是……刘大胖想了一路，想得头疼也没想出个法子。直到和牛荷花坐在一起吃饭的时候，经牛荷花点拨，她才想到了个法子。

牛荷花是这样"点拨"刘大胖的。他说姐你别愁。我听大人说，怀了孩子的女人，会把自己的欢喜悲忧传染给肚子里的孩子。那个姓刘的不是告当地政府吗？你不如把他告状的信息传给当地政府。

刘大胖手摆得像荷叶，那不行那不行！这不是出卖朋友吗？

牛荷花说姐你听我说完。当地政府怕有人到北京上访，平时都派人"截访"。哪个县哪个乡到北京上访的多了，县长乡长乌纱帽都戴不住。

刘大胖问你咋知道的？

牛荷花说，我们公司的老板曾经派我和另两个保安兄弟帮他老家送上访的人回去。他老家信访办的一个人给我们仨发红包……

刘大胖猛地拍了一下牛荷花的肩膀，兄弟，我明白了。我听老魏说过这事。好像北京这边给各个地方上访排名次，哪个地方的人来京上访的多，好像那个地方的问题就多，排名越朝前的地方，领导就得挨熊，乌纱帽保不定被一阵风给吹掉了。可是……

牛荷花说，姐你也别老说可是。你是怕姓刘的记恨你是不？才不会呢。地方上的知道老刘在北京上访，会派人把老刘接回去，还会安慰他，帮他解决问题。这你是帮了老刘吧。你帮他，他得谢你。你呢，把这个信息告诉了地方，地方也会感谢你，给你发红包。他一脸严肃认真，给你的红包是大红包。姐，这可是一箭双鸟啊。

刘大胖茅塞顿开，仿佛一个走黑路的突然看见了一线光明，眼前为之一亮。她对牛荷花说，姐要真收到大红包，咱姐俩一人一半。末了，她没忘了郑重其事地提醒牛荷花，那叫一箭双雕。以后在人场上少文绉绉的，说错了让人笑话。

牛荷花挠着头皮嘿嘿笑了，噢，雕，雕，姐我记住了。

没想到，事情比刘大胖想象的简单。她过去因为自己的事情在县里多次上访过，知道县信访办的电话。一个电话打过去，对方果然就派人来了。来了两个人，当天夜里的火车来的。第二天一早五点多就到了北京，到了北京就给刘大胖打电话。刘大胖还没起床，一开始以为自己在做梦，梦见魏吉子给她打电话。后来醒了，接电话时说话不住地打呵欠。谁呀，这不白不夜的，当心我告你扰民。她说这话时用的是鲁南口音的普通话。对方一听就笑了，是小刘同志吧？我是老家来的，信访办的。咱俩昨天下午通过电话。

刘大胖一个骨碌翻身从床上跳下来，光脚跑到窗口看了一眼，天还没有亮色，四周朦朦胧胧。她尽力控制住激动的情绪，心平气和地问：你这是在哪儿打电话？

对方说我们在北京南站呢，刚到。又问：小刘同志你说的那个人现在在哪儿？

刘大胖：干吗？你想抓人家？

对方笑了，你别误解。我们是想找他谈谈，听听他有什么意见要反映。无论有什么问题，最终还得到咱们地方上解决你说对不对？

刘大胖耐心地听对方讲了十几分钟大道理。她一边听一边想着下一步怎么做。你打电话把人家信访的叫来了，不告诉人家姓刘的住哪儿岂不是开玩笑。但是，把姓刘的直接交给他们，还有我刘大胖什么事呢？等到对方讲完，她的计策也想好了。她说姓刘的来北京上访，是信访的一个亲戚告诉我的。我家亲戚说，姐你老家信访的还不少呢！前天刚走一个，今天又来一个。我说妹子你千万别把材料往上递，那样对姐的老家影响多不好……

对方说是，是！小刘同志你做得对。

红宝马

一

无论马永城怎么解释，孙小良死活不相信马永城带他来的地方是北京市区。

咦……你就吃柳条拉粪箕子编吧。这熊地方还不如咱县城的楼多，街道也没咱县城的宽，顶多是北京郊区的小城镇。他颓丧地坐马路牙子的砖头上，把刚从地上捡的报纸折叠成扇子状，驱赶着四面袭来的热气。

他有理由对马永城发牢骚。马永城是他从小一起长大的哥们。两人的父母几年前到广州去打工，他们都是跟着爷爷奶奶一起过。上初二那年，马永城的爷爷奶奶去世了。他爸爸妈妈把他带到广州，一打听"借读费"太贵，接受不了，他爸爸就把他送回老家的学校。他和孙小良白天一起上学，晚上一个屋里睡觉，隔三岔五地还在孙小良家吃饭。他上到高一就辍学跑到广州打工，被他爸爸赶了回家，在家待了半年，整天闷得浑身痒痒，于是又瞒着爸爸妈妈跑到了北京，先是在饭店当服务员，一年里换了七八家饭店，后来才到一家洗车场当了洗车工。他几乎每天都给孙小良通电话劝孙小良来北京。孙小良大学没考上，他爸爸花钱送他到县城一家电脑学校学习电脑刺绣。他对刺绣不感兴趣，倒是喜欢上了画画，有几张速写作品还参加了县里的展览。可是，他这个兴趣只保持了一个学期，新鲜感就过去了，再加上马永城狂轰滥炸似的电话骚扰，就到北京来投靠马永城。没想到，马永城带他到的是北京郊区。他觉得马永城骗了他，心里愤愤不平。

马永城骂孙小良不够哥们。从小到大我什么时候骗过你？这就是北京市区。不光是市区，还是市中心的中心。他拉着孙小良走了一百多米，到了路边有路牌的地方，指着路牌给他说，看到没，西黄城根。

孙小良不屑一顾，咦，咱县城还有个北京路来，那北京就搬咱县城了？房地产老板更会编，在我们学校旁边盖了几栋楼，起个名字叫曼哈顿，我和两个哥们晚上把那招牌用牛屎给糊上了。

马永城哈哈大笑，冲孙小良后脑门拍了一耳光，我靠，净你妈吹牛，县城又不养牛哪来的牛屎？说着，对着啤酒瓶子喝了一大口，接着递给孙小良。孙小良摇头，我不喝酒。然后瞪大了眼睛，又说，吹牛不是人养的。到了夜里，有牛车进县城来送东西拉东西，你以为咱那农民家家都有汽车？他四下环顾了一眼，你自己睁大眼睛看看，这一条街上连个吃夜宵的地方也没有。北京市中心会这样吗？

西黄城根街挨着还有一条街，比西黄城根还窄，两边全是低矮的平房，以及一条条小胡同。本来就狭窄的街道，东边一侧全都停着车。这些车停放得很讲究艺术，或者说技术，车头一律冲南，左边两只轮胎停在马路牙子上边，右边两只轮胎停在马路上，形成一个坡度。孙小良笑了。马永城问他笑什么，他说看这些车停的，就像贴饼子。

马永城说，你还挺有想象力，当画家呗！孙小良说，你以为我天生就是笨熊？不是吹，我真学过画画，素描特棒，不信哪天给你画一张。马永城摇摇头，不要。我怕让我爸看了，我爸还以为画上边的人是他爸呢。

孙小良问马永城：这儿离长安街有多远。马永城说离这儿很近，走过去也就十几分钟。孙小良说你就吹吧。我没来过北京，在电视电影里也常看到。长安街全是高楼大厦，灯火辉煌。你这地方小平房还黑灯瞎火！

马永城显然有些不耐烦了。不给你小子啰唆了。困了，我得睡觉。明天白天我带你在这附近转转，不用半里地，你就会知道是不是市中心了。你刚才的话要是别人听了，得骂你没文化。西黄城根还不明白，就是过去皇帝住的皇城的墙根。

孙小良呸了一声，还说我没文化。皇帝住的皇城，是皇帝的皇，看看这个，是黄色的黄，相差远了。

马永城瞅了瞅路牌上的字，挠着头皮，不解地说，我靠，怎么是这个黄？是不是写错别字？

孙小良说，那就是错别字。

马永城又歪着脑袋围着路牌瞅了一圈，心里有点儿不服气，北京人也写错别字？说完，一仰脖子喝了个底朝天，说，睡觉去。我给你接过风了，别不认账。

马永城住的是洗车场老板专门给洗车工租的房子，两间地下室，一间是老板和他媳妇住，一间是马永城和四个男的住。这间"员工"宿舍里放了三张上下床，几乎就没有了空间，其中放在最里边的上下床，要从靠在门口的双人床上爬过去。那张空闲的床上，摆满了老板和马永城他们的乱七八糟的东西，床的下边塞满了平时洗车用的旧毛巾、抹布，还有修车人换下来的旧轮胎、旧椅套、汽油桶等等。孙小良一进屋，就感到有一种刺激性很强的气味，他马上捂住了鼻子。

他的意识还没完全从县城的电脑学校摆脱出来，张口便骂，弄球啥呢，一屋子死人味，也不开窗透透气。

一个睡在上铺的男孩忽地从床上坐起来，伸过头看着孙小良。丫从哪儿冒上来的？骂谁死人味？

孙小良这才发觉自己刚才说错了话。在县城电脑学校的男生中，他个子最高，身体最壮，力气最大，同班的十几个男生都怵他。他一不高兴想骂谁骂谁。这里不行，他新来乍到不说，老板留不留他还是未知数，他不想也不能惹麻烦，所以没有和那个男孩子搭话。没想到那个男孩子得寸进尺，从上铺跳了下来，虎视眈眈地望着他。他这才注意到，那男孩和他年龄不相上下，个子也和他差不多高，只是比他瘦了一圈。他发现那男孩额头上有条四指长的刀疤，心想，这不是省油的灯。于是冲他笑了笑。

马永城给他们俩相互作了介绍，孙小良，我好朋友。魏宁，我同事，哈尔滨的。

孙小良伸出手，想和魏宁握手。魏宁哼了一声，提了提裤子出去了。不知是故意还是习惯，他的鞋子在水泥地上发出的声音很响，好像不是踏着路面往前走，而是踢着路面故意弄出动静。孙小良觉得他是在对自己发泄不满，冲着门外扬了扬拳头。马永城拨拉了他一下，弄啥呢？这是北京。再说，咱以后是同事，同事间要和谐相处，和谐共事。老板经常这样说。

孙小良反问，你是不是常受他们欺负？

马永城指了指旁边的两个上铺，意思是告诉孙小良床上有人，让他说话注意。孙小良也不想一来就惹火烧身，就没再往下说。因为是大热天，他来时没带多少行李，包里就装了两件衣服。好在马永城已经给他准备好了，床上铺了凉席，还买了条新毛巾被。孙小良问马永城在哪里刷牙洗脸，马永城一边说你小子还挺讲究，一边带他出了门。

这个地下室规模不大，不过有两层，他们住的是地下一层。每层二十多间房子，中间有一个卫生间。孙小良见卫生间的门上了锁，心里又不高兴了，什么球地方，还锁着。

马永城在前边带路，头也不回地说，打从我住进来，就没见这门开过。地下一层和地下二层合用一个卫生间，节约！

孙小良说，城里人就抠门。

这时已是夜间十二点多，不少房间的门还开着，灯却关上了。马永城告诉孙小良，地下室虽然冬暖夏凉，但是潮湿，屋里气味不好闻，所以人们才开着门睡觉。有几个房间还亮着灯，门口挂了道花布帘子，从门口过时能闻到淡淡的化妆品气味，不用猜就知道是女孩子住的房间。孙小良问马永城，洗车场还有女的呀？马永城说过去有一女的，跟了老板后就不干洗车的活了。你小子还那么花啊？见孙小良的眼睛老是瞅挂花布帘子的房间，又说，这里住的人很杂，有咱旁边饭店的服务员，有小卖部老板的亲戚，有美容美发店的，有在歌厅坐台的小姐，还有两个大学生……

孙小良的鼻子哧哼一下，又吹吧！大学生住你这破地方？

马永城信誓旦旦地说，骗你是孙子。又说，你以为大学生都住五星级宾馆？

孙小良说，人家不住宾馆也有宿舍住。再说了，大学生还得上课……马永城不等他说完，贴着他的耳朵说那两个大学生已经毕业了，还没找到工作。

孙小良噢了一声，是北漂，怪不得。

马永城突然停住了，两眼直瞪着从他们面前一间房子里跑出来的女孩。孙小良也看见了那个女孩。她穿着一件透明的白色睡裙，里边紧绑着屁股的红色三角裤衩清晰地暴露在他俩眼前。那个女孩很慌张，低着头，一路小跑进了卫生间。接着，卫生间里响起一阵犹如排山倒海般的呕吐声。

马永城和孙小良相互看了一眼。

这个地下室的卫生间面积十分狭小，外边是大约四五平方米的洗漱间，里边有两扇门，按照男左女右的传统分别写着男、女。女卫生间的呕吐声响起后，男卫生间的门开了一条缝，魏宁从里边探出半个脑袋。当他的目光与马永城的目光相遇时，显得有点不好意思，问，是秋秋吧？

马永城点点头。

孙小良边刷牙边从墙上的镜子向女卫生间那边看，心里却在想着那个叫秋秋的女孩。她怎么了，是喝多了酒还是吃坏了肚子？半夜三更又是吐又是泻，也不嫌丢人现眼。

魏宁从卫生间出来了。他走到洗手池前，旁若无人地伸出双手。孙小良看出他想洗手，就向旁边闪了闪。魏宁却不急不忙，打开水龙头后，两只手反反复复地搓着。孙小良想去漱口，他纹丝不动，仿佛没看到孙小良。孙小良冲着镜子看了一眼，发现他的两眼在镜子上盯着女卫生间的门，像是凝固了一样。孙小良想发火，想想又忍住了。他自己心里也在想着等那个女孩出来，好好看她一眼。

大约过了两分钟，女卫生间的门开了。那个叫秋秋的女孩身子摇晃着走了出来。魏宁动作非常麻利地关上水龙头，等秋秋走到水池前时，又把水龙头打开，讨好地说了一句，秋秋，你先用。

秋秋好像没听见魏宁的话，又好像没看见魏宁和孙小良、马永城。她低下头，对着水龙头冲了一下脸，然后接了一口水，仰起脖子，让水进到喉咙里咕嘟了几下，又低下头吐了出来。这样反复了几遍之后，她才对着镜子整理了一下头发，也就是此刻，她才发现魏宁和孙小良一左一右站在她旁边看着她，马永城也在门口看着她。她看了一眼镜子里的自己，由于没有戴乳罩，透明的白睡衣根本遮挡不住两只硕大的乳房对外展示的姿态……她大叫一声，推开孙小良跑了出去。

孙小良确实看呆了。他长到十六岁，今天晚上是第一次面对面地看见女孩子的乳房。

你怎么这个时候带他来？魏宁训斥马永城的话，打断了孙小良的想入非非。魏宁一副气急败坏的样子，恶狠狠地瞪着他。你再刷八百遍，嘴里的红芋干子味也刷不干净！

这话是损人的，孙小良心里很清楚。他想还击魏宁，马永城用目光制止了他。马永城还用手指了指他的下身。他低头一看，脸腾地一下红了。不过，他看见魏宁和马永城也与他一样。就在这时，那个叫秋秋的女孩的屋子里传来一个男人的咳嗽声。他们三人的目光不约而同地向那边看去。孙小良看见魏宁的眼珠子变红了。

这天夜里，不知是情绪激动，还是换了地方不易安睡，孙小良整整一夜没有入眠。秋秋的两只乳房不时在他脑海里晃动……第二天一早，他发觉自己夜里又"跑马"了。

二

你真想在我这洗车场干？老板朱水问孙小良。他手里拿着孙小良的身份证，看了正面看反面，看了反面又看正面。

孙小良想，唏，你到底识不识字？嘴上却说，想，想。他心里想的只有他自己清楚。这时候，马永城还没带他去周边转，他也不清楚这个西黄城根是不是北京市中心。他之所以已经下定决心在这个洗车场干，是想认识秋秋。这话能告诉老板吗？连马永城也不能说。

孙大良！朱水大声喊了一句。

孙小良条件反射似的猛回过头。当他发现上当了，再回头看朱水，朱水怪怪地笑着，目光咄咄逼人。他扔掉手中的烟屁股，从破旧的椅子上站起来，魏宁从三四米外慌忙跑了两步，上前扶了朱水一把。然后把一根足足有三米长的竹竿递给朱水。孙小良这才发现，朱水是个跛子。

朱水说，我怎么看你也没有十九岁。这个叫孙大良的是你哥哥吧？

孙小良知道瞒不过去了，不好意思地点点头，说，朱经理，我，我的身份证丢了，还没来得及补办……

魏宁瞪着眼，说，叫老板！

孙小良又叫了一句：老板！心想，嘻，经理和老板的称呼有啥区别，故弄玄虚！

朱水用手中的竹竿捣着地，说，你别跟我装。我不管你多大，你干活我给你工钱。不过，老子得有言在先，万一检查的来了，问到你年龄，你别弄砸了，让我被罚款、关门。到那时，老子给你放血。

孙小良又连忙点头，不会的，不会的。打死我，我也叫孙大良，到哪儿查去？嘿嘿……

擦车去吧！身份证放我这儿。朱水说，接着指了指马永城和魏宁，他们的身份证都在我这儿存着。这是北京的规矩。

孙小良在北京的打工生活正式开始了。

这时候是北京的早晨六点钟，街上已经车水马龙。孙小良留下来打工的洗车场，说白了就是一间房子那么大，过去是用来做商铺的门面，前后都打通了，里边恰好可以停下一辆车子，如果司机是个新手，经验不足，或者稍不留心，就可能让车和墙上的砖头亲嘴，碰个鼻青脸肿。车子从西门进入洗车房，两个洗车工一个用塑料水管把车四周冲一遍，另一个用海绵给车身涂上泡沫很大的清洗剂，然后，再用水冲一遍，司机就把车从东门开出来，停在马路边上，其他几个人一拥而上，拿着抹布，分前后左右擦车。这活儿没有技术含量，根本不用学。孙小良拿了块抹布就跟着干了起来。让他不明白的是，一大早怎么会有那么多洗车的，一辆跟着一辆，络绎不绝，路边还排了十几辆等候的车。有的司机脾气躁，不停地摁着喇叭。

孙小良擦车擦得很仔细，连轮胎花纹里都擦了。他觉得车擦得干净，朱水老板会高兴，就不会再有让他走的想法。没想到，他还在擦着一辆白车，其他人拥过去擦一辆刚从洗车房里出来的黑车了，等到他再去擦那辆黑车时，其他人又去擦一辆红车了。擦到第三辆车时，马永城悄悄对他说，你别那么认真，再挪腾，老板就不高兴了。他想问为什么，马永城没容他开口。

那个叫魏宁的不时用敌视的目光看孙小良，让孙小良觉得很不舒服。老子哪天非得好好教训你不可！

虽然擦车的活儿不用学，但要认认真真地干还真累。孙小良擦到第五辆车时，身上就出汗了，汗水顺着脖子往下流，流了一身，一直没有闲着的右胳膊，也有点儿不像开始那样听使唤。他直起腰看了一眼，发现排队的还有十几辆车。我的妈来，擦一辆车收十元钱，这一早就几十辆车，那不得挣几百元钱？老板能给我多少钱？对了，马永城过去在电话中说过，昨晚又说了一遍，管吃管住每月再发三百元钱工资。三百元不少了。他在县城上学，爷爷每月才给他二十元零花钱，后来，他以不上学为要挟，才给他又增加了十元。

马永城碰了碰孙小良的肩膀，唏，你小子想啥呢？要是累了就歇会儿喘口气，老板回地下室吃饭去了。

歇着喘口气，活谁干？孙小良问。

马永城说，活还得你自己干，你边干边歇边喘口气。你看看我，学着点。马永城边说边拧着毛巾。他根本就没有用力，拧了几把才拧出几滴水。孙小良想这不就是老家人常说的"磨洋工"？再说，就这屁大工夫能歇过来？他四下看了一眼，见魏宁在一旁玩手机，皱了皱眉头，说，这咋那么清闲。

马永城对他说，忘了告诉你，魏宁是朱水的准小舅子。见孙小良一头雾水的样子，他骂了一句装孙子。这还不懂呀？魏宁的姐是朱水的老婆！孙小良说这谁不懂，既然他姐是朱老板的老婆，他就是朱老板的小舅子，怎么还加个准字？马永城眼睛盯着其他几个人，压低声音说，他姐是和朱水睡了几年，还生了孩子，但是没结婚，不算正式老婆。孙小良眨巴眨巴眼皮，朱老板是不是还有真老婆？

马永城笑了，你小子还那么聪明。

正说着，一辆黑色轿车开了过来。开车的是个胖子，四十多岁，戴着一副墨镜。魏宁看见他，颠颠地跑上前，笑容可掬地说了几句什么，接着打开洗车房旁边的车棚，指挥着胖子把车开进棚里，然后推出一辆旧自行车交给胖子。胖子拿了一个白色塑料袋子交给魏宁，又在魏宁耳朵边嘀咕了几句。魏宁不住地点头。然后，胖子骑上自行车走了。孙小良不解地睁大了眼睛，这人咋恁怪呢？明明有车不开换辆破自行车骑？

马永城说，这你就不懂了。胖子是公务员，在东边那条街上的一个大机关上班。你看他的车，好几十万，赶上部长的车了。他要开个好车去单位，让领导和同事看见了还不琢磨哪来的钱？公务员抽包好烟都被举报，何况开好车。

孙小良还是不明白，那又咋啦？公务员是做啥的？马永城认认真真地看了他一眼，你小子是真不懂还是假装？公务员就是干部，国家公务员就是国家干部。孙小良说，那像咱不是干部的就是母务员啦？咱都是母务员？摇摇头，又说，不懂，真不懂！

不一会儿工夫，马永城就教会孙小良认识了奥迪、宝马、帕萨特、沃尔沃、尼桑、丰田、本田、现代等十几种车。孙小良十分惊讶，我靠，怎么都是外国牌子，咱中国不产汽车呀？

马永城轻蔑地看了孙小良一眼，这些车好多是咱中国生产的。

孙小良摇头，你小子骗人，中国生产的怎么是外国车名？马永城不说话了，因为他解释不清孙小良的问题。

洗车是个累人的活，也是个磨人的活，从早上开工就一直没有空闲。马永城告诉孙小良，在这附近几条街上，就他们这一家洗车场。西黄城根从南街到北街，不是机关就是学校，再不然是商铺；往北一条东西街不是大机关、就是大医院、大宾馆，没地儿建洗车场，再说了，这里是市中心，市中心寸土寸金，能让你建洗车场？

孙小良认为马永城是吹牛皮，那咱这洗车场是咋建的？

马永城让孙小良上车，自己也上了车。他一边用毛巾示范着教孙小良如何擦车的内部，一边低声对孙小良说，朱水有个表哥是这街上的什么头儿，和早上来换自行车的胖子关系倍儿铁。要不是胖子罩着他表哥，他表哥罩着他，他还开洗车场，洗头房都开不了。

孙小良呸了一口，我靠，这也得有关系？

马永城瞪了他一眼，没关系你能办成啥事？

九点过后，洗车的才渐渐稀少。马永城告诉孙小良这洗车是个阶段性的活儿，符合北京上班的特点。北京上班的时间是分时制，机关单位的八点钟上班，企业单位的九点钟上班，老板是啥时候睡醒了啥时上班。过了九点钟，都在上班，洗车的多数是那些老板、白领。

孙小良问：啥叫白领？

马永城蔑视地瞅了他一眼，说啥你都不懂！

魏宁一手拎着铁皮壶，一手拎着塑料袋从地下室上来，喊着：吃食了，吃食了。

这家洗车场就那间洗车用的房子，前后都是马路，擦车的时候在路边，所以，吃饭也就在路边，没有桌子，没有凳子，七八个人蹲在地上，围成个小圈，一张报纸铺在地上就算是他们的餐桌。魏宁在报纸上放了一盘炒尖椒土豆丝，两个小罐头瓶，一瓶是辣椒酱，一瓶是榨菜，给他们每人发了两个馒头，一只小碗。孙小良皱了皱眉头，心想：在北京打工就吃这玩意儿啊？还不如在老家的学校吃得好呢！学校食堂也会做一大锅汤让大家喝，尽管勺子在汤里扎几个猛子捞不着菜叶，毕竟还有点咸味。不过，这是他心里想的，没有说出来。他告诉自己，他们能吃我也能吃，你又不是跑北京来吃喝的。他夹了一口土豆丝放到嘴里，还没来得及咀嚼就辣得舌头根儿疼，咳嗽了几声，眼泪也差点儿流出来。抬头一看，对面超市里一个女孩正冲他笑。因为距离很近，那个女孩的眉毛看得一清二楚。她大概六七岁，长着一张苹果型的脸，皮肤白净，眼睛很大，扑闪扑闪的像会说话。孙小良一下就看出那个女孩是在笑他怕辣。他不好意思地冲那女孩笑了笑，朝嘴里塞了口馒头，想化解一下辣味。接着，他从口袋里掏出一只纸叠的小兔子，冲那个女孩挥动了几下。他上小学时，老师教过他和同学用纸叠小动物，后来他在县城学画画，对各种动物有了初步研究，他能用纸叠出十多种小动物。他最喜欢兔子，口袋里常常放着一两只。

孙小良又问马永城：对门的美容美发店怎么还没开门？

马永城说，人家这店是上夜班的。忽然想起了什么，眼睛盯着孙小良问：你是不是想秋秋了？秋秋可是有主的人，魏宁想她想得快疯了都不敢胡来。

孙小良想北京真神秘。

马永城掏出中南海牌子的烟，点上火，把烟盒递给孙小良。孙小良抽出一看，和马永城抽的不是一个牌子，再抽出几支，牌子全都不同，五花八门，还有抽了一半的烟头。他说，你这是抽百家烟呀？马永城不以为意，让我买烟抽能抽得起？有的是来洗车的熟人给的，有的是客户抽了一半，或者刚点着火，车洗好了，就把没抽完的给咱。孙小良问你啥时候学会的抽烟？马永城说，抽两年了，老烟民！孙小良说，你一月就这点工钱，又喝酒又抽烟，八年也攒不着钱。

马永城说你喝酒不？

孙小良摇头。

马永城说，你不抽烟不喝酒又没谈女朋友，活得有啥滋味。攒钱干啥用？买官，你一辈子打工钱也买不了个公务员；买房，不要说北京，就在咱县城你也得打五十年工才能买得起；娶媳妇，谁嫁你一个打工的？我反正是想好了，过一天是一天，今日有酒今日醉！

孙小良心事重重地低下头。

干活了！魏宁突然在孙小良背后大声喊了一句。

孙小良回头一看，来了一辆红色轿车。隔着车窗玻璃，他看见开车的是一个女人。那女人戴着墨镜，所以看不清长什么模样。但从她高鼻梁、白皮肤、月牙儿似的嘴唇看得出是个美人。魏宁对孙小良说，小河北拉屎去了，你进去先帮着冲车。他丝毫没有犹豫，把剩下的半个馒头朝马永城手里一塞，就摸起了水龙头。

这辆红色轿车形状很美，线条也很美。孙小良是个车盲，也不叫车盲，是他见的车太少。所以，他不知道这辆红色轿车是什么牌子，只是凭感觉是辆好车。洗车的时候，开车的人只是熄火不下车。他眼珠儿滚来滚去地朝车里看，直到那个负责给车涂清洗剂的男孩喊了两声，又给他摆手，他才停下来。

车子冲洗好，他没等魏宁叫又主动上前擦车。这时，开车的女人下车了。魏宁忙着跑过来，把一只白色塑料袋给了那个女人，又附在那个女人耳边嘀咕了几句。那个女人笑着拍了拍魏宁的肩膀。孙小良想，要是这美女拍我肩膀多舒服啊？

那个女人刚要上车时，突然皱了皱眉头，摘下墨镜，上上下下看孙小良，你怎么冲的车，轮胎上的浮土都没冲净。

孙小良眨巴眨巴眼睛，有吗？他看了那个女车主一眼。她看上去比秋秋大四五岁，由于皮肤白，人就像是雪雕成的，眼睛不光圆，而且显得很大方，很大气。尤其让他惊讶的是那个女人个子竟然高出他半头，他看她时必须仰起头来。

那个女车主显然很不高兴，什么叫有吗？你的眼睛不近视吧？

孙小良摇摇头，接着按照那个女车主手指的方向看了看，前轮右边的轮胎上的浮土被水浸过，已经变得黑不溜秋，仿佛套了一个黑圈。他有点不好意思，一边用毛巾去擦，一边对女车主说对不起。女车主看见魏宁过来了，又冲魏宁发了火，这是你们新招的吧？也不培训就让上岗。看看这活像人干的吗？！

孙小良一下子直起腰，恶狠狠地瞪着那个女车主，唏……这位大姨怎么骂人呢？不是人干的活还能是……他故意称她大姨，漂亮女人最怕别人说自己长得老。他还生气地把毛巾朝地下一摔。湿毛巾摔在地上，有几滴水珠溅到那个女人的裤脚上。那个女人火了，你个小盲流，还撒野是不？

孙小良瞪了她一眼，正要和她理论。马永城推了他一下，你想屎壳郎搬家滚蛋啊？转身又冲那个女车主赔着笑脸，马姐，他新来的，我老乡，别跟他一般见识。

那个女车主没搭理马永城，发动车后又打开车窗玻璃，对魏宁说，今天这次洗车钱不能从我卡里扣。车开出几米远她又探出头说，让你们老板快把那个小盲流赶回乡下吧！

孙小良恼羞成怒，骂着那个女车主，一直追了几十米远。他说有种你停下车，看我不把你的车给砸了！

魏宁等孙小良气喘吁吁地回来，开门见山地告诉他，孙小良你今天的工资扣了。

凭啥？孙小良瞪着魏宁。

魏宁说就凭你干活脑子开小差，光想看美女。结果呢，结果活没干好，让客人不满意。你又和客人骂架，结果客人生气不愿付钱……

孙小良说，别给我整那些破词，什么结果不结果。说完，就不再搭理魏宁，从马永城手里接过自己刚才没吃完的半块馒头塞到嘴里，然后又对着水龙头去洗手。魏宁把水龙头关上了，指着旁边的一个脸盆，盆里有洗手水，到盆里洗去。你以为是在你们家，用水不花钱。

那个洗脸盆的水是早上就开始用的，擦完一辆车，稍微歇息的时候，大伙都去洗手，吃饭前，大伙又都去洗手，有的人去厕所前和从厕所回来，也用洗脸盆里的水洗手，盆里的水早已变得混浊不堪，成一盆污水了。孙小良想拿馒头吃，用这种水洗手还不如不洗。他正要发火，马永城拿了条干净毛巾给他，行了吧你，别给自己找事了。

孙小良第一天上班就被人骂，又被扣了一天的工资，心里很不舒服。他问马永城那女人开的什么车？马永城告诉他是跑车，叫宝马。宝马的车名孙小良听过，我靠，那不得十几万？那女人那么有钱？马永城踢了他一脚，什么屌眼光。这车最少五十万。那女人我认识，天天来洗车，是咱的金卡客户。

洗车还分金卡银卡？孙小良不解。

马永城说，干什么不分等级。金银卡和普通卡、临时洗车的也是等级。咱这儿的金卡一张两千元，什么时候来洗车都不用排队，也不用付现金，连卡也不用出示。

孙小良才恍然大悟。我靠，还那么多门道！他想了想，又问，那个胖公务员不是给魏宁一只白塑料袋子吗，里边好像很沉。怎么魏宁给红宝马了？

马永城像个狡猾的成年人一样挤巴挤巴眼皮，低声说，回头给你说。北京这地方水深，你就认我当师傅慢慢学吧。接着又开了句玩笑，我不收你学费，但你得请我喝啤酒！

正说着，孙小良感觉有人在背后扯他衣服，回头一看，是对面超市那个小女孩。他亲切地摸了摸那女孩子的头。小妹妹，有啥事？小女孩没回答，拉着他的衣角向对面走。到了马路中间，小女孩扯着他的衣角停下来，他转头一看，北边过来一辆车，小女孩是暗示他让车先过去。他弯腰把小女孩抱起来。

三

说是超市实际是个小铺面。房子很低，又很狭小，最多也就十来平方米。前边是一张柜台，后边是两组货架，上边摆满了各种各样的货物，有食品、有烟酒、有文具、有保健用品……让孙小良想不到的是竟然还有性生活用品。听见小女孩叫爸爸，从柜台下面突然露出一个大脑袋，让孙小良着实吓了一跳。那人平头，宽脸，横眉竖眼，不过笑起来倒显得很随和。他问孙小良，你新来的？

孙小良点点头。

那娘们欺负你啦？

孙小良没说话。不过他那余怒未消的眼神，让柜台里那个男人捕捉到了。于是，重重地拍了下台面。我靠，老子最瞧不起她那种给当官的做小蜜还不知羞耻，趾高气扬的女人。

孙小良说，我也瞧不起。

柜台里那个男人伸出手，拉了拉孙小良的手，然后自我介绍说我姓孙，你以后就叫我孙哥。小马小魏还有你们朱老板都这样叫我。你要不高兴叫我孙瘸子也行！

孙小良这才注意到柜台里边那个男人坐在轮椅上。他不好意思地把身子向前探了探，重又和孙瘸子握了握手。孙哥我也姓孙。说不定五代之前咱还是一个爷爷。这话是他听他爸爸和姓孙的人套近乎时说过，他记下了，没想到派上了用场。孙瘸子一听，马上容光焕发。兄弟，你哥虽然腿脚不便，在西黄城根这街上也算老户了。谁要敢欺负你，你给哥说，哥给你摆平。说着说着就掏烟，孙小良说不抽。他说不抽好。别学小马小魏，挣两个花三个。爹娘让你们这么小出来打工为啥，不就家里穷嘛。牙缝里省点钱，一点一点地攒呗，以后回家娶媳妇不用爹娘再从地里刨钱。

孙瘸子的话让孙小良很感动也很不安。他想起自己背着爸爸妈妈跑到北京，还没顾上给他们打个电话，他们现在一定很焦急。他看柜台上有部电话，上边贴着纸条，写着长途电话收费标准。可是，自己腰包里没钱，沮丧地低下了头。

孙瘸子看出他的心思，问你是不是想打电话。你要打电话就打吧。没带钱没关系，先记着账。我还怕你为躲几块钱的电话费逃之夭夭？他把夭夭读成天天，孙小良心想，北京人也念大白话呀？嘴上却说没事，我想给我爸妈打个电话。不过他们这时候在上班，不方便接。

那个小女孩特机灵，在孙瘸子和孙小良说着打电话的时候，她已经把电话听筒拿起来，递到孙小良手里。孙小良亲切地摸摸她的脸，从裤袋里掏出一个纸叠的小兔子，在她眼前晃了晃，告诉叔叔你叫什么名字。

看得出小女孩想要纸叠的兔子，但是又有点羞怯。她说我叫京京，北京的京。孙小良把纸叠的兔子放在她手上，你要是喜欢小动物，叔叔以后天天送你！

京京把纸叠的兔子放在台面上，跑，跑！小兔子快跑。可是，小兔子动也没动。孙小良抓住她的手，放在纸叠的小兔子后边，在台面上拍了一下，纸叠的小兔子往前挪了一点，又拍一下，又挪了一点。京京高兴地哈哈大笑。孙瘸子受了女儿的感染，也放声笑了起来

遇到什么喜事了这么高兴啊？身后响起一个女孩子银铃般的声音。孙小良还没来得及回头，孙瘸子已经和那女孩搭话了。秋秋啊，今天起得这么

早？说着转身从柜台上取东西。孙小良一听秋秋的名字，赶忙转过身。店里的空间太小，他转身过猛，和秋秋几乎来了个脸碰脸。他转身时胳膊肘儿碰了一下秋秋的手，秋秋手中的饭盒咣当一声掉在地上。他正要弯腰去捡，魏宁不知怎么突然冒了出来，抢着把饭盒捡起来，双手递给秋秋，又瞪了他一眼。孙小良你咋不干活去，在这儿待着躲滑啊？小心我炒你鱿鱼！

孙瘸子已经从柜台上拿了牛奶递给秋秋。他拍了一下台面，指着魏宁骂道，你本事挺大啊。你炒我兄弟看看！

孙小良也不服，说，唏，算你管！

魏宁和秋秋同时把目光转到孙小良身上。他们可能都没想到孙小良会和孙瘸子这么熟悉。事后魏宁对马永城说，我早看出孙小良不是个常人。只一颗烟工夫，就和咱对门的孙瘸子套上了亲戚，我朱哥本来想开他的，想想犯不着得罪孙瘸子，没敢。

秋秋先打破了僵局。她让孙瘸子再给她拿包牛奶，然后吻了一下京京。孙哥我有事先走了。出了门，她又回头看了孙小良一眼，冲他笑了笑，你也河南的？见孙小良点点头，又说，咱老乡。你小时候肯定吃化肥了，个子咋长那高？

孙小良说是吃化肥，我妈烧稀饭都放化肥。

秋秋临出门说，你还挺逗。

孙小良的眼睛都直了。这个秋秋与昨天夜里见到过的秋秋判若两人。这个秋秋穿着一件大红短袖衫，紧巴巴地裹着身子，把整个人衬托得非常俏丽，尤其是胸前的部位显得更加丰满、迷人。她也许是为了凉快，把头发高高绾在脑后，细长的脖颈洁白如雪。而且，这个秋秋好像一夜之间长高了。

京京不知为什么踢了魏宁一脚，指着孙小良对魏宁说，我不让你欺负孙叔叔！

魏宁闹了个大红脸。本来，他一直在盯着地下室的出口。他已经熟悉了秋秋的生活习惯，这个时间段是秋秋到孙瘸子的店里买牛奶面包的时候。他见秋秋出来了，赶忙往孙瘸子的店里跑，差点儿被一辆从南向北行驶的轿车撞上。他故意当着秋秋面训斥孙小良，是想在她面前显摆一下自己在洗车场的地位比孙小良高，不料却挨了孙瘸子的臭骂。他见京京手里拿着纸叠的兔子，猜出是孙小良送给她的，于是掏出五毛钱买了块巧克力。他掰一半放进嘴里，把另一半递给京京。来，京京，魏叔叔请你吃巧克力，把那个小兔子扔了，脏！

京京摇头，笑眯眯地看着孙小良。我妈说小孩子吃甜的多了不长牙。孙瘸子说，小魏宁你也别整天价地对小弟兄们张牙舞爪。你们都是来北京打工的，一样不容易。

魏宁连连点头说是，又问，孙哥，秋秋怎么买三袋牛奶？

孙瘸子说我早猜出你小子会问这个事。他接过魏宁递给他的烟，点上火抽了两口，又说你不是很聪明，这还看不出来？秋秋和住你们地下室的那个南方人的大学生好上了。

魏宁挠着头说不会吧？那孙子到现在结果，结果还没找着工作。

孙瘸子说没找着工作他也是大学生。你没看这两天秋秋起得比过去早，吃了饭就往外跑。她是到处在帮那个男孩找工作！

魏宁又问，秋秋是不是欠你店里的钱？我看她没付现金，你给她记着账。

孙瘸子没回答，叹口气说，是个好孩子，好孩子。老天爷不公，世道不平，这样的好女孩偏偏没个好。

魏宁刚骂了一个傻字就住了口。他好像很失望，也很伤心，搭着孙小良的肩膀走出了孙瘸子的店，讽刺孙小良，我靠，你小子长个大个子就是好，少女杀手啊！秋秋第一次见你就对你眉来眼去，对你说的话从来没对我说过。

一辆轿车从北向南驶过来，幸亏孙小良敏捷，喊了一声看车，拉魏宁停下脚步，不然就让车子撞上了。从那到中午，魏宁一直快快不乐。当然也没再对孙小良他们指手画脚。

中午过后一段时间是洗车场比较清闲的时候。马永城给孙小良三言两语的解释是，下班后天就快黑了，谁把车洗那么干净做啥？再说如果不是放在车库而是停在马路边的车，一夜过后又脏了。北京的夜晚老天爷不休息，还朝地上拉脏东西。

不过还是有车来，三三两两，稀稀拉拉。这些下午来洗的车大多是机关的车，因为领导晚上有活动，必须把车洗干净。孙小良由此明白了一点，当领导的忙。

洗车场除了洗车，还经营给汽车补气、补胎、美容，以及卖些汽车用品如坐垫、座套等生意。让孙小良想不到也弄不明白的，魏宁还管着给一些司机往车上装矿泉水、啤酒。一装就是一箱两箱。当然也不全是矿泉水、啤酒，还有方便面、卫生纸、小食品等等。一个开黑色奥迪、称马永城"小老乡"的黑脸，车上坐着个七八岁的小孩。那小孩自己跑到魏宁管的小屋子里拿了一罐红牛和一包牛肉干，就像在自己家里一样大大方方。不过，孙小良见魏宁对黑脸不像其他司机那样热情，还有点爱理不理。他见马永城在摆弄三轮车，就没再上前找他打听。

马永城给三轮车打足了气，正要走时，魏宁喊孙小良，你和马永城一块去拉趟货。孙小良正想找机会四下转转，高兴得一屁股坐到三轮车上。没想到马永城一拐弯，他的身体失去平衡，向后一仰，倒在车里，头碰得咕嘟响了一声。魏宁看了哈哈大笑，你连车也坐不稳还出来打工？

马永城一边蹬着三轮车，一边给孙小良介绍。看见了吧，这是咱住的地方。别看地上小楼只有四层，过去是个大部，部长就在二楼办公。现在让部里一个管房子的人的亲戚把小楼包了，刷了层白灰，就成了写字楼，对外每间每月租一千五百元，一层二十间，四层八十间，一个月十二万，一年一百四十四万。他只给部里交四十万，剩下的全让那个管房子的和他亲戚分了。

孙小良"噢"了一声。

马永城说，这还不算地下室出租的收入。咱那一间地下室，每个月租金三百，两层四十间，一个月就一万二，一年又收十多万。

孙小良又"噢"了一声。

马永城骂他死猪，就会"噢""噢"喘粗气。孙小良不服地说，你说这些我又不知道，也听不懂，你让我说啥子？

这时，他们到了一个十字路口，交通信号灯亮了红色。马永城用脚踩了刹车。他指着右边三四百米外的一道红墙对孙小良说，看到了没，那边过去就是故宫。故宫你知道吧，就是皇帝住的地方。咱这儿为啥叫西黄城根，就是皇城的西墙根。

孙小良向马永城手指的方向认真地看了一眼。果然，那道墙是红色的，而且很高大，很气派。他心想这可能就是书上说的红墙吧？他有点相信马永城的话了。他这时忽然又想到那个开红宝马车的女人，问：那个开红宝马的会天天来吗？

马永城说下午就来，你干吗？还想找骂？我警告你，那女人姓马，我本家子。那个黑轿车的胖子记得不，就是她老公。

孙小良说，你又吹吧？那个男的当她爹还差不多。

马永城说，嘻，你眼光还挺贼。那男的要不是因为她年轻，能和她相好，在她身上花那么多钱？你惹不起她。她再来，你就管她叫马姐，别红宝马红宝马的叫。朱老板听了也不高兴。

接着，马永城告诉孙小良，开红宝马的那个女人就在附近上班，至于具体哪个单位他不知道。去年，她开的还是一辆红捷达车，又旧又破，也从来没到洗车场洗过车。有一天傍晚下大雨，下大雨前先黑天。马永城比画着说，那天黑得，嘻，就跟咱家锅底朝下盖过来。胖子正在倒车，只听砰嚓一声响……

怎么啦？孙小良着急地问。

马永城说，咱们的人当时都躲在洗车屋里躲雨，就我躲在孙瘸子家，正好模模糊糊能看见马路上发生的事。

孙小良又问了一句：怎么啦？

马永城不紧不慢地说，撞车了呗。

孙小良问：谁撞了谁？

马永城说：肯定是胖子，这还用问。

孙小良咧了咧嘴，嘻，你唱大鼓书呢，一回接一回。你要不说，我不听了。听你说话真急死人。

马永城这才挠了挠头皮，说，是一辆红捷达撞上一辆黑奥迪了。

孙小良不假思索，说，那就是女的撞着男的了呗。

马永城说，我靠，你小子脑子就是好使，就那么回事。他两个人都下了车。当时，那雨哗哗地像从天上流下的瀑布。孙瘸子说有好戏看了。结果，不到半分钟，那个女的就上了胖子的车。两人不知在车上说了些什么，胖子下来把捷达车开到路边，然后，开着奥迪走了。

孙小良问：那个女的跟胖子走了？

马永城说，我说那个女的下车了吗？后来，两个人好上了；再后来……他点了一支烟，深深地抽了一口。

再后来那个女的的红捷达换成了红宝马，对吧？

马永城吐了个烟圈，说，咱没泡过女人，不懂，真不懂。

孙小良呸了一口，唏，我还以为她多有本事，自己挣钱买的宝马呢？原来……唏！

马永城说，我说过了，你千万别惹红宝马。

孙小良说，谁想惹火烧身？咱见的有钱人多了，也不是个个都烦都恨。不惹咱，咱也不想她。可她惹了咱，咱也得惹她，对不？

马永城说，不对。她惹你，你也不能惹她！

孙小良看了看天空，没再说话。他心里有自己的主意。

果然，下午五点半的时候，红宝马来洗车了。孙小良一看见她，气就涌上心头。他想整治整治红宝马，一时间又想不到办法。你总不敢当面搬起石头砸她的车吧？那是犯法的事，就算不让你蹲大牢，让你赔钱你也赔不起。

太阳已经转到了西半天，洗车场门前是南北向马路，太阳转到西边时路东晒太阳，而且越到这个时候阳光越毒辣。因此孙瘸子他们把麻将摊挪到了路西，正挨着洗车场。宝马车从里边开出时，京京正在门前经过，幸亏女车主刹车及时，才没撞着她。孙瘸子不愿意了，一边怒气冲冲地骂，你眼跟电灯泡那么大，是用来当摆设啊？一边把刚摸到手的一张牌朝宝马车掷去。

孙小良本来是扑过去抱京京，看着孙瘸子扔牌，一伸手接住了。没想到红宝马的女车主气势汹汹地下了车，冲着他发了火：又是你个小盲流捣蛋！早上你不好好洗车，这会儿又拦车，我的车跟你有仇咋的？我告诉你，你一条烂命不值我一车轮子钱。

孙小良张着大嘴，我，我，我了几声，下边的话没骂出来。他看见朱水手中长长的竹竿已横到他眼前。

孙瘸子不乐意了。他夺过朱水手中的竹竿想砸宝马车，被朱水给挡住了。孙瘸子又拍着桌子骂那个女车主，你要什么威风？这里是黄城根，黄城根的人不买你那一套。他说着，移动轮椅就向红宝马冲过来。朱水说，孙哥这事与你没关系。来，咱打牌！接着对魏宁挤了挤眼睛。魏宁连推带拥把孙小良拉到一边。你个熊羔子不想干了？你不想干别把我们扯进来。

孙小良的目光恶狠狠地盯着开红宝马的女人。他看见那个女人对孙瘸子指指点点，然后用手机打电话，她用的手机也是红色的。没等擦车，她一边打电话一边开车扬长而去。

有人到孙瘸子的店里买烟。孙瘸子叫着孙小良的名字，兄弟你帮我给他拿烟。孙小良问是卖还是拿？孙瘸子和一桌牌友都笑了。孙瘸子说你这孩子太老实。我让你拿烟给他就是卖烟给他。不给钱让他白拿？那叫送！

孙小良想黄城根的人就是不一样，刚才还怒气冲天，屁大工夫就烟消云散，笑逐颜开了。他可不是那么容易忘记的。好你个红宝马整我，我一定给你点颜色看看！

晚上他和马永城到网吧上网时，专门查了一下宝马车的资料。他不懂车型，但记着找他碴子的那个女人开的红宝马车后屁股上有个5的数字，一看价格抽了口冷气，妈呀这么贵？马永城说你没病吧？怎么还想着那事。

孙小良说，不想才怪呢！她害得我第一天上班工资就被扣了。十元钱，那可是我上中学时半个月的伙食费……

马永城说，你想，想，想，还没等你想出个主意，就卷铺盖滚蛋了，你！说着，叹了口气。

孙小良不服气，说，叹气有个鸟用？要不被人欺，就得硬邦点。

旁边一个女孩一直在听他俩说话，朝孙小良竖起大拇指，够爷们！说着抱了孙小良一下。

马永城低声对孙小良说，你也亲她呗。

孙小良说，我看不上她，要亲你亲。

马永城和孙小良回到住的地方时，已经是十一点多。他们正要往地下室走，听见美容美发店的门响了。两人互相拉扯了一下，躲到一辆车的后边。

哥，你开车慢点。

噢。过几天我休假，带你到杭州去玩。杭州你没去过吧？上有天堂，下有苏杭，美，那叫美。

哥，你不骗我吧。我可是真心对你好。

噢，我知道。我知道。

孙小良说，是秋秋。那个男的不是胖子吗？

马永城慌张地用手捂住孙小良的嘴，说，少管闲事，装没看见。

胖子把奥迪车开到路上，打开了车窗户，秋秋把头伸进窗户里，两人又亲了亲嘴。胖子开着车走了，秋秋目送黑色奥迪车消失在夜色中，才进了地下室。

孙小良愤愤不平地说，那个胖子有媳妇，还霸着红宝马，又勾着秋秋，咋这样无耻！

马永城说，这叫本事，你懂不？

孙小良哼了一声，说，他长得也不咋帅呀，还又老……

马永城说，这和年龄没关系。有钱，有钱就是本事。

孙小良摇摇头，没再说话。一晚上他翻来覆去地想，熊胖子真流氓。秋秋真浪……

第二天，红宝马又过来洗车时，把魏宁拉到一边嘀咕了一会。马永城低声对孙小良说，那女人又在侦查她老公外遇的事了。

孙小良问，是问秋秋吧？见马永城点点头，又说，秋秋也够浪，那个男人左搂一个右搂一个，她怎么还往上贴？

马永城说，这你就不懂了吧？秋秋也想挣钱，也想开宝马呗！

孙小良不解，漂亮女人都这样？

马永城说，这和漂亮没关系。男人不想挣钱开宝马车？你问问你自己。孙小良说，我真不想。我就想活得自由自在。忽然，他踹了马永城一脚。马永城问：你弄啥，踢我干吗？孙小良朝地下室出口处努了努嘴。马永城顺着他暗示的方向看去，在门的玻璃上发现了两只眼睛。他说，是秋秋。秋秋在看那辆宝马车。孙小良点了点头，说，我靠，不开宝马就吃不香睡不着了？真是人和人想的不一样。他注意观察，直到红宝马车开走了，秋秋才从地下室出来，若有所失地看着远去的红宝马车。

看着秋秋失魂落魄的样子，孙小良突然来了灵感，回到房间打开箱子找出速写本。这个速写本上已经画了几十个人物，有老家的爷爷奶奶和邻居，有他在县城电脑班时的同学，有县城大街上遇到的稀奇古怪的人，也有一些小动物。他原打算到北京后不再动笔，先挣点钱。刚才看到秋秋，让他又产生了灵感。他拿着速写本朝外走时，碰上洗漱回来的马永城。马永城惊奇地看着他，你弄啥去？他说，屋里闷，我出去待一会儿。马永城指了指他手中的速写本，说，唏，还搞创作啊？他没理马永城，独自出去了。

四

塞车是现代都市最难医治的一大重症，也是对人的健康损伤较为严重的一大诱因。开车的人心态好，遇到塞车时不急不躁，随波逐流，一边听着音乐一边耐心地等候，那倒不至于影响健康，问题是这一类型的人比例不大。更多的开车族是赶着上班，哪个单位、哪个部门、哪个公司也不会出台员工因塞车误点不算迟到的规定。你这边越急，那边越堵，你能保持好心态才怪呢。孙小良就发现了这一点。他画了一张速写，一行十几辆堵塞的车上，司机的神态各不相同。有的司机打开车窗探出头，伸着脖子向前张望；有的司机胳膊肘儿和手搭在外边，手指夹着的烟头冒着缕缕青烟；有的司机甚至下了车，皱着眉头着急；只有一对情侣不慌不忙抱在一起亲嘴……孙瘸子看了他的这张速写咧着大嘴笑，看不出你还是个人才！来，帮我闺女画一张！说着，就把京京抱到柜台上坐好，还给她梳了梳头。

孙小良说，画速写不是照相，越这样摆姿势我越画不好。

孙瘸子说：我靠，那得怎么样才能画好？

孙小良说，你让京京该咋玩咋玩。

正在这时，马永城喊孙小良擦车。孙小良把速写本交给孙瘸子，哥，你帮我看一下。又说，千万别让魏宁那孙子看见了。

这回又是那辆红宝马车。红宝马停好车喊魏宁，魏宁你给我滚过来。

孙小良和马永城都惊奇地看着魏宁。魏宁一脸媚笑，凑到红宝马身边刚要说话，红宝马给了他一个耳光。那一巴掌很重，孙小良清楚地听到了"啪"的响了一声。红宝马接着拧魏宁的耳朵，把他拉到马路边的路牌下边。她眼睛瞪得很大，看上去火气也很大，但说话的声音却很低，孙小良转头用左耳朵听，听不见，又转头用右耳朵听，还是听不见。他想，魏宁就会欺负我和马永城这样的小工。一个女人打你骂你，你只会装孙子，还是男人吗？

这样一想，他倒看到了报复红宝马的一个机会。红宝马在和魏宁叨唠，眼睛没看车，魏宁低着头也没看车，朱水这个时间还在地下室搂着魏宁的姐睡觉，马永城和另外两个擦车工也在忙活，他可以乘机对红宝马搞点小动作。他捡了根钉子，用湿毛巾包着，装着很认真的样子弯腰擦车，把钉子朝红宝马车的轮胎上扎了下去。他的手转了一圈又一圈，几乎用了吃奶的劲，钉子就是不听使唤，怎么也不朝轮胎里边进。这轮胎难道是铁做的？到底是好事。要是我爸那辆破自行车，都得扎三个洞了。他想。看来这一招不行了，他又想把钉子放在红宝马的驾驶座上，让她屁股扎个眼！一想也不行，那样就把自己暴露了。他为自己无计可施感到懊恼。

红宝马临上车时用疑惑不安的目光看了他一眼，你干吗？

孙小良瞪着她没说话。

红宝马也瞪了他一眼，说，小心点，碰破一层皮，把你家老黄牛和几间破房子卖了也赔不起！

孙小良压住火，没有和红宝马吵。

红宝马走后，魏宁过来了，瞥了一眼对面孙瘸子的店，见孙瘸子正转身给顾客取东西，才大胆地指着孙小良的鼻子，问：你刚才看到了啥？马永城赶忙跑过来，抢着回答说，我们光顾着擦车，啥也没看见。又给孙小良挤挤眼，是吧，小良？孙小良偏不买马永城的好，更不买魏宁的账，梗着脖子说，看见了，看见你让那个红宝马剋了一顿没敢还手。

马永城踢了他一脚，瞎咧咧。她长几个胆子敢和魏哥剋？

魏宁不耐烦了，你俩老说剋，啥意思，是普通话吗？

孙小良说，河南话，地道的普通话。知道不，八百年前河南话就是普通话。

马永城说，剋就是干的意思。比如说剋架就是干架、打架；剋饭就是吃饭；喝酒剋一杯，就是干一杯……

那男人和女人干那事呢？魏宁好像故意出难题。

马永城笑了笑，那，那就是剋那个呗！

魏宁乐得哈哈大笑。笑罢，又说，不对，人家两人亲嘴，不就成了剋嘴。

马永城和孙小良乐了。孙小良借着三个人之间的气氛友好，问魏宁，那个红宝马咋一会对你好一会对你赖，她是你啥人，你那样对她？

魏宁白了他一眼，转身进孙瘸子的店买了包烟。他先点一支抽着，抖着两条腿，斜眼看着孙小良，你小子怎么对啥人啥事都感兴趣？给你说吧，那女人不是我啥人，我就喜欢闻她身上的香水味。

骗人！孙小良说。

魏宁认真起来，让孙小良把耳朵凑近他，悄声说，骗你是孙子。她身上那香水味一个字叫香，两个字叫真香，三个字叫他妈香。你知道不，她身上的那香气不像秋秋，是喷在头发上、衣裳上的，她的香气是从她身体流出来的。

孙小良惊讶地看着魏宁，仿佛站在他面前的是红宝马。

魏宁好像喝酸了酒，有点儿飘飘然，眼珠子儿也有点红，接着说，那天她弯腰时，我瞅见她两个粉红粉红的"豆豆"，就和泡在水里的樱桃一样鲜，香气就是从那儿冒出来。我听我姐夫说，一万个女人里才有一个身体里流香气，叫香体。古时候有个贵妃叫，叫什么香妃。为啥叫香妃，身上香呗，她用过的洗澡水漂到下游几百里还冒香气……

孙小良打心里瞧不上魏宁。狗屁不懂。不过，魏宁说的粉红的那个词，让他真的有点儿想入非非。

魏宁可能怕孙小良不信他的话，又说，她身上要是没这股香气，我水哥的大哥能看上她？她不论长相还是体形，都赶不上秋秋。

孙小良说，你别提秋秋。秋秋是个好女孩，不会像她……

这回轮到魏宁惊讶了。他学着马永城和孙小良的河南话说，唏，你弄啥呢？刚来两天就爱上秋秋了是不？

孙小良说，我没有！

魏宁说，唏，你还不敢承认。我这么跟你说吧，秋秋想和我水哥的大哥好，还让我水哥帮她引荐过。

孙小良皱着眉头，说，秋秋有男朋友，大学生，住咱地下室，这你知道。

魏宁说，我知道。我问你，要换你是秋秋，你甘心跟一个连工作还没找到，租住地下室里的穷学生，还是愿意跟一个能给自己买车买房的男人？你没发现秋秋每次看到那辆红宝马车，眼睛嫉妒得快要流血。

孙小良说，没看见。嘴上这样回答，心里却不得不承认魏宁说得对。秋秋看红宝马时那种期待、那种贪婪、那种嫉妒眼神都已经让他画了速写，就占着他的速写本的一页。他还没想好名字，现在经魏宁提醒，名字有了，就叫"我想有辆车"。

第二天上午九点多钟，孙小良和洗车场的同事像前天和昨天一样，正蹲在地上吃饭，对门孙瘸子叫他，小孙，小孙，你过来一下。他一手拿着块卷了辣椒酱的馒头，一手拿着块朱水的女人也就是魏宁姐姐自己泡制的咸菜，边吃边进了孙瘸子的店。一进门，他就看见了秋秋。秋秋手里捧着的是他的速写本。他的心跳一下子加快了，同时对孙瘸子生出几分怨言：好你个孙瘸子，我把你当好大哥，让你替我保管一会速写本，你把它拿给秋秋看，不是存心让我挨骂吗？

孙瘸子大概看出了孙小良的心思，解释说，你画了我闺女，我闺女一会儿想起来就翻看，看了都一百遍了。他的意思是告诉孙小良，速写本是京京无意翻看时，被撞进来的秋秋发现的。孙小良想：反正是这样了。如果秋秋骂我，我就告诉她上边画的不是她。她也没脾气。

秋秋不像是恼火的样子。她打开一页，指着上边说，你这画的是宝马车吧？

孙小良没回答。

秋秋说，你没上油彩，看不出车身的颜色。不过，我猜是红色的，就天天来洗车那辆，对不？

孙小良仍然没说话。他嘴里塞满了馒头，牙齿和嘴唇上沾着红辣椒。京京很懂事，递给了他半瓶矿泉水。他也不管是京京喝过还是孙瘸子喝过，一口气喝了个精光，用最后一口水漱了漱口，才说，这是我的创作，想象出来的。他在琢磨秋秋到底想说什么。

秋秋冷笑一声，说，你那笔是刀子啊？怎么把开宝马车的那个女人的个子像割麦子一样给割了一半。

孙瘸子哈哈大笑。孙小良也笑了。京京受了他俩的感染，跟着嘿嘿地乐。秋秋却仍然一脸严肃，一本正经地说，要画就画得像一点。说完，拎着三盒酸奶头也不回地走了。孙小良看了一眼孙瘸子，孙瘸子两手一摊，说，你们这些孩子……说着，把速写本递给孙小良。

孙小良刚转身，看见魏宁和马永城都在看他。他又把速写本放在柜台上，哥，帮我再保管两天。

让孙小良做梦也没想到的事情在两天后发生了。

那天又是吃饭的时候，又是孙瘸子叫他，小孙，小孙，你过来。孙小良的心莫名其妙地又紧张起来。他想，该不是秋秋又看我的速写本了吧？她要是看到我画的她看那辆红宝马车时的样子，不骂人才怪呢！他硬着头皮进了孙瘸子的小店，看见有个女孩在翻他的速写本。不过不是秋秋。秋秋留的是长发，眼前的女孩是齐耳短发。

这就是小孙，孙小良，对面洗车场的。孙瘸子介绍说，又指了指那个女孩，人家是京报的。

京报的女孩热情地和孙小良握了握手，然后指着他画的一幅速写，问他：这是你的原创？

孙小良不懂什么叫原创，点点头，又摇摇头，回答道，我瞎画着玩的。

真实、生动、有震撼力，有思想……京报女孩一口气说了一堆赞美的词，又说，就是线条还有些粗，氛围有些过于渲染。

　　孙小良看了一眼京报女孩说的那张速写，是他们洗车场员工吃饭的场面。七八个人围在一起，地上铺了张旧报纸，放着辣椒酱、小咸菜和一盆粥。当时，马永城坐在地上端着碗喝稀粥，举起的碗遮住了他半个脸，只露出两只眼睛和鼻子；魏宁蹲在地上，一只腿高一只腿低，正伸出筷子夹咸菜；另外两位员工边吃饭边在议论什么事情，其中一人的筷子指着胡同。他们旁边有小轿车驶过，行人走过，还有一只小狗在魏宁的屁股后边低头觅食……他给这幅速写起的名字叫"地摊"。他不知道京报女孩为什么拿这幅速写说事，于是又说了一句，我瞎画着玩的。

　　京报女孩问，我打算把你这幅作品推荐到报上发表，你同意吗？

　　孙小良赶忙摇头，不，不要。我瞎画着玩的。

　　秋秋这时进来买酸奶。她接上孙小良的话说，你还挺谦虚。瞎画着玩的都能上报纸，要正儿八经地画还不得办展览。说完，咯咯笑着走了。孙瘸子不容孙小良再考虑，自作主张地说，记者妹子，你要发就发吧。我这小兄弟的家我替他当了。不过，你得多给他点稿费，他缺钱，都欠我三十多元了。

　　京报女孩认真地看了孙小良一眼，问，你多大了？

　　孙小良回答：十八！

　　京报女孩显然不信，又问：你哪年生的？

　　孙小良不高兴了，唏，你查户口咋的？说完转身要走。京报女孩拉了他一下，哎，男子汉怎么这样小气？孙瘸子也说，小良你懂点礼貌。怎么说人家是你孙大哥的顾客。孙小良这才又转过身，仔细打量了一会儿京报女孩。这个京报女孩看上去年龄也就二十几岁，黑黑的眉毛，清澈的目光，一脸像阳光般的和蔼、热情。孙小良想，这女孩长得真干净，到底是有文化的人！不知为什么，他对京报女孩的陌生感、敬畏感一下子全都烟消云散，亲切地说，你以后要是洗车到咱这来。

　　京报女孩问：你能免单？

　　孙小良笑了，我使劲给你擦，擦得干干净净！

　　京报女孩也笑了。

　　京报女孩走后，孙小良才把刚才看见秋秋的疑问向孙瘸子提出来，哥，秋秋也欠你钱吧？

孙瘸子隔着柜台，用报纸敲了一下他的额头，说，你小子还真有点艺术天赋，观察人和事特用心。

孙小良噢了一声，也不知是表示听明白还是没听明白。他一只脚迈出门时咕噜一句，难啊。

孙瘸子喊他，小孙，你小子说什么？什么难啊？

孙小良头也没回，又咕噜一句，生在穷人家的漂亮女孩难。

直到孙小良要离开西黄城根时，孙瘸子才悟出孙小良话中的意思。他说，小马说你小子有才，我终于发现你真有才。你当初用一个难字形容生在穷人家的漂亮女孩，我还不明白。现在明白那个字特深奥，特过瘾。

五

其实，孙小良在当天晚上就印证了他对孙瘸子说的话。

今天是周末，晚饭后魏宁的姐姐拉着魏宁、马永城到离洗车场不远的一个教堂去了。马永城给孙小良讲过，魏宁的姐姐每到周末都要去教堂。

孙瘸子和朱水等几个牌友在对面的马路边摆起桌子打牌，喊孙小良帮着他看店。孙小良挺乐意，因为孙瘸子的店里能看电视，还有免费的矿泉水喝。他兴趣来了，还可以画几笔速写。

大概九点多的时候，秋秋来买酸奶。孙小良说，你早上不买过了吗？秋秋说，你早上吃饭晚上就不吃了？说罢，两人都笑了。

秋秋并没有马上离开的意思，眼睛盯着马路对面。对面的一棵大树下，停着胖子的那辆黑色轿车。孙小良马上明白了，秋秋是在等胖子。不知为什么，他的心情一下子变得非常糟糕，和秋秋说话时带着火气。他说，你店里有客人来了，你快去上班吧？

秋秋说，我碍你什么事了吗？

孙小良说，我是怕你老板扣你工资。又说，挣俩钱容易吗？

秋秋说，我辞了。

孙小良说，噢。

秋秋说，就是不在那家店里干了。

孙小良说，噢。

秋秋急了，你这人有病？说罢又笑了，我知道了。你的大作要发表了，所以骄傲了，眼眶子高了。

孙小良取出速写本和笔，说，你现在的样子特青春，特阳光。我帮你画一张吧？

秋秋又是摇头又是摆手，说，得，得。现在是夜晚，还阳光呢。我可不想让你拿去发表。

孙小良把速写本和笔收拾好，故意刺激秋秋说，那个胖子不会出啥事了吧，咋这么晚还没来开车？

秋秋无动于衷。

孙小良又说，那孙子贼有钱。那天他开后备厢取东西，我和马永城看了一眼就差没吓昏。他那后备厢里全是好酒，茅台、五粮液，还有带外国字的。他拿了根和我老家粪耙子一样的东西，晃着给朱老板说是什么高、高什么球杆。朱老板说得值十几头黄牛的价钱。他说着，一直偷偷观察秋秋的表情。秋秋好像没有太大兴趣，仰着脸看电视。孙小良也觉得没趣了。

过了一会儿，秋秋问，你爸爸妈妈都在吗？

孙小良说，都在广东打工。

秋秋说，你真幸福。她说完，可能怕孙小良看出她的情绪变化，把脸转向门外。

孙小良有点纳闷，她说这些啥意思？

秋秋过了一会又问，如果一个女孩的继父对她不怀好意，这女孩该怎么办？

孙小良脱口而出地说：离家出走。

然后呢？

孙小良回答不上来了，摇摇头。

秋秋说，你是个好男人，但是是一个不负责任的男人。

孙小良有些惊慌，啥，你说啥呢？

秋秋说，你喜欢一个漂亮女人，会对她忠诚，但是你没办法让她对你忠诚，结局是两人不欢而散，你由喜欢变成仇恨，她也由幸福变成痛苦。归根结底你不负责任。

说完，她急忙向外走。孙小良一眼看见那个胖子正在开车门。秋秋到了车前，两人说了几句话就上了车。车子开走后，还没等孙小良回过味来，后边一辆车紧跟着追了上去。孙小良跑出去，从车屁股看出是辆红宝马车。他的心里咯噔一下，想，坏了，红宝马在盯梢呢，弄不好秋秋要吃亏。他想追，见孙瘸子和朱水都在看他，黑红两辆车也已没了影踪，才怏怏地回到店里。他拍了一下自己的脑袋瓜子，唏，和你啥关系，你咸吃萝卜淡操心！

不过，他没心思看电视了，取出速写本，想把刚才秋秋的模样画出来。刚画了几笔，门外响起汽车喇叭声。他抬头一看，红宝马正怒气冲冲地朝他挥手，哎，那什么，你出来，我有话问你。

孙小良转过身背对着她，心想，你算老几？

没想到，红宝马停好车进店里来了。她拍了一下柜台，哎，那什么，小盲……

孙小良扭过头瞪了她一眼，本来想骂她，嘴巴张开又闭上了。他看见红宝马拍在柜台上一沓钱，少说也有几千元。他问，你买啥？

红宝马说，这是给你，不，打算给你的信息费，三千元。如果你给我提供的信息准确无误，就是你的。

孙小良的心急促地怦怦跳了两下，目光盯着那沓钱，咕噜一句，你咋不找魏宁？

红宝马说，那个小盲流不可靠。我给他钱，他给我的是假信息，让我臭骂了一顿。

孙小良问，我就可靠？

红宝马说，我不给你钱，你不可靠；我给了你钱，你准可靠。你想清楚了，三千元抵你半年撅着屁股擦车挣来的工资。你要是听我的，给我服务好了，我可以给你六千、八千、一万，不，三万！

孙小良有点不敢相信自己的耳朵。柜台上的三千元钱让他动心，红宝马说的比三千元更多的数字让他激动，甚至有点疯狂。他已经忘记了红宝马是让他被扣了一天工资、他一直耿耿于怀的人。他决定和红宝马合作。他问红宝马，你不就是让我盯着秋秋吗？没问题。我不会骗你！

红宝马说，那你告诉我，那个婊子还在隔壁的美容美发店干吗？

孙小良把柜台上的钱装到衣袋里，说，我回答你，就算给你一次信息了。接着又说，她叫秋秋，你以后在我面前说她的名字。你说婊子我不认识，信息不准就别怪我。

红宝马生气地说，你们这些小……没个好东西。好吧，我问你，秋秋刚才是不是坐对面树下那辆车走了？

孙小良犹豫了一下，摸摸口袋里的那沓钱，点了点头。

红宝马问：开车的是不是个胖子？他每天把车停在马路对面？

孙小良说，不是每天，礼拜六礼拜天不停这儿。

红宝马说，你故意气我？我就让你回答是不是？

孙小良又点点头。

红宝马向孙小良要了一张纸，在上边写了个手机号码，这是我的电话。你只要看到那个小婊子，不，是那个秋秋就给我打电话。我要是没接，就是不方便，那你再给我发信息。

孙小良冷笑一声，问，她半夜上茅房我也给你说？

红宝马瞪了他一眼，气呼呼地走了。她的车刚发动，孙瘸子就在对面喊，小孙，孙小良你过来一下。

孙小良嘴上应着，心里却直发慌。难道和红宝马的对话让他们听见了？收红宝马的钱也让他们看见了？不会，不会。可是三千元钱装在衣袋里鼓鼓囊囊，一定会让他们发现。发现了就会追问，让他说清楚。他打开抽屉，想把钱放进去。一想，这是孙瘸子的抽屉，你把钱放进去算什么？他脱下鞋子，又想把钱放在鞋里，脚朝里一放，不光硌脚，整个身子也失去了平衡，很容易让人看出破绽。这时，孙瘸子又喊他，朱水也跟着喊，他更加心烦意乱，急得额头上直冒汗。这时，对面的公共厕所门前有人咳嗽。咳嗽声给孙小良带来了一线希望。马永城上班时想抽烟，又怕朱水骂，就躲到公共厕所里去抽。公共厕所屋顶大梁有条缝隙，马永城把烟藏在缝隙中，抽的时候再掏出来。那个缝隙既然能放下马永城的半盒烟，也就能放下三千元钱。可以先放在那里，等回宿舍时再去取。他想到这儿，用手捂着肚子，一边小跑着一边对孙瘸子和朱水说，我肚子有点疼，先去拉泡屎。

公共厕所里的灯前几天就坏了，孙瘸子打了几次电话给管厕所的部门，管厕所的部门说照明不归他们，找路灯管理部门，那个部门说只管马路上的灯，气得孙瘸子大骂，你哪个是管老百姓的部门？孙小良摸黑钻进厕所，扑哧一脚踩到水里，有几滴迸到脸上。他不用闻也知道不是水是尿。厕所里没灯看不见，有人进了门掏出家伙就尿，地上的小便已经积了没脚深，朱水白天还垫了几块砖头以方便行走。孙小良把这事给忘了。他的个子高，一伸手就摸到了大梁，然后顺着大梁找缝隙，找到缝隙就把钱塞到里边。他顾不得想太多，怕孙瘸子和朱水怀疑，放好后就出去了。孙瘸子鼻子尖，一下就闻到他脚上带出的特殊气味，又气愤地拍着桌子骂，操，就装一个灯泡那么难。

朱水用手电筒照了照孙小良的脚，皱着眉头，疑惑地问，你慌慌张张地干啥呢？

孙小良说，没干啥。我帮孙哥看店。

朱水又问，那个女人怎么和你聊这样长时间，聊的啥？

孙小良说，嗨，她是富姐，能和我一个穷小子聊啥，就是问我你和魏宁啥关系。

人都有虚荣心，而虚荣心往往是用虚伪来掩盖。尽管朱水和魏宁的姐姐已同居几年而且有了孩子，但毕竟不是合法夫妻，在一些场面上，朱水害怕别人提起。孙小良这一招果然灵验，朱水愣怔一会，低下头打牌了。孙瘸子这才说出叫孙小良的原因。他说，你去店里拿十瓶啤酒、十瓶矿泉水，再拿两包花生米，记在你老板账上。

孙小良明白，朱水今天打牌输了。他回到孙瘸子的店里，忽然闻到有一股香气。他想：肯定是红宝马留下来的。也许这就叫余香！怪不得魏宁那小子说她是香体。这样想着，不由得又抽了两下鼻子，还自言自语地念叨一句，余香，唏……

马永城跟着魏宁的姐姐、魏宁是九点多回来的。他见孙小良在孙瘸子的店里看店就进来了，要了一瓶啤酒，咕嘟咕嘟一口气喝了半瓶，才抹了抹嘴问孙小良，你就一直这样待着？

孙小良说，我出去了一趟。

马永城又惊又喜，唏，你出去了一趟，去了哪里，天安门广场，北海，后海？

孙小良指了指马路对面，一本正经地说，茅房！

马永城哈哈大笑。笑罢，严肃地说，你猜我今晚在教堂见到谁了？

孙小良摇头。他此刻百分之九十九点九的心思在茅房大梁的缝隙上，哪顾得上和马永城穷扯淡。马永城用两手比画一个圆圈，又晃了晃，好像是在转方向盘，你的仇人！孙小良明白他在说红宝马，哼了一声，还说我吹，你才会吹。你咋会在那儿见她？他没有说出红宝马来过。

马永城说，我也纳闷，过去我从没在那儿见过这娘们。她去得晚，刚到几分钟，礼拜就结束了。不过，我看她一脸的苦大仇深，该不是和胖子剐架了吧？

魏宁看到她了吗？孙小良问。

马永城摇头，就他那眼珠子，跟大白天的灯笼一样——摆设。说着，喝光了瓶子里的啤酒，点了一支烟，四下看了一眼，说，咋有臊气味，是不是孙瘸子的冰箱里东西坏了？

孙小良没接他的话茬，而是说，你帮着盯一会，我去一下茅房，回来咱一起回宿舍。他朝外走时，顺手拿走了马永城刚才点烟放在柜台上的打火机。他刚才去茅房藏钱时湿了的鞋子呱唧呱唧地响，让马永城看见了。马永城说，我说哪来的臊气味，是你小子掉茅坑里了。

孙小良进了厕所就摸到了藏在大梁缝隙中的那沓钱，长长地舒了一口气，悬着的心总算落了地。可是，就在他朝外掏钱的时候意外发生了。可能是为了压得更结实，大梁安放时在与屋顶盖中间加了一层水泥。不知是从马永城开始，还是在马永城之前，甚至之前的之前，就有人不知出于什么原因，把中间的一层水泥抠掉，形成了一条缝隙。这条缝隙是两边通着的，这边塞东西，如果不小心就会从另一边掉下来。孙小良当然不清楚，所以他朝缝隙里伸手时，碰了一下那沓钱，那沓钱从另一边掉落下来。他赶忙打着了火机，借着微弱的光亮把钱捡起来，在从上往下掉落的过程中，有几张飞落进大便池的洞口里，有几张还飞落到了旁边的大便池中，气得他眼睛直冒火星，急得他手忙脚乱，恨不得像孙猴子一样生出七十二变的本领，钻进洞口把钱捡回来。他刚弯腰，冲动之间竟然踩了一脚冲水器，哗啦啦的水声响起，他才意识到那几百块钱也随着水流冲走了。

这时，厕所门口响起马永城的声音，小良，你弄啥呢，一泡尿咋用这么长时间？

气急败坏的孙小良把怨气都撒到马永城身上，张口骂道：你个大爷，叫魂呢？信不信我弄死你！他边骂，边绕到隔壁的大便池，想把掉到这边大便池洞里的几张票子捡出来。没想到马永城恰恰就在这个关键时刻钻进厕所里来了。小良，你个熊羔子咋骂人呢？

马永城的言行无疑是给孙小良火上浇油。他一跺脚，冲水器又是哗啦啦一阵响，落入这边大便池中的几张票子也随着水流冲走了。他说，马永城你个猪头就不喜欢人。人家越是着急上火你越火上浇油。我今天要不弄死你，解不了我的心头之气。马永城是进来小便的，一泡尿还没撒尽，听他这样一骂，先是莫名其妙，接着也火冒三丈，回骂道：你才是猪头呢。公共厕所人人都可以进，又不是你家你不让就不进。再说，兴你屙屎撒尿，别人就得让尿硬憋死？！孙小良装作拉屎，蹲在茅坑上一动不动，说，好小子，你等着，你给我等着。马永城一边往外走，一边怒不可遏地说，我等着，看你能把老子生吞了。

两个同乡、同村、同一个小学，现在又同在一家洗车场打工的好朋友，竟然就这样闹翻了。

六

第二天上午九点多红宝马又来洗车，向孙小良问起秋秋时，孙小良才想起秋秋一夜没回地下室。一大早他去刷牙，朝秋秋的屋子看了一眼，见门上还挂着锁。

红宝马看了一眼胖子停车的地方，现在一片空白。她的目光带着哀怨，神情带着哀愁，身子有点儿发抖，胸脯起伏得也快了。孙小良心里暗暗高兴，让你张狂吧。你骂我小盲流，现在你自己成了弃妇，比我还惨！想着，又添油加醋地说，我一来就看见秋秋和那个胖子不正常。比方说胖子吧。你过来开车就走呗，磨磨蹭蹭专等着秋秋出来和秋秋闹几句。

红宝马问：有多长时间了？

孙小良故意沉思了一会，摇摇头说，我来十几天。我来之前他们就认识。

红宝马问：你还看见他俩做过什么？

孙小良说，胖子让秋秋上他的车，坐在驾驶座上，教秋秋开车。其实那孙子是想占秋秋的便宜。我看见他在摸秋秋……

摸哪儿？红宝马问。

孙小良挠着头皮光笑，眼睛却盯着红宝马的胸。红宝马明白了，气冲冲地出了门。她把车开到离洗车场十几米外的地方又停下来，喊孙小良过去，你，过来看看你擦的什么车，车里边一层土。这样，让朱水、魏宁他们听了，以为她是找孙小良的碴儿。孙小良果真拿着抹布上了车。孙小良忽然之间冒出一个大胆的念头，表面上又故意装作迟疑不决。红宝马急了，给了他一拳头，你说，你还看见他们在车里干什么？

孙小良摸了一下红宝马的手，像触电一样马上缩了回来。他以为红宝马会生气。没想到红宝马根本没在意，继续问他，就这样？孙小良摇头。红宝马说，那还干什么了？孙小良红着脸，把手放在红宝马的大腿上。红宝马问，那个婊子，不，那个秋秋什么反应？孙小良这才把手动了动。他的手有一种触摸海绵的感觉。他说，秋秋很高兴，笑得像脸上开了花。红宝马突然一踩油门，车子往前一冲，孙小良的身子向前一倾，额头撞在挡风玻璃上，疼得哎呀哎呀叫。

红宝马开出有几十米远才停下车，说，滚蛋吧你。给我看清楚了。

孙小良抚摸着额头，一副受了莫大委屈的样子，引得魏宁哈哈大笑，说，你小子有眼无珠。你不打听打听那女人是谁，老是招惹她。哪天你惹烦了她，别说头上碰个大疙瘩，说不定整个头都得搬家！马永城从昨天晚上在厕所被孙小良骂过后就没再理他，所以装作没看见。倒是孙瘸子发现了点什么名堂，招手让孙小良过去，问他，小孙，你小子该不会想泡那娘们吧？

孙小良的脸唰地红到了脖子根，唏，哥你逗我呢？

孙瘸子说，哥不逗你。你信哥一句劝，吃辣椒咸菜的命别想着吃鱼翅海参。你没听说有一个亿万富翁，想花两千万把他爹的像挂天安门城楼一个晚上，让人当精神病送精神病院……他的话说完，眼睛直了。孙小良顺着他的目光看去，看见胖子正在停车。他想，孙瘸子是不是一直在观察胖子？

朱水凑到胖子车前，和胖子嘀咕了一会。胖子神情有点儿紧张，四下看了一眼，然后又对朱水说了几句，才骑着自行车走了。孙瘸子哼了一声，说，等着吧，这孙子没的好。

孙小良刚要出门，吃了一惊：秋秋一脚门里一脚门外半个身子进来了。他突然有点心慌意乱，快速把目光转向孙瘸子。孙瘸子好像也有些意外，秋秋，跑哪儿去了，让哥担心你。我送京京上学路上，她还问你呢。

秋秋说，我去了一趟我姨家。路远，我姨没让我回来。

孙瘸子眼里露出狡黠的笑，说，那你打算搬你姨家住去了？

秋秋显然没料到孙瘸子会这样问她。她愣了片刻，神情已不像刚进门时那样兴奋，忧郁地说，得看我找工作的情况，也可能也不可能，谁能说明天会是什么样。也许夜里睡觉就睡过去了呢。对吧孙哥？

孙瘸子说，对，是这么个理。小孙你跟秋秋学着点，看人家秋秋多明事理。

秋秋这才看了孙小良一眼，哟，画家也在这儿。然后对孙瘸子说，孙哥你快别这样说。我是见得多了，听得多了，所以就想得多了。北京这地方，像我和小孙这样外来打工的，得多长仁心眼才能少吃亏，还不敢说不吃亏。

孙瘸子说，那还是你愿意。你有什么事做什么事，别老巴望这山比那山高就不会吃亏。比方说有人找上门要给我送饮料矿泉水，比我正常渠道进价便宜一大截，我就不干……秋秋没等他说完，就笑了，孙哥真是站着说话不腰疼。你是北京人，政府对你有这补贴那照顾，看病都有医保。你店小，但每月少说也有几千元钱收入。我呢？小孙呢？你也不是看不见瞅不着。我们也不能一直就这么低三下四给人家打工，再说了，还得想着爹娘在老家一个月能不能吃顿猪肉……

孙小良偷偷看了她一眼，见她的眼圈红了。

孙瘸子看看秋秋，又看看孙小良，一时语塞，只得挠着头皮嘿嘿笑着做掩饰。秋秋走后，他才感慨万端地说，小小姑娘怎么想得那么多？

孙小良说，逼得。

孙瘸子不高兴了，哎，瞧你这话说的，谁逼你了？前两年不是就有句话吗，命苦不能怨政府，点背不能怪社会。

孙小良一扭头走了。整整一上午，来了洗车的他就主动上前擦车，消停的时候就一个人坐在马路牙子上，拿着块小石头低着头在地上画呀写呀，画完写完用脚擦干净，然后再画呀写呀。魏宁问马永城，孙小良这是怎么啦，有病了？马永城摇头。魏宁拍了拍脑袋瓜子，说，怪我，怪我。我给他说开宝马车的马姐身上冒香气。他别是想她想出相思病了？就他，别说闻她身上的香气，连她的臭屁都闻不上……说完放声大笑，笑声中带着嘲讽，还带着遗憾。

马永城瞪了魏宁一眼，唏，你还不是一样。

其实，魏宁和马永城根本猜不到孙小良的心思。

孙小良昨天夜里偷偷数了一遍，手中剩下两千五百元钱。他半夜时又去了一趟公共厕所，举着打火机寻觅了半天，当确信那五百元钱再也和自己无缘后，他心疼了一阵。可是，接下来他开始为手中的两千五百元钱的出路发愁，愁了一夜，第二天还没想出个办法。两千五百元呀，你让我孙小良怎么花？去高级饭店吃一顿可能还填不饱肚子，可是我孙小良娘胎带的就不是吃那些食物的肚子；换一部好点的手机，买几件像样的衣服……都被他一一否定了。魏宁、马永城如果看到孙小良用这些东西，不怀疑他是偷来的也会怀疑他捡到昧起来的。再说，惹他们嫉妒自己又何必？不花出去也不行，继续掖在公共厕所的大梁缝隙里容易掉进茅坑不说，马永城天天在那儿藏烟，他拿走你也没法找他要；放在宿舍的被子底下，那样也不行。魏宁那小子老是偷偷翻别人的床；装在身上吧，也容易让他们看见……他也闪过一丝寄给妈妈的念头，可是又怕吓着妈妈，让她为自己担心。

中午吃饭的时候，孙小良夹了几块土豆片在米饭碗里，然后端到孙瘸子的店门口席地而坐吃起来。他刚吃了几口，就听见孙瘸子店里哼哧哼哧的抽泣声。那声音不像是京京，再说这个时候京京在学校。他偷偷看了一眼，惊奇地张大了嘴巴。那个抽泣的人是秋秋。路上来往车辆不断，噪声太响，他把屁股向店门口挪了挪，才勉强听见秋秋和孙瘸子的对话。

孙瘸子：秋秋，我拿你当亲妹妹，还能骗你不成？我昨天和今天上午上了货，钱都押货上了，手头三百两百还能凑出来，多了真没有。

秋秋：我快一个月没上班没领工钱，原来挣一个恨不得花三个，没有积蓄……

孙瘸子：你姨不是在北京吗，找你姨想想办法呗！

秋秋：我姨？她自己还吃低保呢。

孙瘸子：噢。

秋秋：孙哥，不难为你。

听到脚步声进了地下室，孙小良端着碗进了孙瘸子的店，张口就问：哥，秋秋向你借钱？

孙瘸子笑了笑。他的表情非常复杂，孙小良那点经验，读不懂他表情后边的内容。他说，小姑娘还想骗我，我呸！家中有病人要来北京检查需要用钱，既然来北京检查不带钱来啊？还一张口借两千，别说我手头没有，有也不能借给她。

孙小良问：她咋能没钱呢？

孙瘸子狠狠瞪了他一眼，说，你小子什么意思？她咋能有钱呢？她在美容美发小店就做洗头工，其他乱七八糟的事不干。为这她老板没少骂她。你想想一个洗头工一月能挣几个钱？她不吃不喝不买衣服啦？她借两千元十有八九是想买衣服买化妆品。

孙小良看了一眼对面停着的胖子的车，想说秋秋和胖子的关系，见孙瘸子像仇人一样瞪着自己，就没敢往下说。不过，他也就是这个时候做出了决定：把那两千五百元钱先给秋秋用。

他找了个借口回到地下室，到了秋秋门口又犹豫了。毕竟他没有单独进过女孩子的房间，不知突然闯进去会是什么结果。此时的地下室里一片静寂，不像地面上那样纷乱嘈杂，他几乎可以听得见自己心跳的声音，插在裤袋里攥着那沓钱的手都出了汗。他装作去洗手间，从秋秋门前过了一趟，偷偷朝里瞟了一眼，隔着一道花布帘子，什么也没看见。于是，他又走了第二趟，而这一趟他竟然没敢瞟一眼，心还咚咚地跳。就在他从洗手间出来时，却迎头碰上了秋秋。秋秋端着一只洗脸盆，慌慌张张地朝洗手间走，看见他时一下子惊呆了，你，你，怎么是你？

她一边问，一边用毛巾把洗脸盆盖上。

孙小良其实已经看见洗脸盆里有血，鲜红鲜红的血。他也有点儿吃惊，难道秋秋……

秋秋从他身边绕过，进了洗手间。孙小良愣怔地站在那里，一时不知所措。他忽然想起秋秋不是从她房间里出来，而是从那个南方人的大学生房间出来。他一时又觉得坠入云里雾里，不是说秋秋和那个大学生结束了吗？怎么会端着里边有血的盆子从他屋里出来？

过了一会，秋秋从洗手间出来，看见他仍然原地站着，带着愠怒，问：孙小良你干啥，看戏呢？

孙小良说，不，不。我等你。

秋秋打了个愣，你等我？

孙小良赶忙把钱掏出来，递给秋秋，说，这是两千五百元钱，给你。

秋秋往后退了两步，警惕看着他。

孙小良说，算我借给你的。

秋秋问：你为啥借钱给我？

孙小良说，孙哥说你家有病人急着用钱。正巧我妈给我寄钱让我买一部新手机。我的手机还能用，钱用不上……他不知自己编的谎圆不圆，所以说着的时候脸红了。

秋秋还在犹豫。

孙小良说，啥事有治病救命急？你先用吧。说完，不等秋秋表态，他就把钱塞到她手里，急忙转身走了。出了地下室，阳光十分刺眼。他努力睁大眼睛，仰望着天空，如释重负地长长地舒了一口气。

<h1 style="text-align:center">七</h1>

下午下班的时候，胖子还没来，红宝马先到了。她点着名让孙小良给她擦车的内部。她当着朱水、魏宁和马永城他们放出狠话，朱老板你不好调教这小野马，我帮你。我就不信驯服不了他。

朱水赔着笑脸，小心翼翼地说，马姐您别跟一外地孩子一般见识。用我们老家骂不听孩子的话来说，他还是个吃屎的孩子！

红宝马故作惊讶地问：朱老板你用未成年人打工，小心我投诉你啊！

孙小良挺了挺胸脯，理直气壮地说，我十八了！

朱水拿了条新毛巾给他，朝他屁股上踢了一脚，骂道：小兔崽子，你今天擦的车要是还让马姐不满意，我就开了你！

孙小良钻到车内擦车时，朱水站在一旁像个监工一样专注地看着。红宝马想找机会和孙小良说话，就琢磨了个点子，让朱水去对面店里帮她买一瓶饮料。朱水没动窝，把钱给了马永城，让马永城去买。红宝马又苦思冥想了一会，问朱水：朱老板你这有车座上铺的凉席吗？天快热了，我想买。朱水一听有钱赚，马上来了兴趣，喊魏宁赶快去仓库里取。孙小良想，你就吹吧！你们家哪来的仓库？不就是到拐弯那个店里买来，再加钱卖出，一来一回十几分钟中间的差价钱就挣到手了。

朱水给魏宁取钱去了，红宝马这时才趁机上了车。她让人从外边看她指指这里，点点那里，是在指挥孙小良擦车。孙小良想，这个女人够狡猾。

红宝马问：秋秋是不是和他一前一后回来的？

孙小良说，嗯。

红宝马又问：秋秋是不是很兴奋？

孙小良说，嗯。

红宝马急了，你变成哑巴了，还是你爸你妈就教会你这一个字。

孙小良抬头朝地下室出口看了一眼，没有在地下室出口那扇门的玻璃上发现他熟悉的那双眼睛。不知是出于失望还是担忧，他心烦意乱起来，对红宝马说话也不好听了。他说，你能不能别像叫猫子？我听着瘆得慌。

红宝马拍了一下他的脑袋，靠，你还头上长角脚下长刺了？我付给你工钱就是买你信息的。

孙小良说，你昨天给我的钱，我已经把昨天的信息给你了，咱俩不欠。

红宝马说，那你的信息也太贵了吧？

孙小良说，爱要不要。你不信任我，可以找魏宁。

红宝马气得转身下了车，在车外转来转去转了几个圈才又回到车上，换了一副笑脸，说话也亲切了，小兄弟，姐不怕花钱，只要你帮姐把事办好。

孙小良问：啥事？

红宝马朝窗外看了一眼，打开皮包取出一沓钱。孙小良擦车用的是半干半湿的毛巾，一边过来用毛巾包上，一边问：多少？

红宝马说，两千！

孙小良说，唏，才两千。

红宝马说，我包里就这点现金。我平时不用现金都是刷卡。你先拿着，事办成了我再补你。

孙小良问：啥事？

红宝马说，死胖子和那个浪秋秋今晚还得出去约会。死胖子一过来开车，你就给我发信息。

孙小良想，你这是让我和你一起对付秋秋啊？万一你抓胖子和秋秋一个"现行"，闹出什么事情来，我哪有脸见孙瘸子、魏宁、马永城他们？不过这话他没说出来。因为他转念又想，你的钱也不是你挣来的，我不挣白不挣！

下车以后，红宝马故意大声招呼朱水，说，朱老板，这小孩今天擦车还可以，看我的面子，你别骂他了。

孙小良恶狠狠地瞪了她一眼。

红宝马开上车走了。孙小良第一件事就是上厕所，想把红宝马刚给的两千元钱暂时藏在大梁缝隙中间。没想到四个茅坑上边全都蹲了人，其中一个是魏宁。他转身想走，魏宁喊他，孙小良，你过来，我有话给你说。孙小良本来不想搭理魏宁，又怕不小心把钱露出来，于是走过去问道：啥事？魏宁神神秘秘地两边看了一眼，把手向怀里摆了摆，示意孙小良靠近点再蹲下来，他自己又往前伸了伸头，凑到孙小良耳边，说：兄弟求你点事。我这肚子疼得厉害……

孙小良说：你没带纸是不？

魏宁白了他一眼，张开手让他看了看卫生纸，说：不是让你拿纸。我想让你帮我盯着地下室，看秋秋什么时候出来，是一个人还是和别人一起。

孙小良一听，气不打一处来，恨不得踹魏宁一脚。你也想着秋秋？他想转身离开，又觉得那样便宜了魏宁，于是故意逗他，问：你给我什么好处？

魏宁挤巴挤巴眼皮，说：请你喝啤酒。

孙小良说：我不喝酒。又说，你妈快点，熏死我了。

魏宁说：我给老板说，你那天的工钱不扣了。

孙小良说：那不才十五元钱。

魏宁想想又说：我把刚才给马姐买坐垫挣的提成钱分一半给你，三十元，行了吧？

孙小良不想再和魏宁啰唆，起身走了。出了公共厕所的门，忍不住打了几个喷嚏，把吸到鼻子里的臭气脏气腥味都喷了出来。一抬头，他才发现秋秋站在地下室门前，正在朝树下的车看。不知为什么，他的心一下子吊了起来。他相信红宝马此刻就在不远处的一个地方，张大眼睛甚至可能用望远镜在窥视着地下室的出口。只要秋秋上了胖子的车，后果就不堪设想。电视电影里不是经常出现人为制造车祸的镜头吗？他不想看见秋秋血肉模糊惨不忍睹的样子。可是，他也没有理由上前去劝阻秋秋。没有。说千道万也没有。

　　朱老板，今晚有雨，明天你生意肯定又火爆！听声音就知道是那个胖子。孙小良没回头。他不关心胖子。他关心的是秋秋。果然，秋秋看见胖子，马上毫不迟疑地向马路这边走来。孙小良看不清她的神情，只看得见她在笑，在西下的夕阳映衬下，她的笑容显得有点儿苍白，又像是虚构。虚构的笑容会让人觉得不踏实，她怎么不伪装得好一点？孙小良想。

　　秋秋，你干什么去？孙瘸子在柜台里边大声喊，你过来，哥给你说句话。

　　秋秋好像没听见，头也没回。孙小良生气了，好你个秋秋，你一边和那个南方人大学生藕断丝连，一边和胖子勾勾搭搭抢红宝马的饭碗，啥人？他一生气，掏出手机就想给红宝马发信息，刚写了一个他字，魏宁在后边拍他肩膀，孙小良，你小子不够哥们！孙小良一慌张，按了发送键。他恼羞成怒，回头给了魏宁一拳头，你想找死？魏宁说话也结巴了，你，你怎么，怎么不喊我？孙小良说，我喊你有个蛋用，你敢拦车还是敢拉秋秋？魏宁气得哼哧哼哧直喘粗气，眼睛仿佛要滴血。孙小良同情地拍拍魏宁的肩膀，哥们，瘸子哥说得对，你是啥命老天爷早给注定了。

　　孙瘸子一手转动着轮椅，一手拎着京京从店里出来了。他指了指胖子停放黑奥迪的地方，又指着朱水，大声嚷嚷道，朱水你小子给我听着，从明个起不要让那孙子把车停那里，不然我就给他砸了。你小子别以为上边有人，胖子是个官，老子不怕。

　　朱水的脸一阵红一阵白，不服气地说：那又不是你家的地方，是我租下来的。

　　孙瘸子火了，破口大骂：那地方你没来之前是垃圾回收站。你以为我不知道你租谁的，怎么租来的。他用力往前一转轮子，朝着朱水冲过去，带了京京一个趔趄，差点儿跌倒。京京吓得哭出了声。孙瘸子这下更火冒三丈，把京京送回店里，顺手拿了根棍子，气势汹汹地叫着骂着向朱水冲过去。由于路上来往的车多，他几次要过马路都被车隔阻。等到车子稀少的时候，朱水却不见了踪影。他恼羞成怒，挥起棍子就要砸东西，手在半空中停下了，因为马永城把头伸到了棍子下。马永城说，孙哥，你别砸了我们的饭碗。孙瘸子说，这些东西是朱水的，姓朱不姓马。马永城说，我们端的就是姓朱的饭碗。你砸了姓朱的碗，不就是砸了我们的碗。

魏宁不敢接近孙瘸子，站在离孙瘸子两米外的地方，身子向后倾斜着，好像随时准备逃跑。他说：哥，你是不是帮秋秋说话？孙瘸子瞪了他一眼，我呸。我看不惯姓朱的帮胖子欺负她。胖子不是个好东西，朱水也不是好东西。北京容不下这种人，西黄城根也不容这种人。我给你说吧，你魏宁小小年纪，跟着朱水不学好，长大也不是个好东西。魏宁翻了翻眼珠子，阴阳怪气地说：那还不都在这儿学的。说完，匆忙钻地下室去了。

孙小良一直没说话。他也弄不明白孙瘸子对朱水发火的真实原因。难道就是因为他看不惯胖子和秋秋来往？那也是秋秋自己乐意。北京人爱管闲事。他想，看不惯的事多了，你管得过来吗？你要真关心秋秋，为啥不肯借给她钱？

眼看着一场风波就要平息，没想到红宝马这时出现了。红宝马的车直接停在孙瘸子的店门口。孙瘸子正要骂人，秋秋第一个从车上下来了。这让孙小良、马永城和孙瘸子等人个个瞠目结舌。秋秋没有停留，直接进了地下室。孙小良从她匆忙的背影看得出，她好像受了委屈。果然，他马上从红宝马趾高气扬的神态中得到了验证。红宝马一下车，首先用电动钥匙打开车后盖，喊道，朱老板，为了感谢你们洗车场每天帮我洗车，我给你们发奖品。

魏宁像只猴子出其不意地从地下室里蹿出来，到车后边看了一眼，惊喜地哇地叫了一声，马姐，你这奖品也太贵重了！说着，拎出一只沉甸甸的电脑包。红宝马上前夺了下来，说，你小子倒会挑肥拣瘦。你值这台电脑钱吗？魏宁皮笑肉不笑，说，我还真以为马姐你出血呢。接着就喊马永城和孙小良过去，搬下两箱方便面两箱啤酒。

孙瘸子余怒未消，冲红宝马嚷嚷，车不长眼人也不长眼吗？你把它横我店门口，我还卖不卖东西？

红宝马说，我又没停你店里。从这儿到天安门都是你家店门口啊？

孙小良看见孙瘸子额头上的几根青筋绷直了，双手扶着轮椅的扶手好像要跳起来。他心里暗想：这男的疯狂女的张狂，要是斗起来还不得天昏地暗？他迟疑了一下，上前把红宝马推上了车，马姐，你和一残疾人剋，有损你的光辉形象。

他的话激怒了孙瘸子。孙瘸子转过头来骂他，孙小良说什么屁话？你有本事拍她丫马屁，也有本事跟她吃去。

孙小良还没反应过来，红宝马已经把他拉到车上，从窗口探出头对孙瘸子说：我今天还真就请小孙吃饭，气死你个瘸子！

她边说边踩油门。路上来往车子少，她的车子启动快，车速也快。孙小良急了，拍着车门大叫：让我下车，让我下车！

红宝马咯咯地笑，还放起了音乐唱了起来。孙小良朝后边看了一眼，已经开出百米远。他愤怒地问：你要拉我去哪儿？

红宝马说：吃饭。

孙小良又换成哀求，说：姐，你放下我。你单独请我吃饭是害了我。我一会儿咋回来？

红宝马说：我一会儿把你送回来，还停那个瘸子店门口。我看他敢吃了你？

孙小良汗流满面，心急如焚，恨不得打开车门跳下去。红宝马看出他的心思，对他说：系好安全带，我要加速了。

孙小良无可奈何，只好系上了安全带。红宝马开着车一直朝东三环方向走，上了东三环，又掉头上了机场高速。上了高速以后，车速又加快了。孙小良想，随她去吧，先好吃好喝一顿再说。

八

红宝马拉孙小良去的地方像是一个园林，又像是一个别墅区。车子进大门时，孙小良只看见温泉两个字。

红宝马说是去停车，让孙小良在大堂等她。孙小良隔着玻璃朝大堂看了一眼，惊讶地睁大了眼睛。大堂已经亮灯，一派金碧辉煌。铺着大理石的地面，像镜面一样明净，几个穿着绿裙子的服务员走过，身影倒映在地面上，仿佛迎风摆动的荷叶。孙小良在门外磨蹭着不敢进去。他下意识地低头看一眼自己脚上的旧旅游鞋，发现鞋尖一圈黑不溜秋的东西。他蹲下身子，朝鞋尖上吐了口唾沫，想擦一擦，却四下找不到东西。他觉得特别懊恼。

红宝马不知从哪个门进了大堂，办好手续后四下看不见孙小良，到了门口才发现孙小良坐在台阶上。她又好气又好笑，上前拧着他的耳朵把他提起来，嘲弄地说：说你小盲流你还不承认。瞧，到了这种大地方你就缩溜了吧。

孙小良说：我想在门口凉快凉快。

红宝马说：得，大堂里有空调，不比门口凉快。

红宝马给了孙小良一个手牌，让他先去泡温泉。孙小良问：不是吃饭吗？泡温泉能饱肚子？

红宝马说：订好餐了，泡完就吃，三楼 308 房，你泡好坐电梯直接上去。

孙小良小时候在老家，每逢酷暑经常和马永城等小伙伴下河洗澡。河水经过一天的太阳暴晒，上半部留存着温度，下半部则凉丝丝的，而温泉里的水从上到下都热，水面上还冒着热气，他泡了一会就大汗淋漓，感觉不舒服，于是爬出来坐在池沿上。一个服务生走过来，笑容可掬地问：先生，你喝饮料还是冰水？

孙小良摸了摸光溜溜的身子，说：没带钱。

服务生笑出了声：先生，我们是免费赠送。

孙小良说：你送什么我喝什么。

不一会，服务生送来一听饮料。孙小良问了服务生一句：泡一次多少钱？服务生说：二百八。孙小良哼了一声。服务生说，真的先生，我没骗你。孙小良挥挥手让服务生走了。他喝了一口冰镇的饮料，感到心里凉快，又喝了两口，浑身上下都凉快了。他想，我孙小良什么时候能过上这种日子？这都是富人才能享受的，胖子、红宝马……想到这里，他又下到池子里，在里边撒了一泡尿。这样，心里才觉得平衡了一点儿。

孙小良到 308 房间时，红宝马已经先他到了。当女服务员把他带到门口时，推开门，他首先闻到一股香气，循着香气看去，他又一次惊讶地睁大了眼睛。红宝马穿着一件白色睡衣，斜着身子坐在沙发上，长长的头发披落下来，如同一壁黑色瀑布，淡妆的面孔在柔和的灯光下比平时看还妩媚。孙小良的目光落在她的胸部时，透过薄薄的睡衣朦胧看到两个粉红色的点……他的下身腾地一下站立起来，吓得他赶忙弯腰想掩饰。可是他不知道，他自己也穿的是一件前边开缝的睡袍，虽然系了彩带，下边的开衩却合不拢。

红宝马的脸红了红，闭着眼睛不知想了一会什么，然后睁开眼，冲孙小良笑着，说，我的指甲刀掉了，你帮我捡起来。

孙小良弯着腰一步一挪地到了红宝马身边。他没敢看红宝马，低头从地上捡起指甲刀，递给了红宝马。红宝马没接指甲刀，却轻轻抓住了他的下身，然后扯着他身上的睡袍，把他拉到怀里。他吓得闭着眼，浑身像失去了力气，一动也没动。他想起小时候听唱大鼓书的说书，形容女人被男人抚摸时常用浑身酥软这个词。难道我今天也酥软了？没等他多想，红宝马已经翻身骑到了他身上。孙小良一紧张，泄了。红宝马很不舒服，一脚把他踹到地上。

红宝马穿好衣服，走到镜子前整理了一下头发，对他说，穿好衣服，把你那玩意儿收起来。接着打电话让送餐。

吃饭的时候，红宝马不停地看手机信息，表情不停地变化，看前一条短信时哈哈大笑，看后一条短信时破口大骂，再往后看时又皱起眉头……孙小良没有经验，手机放在换衣部的柜子里了。他索性埋头猛吃，吃得大汗淋漓。

红宝马看完手机信息，突然问孙小良，你真是第一次？

孙小良说，不是。

红宝马一愣，然后笑了，说，你也十八岁了，正常。你的第一个女孩子现在在哪里？

孙小良说，梦里。

红宝马咄咄逼人地看着他，你说什么？

孙小良说，我第一个女孩在梦中，第二个也在梦中，都是大明星。

红宝马笑了，你个小盲流。又说，我感觉你是第一次。我也是第一次。我第一次碰上这么不中用的男人。

孙小良恼了，不是不行，我不能跟你。

红宝马问：为什么？

孙小良说，你有男人。

红宝马说，他不是我男人。

孙小良问，他不是你男人你还监视他跟踪他？

红宝马说，我不是管他是管钱。他移情别的女人，他的钱也会跟着移走。

她的话深深刺痛了孙小良。孙小良想，秋秋也好，眼前这个女人也好，为什么美女和金钱都分不开？有钱人就该什么都得到吗？这样一想，他的下身又硬了，胆子也壮了，竟然伸手去摸红宝马的乳头。红宝马反过来攥住了他的下身……

返回的路上，红宝马对孙小良说，我把身子给了你，你得继续为我服务。

孙小良突然想起什么，问她：你欺负秋秋了吗？

红宝马说，我有什么理由欺负她？接着，她简单向孙小良讲述了一下经过：她收到孙小良的信息后，在路口跟上了胖子的黑奥迪。可能是她心太急，跟得紧，没走出多远就被胖子发现了。胖子把车开到一个商场门口，让秋秋下了车，然后开着车走了。她没去追胖子，停好车拦住了秋秋。可是，没等她开口，秋秋就主动告诉她是搭胖子的车来买东西的……她说，他们在车上商量好了的话，吹着浮土也找不到裂缝，我也不能硬说他俩有事。

那秋秋咋会坐你的车回去？

红宝马说，我也气糊涂了，一直在门外等到秋秋出来……

孙小良问：你恨秋秋？

红宝马没有回答。过了一会，反问：你会恨我吗？你的第一次……见孙小良没回答，她用另一手紧紧握住了孙小良的手，恳切地说，就帮我做最后一次。你瞅个机会，用手机偷拍一张他俩在一起的照片，发到我手机上。

孙小良没吱声。他掏出手机看了一眼，上边只有第一条信息，简短一句话：孙小良我需要你的帮助，秋秋。他的脑袋轰的一声涨大了。秋秋又要借钱，还是秋秋发现了他和红宝马的秘密？他使劲猜，头都疼了也没猜出来。车子一进西黄城根，他就让红宝马停车，要自己走回去。红宝马没勉强他，只是又叮嘱一句：我交代你的事别忘了。

孙小良一下车，两脚像失去了根，晃了几晃才站稳。接着，两腿像被一种力量扯着拉着，每迈出一步都很费力。

远远地，他看到地下室进出口的马路牙子上坐着一个人，仰头看着天空，好像在数星星。孙瘸子的店也关了门，路边的牌摊现在一片空白。孙小良心里有点难受，多和谐、热火朝天的环境，竟然变得冷冷清清，怪谁呢？红宝马、秋秋、胖子、孙瘸子、朱水，还是金钱、性欲？他想不明白。

再走近一些，他认出是秋秋，想躲已来不及了，只好硬着头皮走过去。

你回来了？秋秋想站起来。不知是因坐得太久还是身上没劲，挺了几次身子都没站起来。孙小良犹豫了片刻，伸手拉了她一把。她一个趔趄差点儿贴在孙小良怀里。

孙小良说，噢。他没敢看秋秋。

秋秋问，我给你发的信息你收到了吗？

孙小良说，噢。

秋秋说，我真心实意请你帮忙，这个忙也只有你能帮上。

孙小良说，秋秋，我真的没钱了。

秋秋说，我不是向你借钱。我是想请你帮我拍张照片。不等他问，秋秋接着说，你会画画，懂艺术，就肯定会选景、选角度。最重要的是你人老实、可靠。

孙小良心里乐。他第一次听人夸他懂艺术，而且是个女孩子，是秋秋。他问，用什么拍，拍什么照片？

秋秋四下看了一眼，又到地下室门口朝里张望了一会，确信没人能听见他们对话后，才对孙小良说，用你的手机拍。拍一张我和那个开黑奥迪的胖子亲密的照片，发到我的手机上。

啊？孙小良惊诧地叫出了声。他没想到秋秋会和红宝马有同样的想法。他对秋秋说，那你不怕被胖子的女人发现了？

秋秋说，你就说帮不帮我吧？

孙小良踌躇着，没有回答。

秋秋也没再追问他的态度，转身先回了地下室。

孙小良看了看手机上显示的时间，已经是夜间十一点。他忐忑不安地进了地下室，蹑手蹑脚地回到房间，连气也不敢喘，生怕吵醒了魏宁他们招来一阵骂。突然，电灯亮了，他下意识地闭了一下眼，耳边响起了热烈的掌声。他恍若进入一个不熟悉的世界，赶忙睁开眼，看见魏宁、马永城和另两位洗车场的哥们一个个满面春风地看着他。他又怀疑是自己做梦，揉了揉眼睛。魏宁拍了下他的肩膀，说，兄弟别迷糊了。我们在等着给你祝贺呢！

孙小良感到莫名其妙，没有说话。

马永城说，真不骗你。魏宁说我们这几个都比你早来，红宝马来洗一次车我们受一次气。你治服了她，让她给我们送礼，还单独请你吃饭，让哥几个扬眉吐气。

孙小良说：我，我……

马永城说：啼，别给赶马车似的，我，我了。我们哥几个商量好了，和你拜把子，你当老大。

魏宁接上说：老板是洗车场的老大，你是哥们中的老大。说完，又讽刺马永城，你还小马哥呢，连马姐的屁都没闻过。

几个人一阵大笑，笑得很夸张。

孙小良去洗手间时，刚进门马永城就端着洗脸盆跟了进来。他关上门，从洗脸盆里拿出一条卷着的干毛巾，塞到孙小良手上，说，以后别手忙脚乱地乱扔东西。孙小良忽然想起，红宝马拉他上车时，他顺手把那条裹着两千元钱的半干半湿的毛巾丢给了马永城。他握着马永城的手，哽咽地叫了一声：兄弟。

九

一连几天，黑奥迪没过来，胖子没出现，就连红宝马也不见了踪影。这让孙小良感到十分困惑：难道出了什么事情？会不会是自己和红宝马在温泉那地方干的那事让胖子发现了？

孙小良时而暗自庆幸：胖子不来，秋秋没法儿和他接近，红宝马交给他的事就不需要再劳神费心地去做，秋秋那边也好交代；时而他又焦虑：红宝马交代的事情办不成，他就不能从她那儿领到钱。他现在对从她那儿领钱不感兴趣，更想的是她透着香气的玉体……这几天夜里他都手淫，心里叫着红宝马。

其实，秋秋比孙小良更着急。她不光每天估摸胖子过来那个时间段从地下室出来，而且出来后在孙瘸子店里逗留的时间也比过去长了，有时还帮孙瘸子看店。孙小良发现她总爱皱眉头，好像有很大的心事。有一回，马永城在他耳边嘀咕说，看秋秋快成小老太婆了。孙小良趁秋秋在路边打电话不留意时，给她画了一幅速写，结果那上边打电话的就不像小姑娘而像一位心思沉重的中年妇女。他还观察到一个细节，临近中午十一点秋秋会外出，到下午三点左右才回来，回来第一眼就看胖子停车的地方。这几个小时中，秋秋都干了些啥？找到了新工作？孙小良不信。马永城在和秋秋闲说话时，透露出孙瘸子和朱水吵架，不让胖子停车的事，秋秋老大的不高兴，说，他怎么那么横呢？

朱水没有任何反常表现。他每天一如既往地早早把胖子停车的棚子打开，等待胖子到来，到了晚上又让魏宁锁上。他和孙瘸子之间的纠纷第二天就化解了，还是一起打牌，一起讲荤段子，一起就着花生米喝啤酒。不过，孙小良明显感觉到朱水对他越来越不信任。有一次魏宁喊孙小良跟马永城去进货，孙小良已经骑到三轮车上了，朱水又喊他下来，让马永城带另一个洗车工去。秋秋在孙瘸子店里时，朱水眼睛一刻也不离开孙小良，不时地喊他干点这干点那，生怕他和秋秋单独在一起。孙小良心里感到非常不舒服，唏，把我当卧底了是不？你朱水、魏宁也不比我好哪里去！你朱水没拿过胖子的好处，魏宁没收过红宝马的钱？大家彼此彼此。

大概到了第四天，胖子出现了。朱水等他把黑奥迪开进车棚，在棚子外边和他说了几分钟话。胖子给了朱水两只塑料袋。秋秋恰到好处地从地下室出来。她一看见胖子，眼睛立刻放出异彩，孙小良看到她眼睛里仿佛射出两道电光，和胖子的目光对接上了。胖子朝她笑笑，点点头，然后骑上车走了。胖子走后，朱水径直走进孙瘸子的店里，又招呼秋秋、魏宁和孙小良他们过去。他提着一只塑料袋的底往下一倒，哗哗倒出一堆花花绿绿的糖果。朱水说，胖哥出差去了香港几天，刚回来。他说感谢咱这老亲舍邻经常为他服务，买了点糖块给大伙吃。他的话没说完，魏宁先抓一把走了，马永城也抓几块走了，秋秋没动。朱水问，秋秋，你不喜欢吃糖？秋秋说，留给京京吧。孙小良也没动。他觉得胖子给他们几个人发糖是有目的的，至于什么目的他猜不到。

孙瘸子看了一眼刚送到的京报，惊喜地说，孙小良，你的速写画登出来了！说着就把报纸递给孙小良。要是在几天前，孙小良可能会激动，会兴奋，可是现在却没一点儿兴趣，好像这事和他没有关系，随便看了一眼就扔在一旁。朱水急着去地下室送胖子给他的另一只塑料袋子，也许是压根儿不懂什么叫速写，无动于衷地走了。表现最热情的是秋秋。她拿过报纸翻过来倒过去，反反复复看了几遍，边看边夸奖孙小良，你想象力还挺丰富。看看，这个席地而坐的是马永城吧？他就喜欢坐地上吃饭，我见过几次了。这个是魏宁，看他吃饭时都不老实，坐没个坐相站没个站相，一看就成不了大器。这小狗是谁家的？

孙小良悄悄走到门外。秋秋又追出来，说，孙小良你给我画的那幅呢？给我自己保存吧。然后压低声音说，别忘了我托付你的事。又说，我这事十万火急。

她的最后一句话让孙小良大感困惑。唏，和男人睡觉的事还十万火急啊？怪不得红宝马骂她浪，真浪。这样一想，他对秋秋的印象一落万丈，甚至有些鄙夷。你上赶着往胖子身上贴，不就是也想开红宝马吗？

红宝马也出现了。这回，她从下车起就笑嘻嘻的，好像在她身上什么事情也没发生过。她还是喊孙小良给她擦车内。一上车她就摸孙小良的下身，你这几天老实吗？孙小良说，我见着你，想老实也没法子。红宝马得意地笑着说，哪个男人和我做一次就忘不了我，天天想我，这就是我的魅力，不，能力！

孙小良说：那咱俩再剋。

红宝马没听懂孙小良说的土话，以为是在骂她，火了，小盲流你敢骂我？说着就拧孙小良的耳朵。朱水不知什么时候过来了，敲着车窗玻璃骂孙小良：孙小良你个王八蛋给我滚下来。你才老实几天，又惹马姐生气？信不信我现在就开了你！

红宝马打开车门，冲朱水吼了一声，说，我和他的事与你有什么关系？说完，她马上发觉说漏了嘴，又赶忙改口说，他是给我擦车又不是给你擦车，要管教等我走了你再管教。

朱水赔着笑脸，连说了几个：是，是，是。

红宝马等朱水转过身，才又对孙小良说，那个流氓为了安抚我，带我去了一趟海南。他死不认账和秋秋的关系。这回你把证据给我拿到了，我给你奖金，还给你奖品，你梦寐以求的奖品！

孙小良临下车时四下看了一眼，发现没人注意这边，大胆地在红宝马胸前摸了一把。红宝马骂了他一句，因为声音低，他没有听清楚。他没想到，他刚才这个举动，让刚从公共厕所抽烟出来的马永城看在了眼里。整整一个上午，马永城看他的目光都是怪怪的，让他觉得背上有根棍子不停地捣着。

秋秋中午又出去了。这次她没有去公交站挤公共汽车，而是拦了一辆出租车。魏宁阴阳怪气地说，秋秋开不上红宝马，坐上了黄桑塔纳，也不错嘛！朱水骂他，你不怕断舌头根就在那儿说吧！

孙瘸子表示出极大的反感，对在他店里吹电风扇凉快的孙小良和马永城说，秋秋这孩子怎么变了一个样？别看大街上跑来跑去的出租车多，我这么多年就一次半夜去医院，京京妈打了一回出租车。

孙小良不以为意地说，出租车就是给人坐的。

孙瘸子不满意了，指了指车棚里胖子的黑奥迪说，那车也是给人坐的，可是要看什么人坐。你这辈子恐怕都坐不上了。

孙小良也不满孙瘸子的话，反驳说，那不一定。心里却骂了孙瘸子一句：狗眼看人低！

初夏的北京城的空气，就像快要沸腾的水一样冒着热气，到了傍晚时分，还有些潮湿。孙瘸子这样的"老北京"一到这个时候，就光着膀子，端着杯子，摇着扇子，专拣荫凉的地方摆张桌子，围坐一圈打牌聊天。有人到店里买东西，他就喊孙小良或马永城帮着张罗。可是孙小良今天另有事情，他叫了几次，孙小良都让马永城过去了。京京放学回来后，孙小良把京京叫过来，说是给京京拍照片，让京京在胖子停车的棚子周边换了几个位置。其实，他是在为拍红宝马和秋秋要的照片选择角度。

六点钟刚过，胖子来开车了。孙小良向地下室出口处瞅了一眼，没看见秋秋出来。他心里咯噔一下，想，是不是秋秋把时间忘了呢？或者是怕红宝马再跟踪不敢上车了？万一秋秋不上胖子的黑奥迪车，他就拍不成照片。他正在犯愁，胖子已经开车走了。他失望地看着黑奥迪从眼前缓缓驶过，忽然又提起了精神，因为他明显感觉胖子开得很慢，慢得有些出奇。一般来说，人的行为只要出现反常，就容易露出破绽。果然，黑奥迪向前开了不到百米远，拐进了一条胡同。孙小良一下子跳起来，把京京抱到孙瘸子小店里，往柜台上一放，对马永城说，你帮看着点，别让京京跑马路上去。

几乎与他出店门同时，秋秋从地下室出来了。秋秋瞅了他一眼，两手倒背在身后。秋秋的这一动作也反常。孙小良放慢脚步仔细观察着。秋秋的手心向前，摆动几下，孙小良马上明白是在暗示他跟上。

进了胡同口，他一眼就看见胖子的黑奥迪车。看样子胖子是和秋秋通过手机短信或者电话约好了的。这条胡同来往只能过一辆车，两边居民有的在家门前摆了小摊，有的在家门前停车，把胡同挤得更瘦，显得更拥堵。不过，倒是给孙小良这样心怀叵测的人提供了更好的掩护。他绕到黑奥迪车右前侧，装作在小摊前买东西，眼睛盯着上了黑奥迪车的秋秋。

也许是几天没见，秋秋和胖子一见面都很激动。秋秋一上车就紧紧抱住了胖子。胖子也搂紧了秋秋，手还抚摸着秋秋的背。孙小良不失时机地拍下了这个场景。接着，他又连续拍下了秋秋吻胖子，胖子送秋秋礼物等十几张照片。

胖子倒车的时候，秋秋抬起头深情地看了孙小良一眼。孙小良冲她点了点头。

孙小良回到洗车场，红宝马已经在等他了。红宝马看他拿着手机，走路一步一颠，兴致很高，立刻就被他感染了，笑着说：孙小良你跌倒捡着金元宝还是黄金了，小心笑掉牙！等孙小良走近了，她急不可耐地问道：搞定了？

孙小良突然觉得就这样把照片发给红宝马，自己吃亏了，于是摇了摇头，装出一副无可奈何的样子，说：那个男的太滑头，不给我机会。

红宝马一愣：孙小良我警告你，不要给我耍心眼，把你的手机给我看看。

孙小良说：凭啥？

红宝马说：你说凭啥，凭你收了我的钱。

孙小良觉得理屈，没再和红宝马拌嘴，拿起毛巾想去擦车。红宝马按了一下电动钥匙，说：孙小良你上我的车。说着，她自己先上了车。孙小良假装没听见，碰了碰马永城，说：你去帮她擦车。马永城不满地说：你有病呀？我刚给她擦完。看了他一眼，又说：她叫你上车有别的事吧？孙小良听得出马永城话中有话，也没计较。红宝马却和他计较，喊着朱水的名字，嚷嚷道：看看你的小工，根本不把客户当回事。背着你要小费，不给就翻脸。你们这些农民工天天骂别人腐败，自己也搞腐败，手里的擦车布也成腐败工具了。

朱水仍然赔着笑脸，说：马姐你别生气。你要是不好意思点名，就给个眼色，我保证好好教训他！

孙小良心里十分恼火，好你个红宝马，老子今天就是不给你照片，急死你、气死你！他心里这样想，朱水让他给红宝马擦车，他上车后只是低着头擦车，连看也不看红宝马一眼。红宝马突然明白了，对孙小良这样进城打工的男孩子，其实她什么办法也没有。她把车开离了朱水、马永城的视线，停下车后恳求地说，小孙，我给你五千块，你把照片发给我，这总可以吧？

孙小良赌气地说，没拍。

红宝马想了想，又说，过一两天我再带你去泡温泉，咱还要308房间，让你好找到感觉。

孙小良的下身有些蠢蠢欲动。红宝马不知是意识到了还是感觉到了，乘胜追击似的又说了几句调情的话。孙小良快要控制不住自己了，掏出手机，选了几张胖子搂着秋秋、摸秋秋身子的照片，发到了红宝马的手机上。他叮嘱说，你要算账找胖子算，不能欺负秋秋，是胖子勾引秋秋。

红宝马看了一眼照片，气愤地说，这个小婊子也不是好东西。看看她那双眼睛，就跟钩子一样。

红宝马没有食言，给了孙小良五千元钱。

孙小良回到洗车场见到马永城，马永城意味深长地说了一句，你小心掉她那里边，那里可深着呢！

孙小良原以为秋秋今晚又不回来，九点半的时候，秋秋不但回来了，还主动到他宿舍门口喊他出来。秋秋说，咱俩到上边去，我有事问你。

魏宁和马永城探出头，一直望着孙小良的背影消失在地下室出口。魏宁看看马永城，像是想从马永城脸上得到秋秋找孙小良的答案，马永城看看魏宁，也像是同样的目的。

一到地下室出口，秋秋开门见山地问孙小良，你把照片发给那个女的了吗？

孙小良没回答。

秋秋说，没事，我希望你发给她。不过，你也得发给我。

孙小良不解地问：秋秋，你到底想弄啥呢？你不是也想要辆红宝马吧？你开那车，与你……

秋秋的神情瞬间暗了下来。她说，我要钱，我需要用钱！

孙小良没再多问。他更不想为难秋秋。于是，他把拍到的十几张照片全都发到了秋秋的手机上……

尾　声

第三天早上，秋秋搬走了。临走时，她又把孙小良叫到地下室出口，给了他一个信封，这是借你的两千五百元钱，还给你。

孙小良问，你还回来吗？

　　秋秋笑了笑，突然拥抱了一下孙小良，转身上了在等候她的出租车。孙小良清楚地看见，她上车后就掏出手绢擦眼泪。他的心头一热，眼睛被泪水模糊了。

　　当天晚上，孙瘸子郑重其事地把朱水、孙小良、马永城、魏宁叫到一起，表情十分沉痛地告诉他们说，秋秋和那个南方人大学生没散。那男孩一个月前查出得了什么病，手术得要几十万。他家在山区，特困难。秋秋现在就在医院陪着他……

　　魏宁紧皱眉头，一副百思不得其解的样子，说，秋秋图个啥？图个啥？

　　孙瘸子指了指脑袋，瞪着他说，人和人想的不一样。秋秋说那个男孩子特有理想，想做大事。

　　马永城不知是没听明白还是故意说给孙小良听，问道，胖子给了秋秋多少？

　　孙瘸子说，我听说胖子的那个小情妇怕秋秋闹出事，找秋秋要私了，给秋秋五十万，加一辆红宝马车，秋秋只要了那个男孩子的手术费钱。接着又叹了气，说，老天爷不公，世道不平，像秋秋……唉！

　　孙小良没有听下去，急忙走了出来。一出门，他的泪水就唰唰地流了下来。他觉得和秋秋比，自己太猥琐，太不像个男人。

　　第三天早上，孙小良也走了。他登上了一列南去的火车……

　　又过了几天，京报女孩来找孙小良，孙瘸子告诉她，那孩子走了。京报女孩问他是不是回老家了？孙瘸子摇摇头，沉思了一会儿才说，但愿他有个目标吧。

2011 年 6 月 19 日初稿于北京

《清明》2012 年第四期发表
《小说选刊》2012 年第七期转载

街上有座绿皮屋

一

到了。马小五把行李朝地上一放，气喘吁吁地蹲在地上。

田原原肩上的行李也没放下，睁大眼睛四下看，眼前是一座类似小屋形状的建筑，顶盖和四周是绿色的，有点像庄稼地里临时搭建的棚子。她惊讶地问：这是哪儿？马小五正在用钥匙开门。那种门称为卷帘门，是铝合金做的，锁在底部，打开锁往上一提就哗哗啦啦地往上蹿。田原原在镇子上见过，很多商铺用的就是这种门。她不明白马小五怎么会有这铁皮屋的钥匙，门已经打开了。马小五也直起了腰，直截了当地对她说，这就是咱在北京的家！

啊？！田原原心里咯噔一下，伸头朝铁皮屋里看了看。整个铁皮屋约三平方米，开着一扇大窗，放着能折叠的长案子，像一些店里的柜台。屋里放了一张很窄的单人床，床上床下堆着一捆捆报纸杂志和图书，还有几只纸箱子。人们平常喜欢用"连个下脚的空也没有"形容地方狭窄，用在此处恰如其分。田原原生气地问马小五，你就带我住这儿？马小五往屋里搬行李，不知是没听见还是假装没听见，一声也不吭。田原原从马小五的态度看出他说的是真话，像一盆冰水从头顶泼下来，一直凉到脚后跟，眼泪也止不住唰地流了下来。

马小五：怎么还不进去呢？来来往往那么多人好看啊？

田原原顶撞了他一句，你还怕难看啊？我拍张照片发给爸妈看看，给乡亲们看看……她说着真的掏出手机。马小五眼尖手快，没容她拍照，一把就把她拉到屋里，然后拉下卷帘门。铁皮屋仿佛一下子与世隔绝了，只有从几道细密的缝隙透进的光亮。田原原控制不住失望的情绪，轻轻地哭出声。早知道住这地方，打死我也不会跟你来北京。这叫个屋吗？这叫个家吗？呜呜呜……

马小五拉亮了灯，把床上的几捆报纸杂志摞了起来，半拉半扯地让田原原坐在床上，抱着她的肩膀，轻轻地摇着晃着，安慰她说，老婆，别看这像个鸽笼子，那可不是谁想住就住的，就是北京市的市长也没这待遇！他说这话本来是想逗妻子笑，没想到适得其反，田原原扑在床上哭得更伤心。不管怎样，咱自己家还有几间像模像样的房子，吃饭是吃饭的地方，睡觉是睡觉的地方，人过得舒畅，就是家里的猪圈也比这大！妻子说得实实在在。他所在的村子是当地有名的贫困村，但村民们吃住不愁，就是现金收入和零花钱缺。他家三间南屋三间北屋，爸妈住南屋，他和妻子及两个孩子住北屋，平时显得空空荡荡，两个孩子在屋子里顽皮时，媳妇要是管得严了，他妈就会叨唠：这么大的地方，孙猴子翻十个跟头都够了，小孩子就让他们疯呗！马小五想了一会儿，才坦诚地说，我能不想租个大点的房子，让你过得舒坦些？可北京这房子租金贵得吓人。两居室跟别人合租，一间就要三千多，还不包括水电费、物业费。最后，他长长地"唉"了一声。

马小五的坦诚、真诚暂时得到了田原原的理解。她边坐起身边解开头发上的发卡。马小五心领神会，赶快从一摞报纸下边翻出一面四四方方的小镜子递给她，讨好地说，媳妇，这还是那年我来北京前你给我的。你看上边还有咱全家福照片呢！田原原对着镜子捋了捋蓬乱的头发。镜子左上方贴着全家福照片，一家四口笑得甜甜蜜蜜。看了照片，她心里平静了许多，边起身边对马小五说，快要憋死了，我出去走走！马小五紧紧搂住田原原的腰，恳求地说，媳妇你千万别走。你要不愿住这儿，我过几天就去找出租屋。田原原推开他的手，你在这儿我能上哪儿走？快点收拾吧，看不见天就要黑了。

田原原在铁皮屋门外站了几分钟，让自己的眼睛适应外边的光线，然后四下看了看。这地方是个四通八达的十字路口，路东西两边全是高楼，一层楼门前分别挂着多个写着红字或黑字的牌子。路南是一所院墙围着的大院，大院里也是高楼林立。只有路北有一个长长的土岗子，岗子上边长满了树。田原原犹豫了一会，慢腾腾地向路北走去。她走了十几步，耳边响起一阵歌声，那歌声气势很大，一听就是几十人甚至更多人大合唱。歌的名字她很熟悉，叫《我和我的祖国》。她上中学时参加全校歌咏比赛，唱的就是这首歌，获得第一名。马小五的嗓子也好，高音，而且嗓音宽厚。他两人同是学校歌咏队的，经常在一起合唱。唱着唱着就唱出了感情。直到现在，马小五每年春节回家过年，两口子还应邀给父老乡亲唱歌助兴。有人给他开玩笑，小五，你怎么不上中央电视台星光大道比赛去？就是不拿年冠军也拿个月冠军！马小五笑着回答：我连人家的门朝哪儿开都不知道哩！

人到了一个陌生的地方，能够吸引他的一定是他情感认同的事物。此刻的田原原就是奔着歌声响起的地方而去。到了那里她才发现土岗旁边有一条河。河边是一片小树林，小树林里有一座小广场，人们里一层外一层围成了个小舞台，不光有唱歌的，还有跳舞的。她悄悄地站在人群里，兴致勃勃地听着看着，渐渐忘记了铁皮屋带给她的不愉快，不知不觉地融入了那个环境、那个气氛。一开始，她还是低声跟着哼，渐渐地就把声音提高了。她身后一个满头白发，身穿红色 T 恤的老头儿突然在她后背拍了一掌，吓得她浑身哆嗦了一下。

闺女，你是专业学过的吧？老头儿微笑着问。

田原原摇摇头，不是……我是……

别谦虚了！老头儿说，你大叔从小就喜欢听歌。听得多了，这专业和业余的一开口就能分辨出来。

大叔，我，我真不是。田原原不知所措，又是摇头又是摆手，给那个老头鞠了个躬，匆忙离开了。

二

田原原一刻也不想回那个铁皮屋。她沿着河边漫无目的地走着。这是一条十几米宽的小河，在繁华的都市、林立的高楼之中显得有几分清静。河的两岸都是公园式的绿化带，草木青青，花团簇簇，充满生机。一位老人坐在连椅上，看着像是一对双胞胎的小女孩在跳绳，眉眼里流露出幸福和快乐，勾起田原原对远在家乡的孩子的思念。她站在旁边看着看着，眼泪竟然止不住地流了下来，心里也动了想回老家的念头。回到铁皮屋，马小五已经把报纸杂志摆在案子上。她这才恍然大悟，原来这是个卖报纸杂志的报刊亭。有个身材瘦小的大妈戴着花镜，捧着一张报纸在看。见她过来，大妈很有礼貌地点点头，侧了下身子，给她让出位置。她也冲大妈笑了笑。马小五刚才在弯着腰找一份杂志。他把杂志递给大妈，阿姨，我今儿个刚从老家回来，耽误您看了，对不起！

大妈笑笑，没事没事。然后笑着问田原原，闺女你喜欢看什么杂志啊？

田原原一时不知如何回答。大妈叹息一声说，过去这报刊亭来买报纸杂志的人多，特别是买《晚报》，那都得排队。这看亭子的都是体制内的人，到点来到点走，早上不到九点不开门，下午五点一过就关门，收入还挺高。自打手机兴起电子新闻电子杂志电子书，来买报纸杂志的人一天天见少。大妈停顿一下，指着马路两端又说，前几年这条街上像这样的报刊亭有好几个，看看，那几个都干不下去了，撤了。我寻思着，你这地儿再不赢利，也不能长久！大妈只顾往下说，没注意马小五的神情变化。田原原一直看着马小五，见他额头上的皱纹越来越深，目光越来越暗淡，虽然脸上依然挂着笑容，但笑得勉强，笑得刻意，准确点说是"装"出来的。

大妈走后，田原原站着没动。她想看看现实是不是大妈说的那样。马小五朝她无奈地笑了笑，晃了晃手中的玻璃杯，意思是问她喝不喝水。她摇摇头。夕阳的余晖挂在树梢上，仿佛一缕缕金丝线渐渐地往下滑落。大街上车辆行人多起来。一个个行人从纸刊亭经过，没有人在那儿停留，甚至不朝那些报纸杂志上看一眼。不少年轻人手里捧着手机边走边看，有的不知被什么有趣的内容逗得嘿嘿笑。田原原想，这无人问津的生意叫什么生意，难怪大妈说有的都关停了！

当挂在树梢上的金丝线全部滑落时，路灯已经亮了。她见马小五无精打采地趴在案子上，胡乱地翻着一本杂志，忽然觉得自己的老公很可怜，那些摆在案子上的书刊很凄凉。她走上前随手翻了几本杂志，问马小五：这是你自己进的货还是上边派下来的？马小五说我哪有这么大权力？让你卖什么你就卖什么！对面小区有个姓孙的老头，叫，叫孙梦乡，自费出了本书，是写他家乡的散文集，拿了几本过来让我帮着代销，说销不完不结账。我觉得这老头人不错，隔三岔五过来买报纸买杂志，是我这儿最大的客户。面子上过不去，我就给他摆上了。唏，第二天就让经理发现了，指着我的鼻子骂我混蛋，说没经过审查，万一出了问题你小子能担当得起吗？当场就把孙老头的书给没收了，当月就罚了我三百元。老婆你记不记得有一个月我给你卡上少打了三百块？田原原没有印象，摇摇头，问马小五：你给那个老头说了？马小五坦诚地回答：当然要说了！孙老头到底是文化人，知书达理。第二天就给我送三百块钱来。老婆你记不记得第二个月我给你的卡上多打了三百元？田原原又摇头。

二人正说着话，田原原听到身后有人咳嗽，回头一看，是一位身穿红 T 恤的老头儿。马小五热情地说，孙大爷，到该回家吃饭的点了？孙大爷点点头。小马，你又煮方便面呢？这方便面不能顿顿当饭吃呀！

马小五笑着递给孙大爷一本文史类的杂志。孙大爷，这是您要的杂志。孙大爷接过杂志，说了声：谢谢！我老家亲戚前天来，带了几瓶辣椒酱，我明天带一瓶给你当下饭菜。

田原原在一旁听了，心头一酸，眼泪差点儿掉下来。

马小五望着他的背影对田原原说，这个就是孙梦乡。

田原原：我见过他。

马小五一愣，接着又笑了，问：你是不是去小广场了？

田原原：是。就在那儿见的他。他还夸我学过音乐专业。

马小五惊讶地睁大了眼睛。老婆你也唱了？

田原原笑了笑，又不是在咱自己家，我哪敢张嘴。我就情不自禁地跟着哼哼几句。

马小五说，你不知道老婆，孙老头是场长……

田原原：场长是多大的官？

马小五：啥官，民间任命的。那个小广场上歌咏比赛、广场舞比赛、大合唱等活动都是他组织的。他还会指挥，拿根筷子当指挥棒。有几个爱唱歌的老太太称他艺术家……

田原原扑哧笑出了声，没看出来。

马小五：老婆，北京这里的人可不是能看出来看不出来。傍晚来取杂志的那个阿姨，看上去像个买菜的家庭妇女吧？但她退休前是局长，还是正的，一把手，和咱老家市长一个级别！

田原原：噢！

马小五感叹地说，在北京这些年我算明白了一个理，也可以说是两个字……

田原原急了，说呗！

马小五：生活。

田原原等着马小五往下说，马小五偏偏不说了。这时候，晚饭吃得早些的人开始出门了，周边几个小区的门口出入的人多了起来。马小五指着几个大门对田原原说，出来的成双成对的多，退休的多，进去的尤其是那些年轻人租客多，在北京打拼的多，这叫啥，这就叫生活。

田原原细嚼慢咽地领悟马小五话中的含义。一辆摩托车停在铁皮屋窗前。骑摩托的小伙子从车后座上嵌着的绿色箱子里取出一只塑料袋，放在长条柜台上，乐呵呵地问，马哥，今儿个咋定了两个人的餐？是不是背着嫂子找相好的了？

马小五狠狠地瞪了他一眼，又看了一眼田原原的表情。那个小伙顺着他的眼神转过脸，惊讶地叫了起来，我说嘛，真有个漂亮的小妹。马哥你这是铁皮屋藏娇呀！

马小五：滚！这是你嫂子，今天和我一起从老家来的。

骑摩托车的小伙哈哈笑了，不对吧马哥，是你妹吧？他说完，骑着摩托车一溜烟走了。马小五生怕田原原生气，赶忙解释道：这小子就爱开玩笑。

被人夸自己长得年轻，田原原很开心，也说了句：我知道他在开玩笑。她见马小五盯着自己的脸看，又问了句：怎么了，我的脸上贴金了？马小五说，老婆你真年轻，好看！

田原原笑着说：讨厌！

三

马小五和田原原的第一场冲突，就发生在来北京的第一个晚上。

夫妻俩就着矿泉水吃了"外卖"订的盒饭，田原原就在铁皮屋外站着发呆。如果在老家，她这个时候可以陪孩子一起在院子里玩游戏，或者陪孩子看电视，再或者给孩子读脑筋急转弯一类的童书逗乐。眼下这铁皮屋窗还开着，灯还亮着，马小五还在翘首盼望着顾客，她无所事事，心中一片茫然。进屋吧，狭小的地方连个转身的空间也没有；在外边待着吧，讨厌的蚊子嗡嗡嗡嗡成群结队向她发起集团进攻，不一会额头上脖子上手背上起了疙瘩。人在无聊的时候容易烦躁，烦躁的心情下又容易发怒。等到躺到床上时，她终于爆发了。马小五，早知道来北京是这样，你跪着求我八抬大轿抬我也不会来。你给我买票，我明天就回家。

马小五不吭声。

田原原：你要不帮我买票，我自己买。买不上票，我爬也爬回去。

马小五还是没吭声，披衣下床，开门出去了。他并没有走远，就在马路边席地而坐，双手抱着膀子陷入了苦恼的深思。他是跟着几个老乡一起来北京应聘当保安的，上班就在附近的一家建筑工地。下班后第一件事是睡觉，醒来就打打牌、逛马路，这家报刊亭是落足最多的地方。因为翻看报纸杂志不用花钱。看报刊亭的是一位退休老大爷，姓张。那时他亲眼看见过来这里买报纸杂志的人多，说接踵而至、络绎不绝是夸张，但十分钟八分钟就有来客的确是事实，而且周边社区还有固定客户。孙梦乡就是其中一位。一年后他和张大爷混得比较熟了，张大爷动员他把这个报刊亭租下来。小马，你要把这儿租下来，你就是这儿的老板了。一个月怎么说也有几千元钱固定收入，比你干保安强多了！再说你喜欢读书看报，这几十种报纸杂志你不用花钱，随便看。

他开始不同意。张大爷，我不懂做买卖。读书看报也是闲着没事打发时光。

后来，老张见一次动员他一次。孙梦乡也劝他。有一回老张指着一个刚刚从报刊亭离开的妇女说，天天来缠着让我把这儿转租给她，我说已转给一个亲戚，她不信，还天天来，讨厌！不过小马你要真不租，我真转给她了！

命运有时会捉弄老实人。马小五从老张手里接过报刊亭没多久，报刊亭的生意就急转直下，来买报纸杂志的人越来越少，第一个月的收入比老张经营时少了将近一千元。孙梦乡听他诉了一番苦后，一拍脑壳，哎小马我忘了一个事，人家老张头不是靠店面经营。他退休前在对面那个大院搞宣传，就负责订报订刊。他把退休前的业务都带过来，有一笔稳定的收入。这两年党风廉政抓得严了，管得紧了，关系靠不住了，再加上手机的功能多了，新闻比报纸还快……

我不干了，退给张大爷！马小五心里不舒服，发牢骚说。

孙梦乡：你和人家合同都签了，退就违约。再说你上哪儿找他去？他早去海南了。

马小五：我这上班时间比当保安上班时间长，一个月下来手里结余的还没那时多。我，我傻呀！

此后他之所以能坚持下来，完完全全是因为找不到"下"家。他开始挂出转让的牌子，还有几个来谈的。可是说到租金，说到收入，总是谈不拢。他不愿意赔本，人家则认为他心不诚。再往后就无人问津了。他想，我一个身强力壮的大老爷们，一个月给媳妇卡上只打那点钱，让她上养老下养小，想想就脸上发烧。思考再三，他才决定劝媳妇到北京来，把报刊亭交给她看着，自己再找一份工作。现在倒好，媳妇一百个不满意，下一步怎么给她说呢？

田原原翻来覆去不能入睡。话是说出来了，可是真能不顾马小五的感受回老家吗？她下不了决心。马小五在北京的生活状况过去从没向她提起过。前年她妈生了一场大病住院，手术费花了十几万，有五万多是马小五从朋友那儿借的，到上个月才刚刚还清。现在想想他够难为的，顿顿泡面充饥，蜷缩在磨不开身的小地方……不光生活苦，心也苦。他对得起家庭也对得起她。夫妻感情之树要保持常青，忠诚和信任是基础，理解和包容是必不可缺的养料。这个时候和他分开，无疑在夫妻之间撕开一个裂缝，这个裂缝还能弥补吗？想到这里，她长长地叹息一声，披上衣服下了床，犹豫了一会打开窗户，望着坐在马路牙子上那个熟悉的背影喊了一句：马小五你在那儿喂蚊子呢？

知妻莫过夫。马小五知道她虽然尚未完全消气，但态度改变了许多。他忽地站起来，拍了拍屁股上的尘土，一头钻进铁皮屋，上前把田原原紧紧抱在怀里，用胳膊肘儿摁了一下电灯开关……

坏蛋！田原原说，这是在大街上。

气喘吁吁的马小五一边吻着田原原脸上的泪珠，一边低声说，电灯一关，咱是神仙。老婆，你不觉得这间小小的世界照样能给我们快乐吗？

虽然马小五个子瘦小，田原原身材苗条，但睡在狭窄的单人床上还是拥挤。马小五侧着身子，田原原紧紧依偎在他怀里。马小五又说，你看，咱俩这不黏成一个人了！

田原原没吭声。

马小五敏感地意识到田原原有话要说。果然，过了一会，田原原开门见山地说，小五，咱们一起回家吧！家里现在也挺好的。山下的地流转出去了，山上的地种上了苹果，间种点豆子、山芋，活不像以前那样累。咱可以在镇子上找点事做，晚上还能回家照顾老人孩子。

马小五没吭声。田原原以为他动心了，又进一步说，我当初嫁给你就给你说过，田家的闺女不羡慕金山银山荣华富贵，那些东西生不带来死不带走。我要的是托付一生的爱情，嫁的是不离不弃的老公。这几年你不知道，我，我……她的声音哽咽了。马小五吻着她脸上的泪水，老婆，我听你的。不过，总得等我把这店盘出去吧。

马小五说的不是心里话。他用的是缓兵之计。第二天，马小五就以出去谈转租为由，把报刊亭交给田原原看着。他说，看这没啥技术，会算账就行。老婆你记好了，这里报纸杂志一律不打折。上边都有定价，定价多少钱就卖多少钱。

田原原见马小五听了自己的意见，心里很高兴，所以也和马小五积极配合。

四

半个月过去了，马小五每天早出晚归去谈转租，一点儿进展没有。田原原的思想倒是发生了很大转变，不仅不提回老家，还反过来劝马小五说，老公，你也别为转租的事发愁奔波了。咱们干到年底再说吧。马小五当然高兴，连连点头，好，好，就干到年底。

田原原：那这儿也用不着两个人。我在这儿看着，你再找份力所能及的事做。这样咱俩都有收入。

马小五又点点头，好，好，就这么着。我今天就出去找事做。

中午，马小五骑着一辆摩托车回来了。因为他戴着头盔，正在和孙梦乡聊得热火朝天的田原原第一眼没认出他。孙梦乡先认出了他，惊讶地问：小马，你这是……送外卖啦？

马小五嘿嘿一笑，怎么孙大爷，看我不像吗？给您老人家说吧，我已经干一个月了！

田原原上下打量着马小五，脸上的笑容瞬间像被大风吹走了，目光也变得严厉了。孙梦乡敏锐地意识到了什么，挥挥手离去了。田原原把马小五叫到铁皮屋里，严肃地说，每天开着摩托车在车流中穿来穿去，万一……这工作多危险呀？我不同意你干。马小五嬉皮笑脸地说，老婆，我遵章守纪不违章，没事。田原原说你不违章，就怕碰上违章的。马小五说，嘿，我十几岁就会开摩托车，经常带你赶集，我的技术你又不是不知道。田原原说，咱老家和大北京有可比性吗？人家不是说吗，你不碰他，他偏偏碰你。她停顿了一下，盯着马小五的眼睛，严厉地问：你说已经干了一个月，为什么瞒着我说是出去谈转租？马小五调皮地说，不到一个月。田原原说就是一天你也应该告诉我，征求我的意见对不对？马小五这回低着头不吭声了。

田原原摸起手机就要拨号。马小五猜到她是给远在老家的爸爸妈妈打电话"告状"，一只手把她抱在怀里，一只手去夺她手中的手机。田原原不松手，嘴里还在叨唠：你不顾我可以，你也不顾这个家不顾老人孩子，我问问咱爸咱妈同不同意。马小五说，老婆我实话给你说吧，上次回家我就把请你来看报刊亭，我去送外卖的事给爸妈都说了。田原原一愣，似信非信地说，马小五你学会说假话了？马小五嘿嘿一笑，马小五永远忠诚于老婆！

当天傍晚，马小五骑着摩托车路过时，向报刊亭瞟了一眼，看见孙梦乡和田原原又在聊天，好像聊得还很开心，田原原眉眼都在笑。他本来想停下来，把给田原原带的晚饭放下，心里不知为什么产生了一丝不快，故意摁了几下喇叭，一踩油门加快了速度。孙梦乡指着他的背影愤愤地说，小田你看看，这种人多没素质，闹市区摁喇叭，还快得飞起来，警察逮住了非罚他不可。田原原虽然对此也不满，但想到自己的老公也是送外卖的，轻描淡写地说了一句：也可能有急事吧。

田原原在看亭子的第二天就和孙梦乡熟悉了。孙梦乡来取杂志，看见田原原，惊奇地唏了一声，怎么，换主了？田原原笑着说，孙老师，没换主，换了人。孙梦乡又惊奇地问：闺女你认识我？田原原点点头回答：认识。我还拜读过您的大作呢！孙梦乡略一思忖，噢，想起来了，你会唱歌，对不？咱有共同爱好。田原原咯咯地笑了，孙老师，我没艺术细胞。孙梦乡说，闺女，我今天郑重邀请你加入我们北土城合唱团！田原原连连摇头，孙老师，你那里人才济济，我不敢。第二天，孙梦乡来取杂志时，又和田原原磨叽了半天。他说，你有天赋啊，只是你自己没发现。你得练，懂吗？我家有钢琴，天天一大帮子不会唱歌的在那儿瞎唱瞎练，我媳妇说像鬼哭狼嚎，烦！你要想练就到我家找我！

田原原说，谢谢孙老师！

又过了两天，孙梦乡再来取杂志时，直接邀请田原原参加即将举办的广场音乐舞会，说是还请了两个从小在社区长大的当红歌星友情出演，区里街道办事处都很重视，区领导要亲自出席。田原原开始不答应，孙梦乡反复劝说，甚至打出了街道办事处的牌子。小田呀，这报刊亭归邮政管，可这地儿归咱街道呀！古语说县官不如现管，得罪了街道那可不是小事。你的名字已经报到街道，你要是不参加，怎么向街道交代？

田原原想了想，问：我和我老公一起参加行吗？他唱歌比我好听！

孙梦乡：那好啊！我是怕小马他工作忙抽不开身。

马小五每天早出晚归，一般要到晚上九点以后才回来。他给田原原的理由是：那些家在外地、在公司上班的年轻人，一般回家都很晚。回到家再点外卖，八九点钟都是早的。田原原有时躺在床上看报纸杂志等他回来，看着看着打起哈欠，上下眼皮打架，头朝枕头上一落就睡着了。有时杂志上登的文章吸引她爱不释手地读下去，就是马小五回来了也不舍得放下。她喜欢读那些情节生动、文字优美、短小精悍的散文，也喜欢读介绍历史知识的文摘。一天天过去，读报纸杂志成了她生活的一部分。遇到她欣赏的文章，她还会在小本子上抄下来，在手机里读给女儿和儿子听。她婆婆在电话中开玩笑说，原原你这是给孩子远程上网课呢！马小五的观点是，只要老婆不再烦恼，不再催逼着和她一起回老家，她喜欢做啥他都支持。所以，田原原告诉他参加广场音乐舞会，他想也没想就答应了。他还主动地说，老婆，你不是喜欢唱《月亮之上》吗？就唱这首歌，我给你当伴唱，震一震他们！

到了那天晚上，马小五失约了。直到快轮到他和田原原演唱时，还不见他的影子。田原原给他打电话，他的电话关机。小五该不会出什么事了吧？田原原的心一下悬到了半空，额头上也急得冒出汗。她想向孙梦乡告假，而孙梦乡是当天晚会的组织者、现场指挥者又兼着乐队指挥，她挤不进去，几次朝他挥手，他也看不见。无奈，她只好一个人上场演唱。那晚的风很温柔，那晚的灯光很温柔，那晚的演出现场很温柔。她一开口就赢得热烈的掌声，中间有几次被掌声打断。她演唱完了，主持人才介绍了她的身份：本社区外来务工人员，报刊亭售货员。没想到，掌声更加热烈，让整个现场瞬间温暖，她仿佛置身于一片欢乐的海洋之中，激动得热泪盈眶。因为心里惦记着马小五，她向现场的人们深深地鞠了一躬就告辞了。

回到铁皮屋，她不停地给马小五打电话，可马小五的手机一直处于关机状态。她焦急、焦虑、焦心，站在铁皮屋外向大街上张望。孙梦乡活动散场后从这儿经过，见报刊亭的灯亮着，好奇地上前打听。她说了句：我老公电话联系不上！呜呜呜地哭出了声。孙梦乡说小马做事有板有眼，不会出啥事，可能是手机没电了。安慰了她几句后，孙梦乡也许为了分散她的注意力，减轻她心理负担，把话题转到了演出上。小田你今晚的演出太棒了！连那两个专业演员都夸你。田原原说，孙老师您别取笑我了。孙梦乡说真的，没骗你。群里已经把今晚的演出发了。你自己看看……说着，他挨到田原原身边，打开手机里的视频给她。

马小五就在那个时候回来的。因为有消费者投诉，公司晚上从七点到九点半开了个整顿会，而他的手机七点半就因为没电自动关了机。散了会他急急忙忙往回赶，一路上在想田原原一定很着急，见了面要好好向她解释……看到她和孙梦乡挨得很近，谈得很欢，他心里十分不悦，把车停在对面的胡同口朝这边窥望。

小田，孙老师没骗你吧？孙梦乡指着手机里的视频说。

田原原不好意思地笑了笑，接着又抬起头向大街远处张望。

孙梦乡见田原原心事重重，又安慰她两句就告辞了。临走对她说，小田，要练歌就到我家来啊！

田原原又站了一会，刚一转身进屋，马小五跟着进来了。

田原原上上下下看他一眼。他撇撇嘴，我没少胳膊没少腿。田原原嗔怪地说你吓死人了知道不？电话一直关机，连条一句话的短信也没有……她还没说完，马小五咕哝一句，我怕打扰你哩！说完朝床上一躺，长长地叹了口气。田原原以为他累了，就没再多说。

五

北京也许是全中国全世界睡得最晚而醒来最早的城市。每天清晨，树上的鸟儿是被奔驰的汽车声吵醒的。

咚咚咚，有人敲窗户。马小五不高兴地吼道：干吗干吗？这又不是公厕！田原原用胳膊肘儿捣了他一下，说啥呢？文明点。她麻利地披上衣服，捋了捋头发，把窗户往上推开一条缝，惊讶地张大了嘴巴。窗外站着的是孙梦乡。

孙老师，这么早有啥事吗？她问。

马小五扑腾一下从床上坐起来，瞪大了眼睛。

孙梦乡：没什么大事。我要去医院看看牙，得一上午时间。你要去我家，就等下午吧。就这事。

田原原彬彬有礼地回答：谢谢孙老师！您慢走。

咳咳，咳咳……马小五接连咳嗽几声。田原原倒了杯白开水给他，北京天气干燥，平时多喝水。他哼哧一下，讥讽地说，北京天气不好，咱吃得住得也不好，那你怎么也不提啥时回老家了？田原原没听出马小五话里藏着的意思，想也没想回答道：我想再等等。一是等你找到转租的，二是等到苹果熟了的时候……她的话没说完，马小五已经出了屋，骑上摩托车头也不回地走了。田原原这才意识到马小五生气了，闹情绪了，但为什么会这样，她想不明白。你先失约失信，还觉得有理是吧？她感到十分委屈。

这一天田原原过得充实而又快乐。从马小五走后就不断来人，大都是昨天晚上参加过音乐舞会、住在附近小区的大爷大妈。有的是早起到河边锻炼，溜达回来顺便过来，有的是下午接了放学的孙子孙女路过这里，一个共同的说法是"来看看你"。有的说小田真会选姓，姓田的人长得甜歌声也甜。田原原扑哧笑了，这不是我选的，是我祖宗赐的。有个带着小孙子来的老奶奶还无意间给田原原提供了一条信息。小孙子嚷嚷着要喝饮料。老奶奶对田原原说，你这报刊亭也可以进点饮料矿泉水售卖。田原原一愣，那违法不？老奶奶说，嘿，你只要不是歪门邪道进的假货违啥法？田原原说，那得有人买啊？老奶奶说，放心，我敢说比你卖报纸杂志收入高！老奶奶走后，田原原马上就给马小五打电话，想和他商量商量。马小五的电话虽然通了，又是半天不接。田原原想他八成又在路上。他在路上不能给他打电话。一边开车一边接电话多危险呀！

田原原是个急性子，做起事来也干净利索。她整理了一下手头的现金揣在兜里，到对面买了一箱饮料，回来摆在长条柜上。刚摆上不到五分钟，两个骑自行车路过的中学生就一人买了一罐。到了天傍黑，一箱十二罐就精光了。田原原第一次自己做生意，第一单生意就赚了钱，而且是在北京，心里乐得就像喝了蜜，情不自禁地哼起歌来。

哟，小田，练歌了？孙梦乡突然出现在面前。田原原红着脸不好意思地说，瞎哼。孙梦乡说，别一人哼了，我是来请你的！田原原不解地问：请我？孙梦乡说是，请你今晚到我家去彩排。田原原一怔。孙梦乡眉飞色舞，兴致勃勃地说，市里下个月要搞一场群众歌咏比赛，咱们区选三个代表队参赛，嗨，咱这街道选上了。街道让我牵头组织。我已经挑选了十二个人，包括你……田原原连连摆手，孙老师，我连州市里的比赛都没参加过，哪敢登北京市这么大的舞台！孙梦乡拉下脸，不高兴地说，这可是街道下的任务，办事处书记点你的将，不是我孙梦乡请你。说完不高兴地走了。

田原原精明，马上就想到，这孙梦乡不能得罪，街道办事处也不能得罪。不就往台上一站唱首歌吗？再说唱歌也是我的爱好。她给马小五留了张纸条，按照孙梦乡留下的地址去找他。

她走后不久，马小五就回来了。一看灯熄了，门从外边锁着，田原原人不在，他心里很是不爽。一个乡下来的年轻女人，在北京无亲无故，人生地不熟，万一……他坐不住了，拔腿就往土城小河边走。小河边散步的人摩肩接踵，也有借着路灯打牌的、下棋的、聊天的，还有一对对搂搂抱抱的情侣，一片祥和安宁的夜景。小广场只有几个老太太在练歌。他遛了一圈也没看到妻子熟悉的身影，心里又急又烦，索性在一张石凳上躺下了。毕竟辛苦奔波了一天，躺下后困意很快袭来，迷迷糊糊睡了两个小时。他回到铁皮屋时，田原原正在对着乐谱轻声地练习唱歌。她看见他回来，高兴地说，小五你回来了，吃饭了吗？马小五没好气地说，饱了！田原原听出他带着情绪，不高兴地说，吃枪药还是喝辣椒水了？马小五：吃气！田原原也火了，马小五你这两天动不动就摆脸子给谁看？你是不是觉得我在这儿住你的吃你的，心里不平衡不舒服？

　　马小五看田原原动真的了，就没再吭声。田原原不依不饶地说，你知道不知道，你今天比昨天晚回来一会，我的心像被老虎爪子揪着一样疼？在孙老师家练歌五音跑调。马小五一听又急了，你心疼还去练歌？还到姓孙的家里去练，你，你……咳！马小五扑在床上，呼哧呼哧喘着粗气，把手里的枕头揉来搓去，好像要把它粉身碎骨。田原原刚要接着发火，突然看见马小五裤子屁股沟处的线破裂了，贴身穿的大红内裤露出条缝，像蛇吐出的舌头。她扑哧笑了，朝马小五屁股上拍了一巴掌，哟，没人骂你流氓吗？快脱下来，我给你缝上！她一边缝一边想，小五这些干餐饮快递的真够不容易，起早贪黑、顶风冒雨给别人送去热菜热饭，动不动还要受老板训斥、顾客投诉。难怪他说吃"气"。想到这些，她的眼眶潮湿了。她缝好衣服，又帮马小五按摩腰。马小五的气慢慢消了，不过还没忘叮嘱她：对孙梦乡那种人你得多长个心眼。田原原不解地问：他是哪种人？马小五憋了一会才说，反正防着他点。田原原不满地说，哼，他能吃了我？马小五没吭声。

　　田原原是第二天一早起床时把进矿泉水、饮料的事说给马小五听的。马小五马上红了脸，摇着头说，这个可不能做，不能做。要是让领导发现了，咱连这铁皮屋都待不下去了！田原原问：至于那么严重吗？马小五没正面回答，突然转了话题，问她：你不是吵着要回家吗？咋不提了？田原原沉思片刻，严肃地说，我来有一段时间了，就这两手空空回去，给老人孩子一点东西不带，你好意思我还觉得没面子呢！

　　田原原等马小五走后，马上到对面的超市批发两箱矿泉水、两箱饮料，还加了一种零食。没想到一个上午就销售完了，中午又进了一次货。孙梦乡经过这里，见她正在朝架子上摆矿泉水，伸着大拇指称赞她：你比你老公脑子灵活。这社会谁的脑子灵活，谁才能在市场搞到钱。田原原说，小五说领导发现了要严厉处罚。孙梦乡板起面孔，咄咄逼人地说，领导要问，你就告诉他：光靠卖报纸杂志，连肚子也填不饱，我这是以商养文。田原原问：这样说行吗？孙梦乡：哼，要是说不通，你给我打电话，我来给他讲道理！

这时，一个买饮料的小女孩问田原原：阿姨，您这咋没有童书？孙梦乡等那个小女孩离开，又对田原原说，小田你看看，进点孩子喜欢的童书在你这报刊亭销售，又多条路。他见田原原皱眉头，心有余悸，又鼓励她说，你要光单一经营报刊，这亭子真还不定能保住。现在哪个行业不是多业发展？你要不信，照我说的试试。临走，他还告诉田原原，朝南走有个6号院，那里有家出版社。从出版社进书折扣低，价格便宜。

田原原本想等晚上马小五回来和他商量，马小五同意了她再去做。没想到下午来了个领导为她一锤定音。一开始，那个领导的车停在绿皮屋前的马路边，田原原见车上下来的两个人直奔铁皮屋，心里咯噔一下：会不会是来检查的？可是，收拾矿泉水、饮料已经来不及了。她只好笑脸相迎，心里做着准备。那两人中一个留平头的指着戴帽子的，开门见山对她说，这是专管报刊亭的戴局长。戴局长很关心基层员工，专程下来视察。戴局长摆摆手说，不是视察，是调研。他一眼就看见案子上摆的矿泉水、饮料和花生瓜子，皱起了眉头，神情也严肃起来。田原原忙解释说，这是对门学校的学生家长放这儿的，等孩子放学来取。我想也不影响我卖报纸杂志，再说家长们是我这个报刊亭的消费大户。她不知自己的解释戴局长会不会相信，说完故意摆出一副面不改色心不跳的样子。

嘿嘿嘿，戴局长笑了，亲切地问道：你贵姓？田原原回答：我姓田。戴局长说，小田同志，没说真话吧？他说着，指了指案子上摆着的小牌子。田原原的脸一下子红到脖根。那是她早上刚写的价目表。这下，她只好实话实说了，最后又按照孙梦乡教的，对戴局长说，我还是以卖报纸杂志为主，这些是用来以商养文。她的话刚说完，啪啪啪，戴局长边鼓掌边说，好，说得好，办法也好。这样咱们这些报刊亭就不会关停了！陪同戴局长的留平头的小声说，领导，得换营业证，还得办卫生证……戴局长显然不高兴，没等他说完就摆了摆手，果断地说，这证那证，不就一张纸吗？事在人为。回去就安排办这事！然后，他握着田原原的手说，小田同志，谢谢你给了我们启发。他指着不远处一圈蓝色围墙接着说，看到了吧，那是下个月就要开通的地铁站。地铁一通，房价上升，生意兴隆。你这几平方米大的地方就成风水宝地了！

戴局长走后，田原原吊着的一颗心稳下来。她觉得自己能顺利过了戴局长这一关得感谢孙梦乡的指点。晚上去孙梦乡家的时候，她买了一只果篮带上了。那天晚上，她练歌练得也很投入，九点多钟才回到绿皮屋。马小五已经侧身躺下了，她轻轻叫了两声：小五，小五。他一声不吭。她以为他累了，睡着了，就没再叫他，简单洗漱一下关灯上了床。人还没躺下，马小五突然腾地坐了起来，吼了一声：还知道回来？田原原愣了。铁皮屋里像倒扣的锅底一样漆黑，她看不见马小五的表情，但从他刚才一声吼和呼哧呼哧沉重的喘息声中能听出他的火气很大。自从他俩结婚以来，马小五还是第一次对她发这么大的脾气。也许人的情绪从欢乐到气愤转折有个过程；也许她不愿意和马小五发生激烈冲突，也许……她一句话也没说，只是默默地流泪。

田原原的忍让和包容，在马小五看来是心虚和理亏。他这些天一直怀疑妻子被孙梦乡那个老头给"骗"了。近水楼台先得月，他看报刊亭便利看报纸杂志，读过一些写情感的文章。有写老女人勾引小帅哥的，有写老牛吃嫩草的……他每次看了都很愤慨，这些人该狠狠整治整治，不能让他们败坏社会风气！在他眼里，妻子单纯可爱，涉世不深，很容易上风流倜傥的孙梦乡的当。可是，他不愿把这层窗户纸捅破。捅破这层纸，等于撕破了脸，就像把一面镜子摔破了……他想来想去，最后决定把报刊亭尽快转租出去，让田原原早点回老家去。

可是，马小五发现田原原对报刊亭越来越上心，经营得也越来越红火，收入稳定地往上升。特别是她的心情完全改变了，整天乐呵呵的。他偶尔冲她发火，她也不气不恼，反而安慰他。他正琢磨着用什么理由劝田原原回去，这天突然接到父亲的电话，说是他母亲生病住院了。这不是他找的借口，但的确又是个很好的借口。田原原同时接到了这样的电话，所以没用他劝，田原原就主动说，小五，你那边一时不给请假，还是我回去吧。马小五说，好，好。你回去后安心服侍咱妈，照顾好孩子。田原原说，嗯。等咱妈病好出院，我安顿一下就回来。马小五点点头，心里却想：你千万别回来了！

田原原回家的第二天，马小五就开始办报刊亭转租的事。他在给人家介绍时，把田原原给他说的孙梦乡的话、戴局长的话都用上了。两天后，有一个住在附近的书商对报刊亭动了心。马小五晚上回来，忙着收拾东西。他发现田原原常用的小纸箱里有个小本本，顺手打开翻了翻，看到一首小诗。诗中写道：

> 三平方米铁皮小屋，曾经让我痛苦。老公说，对不起老婆，我没给你带来幸福。我也曾抱怨过，甚至十分恼怒。在小屋里看报读书，小屋就像知识宝库。在小河边放声歌唱，岸边垂柳像在为我伴舞。我习惯了与叔叔阿姨交流。我喜欢听放学后孩子亲切的称呼……我慢慢熟悉了这片热土，我渐渐感到了生活的满足。房子再大也就放一张床，天下还有什么能比快乐是最大的财富？

马小五读完，一屁股坐在地上。过了好大会儿，他才给田原原打了个电话，哽咽着说，媳妇，亲爱的，你早点回来，早点……